GAEA

Gaea

彼得．布雷特　Peter V. Brctt —— 著
戚建邦 —— 譯

獻給我父母，約翰與桃樂莉絲，
他們現在晚上還會一起坐在沙發上看書。

致謝

由於年紀越大越疑神疑鬼的緣故，我寫這本書的時候比之前更加保密，寫作期間只讓少數幾個人看過，非常感謝他們提出的意見與想法。我最感謝的是經紀人喬書亞，以及麥克、羅倫和丹尼；我的編輯，崔夏與艾瑪；我的助手，梅格和蕾貝卡；審稿員羅拉，以及辛辛苦苦將我的故事推廣到世界各地的國際出版社與譯者。特別感謝所有讀者，尤其是願意花時間與我聯絡的人。你們的信、評語、推特、貼文、線上書評、粉絲競賽等在我攀登惡魔環山時提供了莫大的支持與鼓勵，感謝你們和我一同征服這座山。

布來楊伯爵的金礦
公爵的礦坑
密爾恩堡
哈爾登園
陽光牧地
提貝溪鎮
安吉爾斯堡
河橋鎮
分界河
死井鎮
安吉爾斯河
蟋蟀坡
林盡鎮
農墩鎮
牧羊谷
伐木窪地
沙拉奇村
北耙村
艾弗倫恩惠
碼頭鎮
卡吉頓
綠牧鎮
雷克頓
安納克桑廢墟
黎明綠洲
巴哈卡德艾弗倫
克拉西亞堡
N

序幕　英內薇拉　300AR

英內薇拉和哥哥索利坐在陽光下。兩人都赤腳夾著一個簍筐，靈巧地隨著手指編織簍子的動作轉動簍筐。時近黃昏，小攤子上只有少許陰影。他們的母親，曼娃，坐在一旁編織自己的簍子。三人中央的那堆棕櫚葉隨著他們的編織工作而穩定地減少。

英內薇拉九歲。索利的年紀大她將近一倍，不過就換上戴爾沙羅姆黑袍的人而言算是十分年輕，加身的黑袍正新穎。他贏得黑袍至今不到一個禮拜，所以坐在草蓆上，以免沾染大市集裡無所不在的塵土。他將黑袍翻向身後，露出光滑結實的胸肌，在汗水下閃閃發光。

他拿棕櫚葉搧風。「艾弗倫的睪丸，這袍子熱死了。眞希望能像以前一樣綁塊拜多布就出門。」

「我可以把陰涼處讓給你，沙羅姆。」曼娃說。

索利嘖嘖搖頭。「妳是這樣想的嗎？妳以爲我會換上黑袍回來，然後就開始使喚妳……」

曼娃輕笑。「只是想確定一下你還是我的好孩子。」

「只有對妳和親愛的小妹才是。」索利強調道，伸手撥弄英內薇拉的頭髮。她甩開他的手，不過是笑著這麼做。索利在家時，英內薇拉臉上總是掛著微笑。「對其他人而言，我像沙惡魔一樣可怕。」

「呿。」曼娃說，揮手趕跑這個想法，但是英內薇拉卻深以爲然。她記得小時候他怎麼對付那兩個在大市集裡找她麻煩的馬甲部族小子，弱者是沒辦法在黑夜中存活的。

英內薇拉編好簍子，放到其他簍子上，很快地算了算。「再三個，貝登達馬的訂單就趕齊了。」

「或許卡席福來取貨的時候會邀我參加月盈宴會。」索利說。卡席福是貝登達馬的凱沙羅姆和索利的阿金帕爾，也就是當他第一晚進入大迷宮作戰時和他綁在一起的戰士。相傳這是兩個男人之間最緊密的羈絆。

曼娃哼了一聲。「要是他約你去，貝登達馬就會要你裸體抹油抱著簍子，以將自己的滿月獻給那些阿諛奉承的老淫蟲來慶祝月盈日。」

索利大笑。「我聽說要提防的不是那些老頭。大多數老頭只是旁觀而已，會在腰帶裡放油瓶的都是年輕人。」他嘆氣。「儘管如此，傑拉斯有去貝登達馬之前的長矛宴會幫忙，他說達馬付給他兩百卓奇。這個價錢就算弄到腰痠背痛也很值得。」

「別讓你父親聽見你說這種話。」曼娃警告道。索利的目光瞟向攤位後方的門簾。他們的父親在裡面睡覺。

「他遲早會發現他兒子是普緒丁的。」索利說。「我不會爲了不讓他發現而娶個可憐的女孩。」

「爲什麼不？」曼娃問。「她可以和我們一起編簍子，再說，偶爾在她體內播種幾次，給我生個孫子有這麼可怕嗎？」

索利扮個鬼臉。「那個妳就得等英內薇拉了。」他看向她。「明天是妳的漢奴帕許，親愛的妹妹，或許達馬丁會給妳找個丈夫。」

「別轉移話題！」曼娃拿棕櫚葉甩他。「你寧願面對大迷宮城牆內的東西，也不願面對女人兩腿之間？」

索利扮鬼臉。「至少在迷宮裡，我身邊都是汗水淋漓的壯漢。天知道？或許哪個普緒丁達馬會喜歡我。像貝登這種有權有勢的達馬會讓最寵愛的沙羅姆擔任貼身侍衛，只須在月虧夜上場作戰！想想看，一個月只要進大迷宮三個晚上！」

「三個晚上還是太多了。」曼娃喃喃說道。

英內薇拉不太明白。「大迷宮不是聖地嗎？能進去不是榮耀嗎？」

曼娃嘟噥一聲，回頭專心編簍子。索利盯著她很長一段時間，他的雙眼遙遠無神。她臉上輕鬆的笑容逐漸消失。

「大迷宮代表神聖的死亡。」她哥哥終於說道。「死在大迷宮裡的男人保證能進天堂，但我還不急著去見艾弗倫。」

「很抱歉提到這個。」英內薇拉說。

索利搖頭，微笑轉眼又回到臉上。「最好別擔心這種事，小妹。大迷宮不該是妳的負擔。」

「大迷宮是克拉西亞所有女人的負擔，兒子。」曼娃說。「不管我們有沒有和你們並肩作戰。」

這時門簾後方傳來一陣呻吟和窸窣聲。片刻過後，卡薩德走了出來。英內薇拉的父親連看都不看曼娃一眼就用腳把她推出陰影，佔領涼爽的位置。他在地上丟了兩個枕頭，一邊躺下一邊喝光小杯子裡的庫西酒。他立刻瞇起眼睛又倒了一杯。如往常，他對英內薇拉視若無睹，眼裡只有她哥哥。

「索利！放下那個簍子！你現在是沙羅姆了，不該像卡非特一樣工作！」

「父親，我們要趕一份單。」索利說。「卡席福……」

「呿！」卡薩德不屑地揮手說。「我才不管那個在身上抹油擦香水的普緒丁想要什麼！放下那個簍子，站起來，別讓人看見你弄髒你的新黑袍。我們白天得耗在骯髒的大市集裡就已經夠糟了。」

「好像他都不知道家裡的錢是哪裡來的一樣。」索利低聲埋怨，沒讓卡薩德聽見。他沒有停止編簍。

「還有桌上的食物。」曼娃翻白眼道。她嘆氣。「最好還是照他的話做。」

「既然我現在是沙羅姆了，想做什麼就做什麼。他憑什麼告訴我不能編簍子，如果這麼做能讓我心靈寧靜？」索利說著雙手越編越快，手指在棕櫚葉間化爲殘影。他已經快要編好手上的簍子，而且打算把它編完。英內薇拉目瞪口呆地看著他。索利編簍的速度幾乎可以媲美曼娃。

「他是你父親。」曼娃說。「如果你不聽他的話，我們就慘了。」

卡薩德臉色一沉，喝光另一杯酒。「我到底哪裡得罪了艾弗倫，曾將不計其數的阿拉蓋送往深淵的我，偉大的卡薩德．阿蘇．卡薩德．安達馬吉．安卡吉，竟然淪落到得要來看守一堆簍子？」他一臉厭惡地揮手比向編好的簍子。「我應該去集結加入阿拉蓋沙拉克和夜晚的榮耀才對！」

她轉向卡薩德，柔聲說道：「你和索利只要在家裡待到達馬宣告黃昏到來就好了，丈夫。」

「他的意思是和其他沙羅姆喝酒。」索利低聲對英內薇拉道。「先集結的部隊會前往大迷宮中央，戰況激烈的地方；在家裡躺得越久，喝庫西酒喝到醉得像駱駝尿，面對阿拉蓋的機會就越小。」

庫西酒。英內薇拉討厭這種酒。發酵穀物添入肉桂，裝酒的陶瓶小，喝的酒杯更小。光是聞到喝完的酒瓶就讓英內薇拉的鼻孔灼燙，頭昏眼花。那股酒氣裡根本沒有肉桂的味道。聽說肉桂味要等三杯庫西下肚後才會浮現出來，但誰會相信喝下三杯庫西酒的人講出來的話？大家都知道庫西酒會讓人講話誇大不實，並且產生妄自尊大的錯覺。

「索利！」卡薩德大聲道。「讓女人去工作，過來陪我喝酒！我們爲你昨晚殺掉的四頭阿拉蓋乾杯！」

「那是小隊的戰功，不是我一個人的。」索利嘟噥道，手指越動越快。「我不喝庫西酒，父親。」他大聲道。「伊弗佳禁喝庫西酒。」

卡薩德嗤之以鼻，乾掉一杯。「曼娃！那就給妳的沙利克兒子準備點茶！」他又拿起庫西酒瓶倒酒，結果裡面只剩下幾滴。「再給我拿瓶庫西酒來。」

「艾弗倫賜我耐心。」曼娃喃喃道。「那是最後一瓶了，丈夫。」她叫道。

「那再去買些回來。」卡薩德道。

英內薇拉聽見母親咬牙切齒。「大市集裡半數攤位都已經關門了，丈夫，而我們得在卡席福來之前編完這些簍子。」

卡薩德不屑地揮手。「讓那個毫無用處的普緒丁等一等會怎麼樣？」

索利深吸一口氣，英內薇拉看見他手上多了一道被棕櫚葉銳利葉緣所割的血痕。他咬一咬牙，繼續編簍。

「原諒我，榮耀的丈夫，但我們不能讓貝登達馬的代表等候。」曼娃說，繼續編簍子。「如果卡席福來的時候，簍子還沒準備好，他就會去向克莉莎買簍子。少了這張訂單，我們就沒錢付戰爭稅，更別說要買庫西酒了。」

「什麼？」卡薩德吼道。「妳把我的錢都花到哪裡去了？我每週都帶一百卓奇回家！」

「有一半馬上就變成戰爭稅回到達馬的口袋裡。」曼娃說。「你每次又會拿走二十卓奇。剩下的都拿去給你買庫西和蒸丸子，而且根本不夠用，特別是你每個安息日都要帶一打沙羅姆回來喝酒。庫西酒很貴，丈夫。偷賣庫西酒的卡非特會被達馬砍斷手指，所以把風險全轉嫁到售價上。」

卡薩德啐道：「要是能把太陽從天上扯下來，卡非特連太陽都賣。現在去給我買酒，讓我打發等待那半個男人的時間。」

索利編完簍子，站起身來，丟在他面前那堆簍子裡。「我去，母親。查賓那裡有賣，他在黃昏之前不會關門。」

曼娃瞇起雙眼，但是目光沒有離開眼前的簍子。她也開始越編越快，雙手化爲殘影。「我不希望你在家裡堆了一個月的工作成果時出門。」

「父親在這裡，沒人會搶我們的東西。」索利說，但在看見父親設法從空酒瓶裡倒出一、兩滴酒的模樣後，他嘆了口氣。「我快去快回。」

「繼續工作，英內薇拉。」曼娃在索利離開時說道。英內薇拉低下頭去，這才發現自己忙著看戲，完全忘了編簍。她再度開始工作。

英內薇拉不敢正視父親，但忍不住透過眼角偷看他。他盯著正以雙腳靈巧地轉動簍子的曼娃。她的黑袍隨著動作揚起，露出白皙的腳踝和小腿。

卡薩德一手移到褲襠上，輕輕摩擦。「過來，妻子，我要……」

「我在工作！」曼娃自棕櫚葉堆裡取出樹枝，用力拔下樹葉。

卡薩德似乎無法理解她的反應。「妳爲什麼在入夜前一個小時拒絕妳丈夫？」

「因爲我過去幾週以來爲了這些簍子忙得要死要活。」曼娃說。「因爲天色已晚，街上人聲漸歇。因爲我們家門口擺滿簍子，但卻只有個發情的酒鬼在守護它們。」

卡薩德哈哈大笑。「誰會來搶？」

「是呀，誰會來搶？」一個聲音問道。他們全都轉頭，看著克莉莎轉過轉角，步入他們的攤子。

克莉莎是個身材魁梧的女人。她不胖——對沙漠之矛的人來說，肥胖是種奢侈。身爲戰士的女兒，她步伐沉穩，雙掌結實且長繭。如同所有戴爾丁，她和曼娃一樣從頭到腳都包在黑袍下。她也是名織簍匠，曼娃在卡吉部族裡的主要競爭者之一——技巧略遜，但是野心勃勃。

四名身穿戴爾丁黑袍的女人跟著她進門。兩名是她丈夫的妾室，臉上都用黑布遮著；其他兩個是她女兒，未婚，所以露出臉蛋。從外表來看，被她們長相趕跑的男人應該比吸引而來的要多。這些女人沒一個身材嬌小，像盯上野兔的豺狼般四下散開。

「這麼晚了還在工作。」克莉莎說。「大部分攤位都打烊了。」

曼娃聳肩，日光仍保持在簍子上。「距離宵禁還有一個小時。」

「在貝登達馬舉辦月盈宴的日子，卡席福總是黃昏前才來，對不對？」克莉莎問。

曼娃沒有抬頭。「我的顧客與妳無關，克莉莎。」

「當妳的普緒丁兒子從我那裡搶走客戶時，妳的客戶就與我有關。」克莉莎說，聲音低沉且帶有危險性。她的女兒迎向英內薇拉，將她和母親隔開。她家的妾室深入店內，走向卡薩德。

這話令曼娃抬頭。「我沒搶妳的客戶。卡席福主動來找我，他說妳的簍子一裝滿東西就散了。妳丟掉客戶不該怪我，去怪妳的織簍匠。」

克莉莎點頭，拿起英內薇拉剛剛編好的簍子。「妳和妳女兒的手藝不錯。」她說著手指沿著簍緣撫摸，接著把簍子丟在地上，抬起穿著涼鞋的腳用力亂踏。

「女人，妳竟敢？」卡薩德難以置信地大叫。他跳起身來，或者說，起碼歪歪斜斜地試圖起身。他找尋他的矛和盾，但它們都放在帳篷裡。

趁他還在想下一步時，克莉莎家的妾室同時行動。寬鬆的衣袖中冒出用黑布裹著的短籐杖。其中一個女人抓住卡薩德的肩膀，迫使他轉向另一個女人，確保他完全承受攻擊的力道。卡薩德痛得悶哼一聲，體內的空氣離體而出，對方接著又一杖擊中他的胯下。卡薩德的悶哼聲轉爲慘叫。

英內薇拉大聲喊叫，跳起身來，但是克莉莎的女兒粗暴地抓住她。曼娃立刻起身，不過克莉莎對準她的臉一腳把她踢回地上。她放聲叫喊，但是天色已晚，沒人前來應援。

克莉莎低頭看著地上的簍子。簍子沒被她踏扁，已經彈回原狀；英內薇拉見狀微笑。女人再度跳到簍子上，連踏三下才把簍子踏散。

另一方面，克莉莎家的妾室繼續毆打卡薩德。「他叫得像個女人。」一名妾室笑道，對準他的胯下又是一棒。

「打起架來更不如女人！」另一名妾室叫道。她們放開他的肩膀，卡薩德倒在地上，大口喘氣，臉上充滿痛楚與羞辱的神情。女人不理會他，走過去踢翻簍子，拿籐杖打爛它們。

英內薇拉試圖掙脫，但是年輕女子只有抓得更緊。「別動，不然就折斷妳的手指，讓妳再也不能織簍！」英內薇拉不再掙扎，但她瞇起雙眼，微微改變姿勢，準備用力踩向離自己最近這女人的腳背。她看向曼娃，卻見母親搖了搖頭。

卡薩德咳出一口血，以手肘撐起身體。「妓女！等達馬聽說這件事情……！」

克莉莎笑呵呵地打斷他。「達馬？你會去找達馬嗎？卡薩德之子卡薩德，告訴他們你喝庫西喝醉了，慘遭一群女人痛毆？你就連今晚讓你的阿金帕爾雞姦時都不敢告訴他！」

卡薩德掙扎起身，但是有個女人立刻踢了他肚子一腳，讓他躺回地上。他不動了。

「呿！」那女人叫道。「他像個嬰兒一樣尿濕啦！」她們全部哈哈大笑。

「這讓我想到個主意！」克莉莎說著走到散落一地的簍子前，撩起長袍。「何必費力打爛這堆簍子？只要弄髒它們就好了。」她蹲下去，開始撒尿，左右搖晃屁股，盡量尿濕更多簍子。其他女人一邊大笑一邊照做。

「可憐的曼娃！」克莉莎嘲笑道。「家裡兩個男的都不是男人。妳丈夫比卡非特還糟，而妳那個普緒丁兒子整天忙著吸屌，根本沒空待在家裡。」

「不盡然。」英內薇拉轉過頭去，剛好看見索利寬厚的手掌扣住抓著自己的少女的手腕，使勁扭轉，令少女痛苦尖叫，接著他一腳踢飛另一名少女。

「閉嘴。」他對慘叫的少女說道，將她推向後方。「再敢碰我妹妹，我就不會只是扭痛妳，而會直接把妳的手折斷。」

「走著瞧，普緒丁。」克莉莎說。她家的妾室拉好長袍，舉起籐杖，衝向索利。克莉莎手一抖，衣袖裡的短棒落入掌中。

英內薇拉吃了一驚，但是手無寸鐵的索利毫不畏懼地迎上前去。第一名女子出手攻擊，但是索利比她更快，閃開籐杖，抓住女人的手臂。只聽見骨折聲響，她在慘叫聲中倒地，籐杖已經落入索利手中。另一個女人撲向他，但他一杖格開對方的籐杖，接著狠狠擊中她的臉。他的動作如同舞者般流暢老練。英內薇拉在他月虧日從漢奴帕許返家時看過他練習沙魯沙克。女人摔在地上，英內薇拉看到她扯下面紗，吐出一大口血。

索利在克莉莎撲來時拋下籐杖，徒手抓住她的武器，抑止她的攻勢。他以另一手抓起她的衣領，轉過去壓在一疊簍子前。他把她的頭壓得很低，然後伸手抓起她的袍緣，把長袍拉到腰際。

「拜託，」克莉莎哀號道。「隨便你怎麼處置我，但是不要破我女兒的處子身！」

「呿！」索利神情作嘔地啐道。「上妳不如上駱駝！」

「喔，來吧，普緒丁。」她輕蔑說道，對他扭扭屁股。「假裝我是男人，從後面上我。」

索利拿起克莉莎的籐杖，開始毆打她。他聲音低沉，不過還是蓋過籐杖擊打皮膚和她痛苦嚎叫的聲音。「就算不是普緒丁，男人也不會把老二插到糞堆裡。至於妳女兒，我絕不會做任何可能耽誤她們嫁給哪個可憐的卡非特，終於可以戴上面紗遮掩噁心容貌的事。」

他鬆手放開她的脖子，但是持續抽打，用籐杖將她和其他女人趕出自家攤位。克莉莎的女兒扶起妾室，五名女子落荒而逃。

曼娃站起身來，撢撢身上的灰塵。她不理會卡薩德，走向英內薇拉。「妳沒事吧？」英內薇拉點頭。

「檢查簍子。」曼娃說。「她們沒搞多久，看看我們能不能挽救……」

「太遲了。」索利說著指向街頭。三名沙羅姆朝他們走來，身穿無袖黑袍，佩戴黑鐵打造的胸甲，突顯出本來已經非常完美的胸肌。鼓脹的二頭肌上綁了黑色絲帶，手腕戴著縫有釘飾的皮護腕。背上綁著亮眼的金色盾牌，手裡輕鬆地拿著短矛，如同狼群般優雅地漫步而來。

曼娃抓起一小瓶水，倒在卡薩德身上。他呻吟一聲，半跪而起。

「進去，快點！」曼娃說著用力踢他，催促他移動。卡薩德嘟噥幾聲，不過還是奮力爬進帳篷躲起來。

「我看來如何？」索利整理長袍，刻意裸露胸口。這是個很荒謬的問題。她從沒見過任何男人有她哥哥一半俊俏。「很好。」英內薇拉低聲回道。

「索利，我親愛的阿金帕爾！」卡席福喊道。他今年二十五歲，位居凱沙羅姆，顯然是三人之中最英俊的男人，鬍子十分整齊，塗抹香油，皮膚呈現完美的古銅色。他的胸甲飾以貝登達馬的烈日徽記——無疑是真金所製——頭巾中央則鑲有綠松石。「我就想今晚來取貨時……」他走到近處，打量他們攤位中的亂象。「……會不會碰到你。喔，天啊。是有一群駱駝路過你們帳篷嗎？」他嗅一嗅。

「邊走邊撒尿？」他撩起掛在脖子上的白色絲質面巾，摀在鼻子上。他的夥伴也這麼做。

「我們遇上一些……麻煩。」索利說。「我的錯，因為我離開了一下。」

「真是太不幸了。」卡席福走到索利身前，完全沒有注意英內薇拉。他伸出一指，沿著索利濺到些許鮮血的胸膛撫摸，神情嚴肅地摩擦大拇指與食指以搓乾血跡。「不過看來你有及時回家解決麻煩。」

「那群駱駝不太可能再回來了。」索利同意道。

「但她們已經達到目的。」卡席福哀傷地說。「我們又得去向克莉莎買簍子了。」

「拜託，」索利伸手觸摸卡席福的手臂。「我們需要這筆交易。我們的貨沒有全毀，可不可以至少賣一半給你？」

卡席福低頭看向放在自己手臂上的手，微微一笑。他輕蔑地比向地上的簍子。「呿！如果一個簍子沾到尿，那就全部沾到了，我不能帶這麼髒的東西回去給主人。用水洗一洗，拿去賣給卡非特。」

他湊上前去，手掌放回索利的胸口。「不過如果你需要錢，或許可以在明天的宴會上幫忙扛簍子。」他手指往上滑，伸到索利鬆垮的長袍內，撫摸他的肩膀。「可以賺到比賣簍子多出三倍的錢，只要你……扛得好。」

索利微笑。「簍子是我的專長，卡席福。沒有人扛得比我還好。」

卡席福大笑。「明天早上我們會來帶你去參加宴會。」

「到訓練場找我。」索利說。卡席福點頭，和他的夥伴一起漫步走向克莉莎的攤子。

曼娃把手放在索利肩上。「抱歉你得去做那種事，孩子。」

索利聳肩。「人生不能盡如人意，我只是不喜歡看到克莉莎贏。」

曼娃撩起面紗，對著地面吐口水。「克莉莎沒有贏，她沒有簍子可賣。」

「妳怎麼知道？」索利問。

曼娃輕笑。「我一個禮拜前放了些老鼠到她的貨帳裡。」

幫忙整理好攤子後，索利在達馬於沙利克霍拉的尖塔上吟唱黃昏之歌時陪她們回到泥磚屋裡。他們救回了大部分簍子，但是好幾個都得要修理。曼娃背上揹著一大捆棕櫚葉。

「我要快點趕去集結了。」索利說。英內薇拉和曼娃在他轉身奔入逐漸昏暗的城市前擁抱他，親吻他。

回到屋裡，她們開啓了家中的暗門，進入地下城過夜。

克拉西亞所有建築至少都有一層地窖，與通往地下城區的走道相連，這些通道與石室形成綿延數哩的巨大蜂巢式地下建築。每天晚上，當男人進行阿拉蓋沙拉克時，女人、小孩與卡非特就躲在這裡面。巨大的切割石塊阻擋惡魔自奈的深淵現身其中，而石塊上還刻有強力魔印，以防止在他處現身的惡魔闖入。

地下城是一座牢不可破的避難所，不但是設計用來保護城內平民，萬一沙漠之矛落入阿拉蓋魔爪時還能轉化爲自給自足的城市。地下城裡有足夠所有家庭使用的臥房、學校、宮殿、神殿，以及其他場所。

英內薇拉和母親在地下城裡只有一間小地下室，裡面備有草蓆、儲藏室，以及充作茅廁的小房間。

曼娃點燃油燈，她們坐在桌旁，吃著冰涼的晚餐。餐盤清理完畢後，她攤開棕櫚葉。英內薇拉過去幫忙。

曼娃搖頭。「去睡吧。明天是妳的大日子，我可不要妳睡眼惺忪地去見達馬丁。」

英內薇拉看著前方大排長龍的女孩和她們母親，所有人都等著要進達馬丁的大帳。艾弗倫之妻下達號令，當達馬宣告春分破曉來臨之時，所有九歲的女孩都要前來參加漢奴帕許，了解艾弗倫為她們鋪下的人生之道。男孩的漢奴帕許得要經歷好幾年，但女孩只要讓達馬丁占卜未來就好了。

大部分女孩都只是確認發育成熟，授與第一條頭巾而已，但是少數在離開大帳時就已經婚配，或是分派新的職業。窮人和文盲出身的女孩會被父親變賣，接受枕邊舞者的訓練，然後送往大後宮，以吉娃沙羅姆的身分服務克拉西亞戰士。能夠孕育新戰士取代每天晚上在阿拉蓋沙拉克中戰死沙場的戰士是她們的榮耀。

英內薇拉在興奮的情緒中醒來，穿上褐服、梳開濃密的黑髮。她的秀髮如同自然的波浪般飄動，如絲綢般亮眼，但今天是它最後一次呈現在世人面前。她會以女孩的身分進入達馬丁的大帳，出來時卻成為年輕的女人，只有未來的丈夫才能欣賞她的秀髮。她將會脫下褐服，換上適當的黑袍。

「今天或許是春分，但依然是滿月的日子。」曼娃說。「至少這是個好兆頭。」

「或許會有達馬基看上我，帶我進入他的後宮。」英內薇拉說。「我會住在宮殿裡，而妳會收到一輩子不愁吃穿的聘金。」

「那樣妳就一輩子都見不到陽光了。」曼娃說，聲音低到只有自己聽見。「只能和丈夫其他妻妾說話，等待年紀大到足以當曾祖父的人臨幸。」她搖搖頭。「至少我們付得起稅金，妳家裡還有兩個男人能幫妳出頭，這表示妳不太可能會被賣到大後宮去。不過就連大後宮也比宣告不孕、變成奈丁慘遭放逐要好。」

奈丁。英內薇拉想到這個名詞就嚇得發抖。不孕的女人永遠沒有資格換上黑袍，一輩子都得像卡非特一樣穿著褐袍，帶著羞辱的神情過活。

「或許我會獲選成爲達馬丁。」英內薇拉說。

曼娃搖頭。「妳不會，她們從來不曾挑選過達馬丁。」

「祖母說達馬丁是在女孩接受測試的那年挑選出來的。」英內薇拉說。

「那是五十年前的事，如果眞有這種事的話。」曼娃說。「願艾弗倫保佑她，妳父親尊貴的母親講話很喜歡……誇大。」

「那麼那些奈達馬丁是哪裡來的？」英內薇拉邊問邊指向達馬丁學徒，那些女孩沒戴面紗，但卻身穿代表艾弗倫之妻的白袍。

「有人說艾弗倫親自讓他的妻子們懷孕，而奈達馬丁就是他們的女兒。」曼娃說。英內薇拉看著母親，揚起一邊眉毛，不知道她是不是在開玩笑。

曼娃聳肩。「這種說法跟其他說法一樣無稽。我可以告訴妳大市集裡沒有任何母親見過任何女孩獲選爲達馬丁，或是從長相認出她的身分。」

「母親！妹妹！」看見索利和卡席福一前一後走來，英內薇拉露出燦爛的笑容。她哥哥的黑袍依然帶著大迷宮裡的塵土，而他掛在肩膀上的盾牌有些新的凹痕。卡席福就像往常一樣一塵不染。

英內薇拉跑出去擁抱索利。他大笑，一手提起她來在空中轉圈。英內薇拉發出愉快的尖叫，一點也不害怕。有索利在，她什麼也不怕。他舉重若輕地將她放下，然後走過去擁抱母親。

「你在這裡做什麼？」曼娃問。「我以為你已經在前往貝登達馬宮殿的途中。」

「我是呀。」索利說。「但我總得把阿拉所有的祝福通通獻給妹妹才能讓她踏上漢奴帕許。」他伸手撥弄英內薇拉的頭髮。她猛拍他的手，不過就和往常一樣，他動作飛快地及時縮手。

「你認為父親也會來祝福我嗎？」英內薇拉問。

「啊……」索利遲疑。「據我所知，父親還在店後面睡覺。他昨晚沒去集合，我告訴訓練官他肚子痛……又痛了。」索利無奈聳肩，英內薇拉低下頭去，不想讓他看見自己眼中的失望。

索利彎下腰去，以手指輕輕撩起她的下頷，直視她的目光。「我知道父親像我一樣希望妳能獲得所有祝福，雖然他不太願意表現出來。」

英內薇拉點頭。「我知道。」她在索利離開前又摟了摟他的脖子。「謝謝你。」

卡席福望向英內薇拉，彷彿第一次注意到她。他面露英俊的笑容，鞠躬說道：「祝福妳，英內薇拉・娃・卡薩德，願妳成為女人。希望妳能擁有好丈夫及許多兒子，每個都像妳哥哥一樣英俊。」

英內薇拉微笑，在戰士們信步離開時有點臉紅。

終於，隊伍開始前進了。她們在火熱的陽光下靜靜等待，女孩和她們的母親一次一對進入大帳。有些人只進去幾分鐘，有些人則將近一個小時。所有人出來時都身穿黑袍，大部分看來都比較像是鬆了口氣的感覺。有些女孩默默看向遠方，心不在焉地搓揉雙手，在母親的帶領下回家。

快要輪到她們的時候，英內薇拉的母親緊握她的肩膀，指甲透過衣服陷入她的肉裡。

「目光保持向下，除非有人問妳，不然別說話。」曼娃輕聲說道。「絕對不要用問題回答問題，絕對不要違逆達馬丁。跟我一起說：『是的，達馬丁。』」

「是的，達馬丁。」英內薇拉複誦道。

「把這個答案記在心裡。」曼娃說。「得罪達馬丁就等於是得罪命運。」

「是的，母親。」英內薇拉吞了一大口口水，感覺內臟都在絞痛。大帳裡究竟是什麼情況？母親沒有經歷同樣的儀式嗎？她爲什麼這麼害怕？

一名奈達馬丁拉開帳帘，在英內薇拉之前進去的女孩走了出來。現在她戴著頭巾，但卻是褐色的，就和身上的衣服一樣。她母親輕拍她的肩膀，邊走邊安慰她，不過兩人都在哭泣。

奈達馬丁默默看著這一幕，接著轉向英內薇拉和她母親。她約莫十三歲，高挑結實，有著顯眼的頰骨和鷹勾鼻，看起來很像猛禽。「我是梅蘭。」她示意她們入帳。「魁娃達馬丁現在可以接見妳們。」

英內薇拉深吸一口氣，與母親一同脫鞋，平空比畫魔印，然後進入達馬丁大帳。陽光自帳頂灑落，照得大帳內部一片光明。所有東西都是白色的，從帳篷的牆壁、上漆的家具到厚厚的帆布地毯。

這讓地上的血跡看來格外顯眼。入口處的地毯上灑滿大片紅色與棕色的液體，還有髒兮兮的紅色腳印通往左右兩旁的病床隔間。

「那是沙羅姆的血。」一個聲音說道。英內薇拉嚇了一跳，這才發現艾弗倫之妻站在她們面前，白袍幾乎完美地融入背景中。「天亮時自阿拉蓋沙拉克送來的沙羅姆的血。每天，這些帆布地毯都會被割下來，在禱告時拿去沙利克霍拉的高塔上焚燒。」

彷彿排練好的一樣，英內薇拉突然聽見四周傳來痛苦的叫聲，隔間的另一邊躺了許多受傷的男人。她想像自己的父親——或是更糟的情況，索利——也和他們躺在一起的景象，每聽到一次慘叫與呻吟就忍不住皺起眉頭。

「求求艾弗倫現在就帶我走！」一名男子絕望地叫道。「我不要當殘廢！」

「注意腳下。」魁娃達馬丁警告道。「妳們的腳底沒資格碰觸戰士們為妳們而濺灑的榮耀之血。」

英內薇拉和母親繞過染血的帆布，來到達馬丁面前。魁娃從頭到腳包在白色絲綢之中，只露出雙眼和手掌。她的身材和梅蘭一樣高壯，不過擁有女人的線條。

「妳叫什麼名字？女孩。」艾弗倫之妻的聲音低沉冷峻。

「英內薇拉．娃．卡薩德．安達馬吉．安卡吉，達馬丁。」英內薇拉說著深深一鞠躬。「以卡吉的第一妻室為名。」聽到最後補充的這句話時，曼娃的指甲掐入她的肩膀，痛得她猛吸口氣。達馬丁似乎沒注意到。

「相信妳自認這個名字讓妳與眾不同。」魁娃輕蔑說道。「如果克拉西亞每多一個取那名字的女孩就能多一名戰士，沙拉克卡早就結束了。」

「是的，達馬丁。」英內薇拉說，在母親鬆手的同時再度鞠躬。

「妳很漂亮。」達馬丁說道。

英內薇拉鞠躬。「謝謝妳，達馬丁。」

「大後宮隨時都用得上漂亮女孩，如果沒有其他用處的話。」魁娃說著看向曼娃。「妳丈夫是誰？妳又是做什麼的？」

「戴爾沙羅姆卡薩德，達馬丁。」曼娃鞠躬說道。「我是棕櫚葉織簍匠。」

「第一妻室？」魁娃問。

「我是他唯一的妻室，達馬丁。」曼娃說。

「男人總是以爲在風光時妻子可以越娶越多，卡吉部族的曼娃。」魁娃說。「但事實剛好相反。妳可曾想過按照伊弗佳指示，爲丈夫迎娶妾室，好幫著妳織簍和生孩子？」「有，達馬丁。想過很多次。」曼娃咬牙說道。「不過沒有一個父親……願意將女兒嫁到我們家。」

艾弗倫之妻嘟噥一聲。曼娃的回答說明了卡薩德是個什麼樣的人。「妳女兒受過教育嗎？」

曼娃點頭。「有的，達馬丁。英內薇拉是我的學徒，她織簍技巧高超，我教過她加法及作帳的方法。她爲天堂七柱各讀過一遍伊弗佳。」

達馬丁眼中沒有透露絲毫想法。「跟我來。」她轉身，走向大帳內部。她沒去理會地上的血跡，飄逸的絲袍就這麼掠過地面。她的絲袍沒被鮮血染紅，那些血沒有那個膽量。

梅蘭隨即跟上，奈達馬丁靈巧地繞過血跡，英內薇拉和母親緊跟在後。大帳是由白布牆所組成的迷宮，她們在裡面左彎右拐，沒過多久英內薇拉已不知道自己身處何處。這裡的地上沒有血跡，就連沙羅姆傷兵的叫聲都變成悶響。路過一個轉角時，布牆和帳頂突然由白變黑。那感覺彷彿從白晝步入黑夜般。再轉過一個轉角後，帳內已經黑到她幾乎完全看不見身穿戴爾丁黑袍的母親，就連一身白袍的達馬丁及其學徒都變得若隱若現。

魁娃突然止步，梅蘭繞過她，拉開一扇英內薇拉沒有注意到的暗門。門內只見一道通往黑暗的石階。打磨過的石階在她腳下冰涼無比，當梅蘭關上暗門時，四周立刻陷入完全的黑暗。她們緩緩向下走去，英內薇拉深怕自己不小心絆倒，連累艾弗倫之妻和她一起滾下石階。

幸好石階很短，不過英內薇拉在抵達盡頭時倒是眞的絆了一跤。她立刻站穩，其他人似乎都沒注意到。

魁娃手中冒出一團邪氣森森的紅光，讓她們足以看見對方，卻無法驅退四周黑暗所帶來的壓力。

達馬丁帶領她們走過一排自石壁中開鑿而出的黑暗石室，兩旁的牆壁上都刻有魔印。

「跟梅蘭在這裡等。」魁娃對曼娃說，接著命令英內薇拉進入其中一間石室。英內薇拉在沉重的石門於身後關閉時露出畏縮的神色。

石室角落處有塊台座，達馬丁將發光的東西放在那上面。它看起來像是表面有魔印、在發光的煤塊，但就連英內薇拉也曉得沒有那麼簡單。那是阿拉蓋霍拉惡魔骨。

魁娃轉頭看她，英內薇拉看見女人手中多了一把小刀。在紅光下，那把刀彷彿染滿鮮血。

英內薇拉尖叫後退，但是石室很小，她很快就撞上石牆。達馬丁將小刀舉到英內薇拉鼻子前，她定下視線，奮力盯著它。

「妳怕這把刀？」達馬盯問。

「是，達馬丁。」英內薇拉不由自主地說道，聲音抖得厲害。

「閉上雙眼。」魁娃命令她。英內薇拉在恐懼中顫抖，但她遵照命令，心口狂跳，等待獵刀刺穿自己。但是這刀一直沒有刺下來。「想像棕櫚樹，織簍匠之女。」魁娃說。英內薇拉不太了解為什麼要這麼做，但還是點了點頭。想像棕櫚樹不難，因為她每天都會爬棕櫚樹，身手矯健地上上下下，摘取棕櫚葉回來編簍。

「棕櫚會怕風嗎？」達馬丁問。

「不會，達馬丁。」英內薇拉答。

「它會怎麼做？」

「彎曲，達馬丁。」英內薇拉說。

「根據伊弗佳的教誨，恐懼與痛苦都只是風，曼娃之女英內薇拉。讓風吹拂過妳。」

「是，達馬丁。」英內薇拉說。

「複誦三遍。」魁娃命令。

「恐懼與痛苦都只是風。」英內薇拉說，深吸一口氣。「恐懼與痛苦都只是風。恐懼與痛苦都只是風。」

「睜開雙眼，跪下。」魁娃說。英內薇拉照做時，她又補充一句：「舉起手臂。」英內薇拉覺得舉起的手彷彿脫離身體了一樣，但它穩穩地舉在空中。艾弗倫之妻捲起英內薇拉的衣袖，在她前臂上劃了一刀，留下一道血痕。英內薇拉猛吸一口氣，但是沒有畏縮或出聲。恐懼與痛苦都只是風。

達馬丁輕輕撩起面紗，舔舔獵刀，淺嚐英內薇拉的血。她將獵刀插回腰際，然後伸出有力的手擠壓傷口，讓血流到魔印黑骰上。

英內薇拉咬緊牙關。恐懼與痛苦都只是風。

鮮血滴落時，骰子開始發光，英內薇拉隨即明白它們也都是阿拉蓋霍拉。她的血接觸到了惡魔骨，這實在太可怕了。

達馬丁後退一步，一邊搖骰一邊低聲唸咒，骨骰變得越來越亮。

「艾弗倫，光明與生命的賜予者，我懇求你賜予這個謙卑的僕人未來的景象。讓我看見英內薇拉，卡吉部族達馬吉血脈的卡薩德之女的未來。」

說完後，她將骨骰擲到英內薇拉面前的地上。骨骰魔光大作，令英內薇拉難以逼視，接著光線逐漸黯淡，在地板上形成編織她命運的發光圖案。

達馬丁一言不發，瞇起雙眼，凝望著圖案很長一段時間。英內薇拉說不上來她究竟看了多久，但是她已經因爲不習慣跪這麼久而承受不住，身體有點搖晃。

魁娃在察覺到她晃動時抬起頭來。「跪好別動！」她站起身來，在小石室中繞圈，自不同角度細看骨骰的圖案。光芒緩緩消逝，但是達馬丁依然凝神思索。

不管有沒有想像風中的棕櫚樹，英內薇拉心裡都開始非常緊張。她的肌肉緊繃，焦慮感隨著時間倍增。艾弗倫之妻究竟看見什麼了？她會不會被迫離開母親，被賣到大後宮去？難道她不孕？

終於，魁娃看向英內薇拉。「敢碰骰子一下，我就要妳的命。」說完後，她離開石室，下達命令。石室外傳來梅蘭跑步離開的聲音。

片刻過後，曼娃走入石室，小心翼翼地繞過骨骰，跪在英內薇拉身後。「怎麼了？」她低聲問。

英內薇拉搖頭。「我不知道。達馬丁一直盯著骰子，好像不確定其中意義的樣子。」

「也可能是她不喜歡骰子預見的未來。」曼娃喃喃道。

「現在是什麼情況？」英內薇拉臉色慘白地問道。

「她們去找坎內娃達馬基丁。」曼娃說，英內薇拉倒抽一口涼氣。「她會決定妳最後的命運。祈禱吧。」

英內薇拉在顫抖中低頭。達馬丁已經讓她夠害怕了。想到達馬丁的領袖要過來檢查她……

求求你，艾弗倫，她哀求道。讓我能夠懷孕，爲卡吉部族帶來子嗣。我的家族無法承受我是奈丁的羞辱。答應我這個請求，我就把自己永遠獻給你。

她們在昏暗的紅光中跪了很長一段時間，默默祈禱。

「母親？」英內薇拉問。

「我在。」她母親回應。

英內薇拉吞嚥口水。「我如果不孕，妳還會愛我嗎？」她說到最後幾乎哽咽。她本來沒打算哭，但卻發現淚水在眼中打轉。

片刻過後，曼娃擁她入懷。「妳是我女兒。就算妳熄滅了太陽，我還是愛妳。」

經歷一段無盡的等待後，魁娃回來了，身後還跟著另一名艾弗倫之妻——比較年長，也比較瘦，目光銳利。她身穿達馬丁白袍，但是面紗和頭巾都是黑色絲綢所製。克拉西亞最有權勢的女人，坎內娃達馬基丁。

達馬基丁看了一眼抱在一起的母女，兩人立刻分開，擦拭眼淚，恢復跪姿。她一言不發，走到骨骰旁，接著研究骨骰很長一段時間。

最後，坎內娃嘟噥一聲。「帶她走。」

英內薇拉倒抽一口涼氣，任由魁娃上前抓住她的手臂，拉她起身。她焦急地看向母親，卻見曼娃滿臉驚恐。「母親！」

曼娃五體投地，在達馬丁拖走女兒時抓住她的袍緣。「求求妳，達馬丁。」她哀求道。「我女兒——」

「妳女兒從此與妳無關。」坎內娃打斷她，魁娃踢開她抓著自己袍緣的手。「她現在屬於艾弗倫的了。」

「一定是哪裡弄錯了。」英內薇拉在魁娃緊扣她手臂領著她前進時呆呆地說道。她覺得自己比較像是被帶往鞭笞台，而非宮殿。坎內娃達馬基丁和梅蘭，宗達馬丁學徒，和她們走在一起。

「骨骰不會弄錯。」坎內娃說。「而妳應該感到高興。妳，織簍匠和沒什麼功績的沙羅姆之女，將會許配給艾弗倫。妳難道看不出來今天妳爲家族帶來多少榮耀嗎？」

「那我爲什麼不能向他們道別？連向我母親都不能？」*絕不要用問題回答問題。*曼娃提醒過她，但英內薇拉已經不在乎了。

「最好儘快和他們撇清關係。」坎內娃說。「現在他們的地位遠在妳之下，與妳再無關聯。妳在受訓期間不能與他們見面，而當妳準備好來接受白袍測試時，將不會希望再見到他們。」

英內薇拉對於如此荒謬的說法無言以對。再也不想見她母親？她哥哥？無法想像。她甚至會思念父親，雖然卡薩德很可能根本不會發現她不在家。

卡吉部族的達馬丁宮殿很快就映入眼簾。達馬丁的宮殿可與最偉大的達馬基宮殿媲美，擁有二十呎高的魔印牆，同時可以抵擋白晝敵人與阿拉蓋的攻擊。越過城牆，她看見高大的尖塔與巨型宮殿圓頂，但是英內薇拉從未見過高牆內部的景象。只有達馬丁和她們的學徒能進入高牆之內。沒有男人，包括安德拉本人，能步入這塊聖地。

至少英內薇拉是這麼聽說的，但當宮殿外門——看來彷彿是自動開啓的一樣——在她們身後關閉時，她看見兩名肌肉結實的男人在推門。他們身上只穿白色拜多布和涼鞋，頭髮和身體都抹得油亮。兩人的手腕和腳踝上都銬著金色鐐銬，但是英內薇拉沒看到鎖鏈。

「我以爲男人不能進入宮殿。」英內薇拉說。「爲了守護達馬丁的貞潔。」

艾弗倫之妻哈哈大笑，彷彿聽見天大的笑話。就連梅蘭也輕聲竊笑。

「妳說的算半對。」坎內娃說。「這些閹人沒有睪丸，所以在艾弗倫眼中不算男人。」

「他們是……普緒丁？」英內薇拉問。

坎內娃輕笑。「儘管沒有睪丸，他們的長矛還是足以發揮眞男人的功用。」

英內薇拉在走上寬敞的大理石台階時露出苦笑，這些台階一塵不染、潔白無瑕。她雙手貼在身側，儘可能不引人注目，看著更加英俊壯健的金鐐銬奴隸推開宮殿大門。他們彎腰鞠躬，魁娃伸手撩起其中之一的下頷。

「我今天很累，卡偉爾。一小時後帶熱石和香油來我房間，幫我消除疲勞。」奴隸一言不發，深深鞠躬。

「他們不准說話？」英內薇拉問。

「不能說話。」坎內娃說。「他們的舌頭和睪丸一起割掉了，而且都不識字。他們永遠無法把在達馬丁宮殿裡看見的美景告訴任何人。」

沒錯，宮殿裡隨處可見超乎英內薇拉想像的奢華景象。從圓柱和高聳的圓頂一直到牆壁與台階全都是由潔白無瑕的大理石切割而成，打磨到閃閃發光。在她赤腳下柔軟得不可思議的厚重編織地毯鋪滿所有走道，增添明亮的色彩。牆上掛滿繡帷——述說記載在伊弗佳中的故事，全是頂級藝術作品。美麗的釉彩陶器陳設在大理石台座上，還有許多水晶、黃金與白銀飾品，從細緻的雕像與裝飾到大型的酒杯與碗盤都有。在大市集裡，這種東西一定會有人嚴密看守——隨便變賣一件都能讓一個家庭溫飽十年——但是在克拉西亞誰會有膽子竊取達馬丁的東西？

不少艾弗倫之妻在走道上和她們擦身而過，有些獨自行走，有些成群結隊；全都身穿同樣飄逸的白絲袍，戴著頭巾與面紗——即使在沒有男人的宮殿裡也一樣。她們會停下腳步，深深鞠躬，等待坎內娃路過，而儘管極力掩飾，英內薇拉還是看出她們對自己露出好奇而又不太歡迎的神色。

不只一個路過的艾弗倫之妻有孕在身。英內薇拉難以想像達馬丁怎麼可能懷孕，特別在所有能夠接近她們的男人通通都是閹人的情況下，但是英內薇拉將所有疑惑深藏在不動聲色的面具之下。問這種問題可能是在考驗坎內娃的耐心，況且如果自己將住在這裡，這些問題很快都會得到答案。

宮殿中有七條側廊，每條都代表一根天堂之柱，而位於中央的走廊則通向安納克桑，卡吉的最後安息地。這是達馬基丁的私人領域，英內薇拉被她們帶到第一妻室華麗的接待廳。魁娃和梅蘭奉命在外等待。

「坐下。」達馬基丁指著放在光滑辦公桌前的絨布長椅說道。英內薇拉膽怯地坐下，在巨大的接待廳中感覺自己的渺小。坎內娃坐在桌子後方，指尖交抵，凝視著在自己的目光下畏縮的英內薇拉。

「魁娃說妳知道自己名字的典故。」坎內娃沉聲說道，英內薇拉聽不出來對方是否在嘲弄自己。

「妳對英內薇拉了解多少？」

「英內薇拉是卡吉最親密的朋友與顧問——達馬吉的女兒。」英內薇拉說。「根據伊弗佳記載，她的美貌令卡吉對她一見鍾情，宣稱封她為他的第一妻室是艾弗倫的旨意。」

坎內娃哼了一聲。「達馬佳的功績不僅如此，女孩，差得遠了。她在卡吉枕邊提供智慧，引領他取得至高無上的權力。傳說她以艾弗倫的聲音發聲，這也是這個名字代表艾弗倫旨意的由來。」

「英內薇拉同時也是史上第一個達馬丁。」坎內娃繼續說道。「她將醫療、毒藥，以及霍拉魔法帶來人間。她編織卡吉的隱形斗篷，在他強大的長矛與皇冠上刻劃魔印。」

坎內娃抬頭看向英內薇拉。「而她會再度降世，在沙拉克卡來臨之前找出下任解放者。」

英內薇拉深吸口氣，坎內娃露出諒解她的表情。「我曾見過超過百名名叫英內薇拉的女孩如此吸氣，女孩，但是沒有一個爲我們找出解放者。光是達馬吉一脈就有多少個？二十個？」

英內薇拉點頭，坎內娃嘟噥一聲，自桌子裡面拿出一本有皮製書脊的沉重大書。看得出從前書皮上的金葉閃閃發光，如今只剩下少許金斑。

「伊弗佳丁。」坎內娃說。「妳要研讀它。」

英內薇拉鞠躬。「當然，達馬基丁，不過我已經讀過聖典許多次了。」

坎內娃搖頭。「妳讀過的是伊弗佳，卡吉的版本，多年以來受到歷任達馬爲了不同的目的而持續修改。但伊弗佳只陳述了故事的一半。伊弗佳丁，它的兄弟書，是由達馬佳本人親筆撰寫，其中包括了她私人的智慧，以及在卡吉崛起過程中所扮演的角色。妳要把所有內容都記下來。」

英內薇拉接過聖典。書頁很薄、很柔軟，但是伊弗佳丁就和曼娃用以教她的那本伊弗佳聖典一樣厚。她緊抱聖典，彷彿深怕被賊搶去一樣。

達馬基丁交給她一個厚厚的黑絨布袋。英內薇拉接下時聽見裡面發出喀啦聲響。

「妳的霍拉袋。」坎內娃說。

英內薇拉臉色發白。「裡面有惡魔骨？」

坎內娃搖頭。「妳起碼要經過幾個月的訓練才能接觸眞正的霍拉，很可能還要再過幾年才能進入影之殿去刻妳自己的骨骰。」

英內薇拉解開繫繩，將袋子裡的東西倒在手上。裡面有七枚陶骰，每一枚的骰面數量都不相同。所有骰子都漆成跟惡魔骨一樣的黑色，每個骰面上則以紅漆繪製符號。

「只要學會解讀的方法，骰子可以爲妳呈現世界上所有祕密。」坎內娃說。「這些骰子代表妳所追求的一切，供妳練習使用。伊弗佳丁大部分的內容都在教導解讀骨骰的方法。」

英內薇拉將骰子塞回袋中，繫緊繫繩，安安穩穩地放入口袋。

「她們會仇視妳。」坎內娃說。

「誰，達馬基丁？」英內薇拉問。

「所有人。」坎內娃說。「艾弗倫的未婚妻或妻子都一樣，這裡沒有任何女人歡迎妳。」

「爲什麼？」英內薇拉問。

「因爲妳的母親不是達馬丁，妳不是生下來註定要穿白袍的人。」坎內娃說。「骨骰已經有兩個世代不曾挑選女孩成爲達馬丁。想要贏得面紗，妳得比別人加倍努力。妳的姊妹們全都打從出生就開始受訓。」

英內薇拉領略這種說法。宮殿之外，所有人都知道達馬丁守身如玉。現在看來是除了達馬丁她們自己外，所有人都如此認爲。

「她們將會仇視妳。」卡內娃繼續。「但同時也會懼怕妳。如果妳夠聰明，就會利用這一點。」

「懼怕？」英內薇拉問。「看在艾弗倫的份上，她們有什麼理由怕我？」

「因爲上一個由骨骰挑選出來的女孩此刻正以達馬基丁的身分坐在妳面前。」坎內娃說。「打從卡吉的年代以來一直就是這個樣子，骨骰表示妳或許會成爲我的接班人。」

「我會成爲達馬基丁？」英內薇拉難以置信地問道。

「或許，」坎內娃重申。「如果妳活得夠久。其他人會觀察妳，評判妳。有些一起受訓的姊妹或許會試圖與妳交好，有些則會想辦法控制妳。妳必須比她們堅強。」

「我——」英內薇拉開口。

「但又不能表現得太過強勢。」坎內娃插嘴道。「不然達馬丁會在妳取得面紗之前暗中除掉妳，然後讓骨骰另外挑個人選。」

英內薇拉感到一陣寒意。

「妳所知曉的一切即將面臨天翻地覆的改變，女孩。」坎內娃說。「不過我認爲最後妳會發現達馬丁的宮殿和大市集沒有多大不同。」

英內薇拉側頭看她，不確定這個女人是不是在開玩笑，但是坎內娃不理會她，拿起桌上的金鈴搖了幾下。魁娃和梅蘭進入石室。「帶她去地窖。」

魁娃再度拉起英內薇拉的手臂，半領半拖地拉她離開長椅。

「梅蘭，未婚妻之道就由妳來指導她。」坎內娃說。「接下來十二個月虧，她犯錯妳也要連帶受罰。」

梅蘭一臉厭惡，但還是深深鞠躬。「是，祖母。」

地窖不在宮殿的七條側廊裡。它在地下，位於地底宮殿中。就和大部分沙漠之矛偉大的建築一樣，達馬丁宮殿地上有幾層，地下就有幾層。與地面上的建築相比，地底宮殿較爲寒冷，裝潢也較爲樸實。這裡不像宮殿主體有上漆、鍍金與打磨。地下城遠離陽光的照射，不是展示奢華的地方，也不是享受舒適的地方。

但是地下宮殿仍比英內薇拉和家人稱之爲家的泥磚屋要雄偉許多。高聳的天花板、巨大的石柱、莊嚴的拱道，刻在這些東西表面上的魔印堪稱藝術。即使遠離陽光，這裡仍然溫暖，走道上鋪著柔軟的地毯，邊緣縫製了魔印。就算阿拉蓋有辦法進入這個最神聖的地方，艾弗倫之妻依然安全無虞。

達馬丁在走道上巡邏，偶爾會和她們擦身而過。她們朝魁娃點頭，然後繼續前進，但英內薇拉感覺得到她們會偷看自己。她們走下一道樓梯，繼續穿越數條走道。空氣越來越溫暖，越來越潮濕。地毯消失了，大理石地板變成濕滑的磁磚。一名身材魁梧的達馬丁站在一扇門前，如同貓盯著老鼠般肆無忌憚地打量著英內薇拉。英內薇拉在路過一間沿著牆面釘了許多木釘的寬敞石室時打個冷顫。大部分的木釘上都掛著長袍或是長條白絲巾。英內薇拉聽見前方傳來戲水的笑聲。

「脫下妳的衣服，留在地上等人拿去燒。」魁娃說。

英內薇拉迅速脫下褐色衣服與拜多布——一塊寬布條，爲她的私處抵擋大市集永不止歇的風沙。曼娃的拜多布是黑色的，她教英內薇拉以很有效率的方式打結來固定拜多布。

梅蘭脫下衣服，英內薇拉看見在她的白袍與絲褲下同樣裹著拜多布，不過裹布的手法異常繁複，以一條寬度不足一吋的長絲布反覆交織而成。她的頭頂也纏著絲布，包住頭髮、耳朵與頸部，臉則裸露在外。

梅蘭解開下頷下的小結，開始取下頭巾。她的雙手飛快，動作熟練，打開在英內薇拉眼中是以極度複雜的織法纏繞的頭巾。她一邊動作，雙手一邊繞圈，將絲布整齊地緊緊纏在手上。

英內薇拉驚訝地發現女孩頭上沒有頭髮，橄欖色的頭皮如同打磨過的石頭般光滑閃亮。

頭巾的末端連在梅蘭背後結成辮帶的絲布上。女孩雙手在腦後繼續舞動，解開數十個辮帶上的交結，最後變成兩條絲布直通她的拜多布。學徒的雙手依然沒有停下。

在發現那都是同一條絲布時，英內薇拉敬畏地看著梅蘭慢慢脫下拜多布。梅蘭赤裸的雙腳以穩定的節奏跨出解開的絲布，像在跳舞。絲布纏繞她的大腿與雙腳數十圈，一層一層地交纏而下。

英內薇拉編過的簍子多到能夠一眼看出縝密的編織手法，而梅蘭所展現的是大師級的手藝。以如此繁複手法纏好的絲布可以一整天都不鬆脫，技巧稍差的人很可能會弄得亂七八糟，完全解不開來。

「纏好的拜多布就像一層守護貞操的肉網。」魁娃說著將一大團白色薄絲布丟給英內薇拉。「除了在這座地窖最底層的石室中沐浴與方便之外，妳隨時都要把它穿在身上。不論任何情況，只要離開地窖，就得穿上它。如果纏得不夠緊，妳將會接受懲罰。梅蘭會教妳纏布的手法，這對織簍匠之女來說應該不難。」

梅蘭不屑地哼了一聲，英內薇拉在她走過來的時候吞嚥口水，努力不去盯著她的光頭看。她比英內薇拉大上幾歲，除下頭巾後看來非常美麗。她伸出雙手，兩條手臂上都纏了至少十呎長的絲布。英內薇拉模仿她的動作，兩人站在自手中垂下的絲布上，將絲布纏到自己腰間。

「一開始的纏法叫作艾弗倫守護者，」梅蘭說著拉緊絲布，穿過兩腿之間。「一共要纏七次，象徵天堂七柱。」英內薇拉照著她的動作做，一段時間過後，魁娃打斷她們。

「有個地方纏反了，重來。」達馬丁說。

英內薇拉點頭，兩個女孩解開絲布，重頭開始。英內薇拉眉頭深鎖，竭盡所能地模仿梅蘭的纏法。坎內娃說梅蘭會因爲她而受到連帶處分，她不希望這個女孩因爲自己笨手笨腳而受罰。她一路跟著梅蘭纏到頭頂，這才又讓達馬丁打斷。

「別纏那麼緊。」魁娃說。「妳是在纏拜多布，不是要固定沙羅姆破碎的頭顱。再來一次。」

梅蘭不悅地瞪了英內薇拉一眼，讓她有點臉紅。兩人再度解開絲布、脫下拜多布，從頭來過。第三次重複時，英內薇拉已經抓到纏布的手感。絲布十分自然地緊貼在她身上，沒過多久她就跟梅蘭纏上一模一樣的拜多絲布。

魁娃鼓掌。「或許妳真的有點本事，女孩。梅蘭花了幾個月才學會拜多布的纏法，而她已經算是學得很快了。是不是，梅蘭？」

「正如達馬丁所說。」梅蘭僵硬地鞠躬，英內薇拉覺得魁娃在奚落她。

「去沐浴吧。」魁娃說。「天色不早了，廚房再過不久就會開放。」

英內薇拉一聽到食物，肚子立刻咕嚕作響。她已經好幾個小時沒吃東西了。

「妳很快就有得吃了。」魁娃微笑。「等妳和其他女孩擺好晚餐，擦好餐具之後。」

她笑了笑，指向發出蒸汽和濺水聲的方向。

梅蘭迅速解開拜多布，朝那個方向走去。英內薇拉花了比較長的時間，免得絲布打結，然後跟了上去，赤腳在磁磚上啪啪作響。

走道通往一座大水池，池水熱呼呼的，空氣中瀰漫著騰騰熱氣。澡堂裡有幾十個女孩，全都和梅蘭一樣光頭。有些是英內薇拉的年紀，不過大部分都年齡稍長，有些幾乎已經算是成年女子。她們全都站在石頭水池中沐浴，或是躺在濕滑的石階上刮毛或修指甲。

英內薇拉想到她和母親分享的那桶溫水。由於配給到的水很少，她們很久才會換一次洗澡水。她一臉驚奇地踏入水池，熱水流過她的大腿，水面彷彿市集裡的絲綢般掠過她的指尖。

她們走入時，所有人都抬起頭來。躺在石階上的人如同嘶嘶作響的毒蛇般突然坐起，蒸汽瀰漫的澡堂中所有目光全都集中在兩個女孩身上。她們迅速擁上，將兩人團團圍起。

英內薇拉轉回身去，但是已經無路可退，圍著她們的女孩逐步逼近，一面阻止她們離開，一邊擋住門外的視線。

「就是她？」一名女孩問道。

「她就是骨骰挑選之人？」另一名女孩問。提問的人轉眼消失在蒸汽中，因爲人們開始移動，從四面八方打量英內薇拉，就像魁娃從每個角度觀察骨骰一樣。

梅蘭點頭，圍觀女孩擠得更近。英內薇拉在眾人目光下感到無比的壓力。

「梅蘭，這是……？」英內薇拉朝梅蘭伸出手，心跳加劇。

梅蘭扣住她的手腕，微微一扭，接著用力扯下。英內薇拉朝她摔去，梅蘭一把抓住她濃密的頭髮，順勢將她的腦袋按到水裡。

一陣汨汨聲響過後，她的耳中便只剩下水流急湧而過的聲音。英內薇拉反射性地吸入一大口水，然後嗆到，但在水裡無法咳嗽，而她努力憋氣的同時，內臟開始痙攣。熱水燙傷她的臉，她奮力掙扎，但梅蘭不肯鬆手，英內薇拉也掙脫不開。她在肺部開始有灼燒感時大力拍水，但就像索利在攤位上保護她們母女時一樣，梅蘭施展了沙魯沙克的招式，她的動作迅速精準。英內薇拉毫無招架之力。

梅蘭對她大吼大叫，但是聲音在水裡聽不眞切，英內薇拉完全不知道她在叫什麼。接著她發現自己即將溺斃。那種感覺非常荒謬。英內薇拉從來不曾踏入比膝蓋還深的水裡，水在沙漠之矛是非常珍貴的資源，在大市集中同時扮演貨幣與商品的角色。俗話說「黃金閃亮，清水不朽」。只有最富有的克拉西亞居民才可能死於溺水。

正當她開始絕望時，梅蘭在一陣水花中將她拉起。英內薇拉披頭散髮，劇咳不已，氣喘吁吁地吸著熱騰騰的空氣。

「──大搖大擺走進來，」梅蘭還在大叫。「與達馬基丁交談，好像她是妳的閨中密友，竟然還三次就學會拜多布的纏法！」

「三次？」一名女孩問。

「光憑這個，我們就該殺了她！」另一個女孩補充道。

「她自以為比我們優秀。」第三個女孩說。

英內薇拉拚命從糾纏在一起的髮絲之間打量四周，其他女孩面無表情地坐視一切，目光毫不關心。沒有一個人看起來像是打算幫她的樣子。

「梅蘭，拜託，我——」英內薇拉連忙說道，但是梅蘭手上使勁，又把她壓入水裡。她立刻屏住呼吸，不過很快氣就沒了，梅蘭一直等到她再度瘋狂拍水才拉她起來喘氣。

「不要和我說話。」梅蘭說。「我或許要和妳共處一年，但我們不是朋友。妳以為妳可以一夜之間取代坎內娃的地位？超越我母親？超越我？我是坎內娃的血脈！妳只是……一把骰壞的骰子。」

她平空拔出一把利刃，英內薇拉在她一刀割掉自己一大撮頭髮時嚇得心驚膽戰。「妳是廢物。」她拋起匕首，接住刀刃，將刀柄遞給旁邊的女孩。

「妳是廢物。」另一個女孩重複這句話，抓起另一撮英內薇拉的頭髮，一刀割下。

女孩一個接著一個走上前來，接過匕首，割下英內薇拉的頭髮，直到她頭上只剩下蓬亂的短髮，稀稀疏疏，鮮血淋漓。「妳是廢物。」她們輪流說道。

當最後一名女孩退開時，英內薇拉已經跪在水裡，全身軟癱，哽咽哭泣。她一陣一陣地猛咳，抽搐導致她喉嚨灼熱難耐。那感覺彷彿肺臟打定主意要把最後一滴水給排出體外一樣。

坎內娃說得沒錯。達馬丁宮殿和大市集沒有什麼不同，但這裡沒有索利保護她。

英內薇拉想起曼娃，還有她最後一次提到克莉莎時所說的話。如果她的沙魯沙克不是梅蘭和其他女孩的對手，她就得採取母親的手段。她會低下頭去，遵從她們的吩咐。努力工作、聆聽、學習。

接著趁人不注意的時候，她會找出梅蘭的貨帳，偷放老鼠進去。

第一章 亞倫 333 AR 夏

新月前三十個拂曉

瑞娜又吻了亞倫一下。一陣微風拂過他們身上的汗水，爲他們在熱情的夜晚中喘息時增添一絲涼意。

「我之前就在好奇你那塊尿布底下有沒有刺青。」她說著依偎在他身旁，頭靠在他裸露的胸膛上，聽著他的心跳。

亞倫笑了笑，伸手摟著她。「那叫拜多布，而不管我再怎麼偏執也有個極限。」

瑞娜抬起頭來，嘴唇輕觸他的耳朵。「或許你只是需要個可以信任的魔印師。照顧丈夫拜多布底下的東西可是妻子的責任，我可以用黑柄汁幫你畫……」

亞倫吞嚥口水，她看見他臉色一紅。「妳還沒畫好，魔印就變形了。」

瑞娜大笑，一把抱住他，頭躺回他的胸口。「有時候我懷疑自己是不是崩潰了。」她說。

「爲什麼？」亞倫問。

「好像我依然坐在『不孕』西莉雅的紡紗間裡，無神地看向遠方。那之後所發生的一切就像作夢一樣。我懷疑是不是我的心將我帶往一個愉快的境地，然後把我留在裡面。」

「如果這裡就是妳的愉快境地，那妳的想像力眞的很糟。」亞倫說。

「爲什麼？」瑞娜問。「我擺脫了豪爾和那座該死的農場，變得比從前更堅強，還在赤裸的黑夜中起舞。」她伸出一手，揮過身前。「眼前的一切七彩繽紛。」她看向他。「而且我還跟亞倫·貝爾斯在一起。我的愉快境地怎麼可能不在這裡？」

瑞娜在這些話脫口而出後緊咬下唇。這個念頭在她心中已久，但一直不敢大聲說出口。遲疑的部分原因在於害怕亞倫的反應，但主要還是因為她不確定自己的想法。譚納家三姊妹全都迫不及待地跟遇上的第一個好男人上床，但是她們可曾眞的陷入愛河？

瑞娜小時候以爲自己深愛亞倫，但當年她只有在遠處看著他，現在她已了解她所珍惜的一切都是出於對亞倫的想像，而不是那個男孩本身。

今年春天，瑞娜說服自己相信她愛科比．費雪，但是現在她也了解那是個謊言。科比並不是壞人，但如果當時有其他男人前來豪爾的農場，瑞娜知道自己很可能也會去色誘他。只要能逃離那裡，她什麼都肯幹，因爲任何地方都比那座農場要好，任何男人都比她爸要好。

但是瑞娜已經騙夠自己了，她不願意繼續把話擱在心裡。

「愛你，亞倫．貝爾斯。」她說。

這話一說完，她的勇氣瞬間消失。她屏息以待，但是亞倫卻毫不遲疑地抱緊她。「愛妳，瑞娜．譚納。」

她鬆了一大口氣，所有恐懼與疑慮全部消失。

由於身上充滿魔力的緣故，瑞娜雖然躺在地上，卻一點也不睏，不過她也不想睡覺。在溫暖又安全的此刻，她慵懶地回想著幾個小時前與亞倫在這裡大戰惡魔王子及其僕役的景象。那彷彿是個截然不同的世界，是上輩子的事。一時之間，他們遠離塵世中的一切。

但隨著汗水變乾，情慾消退，眞實世界又逐漸恢復焦點，變得可怕又恐怖。他們四周都是地心魔物的屍體，黑色膿汁濺灑在整片空地上。其中那頭變形惡魔還維持她的外形，脖子上平整的斷口依然淌著膿汁。不遠處，差點死在化身魔手上的黎明舞者仍然躺在地上，腿骨碎裂。

「還得再治療舞者一次，牠才能上路。」亞倫說。「就算能走了，還要一、兩天的時間才能完全康復。」

瑞娜打量四周。「我不想在這個地方再多待一晚。」

「我也不想。」亞倫說。「地心魔物明天就會像蠕蟲爬向水灘般遭受吸引而來。我在附近有個藏身處，裡面有輛足以搬運舞者的拉車。天亮後不久我就可以把車拉來。」

「還是得等到天黑。」瑞娜說。亞倫側頭看她。「為什麼？」

「那匹馬比你爸的房子還重。」瑞娜說。「沒有黑夜的力量加持，我們要怎麼搬馬上車？再說，誰又拉得動它？」

亞倫看著她，即使臉上紋滿刺青，他的表情還是透露了一切。「別那樣。」她大聲道。

「哪樣？」亞倫問。

「考慮要不要騙我。」瑞娜說。「我們已經訂婚了，夫妻之間不該存有謊言。」

亞倫驚訝地看著她，接著搖搖頭。「其實我沒打算說謊，只是在考慮該不該現在就告訴妳。」

「如果你珍惜你的皮膚，最好實話實說。」瑞娜說。亞倫瞇起雙眼看她，但是她直視他的目光。

片刻過後，他聳肩。

「我白天不會失去所有力量。」他說。「即使在正午的烈日下，我還是可以舉起一頭乳牛，丟到比妳丟溪石還要遠的距離外。」

「你為什麼這麼特別？」瑞娜問。

亞倫又露出那個表情。她皺起眉頭，半開玩笑似地對他揮揮拳頭。

亞倫大笑。「等我們抵達藏身處後，我就把一切都告訴妳。我發誓。」瑞娜笑嘻嘻地說：「親一個，就算說定了。」

趁著等待的空檔，瑞娜拿出亞倫給她的魔印工具，在地上放了一塊乾淨的布，將工具整齊排開。她拿出自己的溪石項鍊和獵刀，慢慢地、小心翼翼地、深情款款地開始清理它們。

那條項鍊是科比．費雪送她的定情物，用一條結實的細繩串過幾十顆光滑的石頭。項鍊很長，瑞娜得在脖子上纏繞兩圈，垂到胸口之下。

獵刀本來是她父親豪爾．譚納所有。他總是把它放在腰帶上，磨得十分銳利。他在她逃家私奔時用這把刀殺死科比，接著她又用同一把刀殺死了他。

如果沒有發生那件事，當亞倫抵達提貝溪鎮時，瑞娜和科比就已經結婚了。這條項鍊是她對亞倫不忠的象徵，另一個男人送她的定情物；獵刀則代表將她一輩子囚禁在私人地獄中的男人。

但是瑞娜不願意丟棄這兩樣東西。不管從前如何，它們都是這個世界上唯一眞正屬於她的東西，她過去的白晝生活中唯一跟隨她進入黑夜的部分。她用魔印加持它們，項鍊上的是防禦魔印，獵刀上的是攻擊魔印。必要時，項鍊可以充當魔印圈，不過用來勒死惡魔的效果更好。至於那把獵刀……

那把獵刀刺穿了惡魔王子的胸口。它的魔力至今還在她經魔印加持的雙眼面前閃閃發光。不光只是魔印發光——整片刀刃發出一股幽闇的光芒，只要輕輕一碰，她的手指就被割出血來。

她知道獵刀上的魔力會隨著陽光消失，但此時此刻，那把武器似乎所向無敵。即使到了白晝，它也會比從前強大。魔法總是能夠強化物品。正因爲如此，擦拭布只要輕輕一抹，項鍊就會恢復原先的光澤，細繩則比製成的時候更加堅韌。

瑞娜一直守護著黎明舞者到天亮。清晨的陽光照射在散落一地的地心魔物屍體上，令它們起火燃燒。她永遠看不膩這種景象，雖然她得爲目睹此景付出代價。惡魔燃燒的同時，她皮膚上的黑柄魔印也隨著魔法消逝而產生刺痛。獵刀在刀鞘中發熱，灼燒她的腳。她必須靠在樹幹上，感覺自己像是吟遊詩人斷線的傀儡，四肢虛弱，雙眼半盲。

不適的感覺很快就過去了，瑞娜深吸一大口氣。只要休息幾個小時，她就會變得比這輩子狀況最良好的日子更加精力充沛，但即使身處那種狀況還是不能與入夜後的感覺相提並論。

亞倫怎麼能在陽光下維持力量？因爲他的魔印是紋在身上，而非用黑柄汁畫的？如果是這樣，她待會就要拿針和墨水紋身。

惡魔屍體燃燒的火勢猛烈，短短數秒就只剩下一片焦土與灰燼。瑞娜踩熄最後幾道火苗，以免火勢蔓延開來，接著終於疲憊不堪地躺在黎明舞者旁邊沉沉睡去。

ß

醒來的時候，瑞娜仍然在黎明舞者身邊，不過不是躺在剛剛的苔蘚床上，而是一輛顛簸拖車後方的簡陋毯子上。她抬起頭來，看到亞倫扛著車軛走在拖車前面。他以極快的速度拖著他們前進。

這個景象讓她睡意全消，瑞娜輕輕跳上馬車前座，抓起韁繩，使勁甩動。亞倫嚇得跳了起來，瑞娜哈哈大笑。「駕！」

亞倫瞪她一眼，瑞娜又笑了笑。她跳下拖車，跟著他走。這條路路況很糟，雜草叢生，不過還不足以拖慢他們的速度。

「甜井鎮就在前面。」亞倫說。

「甜井鎮？」瑞娜問。

「他們是這麼自稱的。」亞倫說。「因爲那裡的井水很甜。」

「我以爲我們要避開城鎮。」瑞娜說。

「這個鎮上只剩下鬼魂了。」亞倫說，瑞娜聽出話中隱藏的悲痛。「甜井鎮在兩年前的某個夜裡慘遭屠村。」

「你以前來過這個地方？」她問。

亞倫點頭。「我當信使的時候來過幾次。鎮上共有十戶人家，他們總愛說是『六十七個勤奮工作的好人』。他們有些怪習俗，不過總是歡迎信使到來，而且他們會釀世界上最難喝的烈酒。」

「你沒喝過我爸釀的。」瑞娜嘟噥道。「那酒不但能喝，還可以當燈油。」

「甜井鎮的酒烈到安吉爾斯公爵把他們除名。」亞倫說。「將這座鎮從地圖上劃掉，下令信使公會從此不得造訪。」

「但你們還是來了。」瑞娜說。

「我們當然要來。」亞倫說。「他以爲自己是誰，這樣就想除掉一座小鎮？再說，信使運一趟甜井鎮的烈酒就能賺到六個月的生活費，而且我喜歡甜井鎮民。整個鎮都圍在魔印圈裡，鎮民們從早忙到晚，從一哩外就能聽見他們的歌聲。」

「出了什麼事？」瑞娜問。

亞倫聳肩。「後來我開始前往更南的地方送信，很多年沒來這裡，一直到我開始在皮膚上紋身後才又回到這附近。那時候我常在野外一待就是好幾個月，孤獨到會和黎明舞者聊天，還幫牠跟我自己回話。當時我快要崩潰了，而我也清楚這點。」

瑞娜想起她在父親農場裡和動物們交談的日子。她跟抓抓太太和胡菲分享過不少交心時光，即使有豪爾在，她還是非常了解孤獨的感覺。

「有一天我想起甜井鎮就在附近。」亞倫說。「於是決定用布遮住手和臉，編個潭普草故事告訴他們，就說我被火焰唾液噴到了。我只求能與人交談，聽他們說話。但是當我來到鎮上時，卻發現靜悄悄地，完全沒有以前的熱鬧聲響。」

他們路過一片樹林，小鎮終於映入眼簾，十間以木板道連接的堅固茅草屋頂房舍，以及聖堂圍著一座大井整整齊齊地排成一圈。小鎮外圍架設許多魔印樁，每間房都有兩層樓，上層是住家，下層則是工作坊或店面。鎮上有打鐵舖、旅店、馬廄、麵包店、織布店，以及其他看不出是做什麼的店家。

穿越木板道前往馬廄時，瑞娜感到很不自在。鎮上的一切都保持得很好。沒有惡魔肆虐的痕跡，看起來好像隨時都會有鎮民從房舍裡走出來似地。她可以透過心眼看見鎮民的鬼魂在四周忙進忙出。

「我進鎮的時候，木板道上滿是骨頭、血跡和惡魔屎。」亞倫說。「當時還聞得到臭味，事情好像才剛剛發生幾天而已。就差幾天！如果我早點過來，就可以……」

瑞娜摸摸他的手臂，沒說什麼。

「看來是有根魔印樁裂開了，然後被風吹倒。」亞倫繼續。「木惡魔找到缺口，對正在用晚餐的鎮民展開攻擊。少數幾個人逃到野外，不過我追蹤他們的足跡，只找到殘骸。」

瑞娜可以清楚想像當時的景況，甜井鎮民全都聚集在木板道上的木桌旁分享公共晚餐，卻讓地心魔物殺得措手不及。她聽見慘叫聲，看見瀕死的人們。這一切令她頭暈目眩，跪在地上，腹部攪動不休。

片刻過後，亞倫伸手搭上她的肩膀，瑞娜這才發現自己在哭。她滿懷罪惡感地抬頭看他。

「沒有什麼好羞愧的。」他說。「我當時的反應比妳還糟。」

「你怎麼做？」瑞娜問。

亞倫吐出一口長氣。「渾渾噩噩地過了幾個禮拜。白天我就埋葬屍骨，喝烈酒，晚上就殺光所有進入甜井鎮方圓十哩範圍的地心魔物。」

「來的路上有看到惡魔的足跡。」瑞娜道。

亞倫哼了一聲。「它們到明天早上就會化為篝火。」

瑞娜伸手握住刀柄，朝木板道吐口水。「肯定會。」

他們走向馬廄，亞倫將黎明舞者抱到地上。他發出吃力的哼聲，不過還是輕鬆完成這個動作。瑞娜搖搖頭，懷疑自己就算在夜裡充滿魔力時也未必做得到。

「我們需要水。」亞倫說。

「我去打。」瑞娜說，轉身朝向中央水井。「我想嚐嚐看能夠變成鎮名的井水究竟有多甜。」

亞倫抓住她的手臂。「井水已經不甜了。我在井裡找到坎尼特·史維特維爾，本鎮的長老。在我爬下去撈出他的骸骨時，他已經在井裡腐爛超過一個禮拜了。現在井水裡有毒。旅店後的水泵裡還有清水，不過已經不甜了。」

瑞娜又啐口口水，拿起水桶朝旅店走去。她的手再次移向獵刀，輕撫骨柄。黑夜來得太慢了。

安置好舞者後，他們花點時間梳洗，在空蕩蕩的旅店裡吃了一頓冰涼的午餐。「樓上有間客房。」亞倫說。「天黑前我們可以睡幾個小時。」

「客房？」瑞娜問。「這麼多房子隨便我們住，爲什麼要住客房？」

亞倫搖頭。「我不喜歡佔用被地心魔物殺死的人的床。我當信使的時候就是睡在那間房裡，房間不錯。」

愛你，亞倫．貝爾斯。她心想，不過沒有必要重複已說過的話。她點了點頭，跟他上樓。

那間客房比瑞娜曾經睡過的任何房間都要大，房裡還有一張大大的羽毛床。瑞娜坐在床上，難以想像世上竟然有這麼柔軟的床墊。她從沒睡過比稻草墊軟的床墊。她躺下去，這張床比雲還軟。她的雙眼在身體持續沉入羽毛床墊的同時打量房內的景象。亞倫顯然曾在這裡待過一段時間，平台上擺滿了他的東西——裝有塗料的瓶子、刷子、刻蝕工具，還有書。一張小寫字桌被他當成工作台，地上到處都是木片和木屑。

亞倫走過客房，摺起一張小地毯，在地上找出一塊鬆脫的地板。他使勁一拉，一大塊地板應聲而起，原來那些木屑是爲了遮住地板縫隙而撒的。瑞娜坐起身來，睜大雙眼，看著地板底下，裡面擺滿武器——上過油的鋒利魔印武器。她滑下床，走到他身旁蹲下細看，目光隨著亞倫刻劃的魔印飛舞。

亞倫挑出一張金色小木弓和一筒魔印箭，遞向她。「妳該學射箭了。」

瑞娜抿起嘴。他又想要保護她了，讓她遠離近身肉搏，不要以身犯險。「不想學，我也不想使矛。」

「爲什麼？」亞倫問。

瑞娜一手舉起溪石項鍊，一手拔出獵刀。「我不想躲在遠方殺地心魔物。要殺惡魔，就要它知道自己是死在誰的手上。」

她等他反駁，但他只是點頭。

「我懂那種感覺。」亞倫繼續將武器推向她。「但有時候妳寡不敵眾，或得儘快殺死惡魔，以免它傷害其他人。」他微笑。「而且我得說，站在遠方瞄準一頭惡魔就能殺掉它的感覺其實也不差。」

瑞娜深吸一口氣，他說的當然沒錯。沒錯，他是在保護她，但卻是用他一貫的方式保護她。教導她保護自己。

愛你，亞倫．貝爾斯。

她接下弓，出乎意料地輕。亞倫又交給她一小筒魔印箭，然後開始搬出剩下的武器包到油布裡。

「你拿這麼多武器出來做什麼？」她問。

「我需要這些武器，甚至更多武器。」亞倫說。「我要做很久以前就該做的事，把魔印武器交給所有男人、女人，以及拿得動武器的孩子。我一直在製作武器，收藏在提沙各地，但都是自用。現在不需要了，殺惡魔不必用武器，我已經過了那個階段。」

「爲什麼？」瑞娜問。她等著他迴避這個問題然後偏開目光。不管愛不愛他，如果他敢偏開目光，她一定會對準他的光頭狠狠敲下去。

但是亞倫直視她，目光閃爍。「今晚我會示範給妳看。」他伸出手，撫摸沿著她的雙眼描繪的視覺魔印。「妳需要黑夜之眼才能了解。」

瑞娜握起他的手，站起身來。她拉著他一起後退，直到雙腳碰到床緣。他們沉入羽毛床墊裡，熱吻迅速化爲愛撫。她的耳中傳來熱血澎湃的聲音，讓她感到如同在夜裡般旺盛的活力。

當他們回到酒吧用晚餐時，太陽已經開始下山。飯後，亞倫起身到吧台後翻箱倒櫃。片刻過後，帶著一個沉重的陶瓶回來。「惡魔喜歡在後面的田地上現身。妳覺得我們邊喝酒邊等它們怎麼樣？」

他們在薄暮中漫步，看著淡紫色的天空逐漸變暗。甜井鎮民的田地位於小鎮的南方，足足有好幾畝地，大部分是種植馬鈴薯、大麥和甘蔗。這些田地已經多年無人打理了，但是一大片作物依然頑強地長在田裡。田地中每隔一段距離就有一根魔印樁。大部分的狀況都很差——毫無用處，但是偶爾可見幾根新的魔印樁，上面漆的魔印依然清晰。她打量那些魔印樁，看出排列的奧祕。

「你把這地方弄成迷宮。」她說。「就像你之前提過在沙漠裡的那座。」

亞倫點頭，找一塊乾淨的地坐下。「這樣可以孤立惡魔，而且隨時都能踏入避難所。」他拿起沉重的陶瓶，在兩個小陶杯裡倒入清澈的液體。

「克拉西亞有些沙羅姆在赴戰場前會喝一種烈酒。他們叫它『庫西酒』，說那玩意兒能賜給戰士勇氣。」他遞給她一個酒杯。「我們的酒也有類似的功效。」

「我以為沙羅姆會擁抱他們的恐懼。」瑞娜說著在他身旁坐下，兩人中間隔著大酒瓶。

「大部分是這樣，而那也是最好的方法。」亞倫說。「但是擁抱恐懼不能驅逐寒意。我待在甜井鎮時可不希望太冷，我想要像地心魔域一樣狂熱。」

瑞娜點頭，她可以理解這種說法。她不理會小酒杯，一把抓起酒瓶把手。她將酒瓶捧在手中，俐落地放到嘴邊，然後喝了一大口。

這種酒就像亞倫說的那麼烈，她忍不住咳了幾聲，但它至少比她爸的酒甘甜，墜入她肚子裡的火球很快就平靜下來，為四肢帶來暖意。

亞倫放下酒杯，接過酒瓶，和她一樣大口喝酒。他們輪流喝酒，直到太陽完全下山，宣告地心魔物即將現身的魔霧開始浮現。那些魔霧逐漸凝聚成田野惡魔，表皮光滑，身形低矮，如同獅子般四肢著地，動作快過世間一切活物。還有幾頭木惡魔也開始成形，體型較大的惡魔要較久時間才能現身。

瑞娜站起身來，搖晃片刻，然後站穩腳步。她朝一頭正在現身的木惡魔走去，用一根手指勾著重量減輕許多的酒瓶。

她瞪著惡魔，等待對方完全現身，心裡想著被鎖在農場茅房裡的那天晚上，她在惡魔不斷敲門時大聲尖叫的情景。她想到那些空蕩蕩的房舍，還有身後那座有毒的井。

她又喝了一口烈酒，然後塞上蓋子，接著以空出來的那隻手摸向腰間的布袋。

惡魔終於完全現身，對著她張嘴欲吼。那張血盆大口大到足以吞下她整個腦袋，裡面還有一排一排的尖牙。

在它有機會發出任何聲音前，瑞娜手掌輕揚，丟了一棵橡果到它的嘴裡。繪製在橡果上的熱魔印一接觸到惡魔的舌頭立刻啟動，橡果在巨響聲中炸成一道閃光。

就在此時，瑞娜對準惡魔的臉吐出烈酒。

她在惡魔的臉噴出烈焰時讓向一旁。惡魔倒在地上，樹幹般的外殼熊熊燃燒，全身不停抽搐。

身後傳來一陣笑聲，瑞娜轉身看見亞倫朝她鼓掌。「幹得好，不過我可以做得更好。」

瑞娜笑嘻嘻地於胸前交抱雙手，走到魔印樁的守護範圍內。「我倒想見識見識，亞倫．貝爾斯。」

亞倫鞠了個躬。一頭田野惡魔在離他數呎外的地方凝聚成形，體型比夜狼還大。它嚎叫一聲，壓低身形，作勢欲撲。

亞倫和瑞娜一樣雙手交抱胸前，站在原地。他的兜帽是放下的——現在他幾乎已經不戴兜帽了——但仍穿著白天的長袍，遮蔽身上所有強力魔印。田野惡魔的動作迅捷如風，在沒有魔印守護的情況下，惡魔很有可能會擊倒他、撕裂他。瑞娜的手移動到獵刀上，用力握緊骨柄。

但是田野惡魔穿透亞倫的身體，好像他是一陣輕煙。他的身體讓惡魔穿透的部分如同煙霧般迴旋，片刻過後恢復原狀。

亞倫趁惡魔身在空中時微微鞠躬。「如今黑夜裡再也沒有東西傷得了我，瑞娜。只要我有察覺到攻擊。」

田野惡魔落地之後立刻轉身，再度向他撲去。瑞娜以為它還會穿體而過，但這一次亞倫以肉眼難察的速度避開攻擊，一手挾起地心魔物的頸部，當場阻卻它的衝勢。他迅速繞到惡魔身後，避開亂抓的利爪，單憑一手繼續扣住對方。他伸出空出的手，以手指在惡魔胸口畫下熱魔印。

他所畫的線條在魔印完成的瞬間冒出火光。他隨即放手，在惡魔被火焰吞噬之時向後退開。瑞娜倒抽一口涼氣，但亞倫這堂課可還沒上完。他朝另一頭田野惡魔走去，挑釁對方攻擊。惡魔受到挑釁，大吼一聲，張牙舞爪地撲向他。

「當然，如果我沒有及時發現對方……」亞倫被撞退數步，在被惡魔一爪擊中，腹部裂開時悶哼一聲。

眼看他的血飛濺開來，瑞娜忍不住倒抽一口涼氣。她拔出獵刀，衝向亞倫，擋在他面前。但是亞倫抬頭挺胸，揚手指示她不要過去。惡魔再度撲上，而亞倫再度化為一陣煙。

當他重新現形時，身上已經沒有任何傷口，就連長袍也完好如初。「……只要一點時間，就可以治療所有不致命的傷勢。」

惡魔三度來襲，這一次亞倫平空比畫魔印，惡魔還沒碰到他就像讓驢子踢了一腳般飛身而出。他的新力量彷彿沒有極限。

但當惡魔在數碼外落地時，亞倫卻微彎下腰，身體晃了一下。在瑞娜魔印加持的眼中，他片刻之前還綻放出強烈的魔光，現在身上的魔印卻變得比之前黯淡許多。

亞倫看見她的表情，點了點頭。「我在惡魔身上畫魔印，魔印會吸取地心魔物的魔力。但是平空繪製魔印的話，魔印就會從我身上擷取魔力。」

惡魔第四度展開攻擊，這次亞倫一把扣住它的咽喉，以沙魯沙克的招式將它壓在地上。當他壓著它的同時，瑞娜看見他掌心中的魔印魔力流竄，而他身上的魔光再度綻放，地心魔物則逐漸黯淡。惡魔尖叫掙扎，但是亞倫就像男人壓制小孩一樣輕輕鬆鬆地壓制它。他掌心中的力量逐漸加重，直到惡魔的咽喉斷裂。亞倫雙手一抖，扯下惡魔的腦袋。

瑞娜發現有頭田野惡魔悄悄逼近而來，於是裝出一副軟弱無助的模樣。這並不難，只要回想自己這輩子一直在扮演的那個沒用的角色就行了，那個受害者。

但是那部分的她已經隨著豪爾死去。當地心魔物撲上時，它撞上如同隱形牆壁的禁忌魔印，瑞娜立刻轉身，一刀插入它的胸口。刀刃上的魔印大放光明，刺穿惡魔的外殼，將一股魔力吸收到她體內，爲四肢帶來比烈酒更加強烈的暖意。她奮力向前，一刀接著一刀落下，每一刀都在她體內注入強大的魔力。

惡魔倒地死去時，她蹲下去，伸出手，在惡魔堅硬的外殼上畫下熱魔印。

什麼也沒發生。

「爲什麼你可以，我卻不行？」瑞娜一邊喊道，一邊在田地裡搜尋其他惡魔。還有一些惡魔在附近走動，但是它們已經對這兩個人類產生警覺，開始保持距離。

「有很長一段時間，我自己也弄不清楚。」亞倫說。「完全不了解自己的力量。但是當我在前往地心魔域的路上與那頭惡魔搏鬥時，我們心靈接觸，許多謎團迎刃而解。我已經變成半個惡魔了。」

「惡魔屎。」瑞娜說。「你不像它們那麼邪惡。」

亞倫聳肩。「大部分的惡魔其實不邪惡，它們的智力沒有高到能夠分辨邪惡——或善良的程度，說它們邪惡就和說會螫人的黃蜂邪惡差不了多少。不過心靈惡魔……」

「那些渾蛋比豪爾還要邪惡。」瑞娜說。

亞倫點頭。「邪惡多了。」

瑞娜皺起眉頭。「所以你的意思……是怎樣？地心魔物只是動物？我不信，黃蜂不會在天亮的時候起火燃燒。就算惡魔不邪惡，也不代表它們是自然界的產物。」

「那是活在白晝的人會說的話。」亞倫說。「沒用魔印加持雙眼的人。看看四周，妳能說魔法不自然嗎？」

瑞娜思索這個問題。她看著魔力自地心魔域排出地面的模樣，如同發光的霧氣在他們腳邊翻騰。她在植物和樹木之中看見魔力，就連動物和人體內也有。少了魔法，生命有可能存在嗎？

「或許不能。」她讓步。「但這不能解釋你爲什麼會以爲自己是半個惡魔，以及陽光驅散魔法之後爲什麼還能保有力量的原因。」

亞倫遲疑片刻，目光瞟向一旁，思索這個問題。瑞娜瞇起雙眼，亞倫看見她的表情。「我不打算騙妳，瑞娜，也不打算瞞妳。只不過這並不是什麼值得誇耀的事，而我不希望……妳看輕我。」

瑞娜走到他身旁，伸手撫摸他的臉頰。他皮膚上傳來魔法的刺痛感。「愛你，亞倫·貝爾斯。世上沒有任何東西能夠改變這點。」

亞倫哀傷地點點頭，沒有直視她的目光。「是肉讓我擁有這種力量。」

「肉？」

「惡魔肉。」亞倫解釋道。「我待在沙漠期間吃了好幾個月。當時感覺這樣很公平，因為一直以來它們都在吃我們。」

瑞娜倒抽一口涼氣，跟著後退一步。亞倫轉頭看她，她從他的表情看出自己肯定滿臉驚恐。

「你……吃它們？惡魔？」

亞倫點頭，瑞娜感到無比噁心。「當時我沒有多少選擇。被丟在沙漠裡等死，沒有食物，沒有希望。人最淒慘的處境也不過就是如此了。」

「我想我寧願死。」看到亞倫臉上流露痛苦的神情時，瑞娜立刻後悔自己這麼說。

「好吧，」他說。「看來我沒有妳那麼堅強，瑞娜。」

瑞娜跑到他身邊，握起他的雙手，用自己的額頭和他的額頭相抵。「你比我堅強多了，亞倫．貝爾斯。」她說，感到淚水在眼眶中打轉。「要不是你讓我看清自己有多蠢，我會寧死守住譚納家不可告人的祕密，那根本算不上堅強。」

亞倫搖頭，一滴淚滴在她的唇上，既冰冷又甜蜜。「這些年來，我不只一次得靠別人幫我看清自己有多愚蠢。」

瑞娜吻他。「你確定是惡魔肉讓你擁有這些力量？」

亞倫點頭。「可琳．特利格以前常說妳吃什麼就會變成什麼，我認為這種說法沒錯。我吸收了惡魔在它們的細胞中儲存魔法的能力，但我的皮膚還是能對抗陽光。我變成了電池。」

「細胞？電池？」瑞娜問。

「古世界的科學，那無關緊要。」亞倫以一貫不耐煩的態度揮手帶過這些問題，因爲他認爲這些知識解釋起來有些枯燥無味。彷彿她不願意聽他講一整晚一樣，彷彿世界上還有比他更加美妙的聲音。「把它想成經過一夜大雨的水桶。即時在雨過天青，地面都乾了之後桶子仍然是滿的。白天我無法利用這些魔力加持魔印，但可以感覺到它在我體內，療癒我的傷，讓我不會疲憊，力大無窮。到晚上就可以像打開瓶塞般釋放魔力，而我才剛剛開始了解自己的能力。」

瑞娜停下動作，思考他的話。不管亞倫怎麼說，她還是不能不把地心魔物當作自然界的邪惡力量、對造物主的冒犯。儘管她身上經常沾滿它們稱之爲血的噁心膿汁，她還是無法接受把膿汁放到嘴裡。

但是那種力量……

「我知道妳在想什麼，瑞娜。」亞倫說，將她從幻想帶回現實。「不要這麼做。」

「爲什麼？」瑞娜問。「這麼做對你似乎沒有什麼壞處。」

「妳不曉得那是什麼感覺，瑞娜。我當時心智失常，有自殺傾向，過著野獸般的生活。」

瑞娜搖頭。「獨自一人待在了無人煙的地方，除了舞者和地心魔物外沒有人可以交談；我知道那是什麼感覺。那會讓任何人想要投身黑夜，不管有沒有吃惡魔肉。」

亞倫看著她，點點頭。「說得沒錯。但是吃惡魔肉和在皮膚上塗黑柄汁不同，它們不會在幾個禮拜之後消失，而且妳還沒準備好。」

「你憑什麼認定我準備好了沒有？」瑞娜大聲問道。

「我不是在命令妳，瑞娜，我在求妳。」亞倫在她面前下跪。「別吃，如果有人問起，妳告訴它們惡魔肉有毒。」

瑞娜瞪了他很長一段時間，不確定該擁抱他還是打醒他。最後她嘆了口氣，遠離心中紛擾不休的情緒。「我會考慮。我保證不會跟任何人說。」

亞倫點頭，站起身來。「開始狩獵。等一下我必須儘可能蓄積魔力治療舞者。」

他們回到馬廄時，黎明舞者正在痛苦哀鳴，舌頭垂在嘴外。草料完全沒動，只喝下他們灌入牠喉嚨裡的水，而且呼吸困難。

化身魔單憑一擊就打斷了巨馬的肋骨、擊穿了多處內臟，讓整匹馬騰空而起。舞者撞上一棵樹，撞斷了背脊，落地時又摔斷四肢。亞倫用體內的魔力保住舞者的性命，但是不做進一步治療的話，牠將永遠無法行走，更別說是奔跑了。

現在亞倫體內的魔力多到身上所有魔印都在發光，將馬廄照耀得亮如白晝。當他伸手去摸舞者的腿，將斷骨接回正確位置，並在斷口附近的皮膚上比畫魔印時，看起來就像造物主本人。

舞者在骨頭與軟骨重新接合時痛苦呻吟，瑞娜幾乎難以忍受這個聲音。亞倫身上的光芒隨著每次治療而逐漸變暗，而需要治療的地方很多。他的魔印很快就黯淡無光，接著完全消失。但他持續療傷，手指敏銳地四下觸摸馬的身體，刺探需要集中力量的位置。治好肋骨時，舞者的胸口隆起，終於再度正常呼吸。瑞娜鬆了一大口氣，接著聽見亞倫呻吟一聲，倒在地上。

她抬他上床時，他渾身顫抖，呼吸急促。她幾乎聽不見他的心跳，而他身上的魔光黯淡到隨時可能熄滅。她脫光衣服，躺在他身旁，緊緊抱著他，試圖將體內的魔力轉到他身上，效果卻不顯著。

「你不可以死，亞倫．貝爾斯。」她說。「我們一起經歷了這麼多事。」

亞倫沒有回答，瑞娜站起身來，擦拭眼淚，來回踱步，心念電轉。

需要魔力，她心想。出去弄點魔力。

她立刻拔出獵刀，抄起斗篷，衣服也不穿就跑出門外。在身披隱形斗篷的情況下，地心魔物看不見她，她很快就在魔印樁外找到一頭田野惡魔。

她掀開斗篷，在它察覺她以前跳到惡魔背上，一手拉高它的下顎，割斷它的喉嚨。她從馬廄裡拿了個水桶，收集惡魔充斥著魔光的噁心黑膿汁。

她將膿汁淋在自己赤裸的肌膚上，感應到她的黑柄魔印吸收其中的魔力。她感到難以想像的活力，像陣風般回到亞倫身旁。她讓他躺在地上，把惡臭的膿汁倒在他身上，看著他皮膚上的魔印發光，吸收魔力，接著在他體內靈氣發光時變暗。他的呼吸逐漸順暢，瑞娜跪在地上。

「感謝造物主。」她低聲說道，平空比畫魔印。

這個動作是本能反應，但和亞倫治療舞者的方式很像。如果她能用同樣的手法治療他就好了。

她看著水桶，桶口上沾著一塊濕黏的惡魔內臟。她拿起那塊黑漆漆的東西，像拿著果凍般戳了一戳。很臭，她感到非常噁心，得深呼吸才不至於把晚餐都吐出來。

如果什麼都不做，他遲早會離開我，她心想。不管有多強，他都不可能獨自走下去。我得跟上他的步調，不然下次他被抓去地心魔域時，我還是會被留在地上。

「想夠了。」她嘟噥道。

她屏住呼吸，將肉放入口中。

第二章　承諾　333 AR 夏

新月前二十八個拂曉

瑞娜於天亮後不久醒來。亞倫平靜地睡著，爲了不吵醒他，她輕手輕腳地下去洗淨身上的血漬。在窗簾緊緊拉上的情況下，瑞娜還能感覺到體內充滿魔力，但是一步入陽光，魔力當即燒光。她試探性地伸展四肢，試圖尋找惡魔肉對身體造成影響的證據。她感覺不出來身體有任何改變，亞倫吃惡魔肉吃了好幾個月才獲得現在的力量。瑞娜只要想到要再吃一口惡魔肉就噁心到腸胃翻騰。她前往馬廄，幫黎明舞者刷毛，餵牠草料。巨馬精力充沛，一點也看不出來兩天前性命垂危的模樣。就連傷疤都開始變淡，幾乎完全消失。

忙完之後，她前往田地，採收足夠煮一頓豐盛早餐的馬鈴薯和蔬菜。當亞倫形容憔悴、步履蹣跚、彷彿一夜沒睡似地進入廚房時，她已經把早飯準備好了。

「這裡聞起來像天堂。」他說。

「沒有蛋和麵包，不過我在田裡抓到了一隻兔子，所以有肉吃。」瑞娜說著將燉肉舀到兩個他們拿到酒吧來的木碗裡。

用早餐時，亞倫看著他的碗一會兒，接著雙手摸頭。「看來昨晚有點太過火了。」

瑞娜哼了一聲。「眞是保守的說法。」

亞倫深吸一口氣，然後緩緩吐出。「這下後悔不該喝酒了。」

「吃。」瑞娜命令道。「肚子裡有點東西就舒服了。盡量多喝點水，不管水甜不甜。」亞倫點頭，隨即開始狼吞虎嚥，碗裡很快就空了。

「還有沒有？」他問，瑞娜微微一驚。她忙著看他吃飯，自己碗裡的食物都沒動。

「吃我的。」她把碗推到他面前，拿走他的空碗。「我再去舀。」她很高興回來時他已經把第二碗給吃光。

「好點了嗎？」她問。

「再世為人。」亞倫說，嘴角揚起一絲微笑。「很久沒有這種感覺了。」

「我們可以多住一天。」瑞娜說。「今晚再幫你補點魔力。」

亞倫搖頭。「今天要趕很多路，瑞娜。下午先停個地方，然後我們就儘速趕往解放者窪地。」

「在哪兒停？」瑞娜問。

亞倫又笑了笑，這次笑得比較開朗，雙眼炯炯有神。「要幫妳弄個恰當的訂婚禮物。」

亞倫邁開強勁的步伐踏上信使大道。幾小時後，瑞娜看出他有點疲憊，但他毫不考慮地拒絕騎馬。「舞者比我更需要休息。」他說。

正午過後一段時間，他們來到交岔路口，亞倫轉向比較少人走的小路，看來像是通往了無人煙的山丘平原。

「這條路通往哪裡？」她問。

「一個相熟的牧場主人。」亞倫說。「他欠我人情。」瑞娜等待片刻，但他沒有多說什麼。

又走了一個小時，牧場終於映入眼簾。這裡有三座馬廄，每座都有獨立的魔印，畜欄和庭院外圍還有魔印樁。放牧區同樣也有魔印守護。

一個男孩出現在最近的馬廄屋頂上，彎弓搭箭地瞄準他們。「什麼人？」他叫道。

瑞娜壓低身形，隨時準備朝向左右閃避。她緊握熟悉的獵刀骨柄，雖然獵刀在這種情況下派不上用場。她痛恨豪爾．譚納，但是握著殺掉他的這把獵刀能令她安心。

亞倫毫不擔心地回應男孩。「如果你不放下弓箭，去叫你爸過來，我就要後悔沒讓你被那頭木惡魔吃掉了，尼克．史戴利安。」

「信使！」尼克叫道，收弓揮手。「媽！爸！信使來了，帶舞者一起來！」

男孩滑下屋頂，來到前廊雨棚，自棚緣輕巧地盪落地面。他跑去菜園，拔了兩根紅蘿蔔，然後快步奔向他們，一臉讚歎地看著黎明舞者。「牠壯得像座馬廄！」

他小心翼翼地接近巨馬，將紅蘿蔔舉在身前。「別激動，小子，是我，尼克。你記得我，是吧？」黎明舞者嘶鳴一聲，咬過紅蘿蔔，不過男孩還是緊張兮兮，隨時準備拔腿就跑。

瑞娜不懂他在緊張什麼。如果男孩認識舞者，就該知道這匹馬像黎明一樣溫和。「牠不會踢你或咬你的，孩子。」

尼克轉過身來，張口欲言，接著注意到瑞娜，愣在原地。他的目光在她身上游移，她不確定他是在看她的黑柄魔印，還是裸露在外的肌膚。她不在乎讓他看，但是這樣很無禮，於是她雙手扠腰，瞪他一眼，提醒他應有的禮貌。男孩嚇了一跳，迅速偏開目光，看得瑞娜差點笑出聲來。

尼克轉向亞倫，面紅耳赤地問：「你馴服牠了？」

亞倫大笑。「沒有。舞者仍然是世界上最剽悍的馬，不過現在牠只會攻擊地心魔物。」

他們身後傳來一聲口哨，瑞娜迅速轉身，想都沒想就又伸手去握刀柄。但她很快就放開手，希望沒人注意到。我竟然還要小尼克注意禮貌。

走過來的男人看來沒有注意到她剛剛的動作。就像男孩一樣，他一開始眼中只看得到黎明舞者。他冷靜地走近，給舞者時間習慣他的存在。巨馬噴著鼻息，踏了幾下，不過還是讓他撫摸自己。

「牠長大了。」男人說著摸摸舞者壯健的腹部。他身材高瘦，留著濃密的短鬍子，長長的褐髮在身後綁成一條辮子。「比牠爸高出至少兩個手掌，而老坍方可是我養過的馬之中最高大的一匹。」他提起巨馬一條腿。「不過馬蹄鐵該修一修了。」

男人終於抬頭看向他們，然後和男孩一樣打量瑞娜，彷彿在檢查馬匹一樣。正當她準備發作的時候，男人終於看見她不滿的目光，嚇了一跳。

亞倫走到兩人之間。「他只是在看妳，瑞娜。」他低聲說道。「他們都是好人。」

瑞娜咬一咬牙。儘管不願承認，他說魔法會對人造成影響並沒有錯，就連白天也一樣。現在她很容易激動，她深吸一口氣，宣洩她的怒氣。

亞倫點了點頭，轉身面對牧場主人。「瑞娜·譚納，這位是強·史戴利安和他兒子尼克。強擅長馴服及飼養安吉爾斯野馬。」

「至少可以說是捕捉和飼養。」強說，他一臉抱歉地伸出手。「想要馴服能把田野惡魔踩死又跑得比夜裡所有生物都快的東西並不容易。」瑞娜握起他的手，不過在他面露吃痛的神情時立刻放手。

「有時候我明白牠們的感覺。」她喃喃說道。

強朝舞者點頭。「就拿那匹馬來說。抓到牠的時候，牠才六個月大。我本來很有自信能馴服這麼年輕的小馬，但是牠連轡頭都不讓我掛，而且不只一次踢爛馬廄跑出來。」

「黑夜可不懂得寬容。」亞倫說。「與惡魔對抗六個月會是生命中不可抹滅的痕跡。」

強點頭。「我本來以為連你也沒辦法馴服牠。」

「我沒有馴服牠。」亞倫說。「只是把牠帶回屬於牠的環境。」

「至少你讓牠戴上馬鞍和轡頭。」強指出。「不過我想我也不該驚訝。當年你只是個救了我兒子一命、在身上紋身的瘋信使，如今我聽說你是大殺的解放者。」

「不是。」亞倫說。「我是提貝溪鎮的亞倫．貝爾斯，只是有時候比常人瘋狂一點而已。」

「所以你畢竟還是有名有姓。」一個女人說著走出牧場房舍。她穿著樸素，體格壯健，一看就知道是做慣粗活的人。她身穿男人的衣服——高皮靴、馬褲、背心、簡單的白色短袖上衣，和強一樣將褐髮在身後綁成辮子。

「別理那些男生。」她對瑞娜說。「只要在馬旁邊，他們的話題就離不開馬。我是葛琳。」

「瑞娜。」瑞娜和她握手，接著在女人擁抱亞倫時握拳。*是魔法讓她討厭別的女人碰他的嗎？*

「很高興又見面了，信使。你能留下來晚餐嗎？」

亞倫點頭，瑞娜第一次看他對別人露出親切的笑容。「我很樂意。」

「你們來有什麼事？」強問。「我想不會單純為了修蹄鐵。」

亞倫點頭。「我還需要一匹馬，可以和舞者配種的母馬。」

他望向瑞娜，微微一笑。「要成家了。」

ε

住在瑞娜父親農場附近的馬克．佩斯楚也有養馬，母親在世時，瑞娜常常跑去他的牧場。那裡比強．史戴利安的牧場小多了，不過運作的方式差不多。強先帶舞者去找蹄鐵匠，然後領著他們前往一大片設置圍欄的牧地，裡面有幾十匹馬在騎馬的牧場工和牧犬的看顧下吃草。他們途經許多高大堅固的畜欄，高到就連黎明舞者也不可能在白天跳過。那是專門用來訓練和隔離的場地。

在其中一座畜欄中，瑞娜看見一匹巨大的黑馬緩慢奔跑，旁邊有兩名緊張兮兮的牧場工拿著鞭子看顧。她停下腳步。

「對，那就是老坍方。」強說。「舞者的父親。我們是在草原上抓到牠跟一打母馬和小舞者的。叫牠『坍方』是因爲把牠趕入畜欄的過程就像經歷一場坍方。」

「這老渾蛋什麼活兒都不幹，如果放任牠不管的話，晚上還老把馬廄的牆給踢穿。像惡魔一樣剽悍，不過比它們聰明多了。在城裡養馬的人會告訴你野生馬很笨，因爲牠們不聽使喚，但是千萬不要信那種鬼話。野馬有牠們自己的智慧，聰明到能在毫無防備的黑夜中生存下來，而大多數人都辦不到。坍方喜歡把試圖騎牠的人摔下馬背，然後用腳把人趕回院子。後來我們接骨接怕了，就讓牠待在配種畜欄裡了。」

瑞娜看著這匹雄壯威武的動物，心中感到無比悲哀。*你本是草原上的王者，但這裡的人卻逼你在畜欄裡繞圈，整天跟母馬交配。*她必須壓抑一股走去畜欄大門釋放牠的衝動。

「今年夏天誕生了不少小馬。」強在抵達牧地時說道。「有很多小母馬可挑。」

「妳來選，瑞娜。」亞倫說。「想挑哪一匹都行。」

瑞娜打量眼前的馬群。一眼望去，強的馬和馬克的只有些微不同，但是當她逐漸走近，看清牠們的體型後，雙眼隨即瞪得老大。這些小馬在母馬旁看起來不大，但是依然比馬克牧場中的某些成馬來得高壯。強這裡有些馬剛滿週歲就能供成人騎乘，而且完全看不到瘦弱的馬。在惡魔的篩選下，只有最強壯的馬匹才能生存，而牠們都是身強體健的巨型黑馬。

牧地中有許多強壯的小母馬，不過瑞娜的目光卻被一匹獨自站在旁邊的成年母馬吸引。這匹母馬的毛色褐黑交雜，比其他母馬都高出一個手掌。牠神色傲慢，就連其他馬都不敢靠近牠。

「那匹馬如何？」瑞娜指著她問道。

強嘟噥一聲。「好眼力，女孩。大部分人都會讓醜陋的外表蒙蔽。牠叫作旋風，去年夏天抓到的，就在我這輩子經歷過最強烈的風暴之前。牠才剛滿五歲，卻比我見過大部分種馬還要強壯，逃跑的次數多到數不清。要是拿著轡頭接近——黑夜呀，就接近牠而已——牠就會做出各式各樣粗暴的舉動。我有帶牠去老坍方的畜欄看看牠們兩個合不合得來，結果連老坍方都讓牠咬了。」

「不需要轡頭。」瑞娜說著翻過圍欄，穿越牧地。

「我說真的，那匹馬很危險。」強在她身後叫道。「妳確定知道自己在做什麼嗎？」瑞娜輕蔑地揮了揮手，連回頭看他一眼都沒有。

瑞娜接近時，旋風沒有後退。這是好徵兆。母馬似乎無視她的存在，但從牠耳朵豎起的模樣來看，瑞娜很確定這匹馬在觀察自己。

她揚起空手。「我沒拿轡頭。我自己也不會喜歡戴那種東西，所以不會要妳戴。」

旋風讓她走近，但當瑞娜伸手去摸馬頸時，牠立刻用力朝她咬下。瑞娜在手被咬斷前及時縮手。

「妳沒必要那樣！」她說著一巴掌甩在馬鼻上。旋風當場發狂，人立而起，奮力踢出，但是瑞娜早已蓄勢待發。幾個月獵殺惡魔及吸收魔力的生活讓她鍛練出超乎常人的力量與速度，而在此刻熱血沸騰的情況下，她感受到四肢傳來一陣全新的刺痛感，彷彿即使在白天也能淺嚐黑夜的力量。

瑞娜像是風中的麥稈般迂迴前進，感受馬蹄以毫釐之差掠過自己臉頰所揚起的勁風。發狂的母馬一腳接著一腳地試圖踩扁她，力道猛烈、動作飛快、每一腳都足以踏斷田野惡魔的背脊。

但瑞娜的動作如同跳舞般行雲流水，一下都沒被踢中。這種情況維持了一段時間，她開始懷疑誰會率先放棄。她體內的新力量無法和夜晚的魔力相提並論，而那匹馬看來像是不會累的樣子。

終於，旋風出腳的速度開始放慢，肌肉緊繃，準備逃跑。瑞娜在母馬發足狂奔前疾衝而上，伸手抓住一把馬鬃，翻身跳上馬背。

如果剛剛旋風的反應算是發狂，此刻的牠就是怒不可抑。牠完全不辜負自己的名號，又跳又扭，急速繞圈，試圖甩開瑞娜。

但是瑞娜已經坐穩，一點也不想放棄。她雙臂環抱粗到兩手幾乎無法交扣的馬頸。她抓緊之後，那強而有力的馬頸就變成了她整個世界，她唯一的宿敵。其他的一切都無關緊要。

她使盡吃奶的力氣用力收緊雙臂。

這段角力彷彿持續了很久很久，但旋風終於開始冷靜下來。牠不再跳躍，在畜欄中奔馳，牧犬因為其他馬匹爭相讓道而慌亂吼叫。

瑞娜持續施壓，毫不讓步，沒過多久馬放慢了腳步，頑固地持續慢跑。瑞娜微笑。頑固是好事。

她鬆開旋風的頸部，雙手握著馬鬃，使勁拉向左方。旋風聽命轉向，她哈哈大笑。膝蓋夾著馬脅，手裡握著馬鬃，瑞娜拔出獵刀，以刀面拍擊馬臀。「駕！」

旋風向前躍起，再度開始奔馳。瑞娜收起獵刀，雙手握鬃。只要輕輕一扯就能令馬轉向，但是瑞娜任牠自行奔馳，興奮地感受勁風甩動自己的長辮，身體隨著母馬強健的步伐劇晃。

瑞娜湊上前去，在旋風耳邊低語。「妳屬於黑夜，女孩。我不會讓妳淪落到坍方那種下場，我對妳承諾。」

瑞娜驅馬奔回亞倫和其他人等待的護欄旁，突然停下。

「決定好了？」亞倫問。「旋風？」

瑞娜點頭。「但是旋風這個名字不好，我要叫牠『承諾』。」

牧場的晚餐是家族聚餐，而這個家族的成員包括所有牧場工和洗衣女，總數超過三十人。甚至還有幾隻牧犬躺在大廳牆邊的毯子上，隨時準備跳出來吃剩菜。瑞娜、亞倫、強、葛琳和尼克坐在一張放滿食物、水杯與麥酒的長擱板桌首位上。

強帶領眾人對造物主禱告，瑞娜看見有些牧場工直盯著亞倫紋滿魔印的臉瞧。即使在強的禱告聲中，她敏銳的耳朵還是聽見席上傳來「解放者」的低語。她的手指不聽使喚地敲擊獵刀的骨柄。

強禱告完畢，坐直身子。「我不知道各位怎樣，不過我是餓扁了！開動。」就這樣，安靜的人們開始動作，三十個人以很有效率的熟練手法傳遞肉盤、菜碗、麵包及醬汁。

所有人在餐盤上盛滿食物，在日落西山的同時一邊吃喝一邊高談闊論。一直有人在偷看亞倫，不過他假裝沒注意到，連吃三大盤菜。在餐盤清空、菸斗點燃之後，他立刻站起身來。

「晚餐就像往常一樣美味，葛琳，但我們該啟程了。」

「沒這回事。」葛琳說。「天已經全黑了，我們有很多空房可以讓你們過夜。」

「感謝妳的殷勤招待，」亞倫說。「但瑞娜和我今晚還要趕路。」

葛琳皺眉，不過還是點頭。「我讓女孩們去幫你們打理些路上吃的東西，天知道你們的鞍袋裡放了些什麼。」她起身走向廚房。

亞倫自長袍裡取出一袋錢幣給強。「買下承諾的錢。」

強搖頭。「這裡不收你的錢，信使。你爲我和我兒子做的已經夠多了。就算沒有我兒子的事，你送我們的那些魔印箭也讓大家在夜裡得以安眠。」

但是亞倫搖頭。「苦日子要來臨了，強。來森的難民如潮水般北進，不要以爲這裡不會發生戰爭。克拉西亞人已經鎖定密爾恩和更北的區域，而既然人們已經開始反擊，地心魔物也不會示弱。它們晚上會成群結隊出沒，特別在月光黯淡的日子。」

他將錢袋放在強的手上。「我有很多金子，沒理由不公道地支付拿走的東西。我還會留幾把魔印矛下來。你是聰明人，會讓你的鍛造師和魔印師多做幾把讓大家用。」

瑞娜伸手摸他的手臂，亞倫轉過頭去，發現她一臉懇求地看著自己。「帶坍方一起走。把牠鎖在這裡是不對的，牠天生屬於黑夜。」

「我同意。」亞倫說。「但我們還有很長的路要趕，沒時間帶另一匹野馬一路趕回解放者窪地。」他看向強，數了更多金幣。「你可以派人帶牠隨後趕來嗎？」

「我欠你的多到還不清。」強說。「但我不能讓手下冒這個險。坍方很可能在第一天晚上就會扯開木樁，踢掉魔印圈逃走。」

亞倫點頭。「等我回到解放者窪地就會派人來帶走牠，除了他們也沒有別人能應付那匹巨馬。」

他們在路上奔馳。黎明舞者得放慢速度配合承諾，但瑞娜知道承諾遲早會跟上的。

「等我幫妳畫好魔印，」她在母馬的耳邊說道。「就輪到牠來追妳了。」

現在承諾已經換上亞倫親手刻的魔印蹄鐵，就像舞者一樣。一頭木惡魔跳出來擋道，瑞娜在一聲巨響中把它踏倒。她停下來踩踏這頭倒楣的惡魔，笑嘻嘻地看著首度嚐到魔法滋味的承諾亂蹄踩死惡魔。她繼續追趕舞者而去，在魔力加持下拉近兩者間的距離。

他們在天亮前下馬紮營。「跟馬待在這裡。」亞倫說。「我得去恢復力氣。」他消失在黑暗中。

瑞娜等他走遠，立刻展開自己的狩獵。她發現有頭田野惡魔在營地附近走動，於是裝出從前那副笨手笨腳的模樣，緊張兮兮地發出恐懼的啜泣聲。

惡魔一聲發喊，直撲而上，瑞娜立刻以沙魯沙克的拋擲手法將它摔在地上。她以繪有強力魔印的雙拳捶打它的腦袋，直到它不再掙扎。

她拔出獵刀，這一次連煮都不煮就開始吃肉，把膿汁當作葛琳的醬汁般吸吮。生肉的滋味更噁心，但是想到這樣做就能讓自己在陽光下保有力量，瑞娜的胃就變得更加強韌。

她清理完畢回到營地，一邊嚼著酸草葉一邊在承諾的蹄上刻魔印。這時她聽見亞倫回來的聲音。

「他不會知道我做了什麼。」她對承諾說。「他不可能發現。就算他發現了又怎樣？亞倫．貝爾斯不能命令我，不管有沒有訂婚。」

這種說法並沒有錯，但是感覺依然像是欺騙。

她在亞倫接近時抬起頭來，他身上的魔光強烈到她得瞇起魔印加持的雙眼才能直視他。她明白為什麼其他人認為他是解放者了，有時候就連造物主本人也沒有亞倫．貝爾斯如此光彩奪目。

第三章 燕麥鎮民 333 AR 夏

新月前二十七個拂曉

第二天他們沒怎麼交談，整天都在路況不佳的信使大道上奔馳。亞倫戴上兜帽遮陽，但瑞娜明白他其實是要掩飾臉上那挫折的神情。

亞倫在解放者窪地究竟有什麼事這麼重要？

一定跟女人有關，她知道。黎莎．佩伯，這個名字像沙蚤般不斷騷擾她。瑞娜第一次問起黎莎時，亞倫試圖迴避這個話題，但當時他們還沒訂婚，她無權繼續逼問。

*該重提此事了。*她心想。

「小心！」亞倫在他們轉過急彎時叫道。前方有輛拖車翻倒在地，兩旁樹叢茂密，無法繞道而行。瑞娜雙膝夾緊承諾，用力拉扯馬鬃。巨馬人立而起，放聲嘶鳴，使勁踢腿，瑞娜用盡全力才不至於掉下馬背。黎明舞者已經停下，安安靜靜地站在路旁，亞倫則笑嘻嘻地在黎明舞者背上看著她。

「我保證過不用轡頭。」瑞娜在承諾終於平靜下來後對母馬說。「可沒說不用馬鞍，妳給我好好想想。」承諾噴出鼻息。

「啊，牧師！我們需要幫忙！」一個灰鬍男子叫道，拿頂破帽子朝他們揮動。他和另一個人在拖車後方推車，瘦巴巴的馬則在前面拉。

「讓我來處理，瑞娜。」亞倫低聲說道，駕馭黎明舞者超到承諾之前。

「出了什麼事？」他問。

對方走到他們面前，再度取下帽子，以髒兮兮的手背擦拭額頭上的汗水。他的頭髮和鬍子差不多都已經灰白了，臉上的皺紋沾滿塵土。「卡在爛泥裡了。可以向你們借匹馬來幫忙拉車嗎？」

「抱歉，幫不上忙。」亞倫說，雙眼打量四周。

男人瞪他。「什麼意思，幫不上忙？你這算是什麼牧師？」

瑞娜看向亞倫，沒想到他會對需要幫助的灰鬍子長者如此無禮。「舞者一下子就能把拖車拉出來。」

亞倫搖頭。「車根本沒卡住，瑞娜。這是強盜手冊中最老套的把戲。」他輕蔑地哼了一聲。「我以爲現在已經沒人來這套了。」

「強盜？眞的？」瑞娜再度左顧右盼，這次用上她的夜眼。她和亞倫在光天化日之下，兩人最虛弱的時刻，被擋在人跡罕至的地方。爛泥根本沒有深到對方的膝蓋，兩旁的樹叢裡可以藏人。她的手指移向獵刀，但亞倫朝她揮手，於是她沒有拔刀。

「晚上要應付惡魔已經夠糟糕了，」亞倫說。「這下白天人們還要自相殘殺。」

「這太荒謬了！」灰鬍子叫道，但他邊叫邊退，瑞娜可以從他的表情看出他在說謊，明顯得她不明白剛剛爲什麼沒看出來。白晝之人，就算是老人，也可能像惡魔一樣邪惡，這樣的教訓她應該學會了才對。豪爾也是頭髮花白，還有洛達克·勞利也是。

站在拖車後方的人突然不見蹤影，再度現身時手上已經多了一面曲柄弓。樹叢裡跳出兩名男子，手持獵弓瞄準他們。他們身後的轉角又冒出三個持矛的男人，切斷兩人的退路。那三個男子形容憔悴，黑眼圈很深，而且衣衫破爛。

唯一沒拿武器的就是灰鬍子老頭。「我們不想傷害任何人，牧師。」他說著戴回帽子。「但是如今世道不好，而你們看起來帶了很多貨物，以及……」他瞇起雙眼打量瑞娜。她身處樹蔭下，皮膚上的魔印並不顯眼，不過任誰都不會錯過她異常暴露的穿著。手持曲柄弓的男人吹了一聲口哨，湊向前來想要瞧個仔細。

「不要亂來，唐恩。」灰鬍子警告他，拿曲柄弓的男人立刻停步。

灰鬍子目光瞟回亞倫身上。「不管怎樣，我們都會拿走所有食物、毯子或是藥物，當然還包括那兩匹大馬。」

瑞娜緊握獵刀，但亞倫只是輕笑。「相信我，你們不會想要這兩匹馬的。」

「你沒資格告訴我想要什麼，牧師。」灰鬍子大聲道。「造物主很久以前就遺棄了我們。現在你們兩個給我下馬，不然我的人就會在你們身上戳幾個大洞。」

亞倫立刻翻身下馬。以瑞娜幾乎無法看清的速度衝到灰鬍子面前，施展沙魯沙克的鎖喉手法制伏老人，隨即轉身將他擋在弓箭手和自己之間。

「如你所說，」亞倫說。「我並不想傷害任何人，只想繼續趕路。所以何不叫你的手下……」話沒說完，弓箭手已經脫手放箭。瑞娜倒抽一口涼氣，但是亞倫如同手快的人抓下馬蠅般平空接下此箭。

「這一箭比較像是在瞄準你。」亞倫說著將箭拿到灰鬍子面前。他把箭丟到一旁。

「可惡，布來斯！」灰鬍子叫道。「你想殺我？」

「抱歉！」布來斯叫道。「手滑！」

「他竟然說手滑，」灰鬍子喃喃說道。「造物主幫幫忙。」

趁著所有人都在注意弓箭手時，其中一名長矛手趁機偷偷溜到亞倫身後。以白晝之人的標準來看，他的動作夠輕巧，但瑞娜沒有出聲警告。她光從亞倫的站姿就看得出來他知道有人偷襲，甚至是在引人上鉤。

亞倫在長矛手動手的同時一把推開灰鬍子。對方長矛平舉在亞倫頭上，打算從後方扣住他的咽喉。亞倫抓起矛柄，彎腰向前，踏步轉身，利用對方自身的力道將他摔在地上。亞倫手持長矛，一腳踏上男人的胸口，冷冷看向其他人。

他的兜帽在打鬥時掀開，眾人在看見他的臉時同時倒抽一口涼氣。「魔印人。」布來斯說，所有強盜開始交頭接耳。

片刻過後，灰鬍子回過神來。「你就是傳說中的解放者。」他瞇起雙眼。「看起來不像。」

「從來沒說過我是。」亞倫說。「我是提貝溪鎮的亞倫．貝爾斯，我不會解放任何人，不過如果還有人膽敢放肆，我就會開始教訓人。」

灰鬍子看著他，接著望向自己手下。他揚起一手，所有人舉起武器，注視亞倫；亞倫望著他們，那表情活像瑞娜的母親抓到三姊妹惡作劇時準備出手懲罰的模樣。

就連灰鬍子也沒辦法忍受他的目光太久。他又擦擦額頭上的汗水，然後擰乾手裡的帽子。「我不會道歉的。」他說。「我的人要吃飯，還需要適當的住所。為了生活，我做過一些不值得誇耀的事情，但絕不是出於貪婪或惡意。當人流離失所，無處可去的時候，就容易迷失。」

亞倫點頭。「我知道那種感覺。你叫什麼名字？」

「瓦爾利．奧特。」灰鬍子說。

亞倫在聽到他的姓時點了點頭。「來自燕麥鎮？來森堡北方三天路程，剛過黃果園鎮的那裡？」

瓦爾利瞪大雙眼，不過點頭。「你離家很遠，瓦爾利。」亞倫說。「在道上流浪多久了？」

「將近三季了，自從克拉西亞人佔領來森堡以後。」瓦爾利說。「我知道那些沙漠老鼠接下來會找上我們，於是就叫鎮民打包行李，立刻逃難。」

「你是鎮長？」亞倫問。

瓦爾利笑道：「我本來是牧師。」他聳肩。「我想現在還是，勉強算得上，不過我開始懷疑天上究竟有沒有人在看顧我們。」

「這種感覺我也很熟悉。」亞倫說。

「燕麥鎮全鎮一起離家。」瓦爾利繼續說道。「總共六百人。我們有藥草師、魔印師、甚至還有個退休信使領路；補給品很多。老實說，我們剛開始帶的東西多到搬不動，但情況很快就改變了。」

「總是這樣。」亞倫說。

「沙漠老鼠來得很快。」瓦爾利說。「他們的斥候無所不在。逃難時失去很多鎮民，更多人捱不過寒冬。最後克拉西亞人不再追殺我們，但在抵達雷克頓前，沒有人感到安全。」

「雷克頓不肯接納你們。」亞倫猜。

瓦爾利搖頭。「當時我們衣衫破爛，如果在休耕地上紮營一週或是在他們的池塘裡釣一些魚，人們不會多說什麼，但沒有城鎮願意接納五百個人。總是有人指控我們偷東西，然後要不了多久，全鎮的人都會帶著釘耙和鋤頭出來趕我們走。」

「接著我們從雷克頓前往解放者窪地，那裡收容了上千名來森難民，但是他們已經到了啃樹皮和挖蟲子來裹腹的地步，而且窪地人還會在難民營裡找人一起去赤裸的黑夜裡自殺。克拉西亞人奪走了我們的一切，竟然還指望我們開始對抗惡魔？他們會死光的。」

「所以你們繼續北行。」亞倫說。

瓦爾利聳肩。「當時似乎是個明智的選擇，我們還有三百個鎮民得照顧。窪地人給了我們幾把魔印矛以及其他補給。農墩鎮就沒有這麼好心了，安吉爾斯堡的那些渾蛋甚至用矛頭趕走我們。我們聽說河橋鎮可能可以找到工作，但那地方也沒有好到哪裡去，已經擠滿了人。於是我們淪落到這裡，走投無路。」

「帶我去你們營地。」亞倫說。強盜看著他一段時間，接著點頭，轉向他的手下。拖車立刻離開爛泥，他們很快就轉出大道，穿越樹林間的一條小徑。亞倫下馬牽著黎明舞者的轡繩行走。瑞娜也一樣，一手放在承諾強壯的頸部引路。母馬在有人走近時踏步噴息，不過已經習慣讓瑞娜碰觸了。

他們足足走了一個多小時才在遠離小徑的地方看見燕麥鎮民的營地。瑞娜瞪大雙眼看著衣衫襤褸的人群和縫滿補丁的帳篷與馬車，整個地方瀰漫一股濃濃汗水與排泄物的味道。或許有兩百個人聚集在這裡。儘管跟瓦爾利一起行動的人也是衣衫破爛，但在這群人裡已經算是身體狀況不錯的了。

女人、小孩，以及老人在營地裡蹣跚走動，每個人看起來都疲憊、骯髒、飢腸轆轆。很多人身上都包著繃帶，大部分人的腳都只包著碎布。所有人都在工作——修復破爛、粗劣的遮蔽所並重繪魔印、煮稀粥、晾衣服和洗碗、撿木柴、準備魔印樁、照料骨瘦如柴的牲口。唯一沒在做事的就是病患和傷者，待在極不穩當的雨棚下，從營地另一邊就能聽見他們痛苦的哀鳴聲。

亞倫牽著黎明舞者穿越營地，看著人們迷失疲憊的雙眼令他不太自在。他們驚訝地看著他紋滿魔印的臉，交頭接耳，但沒有人有勇氣上前和他說話。

他們來到照料病患的雨棚，瑞娜彷彿看到惡魔肉般差點窒息。將近二十幾個鎮民躺在狹窄的布床上，身上包著血淋淋的繃帶，髒兮兮地散發惡臭。其中兩名病患失禁了，還有一個身上都是自己吐的東西。他們看起來都沒有好轉的跡象。

一名神態疲憊的女子徒勞無功地試圖照料所有人，灰髮在頭上梳成髮髻，小臉看來十分削瘦。她破爛的衣服外沒穿藥草圍裙。

「造物主啊，他們連個像樣的藥草師都沒有。」亞倫低聲道。

「我妻子，伊芙。」瓦爾利喃喃道。「她不是藥草師，卻在做藥草師的工作，照料需要治療的人。」伊芙抬起頭來，在看見亞倫和瑞娜布滿魔印的皮膚時面露震驚的神色。

亞倫從鞍袋裡拿出藥草包。「我懂一些藥草師的知識，特別是治療惡魔傷口的領域。如果你們允許，我很樂意幫忙。」

伊芙當場下跪。「喔，拜託，解放者！我們什麼都願意做！」

亞倫眉頭一皺，怒氣一發。「你們可以從停止這些愚民的舉動開始做起！」他大聲道。「我不是解放者。我是提貝溪鎮的亞倫．貝爾斯，只是想在能力範圍內盡量幫忙。」

伊芙一副被他甩了一巴掌的樣子，蒼白的臉頰漲得通紅，連忙爬起身來。「很抱歉……我不知道自己是怎麼了……」

亞倫伸手捏捏她的肩膀。「妳不必解釋。我聽過吟遊詩人編造的那些關於我的故事，但我要告訴你們，我和大家一樣都是普通人，只是學會了一些現今人們早已遺忘的古老把戲。」

伊芙點頭，終於放鬆下來，直視他的雙眼。

「北方約莫六十哩處有座死井鎮。」亞倫對瓦爾利道。「我可以幫你畫張精確的地圖，包括沿路可以紮營的地點。」

「死井鎮的人有什麼理由收容我們？」瓦爾利問。

「因爲死井鎮裡已經沒人了。」亞倫說。「地心魔物闖入魔印圈，殺光所有男女老幼。不過我們才路過那裡，清理過附近的地心魔物。或許一開始會有點擠，不過那裡的東西足夠各位展開全新的生活。但是記得要把井封死，另外再挖一座新的。」

瓦爾利張口結舌。「你……送給我們一座城鎮？」

亞倫點頭。「以前我常去那裡，對我而言具有特殊意義，我希望它能夠再度成為一群好人的家園。」他目光銳利地看了瓦爾利一眼。「不會攔路打劫的好人。」

瓦爾利似乎不太相信。「卡農經中言道：『不可相信在最需要的時候滿足你所有慾望之人。』」

亞倫微笑。「造物主遺棄你們，但是瓦爾利牧師卻還在引用卡農經？」

瓦爾利輕笑。「這個世界充滿矛盾。」

「死井鎮不會比你們如今的處境還糟。」亞倫說。「你們的魔印太弱了，剛剛路過就看得出來。」

瓦爾利點頭啐道：「所有魔印師都在病床上，鎮民只是盡力在他們的馬車和帳篷上繪製魔印。」

亞倫對瑞那點頭。「這位是瑞娜．譚納，我的未婚妻，很擅長繪製魔印。我要你和你的人帶她去營地中繞繞，讓她看看有沒有辦法強化營地的魔印。」

伊芙對瑞娜鞠躬。「你們這樣幫忙，我們真是太幸運了。」

瑞娜微微一笑，抓起亞倫的手臂。「請容我們私下談談。」她轉身就走，拖著亞倫來到兩匹馬中間。

「你在想什麼？亞倫．貝爾斯。」她問道。「我之前還為了在背上畫魔印的事和你爭論了好久，現在你竟然要我負責整個營地的魔印？」

亞倫看著她。「妳是說妳辦不到嗎？我不能信任妳嗎？」

瑞娜雙手扠腰。「我沒這麼說。」

「那還有什麼好討論的？」亞倫問。「天快要黑了，妳得盡量補強他們的魔印。必要時打罵鎮民都沒關係，總之把事情做好。拿幾支矛和魔印箭交給有能力使用的人。」

瑞娜眨了眨眼。除了給乳牛擠奶和做晚餐外，從來沒有人讓她負責家中畜棚以外的魔印，或是眞的讓她承擔任何責任，現在亞倫二話不說就讓她在這些人面前扮演「不孕」西莉雅的角色。

愛你，亞倫．貝爾斯。

瑞娜很快就發現魔印的狀況比預期的還糟。營地外圍根本沒有完整的魔印圈。燕麥鎮民零零落落地分散在空地上，每一輛拖車、馬車、和帳篷都是分別繪印，而且繪印的技巧好壞落差很大。畫得最好的魔印也只是差強人意。

「你們每天晚上會折損多少人？」她問。

瓦爾利啐道：「太多了，而且越來越多。」

「待在同一個地方，情況會越來越糟。」瑞娜說。「如此龐大的營地會在空氣中散發恐懼和鮮血的氣味，像蘋果核引來螞蟻般引來地心魔物。」

瓦爾利吞嚥口水。「聽起來很不妙。」

「確實不妙。」瑞娜說。「無論如何，你明天都要帶這些人啓程前往死井鎮。」她停在一輛用很多魔印椿圍起來的拖車前。

「我看到很多魔印樁。」瑞娜說。

瓦爾利點頭。「我們的魔印師死前製作的。本來數量足以覆蓋營地，但是我們損失了一些，又沒有能力補充。」

瑞娜點頭。「請你把它們全部拔下來，拿到空地邊緣去。」她指向一個地方。「我們用大型馬車圍在外圈，然後用木樁填補空隙。整個營地都要集中到這個範圍內。」

「拔走鎮民的魔印樁，他們不會高興的。」瓦爾利說。

瑞娜瞪他一眼。「我不在乎他們或是你高不高興，灰鬍子。除非今晚想要損失更多人手，不然現在到日落之間最好照我的話做。」

瓦爾利揚起濃密的眉毛，再度取下帽子，用手擰乾。「好，沒問題。」

「我需要顏料。」瑞娜說。「任何顏料都行，顏色越深越好，要很多。還要這麼高的木樁。」她比畫手掌平舉，指示木樁的高度。「能做多少都拿來。必要時拿斧頭去砍樹，這些木樁只要撐到你們抵達死井鎮就行了。」

「唐恩，」瓦爾利說。「去拔木樁。有人抗議的話，叫他們來找我。」唐恩點頭，帶了一些人離開。「布來斯，」瓦爾利說。「顏料。立刻去找。」男人跑開，瓦爾利轉身面對剩下的人。「新的木樁，去找東西來拆。」他看回瑞娜，等待進一步指示。

「馬車得在我開始架設魔印樁前到達定位。」瑞娜說。「也就是說現在。」

瓦爾利點頭，走過去和其中一輛拖車的主人比手畫腳地交談。

「那等於是叫我們搬到垃圾堆裡去住！」她抱怨。

「妳要住在垃圾堆裡，還是地心魔物的肚子裡？」瓦爾利回道。

瑞娜回到亞倫身旁時，天色幾乎已經全黑。臨時診所裡有些病人看來已經比之前好過，但是許多人仍十分痛苦。亞倫蹲在一張布床旁，握著一個小女孩的手。她另一條手臂齊肘而斷，斷口處包著濡濕的繃帶，滲出棕黃色膿汁。她有半張臉被火焰唾液灼傷，依然發炎紅腫。她膚色灰白，氣息微弱，雙眼是閉上的。

「惡魔感染，」亞倫頭也不回地說道。「火惡魔咬斷她的手，造成很嚴重的感染。我儘可能治療她，但是她傷勢很重，我懷疑就連抑止感染的速度都辦不到。」

他痛苦的語氣令她心痛，但她擁抱這種感覺，讓它透體而過。他們還有工作要做。

亞倫看向帳篷裡其他人。「我或許能夠救活一、兩個人，但藥草沒了，而且大多數人的傷勢都超乎我的能力範圍。」他嘆氣。「至少超過我白晝時的能力範圍。」

「你下午那樣大搖大擺地進入營地已經引起夠大的騷動了。」瑞娜說。「要是開始在夜裡治療傷患，就別想指望人們不把你當成解放者。」

亞倫看向她，她發現他淚流滿面。「那我該怎麼辦，眼睜睜地看他們死嗎？」

瑞娜看著他，態度立刻軟化。「當然不，我只是說這麼做會有後果。」

「向來都有後果，瑞娜。」亞倫說。「一切都是我的錯。」他揮手比向燕麥鎮民的營地。「事情會變成這樣都是因為我。」

瑞娜揚起一邊眉毛。「怎麼說？是你把這些人趕出家園的嗎？」

亞倫搖頭。「是我喚醒這麼做的那頭惡魔，我不該把那支長矛帶去克拉西亞，不該信任賈迪爾。」

「什麼長矛？誰是賈迪爾？」瑞娜問。

「心靈惡魔為了得到這些答案不惜殺人。」亞倫說。「確定妳想知道？」

「惡魔本來就只會殺人。」瑞娜說著比向自己額頭上的黑柄心靈魔印。「而那些大頭渾蛋永遠別想再跑到我的腦袋裡。」

亞倫點頭。「賈迪爾是克拉西亞人的領袖。我很久以前就認識他，跟他結交為友。黑夜呀，我們不光只是朋友。他教過我很多東西，還不只一次救我的命，我把他當作親哥哥一樣看待。」亞倫握緊拳頭。「但他始終都是口蜜腹劍。」

「出了什麼事？」瑞娜問。

「我在黑市裡買了張沙漠中一座失落城市的地圖，相傳那座古城就是卡吉的家園。」亞倫說。

「什麼是黑市？」瑞娜問。「晚上才開嗎？」

亞倫微笑，不過毫無笑意。「可以這麼說，黑市賣的東西都是贓物。」

瑞娜皺眉。「聽起來不像我認識的亞倫・貝爾斯會做的事。」

「我並不引以為傲。」亞倫說。「但是離開提貝溪鎮後，我和很多名聲不佳的人打過交道。瓦爾利和那些人相比堪稱大善人。離開魔印守護的範圍後，有時會遇上的就只有這些名聲不佳的人。」

瑞娜嘟噥一聲。「你弄了一張前往卡吉的地圖。後來怎樣？」

「卡吉不是地名。」亞倫說。「他是個人，惡魔戰爭最後的統帥，也就是解放者，如果妳相信這種故事的話。」

瑞娜大笑。「你，亞倫．貝爾斯，跑去找尋解放者？這下我確定你是在編故事了。」

「不是在找解放者。」亞倫說。「是在找他的魔印。而我找到了，瑞娜。不管是不是解放者，我都找到了卡吉的陵墓，取回他的長矛。古代的戰鬥魔印，對抗地心魔物的工具，重返人間！我帶著那支長矛去找賈迪爾，而他竟然有膽子說我偷走長矛，說長矛歸他所有。我說要幫他打造一支，把所有魔印通通給他，但他認為這樣不夠。」

亞倫深吸一口氣，以一定的節奏呼吸片刻，讓自己冷靜下來。在這種情況下利用克拉西亞冥思技巧平復心境感覺十分諷刺，但瑞娜還是很高興他會這種技巧。

「他做了什麼？」她過了一會兒問道。

「趁夜奪走長矛。」亞倫說。「設好陷阱，笑著看手下把我丟入惡魔坑裡去等死。現在他發兵北上，打算奴役我們所有人，展開一場新的惡魔戰爭。」

「那就殺了他，徹底做個了結。」瑞娜說。「這個世界少了某些人會更美好。」

亞倫嘆氣。「有時候我認為世界少了我會更美好。」

「胡說什麼？」瑞娜問。「你不可能眞的拿自己去跟那個……」

「我不是在幫賈迪爾找藉口。」亞倫說。「但是儘管努力不要這麼想，我還是覺得如果當初遵守婚約，留在農場，或許這一切都不會發生，不會發生在妳身上、來森人身上，或是任何人身上。所有人都指望我能撥亂反正，但是本來事情就是因我而起，我又怎麼能撥亂反正？」

瑞娜一咬牙，狠狠甩了他一巴掌。亞倫嚇了一跳，一臉訝異地看著她。伊芙和幾個病人抬頭察看，但是瑞娜不理他們。

「不要那麼吃驚，亞倫．貝爾斯。」她說。「是你叫我打醒任何不願幫忙補強魔印的人，而現在天已經要黑了。你從來沒有對不起任何人過，我們沒有時間浪費在這種胡說八道上。」

亞倫搖搖頭，彷彿在恢復神智，接著突然對她微笑。「愛妳，瑞娜·譚納。」

瑞娜感到一陣激動的情緒襲來，但她擁抱這種感覺，任其透體而過。他們還有正事要做。「四下搜刮來的魔印樁只夠覆蓋營地四分之三的範圍，必須在地上繪製魔印封閉魔印圈。」

「不能信任畫在地上的魔印。」亞倫說。

「我不是笨蛋。」瑞娜說。「我要派人拿魔印矛擔任守衛，但是瓦爾利的人有一半都像負鼠一樣跟我裝死，另一半則是嚇得要當場尿褲子的模樣。」

亞倫點頭，嘴角揚起那絲熟悉的微笑。「別擔心，接下來這部分我已經駕輕就熟。」

瑞娜帶路前往放哨的位置，正如她所說，那裡站了半打以顫抖的雙手握持長矛的人，還有另一群人，以唐恩和布來斯爲首的強盜，坐在地上玩一種叫作沙克的骰子遊戲。他們把魔印武器攤在地上，似乎不當一回事。馬車和魔印帳篷都已緊閉，但是有很多沒有這些遮蔽的人就在營地裡擔心受怕地看著太陽下山。瓦爾利站在附近，不過還是沒拿武器。他還在擰帽子。

所有人看著亞倫走過。營地裡到處都有人竊竊私語，瑞娜甚至看到人們拉開馬車窗葉和帳篷門帘偷看。

亞倫直接走到瓦爾利的手下面前，一腳踢開唐恩手中正在搖骰的碗。

「喂，這是什麼意思？」唐恩叫道。

「意思就是太陽要下山了，而你們還在玩骰子。」亞倫大聲說道。

「你瘋了嗎，唐恩，竟敢跟解放者頂嘴？」布來斯問。

「他又不是解放者，」唐恩說。「他自己也這麼說。」他轉向亞倫。「太陽還要十分鐘才會下山，而且大家都看到地上畫了魔印。」

「不能信任畫在地上的魔印。」亞倫說。

唐恩抬頭。「看來不像會下雨。」

「要擔心的不只是雨。」亞倫說著走去檢查魔印。「什麼東西都有可能抹花地上的魔印。」他說著伸出穿著涼鞋的腳，抹去一碼左右瑞娜費心繪製的魔印。她深吸一口氣，不過亞倫在那些人手忙腳亂地抓起武器、爬起身來時放聲大笑。

「現在不覺得十分鐘很長了，是不是？」他大聲說道，讓全營地的人都聽見。

「造物主哇，你瘋了嗎？」瓦爾利叫道，但是亞倫不理他，大步走回玩骰子的人面前。

他朝現在緊握魔印矛的唐恩點頭。其他人也一樣連忙抓緊他們的魔印武器。「現在你們終於開始重視即將到來的黑夜了。」

唐恩瞪著他。「你最好眞的是解放者，因爲如果不是，那你肯定是瘋子。」

亞倫微微一笑，走到旁邊面對其他人，如今驚嚇得更加厲害的那群人——基於很好的理由。此刻天色已經暗到瑞娜的魔印視覺開始發揮作用。其他人看不見的魔法光點開始浮出地面，凝聚在黑影中，讓黑暗更加深邃。再過不久，通往地心魔域的通道會完全開啓，惡魔就會現身。

剛滿十六歲的傑瑞德緊握長矛，指節甚至已發白。「你爲什麼要那麼做？我不想死。」

「所有人都會死。」亞倫說。「重點在於怎麼死。你想要因爲恐懼到不敢保護自己而死嗎？你想要家人因爲你腳軟不敢保護他們而亡嗎？還是想殺頭地心魔物再死？或許殺個兩頭？」

「讓惡魔進入我們的營地就是爲了講這些話？孩子。」瓦爾利大聲問道。他指向已經開始在天色全黑的情況下於營地外凝聚成形的惡魔黑影。

「沒有惡魔會進入營地。」亞倫說，接著深吸一口氣。瑞娜看著亞倫腳邊微微發光的霧氣突然如同被扯入風箱般朝他竄去。亞倫身邊的空間在他吸收魔力的同時越來越暗，接著在他皮膚上的魔印在加持魔力後綻放光芒。就連沒有魔印加持視覺的燕麥鎮民也看得見，紛紛倒抽一口涼氣。

一頭田野惡魔凝聚成形，衝向魔印圈缺口。營地中有名女子尖叫。亞倫手掌一揮，平空比畫魔印。魔印在惡魔撞上的同時大放光明，惡魔的衝勢當即受阻。魔法隨即反彈，將惡魔遠遠震開。

「造物主啊。」瓦爾利喃喃道。

「矛可以借我一下嗎？」亞倫問傑瑞德，自男孩無力的指尖取過長矛。

亞倫走出魔印圈外，以長矛指向正自地上爬起的惡魔。「看看這頭田野惡魔掙扎起身的狼狽模樣，」他大聲對所有人說道。「世界上沒有四足動物的速度比它們快，它們堅硬的鱗片足以撞鈍魔印矛……」惡魔撲向他，但是亞倫靈巧地踏開一步，以矛柄攻擊惡魔。衝擊魔印魔光大作，惡魔當即翻身倒地。「……但只要讓它四肢騰空，翻過身來，露出沒有硬殼的腹部。」他使勁刺下，長矛刺入惡魔胸口。

他說話時，瑞娜移動到另一頭即將現身的惡魔身旁。她模仿亞倫吸氣，將發光的魔霧導入體內。她周遭的空氣沒有變黑，但是瑞娜發誓她有所感應。白晝的疲憊感消失了，她的力量增強了。

田野惡魔朝她揮爪，前肢如同鞭子般甩動，但瑞娜早有準備，預先閃開發光的利爪。她在惡魔重整攻勢前欺身上前，甩出溪石項鍊，圈住它的喉嚨。溪石上的魔印綻放光芒，纏住惡魔脖子。惡魔試圖尖叫，但是沙啞不成聲。瑞娜雙腳夾住它，在它翻滾掙扎時小心地避開利爪。片刻過後，溪石項鍊魔光大作，惡魔的腦袋應聲而斷。她拔出豪爾的獵刀，監視其他趁亞倫繼續示範時接近他的惡魔。

亞倫在天快亮時來到醫療帳篷。除了巡邏魔印圈的守衛外，所有燕麥鎮民都已沉睡。瑞娜做好剩下的魔印樁，亞倫也幫瓦爾利畫好前往死井鎮的地圖。他在鎮上水井的位置畫了個小骷髏頭。

「確定要這麼做嗎？」瑞娜問。

亞倫點頭。「不能裝作沒看到，瑞娜。」

「我想也是。」瑞娜說。「動作快點，趁沒人在看。」

亞倫蹲在斷手又身受惡魔感染的女孩身旁，平空比畫魔印。女孩在魔印入體時突然吸氣，隨即渾身放鬆。她臉上的紅腫與水泡消失，膚色也變得健康。

「你是從那裡學來這些醫療魔印的？」瑞娜問。「從惡魔的心靈裡翻出來的？」

「算是。」亞倫說。「那其實並非醫療魔印。人的身體本來就會自我修復，也知道該怎麼做。這個魔印只是給身體力量去加速這個過程。」

亞倫很快地治療一個又一個病人。他儘可能在體內積滿魔力，但是如此療傷消耗魔力甚鉅。他很快就站不穩，最後雙眼半開半闔，向旁倒下。

瑞娜立刻上前接住他。「夠了。」她輕聲道。「你盡力了。難道要爲了治療剩下的人而害死自己嗎？」

「突然就不行了。」亞倫說。「前一秒還覺得自己所向無敵，下一秒就像溺水了一樣。我必須認清自己的極限。」他深吸一口氣，四周的魔力再度如同被吸向他的霧氣般聚集而來。他身上的魔印變亮，不過遠不如之前的亮度。他看起來很疲憊，黑眼圈很重。

「該走了。」瑞娜說。

他們疾馳數哩，但瑞娜突然停下來。亞倫注意到她落後時調轉馬頭。

「去吧。」瑞娜說。

「呃？」亞倫問。

「去獵食。」瑞娜說。「天還沒亮，光靠空氣中的魔力不夠讓你恢復元氣，現在不能虛弱疲憊。」

亞倫側頭打量她，臉上又浮現那絲笑容。瑞娜不加理會，她指向信使大道旁的曠野。「去。」

他點了點頭，跳下黎明舞者，奔向草原。瑞娜等到他離開視線範圍，隨即調轉馬頭，奔向來時的路。她沒有多少時間，但也不必花太多時間。幾分鐘前看見的木惡魔還待在亞倫的魔印眼沒有察覺的大樹後方。

她驅使承諾直接跑到大樹前，舉起魔印蹄狠狠踢中木惡魔，發出雷鳴般的巨響，令它扭曲倒地。

瑞娜輕輕跳下馬背，拔出豪爾的獵刀。亞倫把自己逼得很緊。

惡魔在她逼近時奮力掙扎。它的魔力已經開始療傷，要不了多久，就可以再度攻擊，但是惡魔沒有時間。木惡魔的外殼是一層堅硬的厚皮，表面布滿節瘤，下方有沉重的骨板。骨板交會處是外殼最脆弱的部分。瑞娜使勁刺下，撬開惡魔的胸板，在它停止掙扎前挖出心臟。

他會一直幫人治傷，直到送命。總是願意為了其他人付出性命。亞倫・貝爾斯，這麼多年來還是一點都沒變。

亞倫似乎一直在尋找強到足以毀掉自己的惡魔，以及更偉大的責任去承擔，他會一直找下去，直到找到為止。他一直想要死得像個克拉西亞戰士。

瑞娜咬一口惡魔心臟。很苦很臭，充滿黑色膿汁，噁心又難咬。咬下去時她咬破了某樣東西，嘴裡立刻充滿更加噁心的液體。她本來以為世界上沒有更噁心的味道了，直到她噁心反胃，身體分泌的膽汁湧到吃了一半的心臟，噴入她的鼻孔。她很想把這團噁心至極的東西吐到地上，放過她的胃，但結果卻咬緊牙關。

如果亞倫在世上找不到死亡之道，他就會跑去地心魔域裡找，而我絕不能讓他一個人去。我承諾過要待在他的身邊，永遠不會拖累他。

瑞娜吞下那口惡魔心臟，任自己淚流滿面。她擁抱噁心的味道，如同第一次駕馭承諾般地駕馭它，忘掉世間的一切，強自忍耐，直到她的胃終於不再翻滾。接著她又咬了一口。

亞倫渾身發光地回來時，她已經恢復正常。他的黑眼圈消失了，動作再度順暢無礙，而且血脈賁張。她可以從他的呼吸聲聽出來，看出在他身邊滋滋作響的魔力激發出難以壓抑的原始慾望。

她也感到同樣的慾望，必須以強大的自制力讓自己專心在承諾的皮膚上繪製魔印。母馬甩動尾巴拍打瑞娜，不過沒有咬她或是退開。

「好點了嗎？」她問。

亞倫點頭。「不過還是有點不適，同時感到精力充沛又疲憊不堪，不過這樣可以了。我們有很長的路要趕，我打算一路直奔窪地。」

他指著路道。「前方的小路會帶我們向西接到老山丘路。那條路在將近九十年前山丘堡毀於惡魔手中後就沒再維護過了，那條路應該能直通窪地。我們明天不眠不休趕路，後天中午就能抵達。」

瑞娜點頭。「黎莎．佩伯是你什麼人？」

亞倫以一定的節奏連吸三口氣，這表示他肯定在擁抱某種情緒或是記憶，但她不可能猜出是什麼情況。「黎莎．佩伯是解放者窪地的藥草師，不過她的角色比較像是提貝溪鎮的不孕西莉雅。她說什麼，人們就做什麼。河橋鎮的旅店主人說賈迪爾擄走她，還強迫她上他的床。我得確認是否眞有其事，可以的話就追上去。要是讓我知道賈迪爾動了她一根寒毛，我一定要殺了他。」

瑞娜微笑。「如果你不這麼做，我就不會愛你了。我也打定主意要殺他。」

「千萬不要，瑞娜。」亞倫說。「妳不是他的對手，不管自認學會了多少本事。打從我們還沒出生起，賈迪爾就已經在對抗惡魔了。」

瑞娜聳肩。「你還是沒有回答我的問題。我問的不是『黎莎．佩伯是誰』，我問的是『黎莎．佩伯是你什麼人』。我聽說克拉西亞人強迫很多女人上他們的床，這個女人爲什麼讓你急成這樣？」

「她是我朋友。」亞倫說。

「你談起她的語氣不像是朋友。」瑞娜說。「你整個人都很僵硬，很冷淡，看不出在想什麼。我覺得你有事瞞著我。」

亞倫看著她，嘆口氣。「妳想要我說什麼？瑞娜。妳有妳的科比．費雪，我也有我的過去。」

「科比．費雪只有一個。」瑞娜說，感覺血液在血管中鼓動。「我爸趕跑了所有追求我的男孩。

你又有幾個？」

亞倫聳肩。「兩、三個。」

「你還眞受歡迎。」瑞娜啐道。她覺得體內有頭憤怒的野獸，惡魔的精華，想對亞倫暴力相向。她咬牙切齒，這種情緒強烈到難以擁抱，她沒有辦法承受。她繃緊全身，壓抑攻擊他，甚至是殺害他的衝動。

「怎麼了？」亞倫看著她眼中憤怒的神情大聲問道，還以更強烈的情緒加以回應。「就因爲我們的父親把我們當成牲口一樣交易，我就該一輩子忠貞不貳？我當年離開提貝溪鎭根本沒打算要回去，瑞娜。」

瑞娜反應激動。對年輕時的瑞娜·譚納而言，亞倫·貝爾斯、在草料棚裡的那一吻，以及訂婚的承諾就等於是她整個世界。夢到亞倫回來幫助她度過許多足以讓人崩潰的艱困時刻。想到那時候自己對他沒有任何意義，甚至根本沒有放在心上，就讓她心寒到難以承受。

亞倫衝向她，她本能地拔出獵刀。他動作更快，抓起她的手腕，以石惡魔的力量緊扣它們。她徒勞無功地掙扎。

「當時我不知道妳是什麼樣的女孩。」亞倫說。「也不知道妳會成爲什麼樣的女人。如果知道，我會立刻回去帶妳一起走。」

瑞娜不再掙扎，凝視著她。「眞的嗎？」

「眞的。」亞倫說。「妳要知道我以前有沒有過女人？有，我有。但是以前的意思就是已經過去了。」他伸手捧著她的臉，抬起她的頭，直到兩人目光相對。「我的未來就是瑞娜·譚納。」

瑞娜任由獵刀落下，而當亞倫放手時，她依然撲到他身上。

第四章　重臨大地　333 AR　夏

新月前二十六個拂曉

他們奔馳到黎明，接著在陽光燒掉他們的黑夜力量時下馬行走。亞倫帶他們離開原路，自信滿滿地驅使黎明舞者走向一條雜草叢生到幾乎看不見的信使路。瑞娜腳下的道路始終沒有消失，不過總是突然在她面前開啟，然後又在路過後關閉，彷彿在穿越濃霧一樣。

日正當中的時候，這條路接上了一條寬敞的信使大道。他們稍事休息，吃飯方便，隨即再度上馬啓程。就像河橋鎮的大道，老山丘大道是用石板鋪成，但是如今裂痕滿布、嚴重磨損、坑坑洞洞，塞滿了泥土、滋長不少矮木和野草。有幾個地方甚至有樹木破石而出，在地上留下大塊碎石，髒兮兮地長滿青苔。有些路段的灰石塊彷彿不受時間侵擾般綿延數哩之遙，路面平坦，沒有任何裂痕與縫隙。

「他們怎麼搬運這麼大的石塊？」瑞娜驚訝地問道。

「不是用搬的。」亞倫說。「他們製造一種叫作克里特的糊狀物體，凝固後就會變成堅硬的石塊。從前所有道路都是這種石製的寬敞大道，有時候綿延數百哩。」

「這些道路後來呢？」瑞娜問。

亞倫啐道：「世界小到容不下大路，現在老山丘大道是少數僅存的這種路之一。大自然不會太快收回它們，但終究還是會收回的。」

「這樣趕路很快。」瑞娜說。

「沒錯，不過晚上就要拚命跑了。」亞倫警告道。「田野惡魔會像豬被飼料槽引來般擁向石板道，它們會從石板的洞底下現身。」

瑞娜笑道：「我有什麼好擔心的？有解放者和我在一起。」亞倫臉色一沉，她哈哈大笑。

現在瑞娜笑不出來了。承諾終於願意讓她在馬腹上綁幾條皮帶充當鞍帶，但當這頭安吉爾斯巨馬奔馳在遠古大道上、躍過障礙物、身後跟了一大群田野惡魔之時，瑞娜得使盡全力才能勉強待在馬背上。

黎明舞者的情況也好不到哪裡去，身後的地心魔物與承諾身後的數量相當。這些惡魔彷彿專為這條路而生的一樣，強健持久的長腿不停地踏在石板地上。

夜空中傳來無數風惡魔的吼叫聲。瑞娜抬頭觀望，清楚地透過它們的魔光看見惡魔巨大的魔翅擋住星光。就連風惡魔的速度都無法趕上狂奔中的巨馬，但如果他們速度變慢的話……

「要動手嗎？」瑞娜對亞倫叫道。兩人的感官在夜裡都非常敏銳，但她依然難以分辨他有沒有在雷鳴似的馬蹄聲及惡魔吼叫聲中聽見她的話。

「太多了！」亞倫吼回去。「停下來動手，還會有更多惡魔追上！繼續！」

在她的夜眼之下，他的神情如同白晝般清晰，顯見愁容滿面。他當然沒有危險，沒有東西能在夜裡傷害亞倫．貝爾斯。但是瑞娜就沒有那麼安全了。魔印斗篷不可能在狂奔時遮蔽她全身，而儘管她已經在承諾身上漆上魔印，那些魔印在惡魔持續湧現的激戰中也不可能維持多久，就連舞者的魔印戰甲也為配合身體動作而留下縫隙。

瑞娜很想去拔獵刀，但她雙手緊抱著承諾壯健的脖子。一頭地心魔物咬向母馬的腳跟，結果臉上結結實實地挨了一蹄。瑞娜刻在馬蹄上的魔印綻放魔光，地心魔物利齒粉碎，飛向後方。

瑞娜的滿足感很快就消失了。承諾腳下一絆，打亂奔馳的節奏，其他地心魔物迅速拉近距離，幾乎要撲到牠身上。被牠踢中的惡魔停止滾動，搖搖晃晃地爬起身來，身上的魔力已經開始療傷。它要不了多久就會繼續趕來。

亞倫放開黎明舞者的韁繩，轉過身來，平空比畫魔印。瑞娜感到一陣勁風，腳邊的地心魔物如同落葉般向後飄散。

瑞娜微微一笑，轉頭望向亞倫，但在看見他身上魔光黯淡的模樣時垮下嘴角。他不能一直施展那招，而且追趕他的田野惡魔相距不過一步之遙。她咒罵自己竟然固執地拒絕習練他給她的那把弓。

一頭田野惡魔飛身而起，鉤狀利爪在黎明舞者戰甲下方的大腿畫下深深的傷痕，試圖拖倒巨馬。舞者放慢腳步，後腳踢出，魔印蹄踢碎惡魔的頭骨，但是衝勢受阻導致另一頭惡魔有機會跳上一堆遠古克里特，朝亞倫直撲而來。

亞倫轉身，一手接下惡魔的利爪，另一手狠狠擊中惡魔腦袋。「別放慢！」他在承諾衝過他們時叫道。

他不斷出拳，拳頭上魔光大作，將惡魔的臉打得血肉模糊。他將惡魔丟向惡魔群，撞倒其他惡魔，然後驅策舞者繼續狂奔。

他們很快就趕上瑞娜，但是舞者的腹脅血跡斑斑，在惡魔繼續追趕的同時速度逐漸放慢。

「黑夜呀！」瑞娜抬起頭來，看見遠方有一群惡魔朝他們正面奔來，佔滿整條道路。道路兩旁都是茂密的灌木叢。他們無路可逃。

瑞娜內心有一部分渴望戰鬥。她體內的惡魔血嗜血狂嚎，但是眼前的狀況一看就知道毫無勝算。如果不能突破重圍，拋開惡魔群，很可能就只有亞倫活下來見到黎明。

這個想法讓她在矮身湊到馬耳旁時感到一絲慰藉。

「直接衝過去。」她在承諾的耳邊低聲說道。

「跟著我。」亞倫叫道。他自剛剛殺死的惡魔身上吸收了一些魔力，不過還是不如原先那麼充沛。他迅速地平空比畫魔印，位於馬前的惡魔立刻被撞向兩旁。他揮舞長矛，刺向任何逼近的惡魔，有一頭惡魔閃避不及，慘遭黎明舞者踐踏，在黑夜裡綻放陣陣魔光。瑞娜緊跟而上，再度踩踏那頭倒楣的惡魔，把它踩得粉身碎骨。

如果只有一頭惡魔，它或許有辦法自更嚴重的傷勢中復元，但是它的夥伴感應到它虛弱無助，於是暫時停下追逐，毫不容情地撲到它身上，以利爪扯下它的外殼，用尖牙撕裂它的血肉。

瑞娜露出牙齒，一時之間竟幻想著自己加入它們，吞噬惡魔肉，沉浸在隨之而來的力量裡。

「注意前面！」亞倫的叫聲令她回過神來。瑞娜搖搖頭，目光自血腥的場面移開，將心思放回現在的處境。

看來他們本來已經突破重圍了，但是剛剛的衝突拖慢了速度，導致一頭風惡魔趁機朝瑞娜俯衝而來，伸長利爪打算抓起瑞娜，一飛沖天。

瑞娜手臂和肩膀上的黑柄魔印大放光明，形成一道屏障，讓惡魔無從施力，不過反彈的力道將瑞娜摔下馬背。她重重落地，摔碎右肩，嘴裡塞滿泥土與鮮血。風惡魔於尖叫聲中墜落在她身旁，她連忙翻身，險險避開巨大魔翼邊緣的利爪。

瑞娜奮力起身，感到肩膀劇痛，但她如同木頭擁抱火焰般擁抱這股劇痛，吃力地以左手拔出獵刀。躺在地上就死定了。

爬起身來並未增加多少存活機率。承諾在附近狂踢猛跳，攻擊自四面八方撲向牠的田野惡魔。要不了多久它們就會擁向瑞娜。

「瑞娜！」亞倫調轉馬頭，但就連他也無法及時趕到。

風惡魔歪歪斜斜地掙扎起身。風惡魔在地面上行動笨拙，瑞娜利用這項優勢踢開它一隻腳，隨即趁它倒地時將魔印獵刀插入它的喉嚨。她手中濺滿熱騰騰的膿汁，感受到一陣魔力竄入體內。她的肩傷已經開始癒合。

一頭田野惡魔跳到承諾背上，瑞娜把手伸到布袋裡抓出一把橡果。畫在橡果上的熱魔印在擊中惡魔時立刻啟動，炸碎橡果，發出一陣爆破聲與閃光，燒焦惡魔粗硬的外殼。惡魔傷勢並不嚴重，但它受到驚嚇、身體灼痛，讓承諾有機會把它從背上甩開。

瑞娜沒時間觀察後來的情況，因爲地心魔物已經注意到她，好幾頭都開始朝她撲來。瑞娜踏步閃開第一頭惡魔，並且一腳踢中它的肚子，腳脛和腳背上的黑柄衝擊魔印綻放強烈的魔光。惡魔如同小孩玩耍的球般騰空而起。另一頭惡魔從後方來襲，抓破她的背心，在她背上畫下深深的傷痕。她在另一頭惡魔正面撲上、狠狠咬中她的肩膀時不支跪倒。

這一次，她的魔印不足以震開惡魔。血污削弱了魔印的力量，瑞娜在惡魔張口咬下、利爪不停猛抓的同時放聲慘叫。她身上某些魔印還有作用，但有部分已經失效。惡魔的爪子掠過陣陣魔光，一找到魔印缺口立刻狠狠刺下。

不過劇痛和魔法對瑞娜來說都是會上癮的藥物。那一刻裡，她不在乎自己的死活，只知道自己絕對不會先死。她的手臂一下接著一下抽動，將父親的獵刀插入地心魔物體內，沉浸在它的膿汁裡。她的力量在減弱的同時卻也激增著。慢慢地，她開始推開對方，痛苦地感覺到它的爪子吋吋離開她的身體。

當黎明舞者驅散其他惡魔，站在她面前，亞倫拋開長袍跳下馬來時，她身上的惡魔已經死了。亞倫的魔印光芒耀眼。他扳開惡魔的大嘴，扯離她的身體，一把甩在其他幾頭惡魔身上，撞得它們疊成一堆。另一頭惡魔撲上，他以沙魯沙克的步法轉身，手指插入惡魔的眼中，如同火鉗般滋滋作響。

瑞娜大吼一聲，揚起獵刀。她的身體劇痛難耐，但是體內的魔法威力更甚。黑夜在她眼中如同模糊的濃霧，但她還能認出承諾巨大的軀體，以及圍攻牠的惡魔。一頭惡魔掛在牠的脖子上亂甩，努力想要抓穩。要是讓它抓穩了，承諾就會被拖倒。瑞娜發出憤怒的吼叫，朝承諾直奔而去。

「瑞娜，可惡！」亞倫叫道，但瑞娜毫不理會，闖入惡魔陣中，推開惡魔，揮動獵刀，朝承諾直衝過去。每一擊都往她體內送出一陣魔法快感，讓她更強壯、更迅捷——所向無敵。她一躍而起，抓住承諾背上的惡魔一條亂踢的後腿，將它拉到身前，一刀插入心臟。

亞倫緊跟而來，在惡魔攻擊他時化身煙霧，接著凝聚實體，以魔印拳腳、膝蓋與手肘、甚至還用他的光頭重創對手。他轉眼之間來到她身旁，吹了聲刺耳的口哨，召喚舞者趕來。

巨馬沿路驅散另一群惡魔，讓亞倫有時間在四周平空繪製大型的田野惡魔魔印。透過魔印眼，瑞娜看見他的手勢在空中留下組成魔印的閃亮魔光。一頭田野惡魔撲向他們，其中兩道魔印大放光明，將之彈開。這些魔印隨著被惡魔攻擊的次數增加而越來越強。亞倫以穩定的速度平空繪印，在他們四周形成一道魔印圈，但是面前有好幾頭惡魔擋在路上，繼續對承諾的脅腹連咬帶抓。她舉起獵刀，迎向它們。

亞倫抓住她手臂，拉她回來。「妳別亂跑。」

「我可以作戰。」瑞娜吼道。她試圖掙脫他，但即使她擁有黑夜的力量，他還是輕而易舉地拉住她。他轉身在空中繪製許多衝擊魔印，一個接著一個撞開承諾身旁的惡魔。

這麼做的同時，他手上一鬆，瑞娜立刻大叫一聲，趁機掙脫。「你沒資格命令我，亞倫．貝爾斯！」

「不要逼我打醒妳，瑞娜！」亞倫叫道。「看看妳！」

瑞娜低下頭去，看見身上嚴重的傷痕時倒抽一口涼氣。她身上有十幾處傷口都在淌血，背部和肩膀灼熱難耐。瘋狂的黑夜力量離體而去，獵刀垂到無力握持，落在地上。她雙腳一軟，幾乎站不住。

亞倫立刻趕到，輕輕將她放在地上，接著又去完成四周和上空的魔印網。越來越多田野惡魔沿路趕來，如同一望無際的草原般將他們團團圍起，但就連壓倒性的數量優勢也無法突破亞倫的魔印，即使是在天上盤旋的風惡魔也不行。

魔印網完成後，他立刻回到她身旁，清理她傷口上的泥土和鮮血。禁忌魔印圈中有一具惡魔屍體，他彷彿用鵝毛筆去蘸墨水般伸指蘸了點膿汁，在她皮膚上繪印。她感覺皮膚緊繃，在傷口癒合的同時緩緩拉扯。這個過程痛苦異常，但瑞娜將之視爲活命的代價，於是深吸口氣，擁抱劇痛。

「穿上斗篷，我去醫馬。」亞倫處理完她的傷勢後說道。瑞娜點頭，從腰間的布袋裡拉出魔印斗篷。斗篷的質料比瑞娜從前碰過的東西更輕更軟，上面繡有錯綜複雜的隱形魔印。披到身上時，它能讓瑞娜在地心魔物眼中隱形。她向來不喜歡這件斗篷，寧願讓惡魔看見自己，但不能否認它很有用。

由於缺少黎明舞者身上的魔印戰甲，承諾的傷勢顯然比舞者嚴重，但牠在亞倫接近時踢腿噴息，張嘴欲咬。亞倫不理會牠，以迅雷不及掩耳的速度來到近處，一把抓起承諾的馬鬃。母馬試圖掙脫，但亞倫應付牠的方式就像媽媽幫亂動的小孩換尿布一樣。最後承諾放棄掙扎，任他照料自己，終於明白他在幫牠。

如此輕而易舉地展現實力或許會讓幾天前的瑞娜大吃一驚，但她已經習慣亞倫的驚人之舉，所以也沒什麼好驚訝的。她一次又一次地透過心眼回想之前恐怖的傷口，難以想像自己竟然在生死交關的時候完全無視自己的傷勢。

「你也有這種感覺嗎？」瑞娜在他走回來時問道。「精力旺盛到甚至沒發現傷勢足以致命？」

亞倫點頭。「有時候還會忘記呼吸。陶醉在力量之中，好像自己根本無需再做如此……世俗之事。然後我會突然開始大口吸氣，不只一次差點把自己害死。」

他抬起頭來，直視她的目光。「魔法會讓妳以為自己永生不朽，瑞娜，但妳還是會死。沒有人能夠永生不朽，就連地心魔物也不能。」他指向躺在她身旁的田野惡魔。「而妳永遠無法習慣那種感覺。每當妳嚐到力量的滋味，就必須面對一場全新的搏鬥。」

瑞娜渾身發抖，想著魔法難以抗拒的吸引力。「你怎麼保持理智？」

亞倫輕笑。「我開始讓瑞娜．譚納跟在身邊，提醒自己只是來自提貝溪鎮的亞倫．貝爾斯，沒有厲害到不需要呼吸的地步。」

瑞娜微笑。「那你就沒有什麼好怕的了，亞倫．貝爾斯。你擺脫不了我的。」

到了早上，瑞娜和兩匹馬的傷勢都已痊癒，但亞倫還是放慢速度，不讓黎明舞者跑太快，還沒到正午就已經兩度停下來休息。

「我以為我們在趕時間。」瑞娜在他們第二次下馬時說道。

「到了這個地步，差個一、兩天已經無關緊要。」亞倫說。

「你昨天不是這麼想的。」瑞娜說。

亞倫偏過目光，肩膀垂下。「我弄錯了輕重緩急，瑞娜。很抱歉，我不該把妳和兩匹馬逼到極限。」

瑞娜深吸口氣。她討厭每次他說什麼自認她不想聽的話時就把頭偏開的模樣。男人總是這麼做，以為這樣就能免去某些情緒。

*或許真是如此，*瑞娜心想。*但只能免去他們自己的情緒。*

「那也不表示你得這樣照顧我們。」她說。

「妳昨晚差點沒命，瑞娜。」亞倫說。「承諾和舞者也一樣。多休息幾次，伸展手腳，方便方便，也沒什麼壞處。」

他說的沒錯，但瑞娜並不覺得自己差點沒命。事實上，她覺得自己這輩子都不曾如此強壯、如此生氣勃勃。她的傷口長出粉紅色新皮，比她天生的褐色皮膚要淡，得重新用黑柄汁繪印，但卻完全沒有留疤。她的體內力量澎湃。

她目光轉向承諾，明白牠的狀況和自己不同。亞倫用沾有惡魔膿汁的手指在母馬的脅腹上描繪了和瑞娜一樣的醫療魔法。承諾的傷口上除了無毛的新皮外什麼也沒留下，但母馬的動作依然小心翼翼，而且缺乏往常那股桀驁不馴。

瑞娜抬頭看向早上的太陽，微微一笑。*現在我體內的力量已愈來愈強。要不了多久，你就會開始追不上我的步伐。我吃得越多，就越強壯。我不會拖累你的，亞倫．貝爾斯。*

「聊聊解放者窪地吧。」她說。「那裡的人也都把你當作解放者？」

亞倫嘆氣。「他們最嚴重。兩年前，伐木窪地只是座和南哨規模差不多的小鎮。但去年流感肆虐，鎮民病死過半。有人在旅店裡打翻了一盞油燈，火勢迅速蔓延，沒有足夠的人手救火。魔印很快就失效。」

瑞娜透過心眼看見那時的災難，忍不住咬緊牙關。她發現自己緊握獵刀的骨柄，得要集中意志力才能迫使自己放手。「我媽常說，禍不單行。」

「沒錯。」亞倫說。「我在第二天趕到，他們一夜之間死了上百人，剩下的有一半都躺在病床上。趁夜晚到來之前，我在他們的斧頭上繪製魔印，教導有能力的人戰鬥。讓病人待在聖堂裡，其他人守在聖堂外面。那天晚上死了很多人，但他們奮戰到底，而且有很多人支撐到黎明。他們重建家園，用房屋與道路組成禁忌魔印圈。現在沒有惡魔可以踏入窪地一步，就連惡魔王子也辦不到。」

瑞娜嘟噥一聲。「聽起來很像吟遊詩人會說的故事。我想你一定想讓他們認爲你就是解放者，至少有那麼一點。」

亞倫臉色一沉。「我不想讓任何人認爲我是解放者，等待解放者重臨大地使我們在魔印後面躲了三百年。」

「沒錯，但是等待已經結束了，不是嗎？」瑞娜說。「魔印人來拯救我們了。」

亞倫低吼一聲，但瑞娜只是揮揮手。「喔，你斥責所有鞠躬叫你解放者的人，但是你又忙著引誘那些沒有一看到你馬上就照你的吩咐去做的人。」

亞倫不太高興地抬頭看她，但瑞娜毫不退縮地直視他的雙眼。最後他無奈地輕笑，聳了聳肩。

「不可否認，這個名號在有事要做時很有幫助，瑞娜。而我們還有很多事要做。人們不知道下個新月會發生什麼事，而我沒時間去照顧他們。」

瑞娜微笑。「我不是和你爭辯，只是想要你誠實面對自己。」她動如脫兔，迅速湊過去吻他的魔印臉頰。

他們又趕了一段路，接著自老山丘大道轉向一條雜草叢生的信使路。快要傍晚時，他們又接上了一條新的硬土路。交岔路口有片大魔印營地。

「嗯。」亞倫跳下黎明舞者，走過去檢視魔印。「有點醜，但是筆勢強勁。這是妲西．卡特畫的。」他喃喃道。「跑到這麼北邊來，表示窪地擴張的速度就和野火蔓延一樣快。」

「太陽就要下山了。」瑞娜說著在魔法開始湧入陰影、開啟通往地心魔域之道時鬆開刀鞘中的獵刀。「該走了。」

亞倫搖頭，再一次不看她的雙眼。「我們在這裡休息。」

「我不打算因爲一天晚上差點沒命就每天晚上都躲在魔印後面。」瑞娜低吼道。

「我也沒叫妳這麼做。」亞倫說。

「那我們要走了嗎？」瑞娜問。

「上哪兒去？」亞倫問。「已經到該到的地方了。」他走向營地存放木柴的地方，開始在火堆中生火。他沒看她，但是裝模作樣，好像在玩什麼遊戲一樣。

她心頭火起，勃然大怒，透過眼角看見在她腳邊輕輕飄蕩的魔法像煙管中吹出的煙般突然朝自己竄來。而就在她注意到這一點的同時，魔煙停止流動，她完全沒辦法讓它繼續入體。

她看向還在生火的亞倫，他像嘴裡叼著老鼠的貓般神情驕傲，只看得她越來越怒。他吸收魔法就像呼吸一樣輕鬆，爲什麼她不行？爲什麼？

吃得不夠，還得要一段時間。

「那我去打獵。」她說。

亞倫聳肩。「先吃晚飯又不會死。」

瑞娜很想對他的光頭甩一巴掌。她雙手握拳，指甲陷入肉裡，滲出鮮血。她快要發狂了……她克制自己。魔法穿過她的身體，原始而充滿力量，喚醒基本的慾望，轉化爲狂怒風暴。

或許我已經吃太多了。

瑞娜深深呼吸，以穩定的節奏重複這個動作，這是亞倫在上沙魯沙克課時教她的克拉西亞技巧。她的雙拳慢慢張開，心臟不再狂跳，或至少放慢到穩定的脈動。她強迫自己下馬，幫承諾刷毛，放牠在路邊吃草。

快用完晚餐時，亞倫突然伸長脖子，彷彿在傾聽遠方什麼聲音。他微笑。「就是這個。」

「什麼？」瑞娜問，但他迅速起身，吃光碗裡的食物，把碗堆在鍋內。他平空繪印，營火熄滅。

「來吧。」亞倫跳上馬鞍，策馬狂奔，沿路碎石四濺。

「地心魔域養的。」瑞娜喃喃罵道，丟下她的碗，匆忙跟上。承諾一整天下來動作輕快多了，不過還是趕了好幾分鐘才在亞倫停馬時追上他們。前方有燈火，還有打鬥聲，但他似乎漫不在乎。

「看來窪地又在擴張領地了，我想伐木工應付得來。」亞倫翻身下馬，朝樹林點頭。「披上斗篷，我們去偷看。」

他領頭快步地穿越樹林。一頭木惡魔跳出來擋路，準備攻擊，但是亞倫對它嘶吼一聲，身上的木魔印綻放光芒，驅退地心魔物。他們很快就來到一片空地外緣樹木較爲稀疏的地方，那塊空地上還有許多砍斷的樹幹和木材。亞倫停下腳步，暗中觀戰。

空地中央的人魔印圈中有許多篝火、帳篷、工具以及馱獸。篝火照亮在空地中來回奔走的男女，對抗著一大群木惡魔以及一頭石惡魔。

瑞娜體內所有本能都在催促她跳出去參戰，在屠殺惡魔的慾望驅使下熱血沸騰。她聞到膿汁的味道，感覺嘴中口水直流，準備好要大快朵頤。

但是亞倫冷靜地站在原地，顯然一點插手的意思都沒有。她強迫自己放鬆，手掌離開獵刀的骨柄，讓魔印斗篷完全包覆自己，避開惡魔的目光。

斗篷在她開始吃惡魔肉後就出現改變。她可以感覺到上面的魔印在吸收她的魔力，但沒有綻放魔光，魔印和斗篷似乎變得更加黯淡與模糊。看著它太久會讓她頭昏。她不知道還要吃多少惡魔肉，斗篷才會在她眼中完全消失。看來要吃得比亞倫多，因爲他還看得見斗篷，不過她注意到他從沒在她身穿斗篷時正視自己太久。

「他們在幹嘛？」瑞娜在越來越受不了按兵不動的感覺時問道。

「清理大魔印區。」亞倫說。「先砍樹清出城鎮中心的位置，然後向外擴大，依照一區綿延數哩的禁忌魔印範圍來清理土地。晚上，他們會殺光在這塊區域中出現的惡魔，這樣魔印啓動時就沒有後顧之憂。」

「爲什麼大家沒有這麼做？」瑞娜問。這種規模的魔印可以吸收沒有惡魔能夠突破的魔力，而且幾乎不可能被抹除。

「我想惡魔戰爭的時候，人們應該都是這麼做的。」亞倫說。「但是人們忘記了，打從惡魔回歸以來，人們一直忙著躲藏，根本不肯用腦。」

瑞娜嘟噥一聲，仔細觀戰，立刻就認出那些姓卡特的伐木工。卡特在小村落裡是很常見的姓氏，幾乎所有砍樹和賣木材的人都姓卡特。就連遠在數百哩外的提貝溪鎮也有將近一百個姓卡特的人住在金木樹林旁的聚落裡，且與窪地的卡特外型十分相似。

男人高大魁梧，身穿無袖皮背心、硬護腕，二頭肌粗到比瑞娜的腦袋還大。她彷彿瞇起眼睛就能看見幾個月前在議會裡為瑞娜辯護的布林．卡特。那天晚上她意志消沉，甚至不願意為自己辯護，但她記得提貝溪鎮的長老們判她死刑前所說的每一句話。伐木工站在她那一邊。

空地上也有女人，全都手持曲柄弓或是非常沉重的魔印長劍。一開始瑞娜以為她們身穿厚重的長裙，但從她們移動的步伐間，她看出那些長裙都分成兩邊裙管，在保持端莊的情況下方便她們行動。

瑞娜哼了一聲。這完全就是提貝溪鎮的好太太會幹的荒唐事，而這很可能就是他們一直無法接納瑞娜和兩個姊姊的原因。譚納家的女孩很少在太陽下遮蔽自己的身體。現在瑞娜更是能多暴露就多暴露，好讓皮膚上的黑柄魔印擁抱夜空中的魔力。

女人之外圍了一圈與伐木工形成強烈對比的男人，身穿厚重的木製護甲，上面塗有魔印，並以火烘硬。他們頭戴沉重的頭盔，手持同等沉重的長矛和護盾。護盾的魔印圈中央畫了個玩具兵。

「那些是什麼人？」瑞娜指著他們問道。

「林木軍團。」亞倫說。「安吉爾斯的皇家守衛。林白克公爵承諾要派人來與伐木工一起訓練。」

「看來他們剛到不久。」瑞娜說。儘管護甲光鮮亮麗，那些士兵動作僵硬，緊握武器，緊張兮兮地看著惡魔。

「城市守衛。」亞倫說。「擅長恐嚇他人，或許還會毆打民眾，不過我懷疑在抵達窪地之前他們有沒有在訓練場以外的地方揮過長矛。」他指向一個人。「而湯姆士王子看來狀況最差。」

的確，亞倫所指之人打扮得就像她想像中的王子，鋼鐵護甲上鍍以黃金魔印，擦拭得閃閃發光。他身材高瘦，在黑鬍子和方正的下頷襯托下顯得威風凜凜。

但是王子不斷移動腳步、伸展雙臂，左顧右盼，徒勞無功地試圖放鬆僵硬的肌肉。瑞娜遠從空地另一邊就能聞到恐懼的氣味，而她知道惡魔也聞得出來。

顯然伐木工把林木兵團安排在戰陣後方，讓這些華而不實的傢伙擔任守護女人的工作，不過女人們似乎不想要也不需要他們的保護。

幾年前，瑞娜的父親曾請布林．厚肩和幾名提貝溪鎮的伐木工幫忙清理農作的空地。瑞娜和班妮看著那些男人工作好幾個小時，有系統地砍倒樹木，搬運木材，掀開樹根。每個動作都順暢老練，利用工具的重量來加強砍樹的力道，毫不浪費任何體力。

看著窪地的伐木工作戰感覺跟當時很像。他們依然使用伐木的工具，不過經過魔印加持，讓他們很有效率地砍殺惡魔。

兩個手持長柄巨斧的男人輪流攻擊一頭木惡魔的腳。惡魔又高又瘦，攻擊範圍很廣，但是當它攻向一個男人時，另一個就會從反方向攻擊它。當惡魔殺到眼前時，男人就會用魔印護腕接下惡魔的攻擊，在魔光中反彈回去。終於，一柄巨斧擊中惡魔的後膝，惡魔絆倒在地。

「山姆！」其中一人叫道，第三名伐木工趕到惡魔身後，提起大腳對準惡魔背部狠狠踩下，以全身的重量壓制惡魔，迫使惡魔顏面著地。此人手持一把雙手鋸，彎下腰去，在一陣魔光和四濺的膿汁中鋸穿它頸部的樹皮。數秒之內，惡魔腦袋落地。

「黑夜呀。」瑞娜輕聲道。

亞倫微笑點頭。「那是山姆．卡特，但是大家都叫他山姆．鋸子。從前他的工作是鋸斷樹枝，讓伐木工搬走樹幹。那是好久以前的事了，現在他以同樣的速度鋸斷惡魔的四肢。」

又是一聲呼喊，山姆轉向一名揮舞著沉重十字鎬攻擊木惡魔的伐木工。每一下魔印攻擊都將惡魔逼退一步，無法恢復平衡，但是惡魔並沒有眞的受創，復元的速度就如受傷的速度一樣快。山姆來到惡魔身後，在惡魔站立的情況下鋸斷一條樹幹般的腳。它在尖叫聲中倒地，伐木工大聲道謝，舉起十字鎬了結惡魔。

空地另一端，一打伐木工拉扯許多纏在石惡魔手臂和肩膀上的繩索，在惡魔奮力掙扎下拉得它左右搖晃。兩名手持曲柄弓的女人反覆放箭，沉重的箭矢把黑曜石外殼插得如同豪豬，但是除了挑起石惡魔的怒意外似乎沒有什麼作用。

三名男子及一個男孩站在戰場外緣，其中兩名較為年輕的男子手持沉重的小錘頭，第三名較為年長的手裡則拿著一把大錘。男孩手裡拿著一根粗鉚釘。

「湯姆．魏吉父子。」亞倫指著他們說。「看好。」

石惡魔站穩腳步，拉扯繩索，兩名年輕人矮身閃入，將魔印釘插入惡魔膝蓋的硬殼接縫。接著他們同時舉起錘頭揮落，一下、兩下，在無數魔法光點中釘入魔印釘。

惡魔尖叫晃動，伐木工趁機全力拉扯繩索。它甩動的尾巴擊中一群男人，三個男人當場倒地，繩索脫手而出。拉扯的力道突然消失導致惡魔向反方向跌出，很快就失去平衡，摔在地上。

男孩如同兔子般跳上石惡魔的背部，將魔印鉚釘插入惡魔外殼連接處的縫隙間。湯姆．魏吉展開行動，揮動大錘於空中畫出流暢的弧線，在一陣雷鳴般的魔爆聲響裡擊中鉚釘。魔光閃耀得令瑞娜閉上雙眼，當她再度睜眼時，惡魔已經動也不動地趴在地上。

熟練。效率。毫不浪費體力。

「感覺有點詭異。」瑞娜說。「他們好像在伐木一樣。」

亞倫點頭。「第一天晚上那時沒有時間製作武器或是訓練鎮民作戰。我只能利用手邊現有的東西來繪製魔印，而伐木工把他們最寶貴的東西交給了我——他們的工具。現在每天都有越來越多人參戰，而他們則分配到大量製作的魔印長矛，但那些人中最厲害的也不是伐木工的對手。使用自己平常慣用的工具讓他們得心應手且與眾不同。有他們在的時候，人們就會特別當心，並且於他們不在的時候宣揚他們的事蹟。」

「只因為他們很幸運地在不幸的日子裡遇上亞倫．貝爾斯。」瑞娜說。「就像我一樣。」亞倫看向她，但她揚起一手打斷他。「我和你一樣不認為你就是解放者，但你不能否認你很擅長喚起人們的鬥志，」她又摸了一下刀柄。「起身對抗惡魔。」

亞倫哼了一聲。「每個人都有擅長的事。」

「照我姊的說法，窪地人高壯到得要跳起來才吻得到其實也不算壞事。」瑞娜說。

「不是所有人一開始都那麼壯。」亞倫說。「魔法會對人產生影響。陽光或許會在第二天早上燒光魔力，但是魔法對一切的影響已經造成。魔印武器不容易斷裂或是變鈍，而伐木工夜復一夜地吸收魔力已經超過一年了。長者變年輕，少年也會迅速成長到成人的體魄。」

他伸手一比。「看到那個椒鹽髮色的男人嗎？」

瑞娜順著他比的方向看到一個手腳粗壯的男人在跟一頭七呎高的木惡魔正面衝突。她點頭。

「他叫楊·葛雷。」亞倫說。「他是窪地裡年紀最大的老人。一年前他頭髮全白，要用拐杖才能駝背行走，而且手還會抖。」

「沒騙我？」瑞娜問。

亞倫點頭，再度指向另一名體格壯碩的巨漢，他在楊吸引一頭惡魔目光的同時從後方撲上。「林德·卡特。今年不到十五歲。」

一頭木惡魔反手擊中一名壯漢，打得他騰空而起，飛出數呎之外。他重重落地，斧鎬脫手而出，瑞娜沒看到血，但是倒地的男人絕不可能在惡魔撲上之前起身。

她立刻拔出獵刀，但亞倫在她開始行動前按住她的肩。她瞪了他一眼，但他只是側頭比向空地。瑞娜看見一頭巨型狼犬跳到惡魔背上，張開大嘴咬鬆一塊惡魔堅硬的外殼，觸及其下的嫩肉。

這時男人已然起身，舉起他的斧鎬在濕答答的撞擊聲中插入地心魔物的頭顱。狼犬抬頭看他，口鼻處沾滿黑色的惡魔膿汁，在瑞娜的魔印眼前綻放光芒。牠是瑞娜這輩子見過最大的狗，至少五百磅重，粗糙的炭黑毛皮，利爪長到無法完全縮回。牠對伐木工嚎叫，而他只是大笑，然後搔搔牠的耳後。他在重新參戰的同時吹聲口哨，狼犬舔舔牙齒上的膿汁，緊跟而去。

「造物主啊，」瑞娜說道。「牠簡直跟夜狼一樣大。」

「以前沒這麼大。」亞倫說。「但牠最近都在吃惡魔，每次看到這頭可惡的狗都比之前還大。」

「這就是夜狼體型如此龐大的原因？」瑞娜問。

「我是這麼想的。」亞倫說。

一頭八呎高的木惡魔在混戰中突破伐木工的陣線，衝向林木軍團。士兵放聲大叫，完全忘記他們的長矛，只是將魔印護盾扣在一起，在魔光閃耀的同時被衝擊力道撞退，撞上他們理應守護的女人。

其中一名士兵完全失去平衡，連帶扯倒兩名拉弓搭箭的女人。其中一人失手放箭，直接射穿一名士兵後腿上的護甲，導致他大聲慘叫。

木惡魔在攻擊反彈時幾乎不受影響，立刻又以驚人的速度衝向防禦缺口。

湯姆士王子一聲發喊，拋開恐懼，跳到木惡魔面前。他揮動手臂，以護盾迎接惡魔的利爪，在魔光中架開對方的攻擊，緊跟著又以突刺短矛刺入惡魔的腹部。瑞娜看見魔法沿著武器竄入王子的手臂，讓他體內充滿魔力。

這是一下非常高明的攻擊，但湯姆士沒擊中致命的部位，木惡魔自驚訝中回神後立刻再度朝他揮出樹枝般的手臂。湯姆士閃過第一擊，以護盾擋下第二擊，儘管無法自惡魔樹皮般的厚殼中拔出短矛，他始終緊握短矛，不肯放手。矛尖的穿刺魔印輕鬆刺穿惡魔殼，但沒有魔印幫他把矛拔出來。

「這是把好矛，可惜魔印刻得不好。」亞倫評論道。「他夠聰明的話就會放手，把惡魔交給女人處理。」的確，數名女子已經拉弓搭箭，要不是因爲王子擋路早就已經放箭了。

但湯姆士的反應令人驚訝。只見他大吼一聲，緊握矛柄，抬起護靴反覆踢向地心魔物的腹部。靴根上的衝擊魔印魔光大作，惡魔傷痕累累，王子則奮力錘擊惡魔，取出他的短矛，惡魔仰天而倒。他立刻又撲了上去，舉起剛剛拔出的短矛插入地心魔物的心口。

王子一腳踏上惡魔胸口，使勁拔出武器，濺出一灘膿汁，接著轉身吶喊，趕去支援兩名伐木工。他叫著將矛插入惡魔背部，距離近到盔甲上的魔印都在發光。

瑞娜之前看到的那個害怕的男人消失了，王子大吼大叫像個瘋子，在空地上奔跑，絲毫不顧自身安全地對抗惡魔。

一聲慘叫傳來，瑞娜轉身看見一頭木惡魔的利爪插入一名伐木工胸口。男人無力地舉起斧頭將惡魔擊退一步，但武器在他倒地的同時自他手中落下。

瑞娜全身緊繃，但亞倫已經展開行動。她迅速跟上，不過兩人都不可能在惡魔動手殺他之前趕到。

她突然看見一道模糊的身影，感到一陣熟悉的昏眩，接著一名瘦小的女孩平空出現，拋開一襲很像瑞娜身上那件的魔印斗篷。女孩身穿色彩鮮艷的服裝——寬鬆的馬褲和短衫，外加一件合身的窄背心。她身高不到倒地的伐木工一半，而當她來到巨大的木惡魔面前時，感覺就像是一隻家貓在對夜狼張牙舞爪。儘管如此，她還是勇敢地站在原地，直視惡魔的目光，當它朝她揮爪時，她舉起一把小提琴，將琴弓搭上琴弦，發出一連串極不協調的噪音。

惡魔放聲尖叫，猛力揮爪，但女孩向旁一跳，著地滾開，隨即再度起身，過程中沒有停止演奏。惡魔雙爪摀住耳朵，再度尖叫，跌跌撞撞地退開。

又是一道暈眩的模糊身影，一名身材魁梧的女人出現在惡魔身後，在惡魔渾然不覺的情況下揮動沉重的魔印刀，砍下它一條細長的手臂。那道傷口，加上刺耳的小提琴音，令惡魔無法承受，拔腿就跑，朝亞倫和瑞娜直奔而來。亞倫毫不遲疑地抓住地心魔物一根魔角，拉到面前，在它胸口畫下熱魔印。他將惡魔甩向一旁，在它化爲耀眼的火球時衝向受傷的伐木工。

兩個女人在看見亞倫奔來的同時瞪大雙眼，臉上露出驚訝外加一點恐懼的神情。砍斷惡魔手臂的女人首先回神。

「你也該回來了。」她說著跪在傷者身旁，從縫滿口袋的圍裙裡拿出工具開始治療。年輕的女孩繼續目瞪口呆地看著亞倫。

亞倫嘴角扭曲。「我也很高興再見到妳，妲西。」他看向那個女孩。「注意妳的音樂，坎黛兒。」他揚起下巴比向她的小提琴，接著在藥草師身邊跪下。坎黛兒回過神來，舉起小提琴，注意附近有沒有其他威脅。

伐木工痛苦地咳嗽，濺得亞倫滿臉鮮血，然後就再也不動了。亞倫毫不驚慌，在妲西檢查他傷勢的同時固定他的身體。

「黑夜呀，」她低聲道。三條深深的傷痕從他胸口劃到腰際，全身都是血。「我們無能為力。」

「惡魔屎。」亞倫說著抓起第一條傷痕，一手捏緊傷口，另一手平空繪製魔印。療傷的同時，他們身邊籠罩著一道微光，妲西和女孩目瞪口呆地看著致命傷痕自行癒合。

男人突然深吸一大口氣，接著又在試圖起身的時候大咳幾聲。亞倫伸手抵住他的胸口，將他壓回地上。他睜開雙眼，看著亞倫。「你回來了。」他沙啞地道。

亞倫微笑。「我當然會回來，喬．卡特。」

「他們說你遺棄我們了。」喬低聲說道。「但我從未失去信心。」

亞倫嘴角一抿，不過還是彎下腰去，像抱小孩般抱起對方，帶他進入安全的魔印圈內。那裡有名牧師，一個留著雨雲般灰鬍子的老人。他的棕袍外披著件厚法衣，上面沿著彎曲法杖的宗教標誌外圍繪有許多防禦魔印。老人看見亞倫，雙眼瞪大，不過很快就跟個輔祭一起迎上前來，帶喬前往一座魔印帳篷，帳帘上繪有牧師的法杖。過程中他的目光始終沒有離開亞倫；片刻過後，他拿著一把刻有魔印的金木法杖走出帳篷，站在魔印圈的守護範圍內觀戰。

戰況逐漸冷卻，四下奔走殺敵的王子突然發現沒有敵人可殺。他目光熱切地環顧四周，氣喘吁吁，在完全找不到敵人時突然渾身顫抖，無力地靠在自己的矛上。他的手下立刻趕到，將他團團圍起，遠離眾人視線。瑞娜聽見重重護甲之中傳來王子嘔吐的聲音。

「每次都這樣。」姮西說。「熱血沸騰的時候伯爵就會化身爲最威猛的男人，但是他的血要好一陣子才會熱，而且冷得和樹木倒地一樣快。」

「沒什麼好羞愧的。」亞倫說。「我常有那種感覺。他在黑夜中參戰就已經代表了……」他突然住嘴。「伯爵？」

姮西點頭。「他來的時候帶了一張任命他爲『伐木窪地及其附屬領地領主』的委任狀，外加綿延一哩長的補給車隊，另外還有士兵，總數過千，其中有不少是弓箭手，藉以加強對克拉西亞人的防禦。他們已經開始幫他建造堡壘。人們非常感激他們帶來的食物與毛毯，所以沒有抗議，特別是在你和黎莎都不知所蹤的情況下。」

「於是你們就拱手讓出窪地？」亞倫問。

「沒有多少選擇。」姮西說。「不過情況也不太糟。湯姆士基本上並不擾民，況且大家都很喜歡他帶來的補給，還有他爲那些失去希望的人們所帶來的希望。」

戰鬥結束了，但是瑞娜依然從伐木工井然有序地在空地上確認惡魔死亡的方式看出亞倫訓練的成果。惡魔的魔法醫療速度超快，就算面對魔印武器，它們也可以在沒有當場死亡或是肢解的情況下於幾分鐘內復元。不只一頭看起來已死的惡魔在伐木工揮斧而下時放聲尖叫或是試圖逃生。它們很快就被固定在地上，於伐木工猛砍頭部粗厚的護甲隆起部位時死命掙扎。就算要砍斷小型木惡魔的腦袋也得連砍好幾下，即使是山姆．鋸子都得費好大的勁才鋸得斷。

瑞娜走到亞倫和女子身邊，打量令她頭暈的魔印斗篷。「她們的斗篷也是你繡的？」她問亞倫，深怕聽到他的答案。

姮西突然轉身，終於注意到瑞娜，特別是她穿衣的品味，或是暴露的程度。她看著瑞娜的肩膀，鼻孔突然張大。她抓起瑞娜的斗篷下襬，舉在面前看個仔細，然後轉向亞倫，忿忿不平地指著他的臉。

「你把隱形斗篷送人？你知道黎莎女士花了多少心力幫你縫的嗎？不眠不休！你連謝都沒謝一聲，而且從沒穿過！現在你竟然把它送給——」

「喂，妳這頭蠢牛！」瑞娜大叫，搶回斗篷，擋在他們兩人之間。「不准妳那樣和他說話！」

「不然怎樣？」妲西說著彎下腰去，鼻子幾乎碰到瑞娜的鼻子。「這件事與妳無關，女孩，所以給我閉嘴，不然我就好好教訓妳一頓。」

妲西或許是藥草師，但瑞娜一眼就能認出誰是戰士。她比瑞娜足足高上一個頭，而且身材也魁梧許多，渾身都是肌肉，而非脂肪。她和其他上場作戰的女人一樣身穿寬鬆的褲子，手上沉重的魔印刀如鐮刀般向內彎曲。這把刀不但可以用來砍斷惡魔肢體，還能拿去收割藥草。刀柄看來就像經常使用的樣子。

但那一切在瑞娜抓起她的喉嚨，開始用力擠壓的時候似乎都發揮不了作用。妲西奮力掙扎，強壯的手掌抓住瑞娜的手臂，不過就像在拉扯鋼條般文風不動。她重重揮出一拳，但瑞娜輕易架開，扣住妲西的手腕，扯直她的胳臂，利用這條手來加重力道。妲西滿臉漲紅，頸部青筋爆現。

「夠了，瑞娜！」亞倫大聲說道，抓住她的手臂。他用力捏下，她的雙掌立刻失去力氣。他像是貓跳到料理台上去聞切肉砧板味道般輕而易舉地拉開她。

「是她先起頭的。」瑞娜吼道，如同妲西試圖掙脫自己雙手般奮力掙扎。「你看到了。」

「對。」亞倫輕聲同意道。「是她起頭的，但沒有嚴重到要動手殺人，難道提貝溪鎮的人判妳死刑是應該的嗎？」

瑞娜彷彿被他澆了一頭冷水般立刻停止掙扎。他說的沒錯，瑞娜用豪爾．譚納自己的獵刀殺死他時，沒幾個人認為他不是罪有應得，但是眼前這個妲西．卡特可不是豪爾。

儘管如此，她體內還是有個聲音渴望這個女人的鮮血。瑞娜深吸一口氣，擁抱這種感覺，任它透體而過。亞倫感覺到她身體放鬆，於是立刻放手。

「妳還好嗎？」他問一邊喘氣一邊揉喉嚨的妲西。

「沒事。」妲西嘶啞地道。

亞倫點頭，神色不善。「那就牢牢記住，我怎麼處置我的財物不關妳的事。我想黎莎也不喜歡聽你在背後談論她的男女關係。」

「是。」妲西邊咳邊道。「我想關於這點，你說得沒錯。」她轉向瑞娜。「我媽曾試圖在我身上打出一點禮貌，不過從沒成功過。」

瑞娜嘟噥一聲。「看來我的禮貌也沒好到哪裡去。」

旁邊的女孩清清喉嚨，所有人都轉頭看她。她約莫十七歲，相貌美麗，但是近看之下，瑞娜發現她的衣領下有幾道傷痕直至頸部。她曾經瀕臨死亡，差點回天乏術，而她能用音樂影響地心魔物。瑞娜本來對亞倫那些紅髮吟遊詩人的故事存疑，但是現在她親眼見識到女孩的力量。

亞倫笑著對女孩鞠躬。「妳小提琴越拉越好了，坎黛兒。看來羅傑有勤加督促妳和其他學徒。」

坎黛兒看著地面，雙眼散發憂鬱的氣息。

「羅傑離開好幾個月了。」妲西說，聲音依然沙啞，但是比之前好了。「跟黎莎女士一起前往來森。而他其他學徒比較喜歡演奏舞曲，不喜歡對抗惡魔。」她輕輕捶了坎黛兒的肩膀一下。「但是我們的小提琴女巫不會，她比一打手持長矛的男人還強。」坎黛兒目光低垂，但瑞娜看出她蒼白的皮膚泛紅，嘴角揚起淺淺的微笑。

「黎莎離開多久了？」亞倫問。

「兩個月前跟克拉西亞人一起走的。」妲西說。

亞倫喃喃道。「所以傳聞是眞的？賈迪爾跑來窪地搶走她？」

「可以這麼說。」妲西說。

亞倫皺起眉頭。「這話是什麼意思？」

妲西深吸口氣，看著他。「他向她求婚。」

亞倫雙眼凸起，下巴掉了下來。這個表情只維持一瞬間，不過所有人都清清楚楚看到了。就連他身上的魔光也出現明顯的變化，如同綠木在烈火中啪答作響。

瑞娜從未見過亞倫驚訝的模樣，不確定該如何解讀這個反應。黎莎．佩伯或許屬於過去，但她對他依然有影響力。

亞倫湊向前去，表情非常冷靜，但是雙目炯炯有神。「妳是說黎莎是去嫁給賈迪爾的？那個滿口謊言、姦淫擄掠無所不爲、地獄養的渾蛋？妳是這個意思嗎？妲西．卡特。」他越講越大聲。沒有大聲到讓其他人聽見，不過確實有變大聲。再一次，瑞娜看見附近的魔力朝他竄去，他身上的魔印開始發光。妲西就像面對一頭嘶嘶作響的響尾蛇般自他身前退開。

「她沒有答應！」妲西幾乎是用吼的。「而且她也不是在幹傻事。她說要趁機看看他在南方的所作所爲，去見識他有多少兵馬，學習克拉西亞的戰術。她也不是自己去，羅傑、加爾德、汪妲，還有她父母都跟她同去。」

「那不重要。」亞倫說。「她既然跟去了，又帶了她爸同去，在克拉西亞人眼中就等於是厄尼把女兒放到市場上，等待價錢合適的買主上門。」

妲西大怒。「你大膽！黎莎女士不是買賣的牲口！」

「對他們而言就是！」亞倫大聲道。「克拉西亞人對待女性和我們不同。不管是貴族仕女還是擠奶女工，女人對那些男人而言都只是財產，可以買賣。而只要看中了一樣東西，沒有人出得起比天殺的阿曼恩．賈迪爾還高的價錢，妲西．卡特。」

妲西如同洩氣的皮球般失去所有爭辯的氣勢，無奈點頭。「我早告訴她不要去了，但她就是不聽。跟地心魔物一樣固執。」她臉上流露苦惱的神情，彷彿承認高貴的女士犯錯令她難受。瑞娜吐了口口水。妲西神色畏縮，不過沒說什麼。

「我認爲她此刻還沒有危險。」她說。「我一直都有收到她的來信，信裡的暗語總說她和其他人都沒事。克拉西亞人還是有點長處，他們都是很棒的信使。」

「暗語？」亞倫問。

「就說她不是在幹傻事。」妲西說，終於鼓起勇氣面對他的目光。「黎莎女士猜想克拉西亞人會偷看她的信，於是要我記下一些單字和片語，即使在遭受對方脅迫下也能讓我知道他們的處境。截至目前爲止，賈迪爾似乎都還信守承諾，但她說他的部隊遍布來森各地，數量多到難以估計。她特別交代我們不要在信裡提起你，但有個暗語是專門讓她知道你回來了。」

「告訴她。」亞倫說。「告訴她說她得立刻回窪地。我有緊急消息要讓她知道，而你們的暗語肯定無法表達。」

「我是絕對不會反對的。」妲西說。「我命中註定根本不是當鎮上藥草師的料。」

「時局艱困，妲西．卡特，妳必肩負起重責大任。」亞倫說。「新月將會有很可怕的事情發生，讓賈迪爾相形之下如同在耳邊嗡嗡作響的馬蠅。」

妲西臉色發白。「什麼事？」

亞倫忽略問題。「加爾德不在，伐木工誰當家？」

「還會有誰？」妲西問。「布區大婦。就連新來的伯爵也知道不要招惹他們。他發給他們皇家委任狀，不過至今還沒要求他們去做任何不是他們本來就要做的事。」

突然間狗叫聲起，一條綻放魔光的巨大身影衝向亞倫。瑞娜拔出獵刀，但亞倫只是半跪而下，攤開雙手，任由巨型狼犬將他撲倒在地。他在狼犬開始舔他臉的時候哈哈大笑。

「還沒教會這隻雜種跟在你身後？艾文．卡特。」亞倫在狼犬主人走近時問道。

「影子喜歡的話就會跟著我，不爽的時候才不管那麼多。」艾文回道。「很高興你回來了，先生。」

「布莉安娜和孩子們還好嗎？」亞倫說著推開巨犬。

「男孩長得跟野草一樣快。」艾文說。「加倫很快就會成為伐木工了，布莉安娜肚子裡還懷了一個。這一次希望是女孩。」他一臉期待地看著亞倫。

亞倫嘆氣。「小孩的性別早已註定，艾文。我連世界上有沒有造物主都不確定了，更別說這個造物主還會聽我傳話。我只希望如果是女孩的話要長得像她媽才好。」

所有人都驚訝地看著他，彷彿難以相信亞倫會開玩笑一樣，接著艾文哈哈大笑，其他人跟著一起笑，緊張的氣氛一掃而空。

妲西清清喉嚨，吸引亞倫的日光，然後朝向沙場點頭。瑞娜看到伯爵朝他們走來。他拿絲帕擦拭嘴角，不過步伐十分穩健。他身後跟著兩名戰士，一男一女。

「道格和梅倫·布區。」亞倫低聲對瑞娜道。「從前是屠夫，直到伐木窪地之役後才改行。」

布區家的兩人體格都很壯碩，兩條粗手臂上布滿疤痕、臉上則都是灼傷。道格是個禿頭，滿身大汗，身穿屠夫皮圍裙，以鐵板強化，其上濺滿惡魔膿汁。就像妲西一樣，梅倫身穿看來像裙子的寬鬆褲子。她的皮束腹和道格的圍裙一樣以鐵板強化，其上同樣噴滿膿汁。他們兩個看起來似乎都沒有強壯到能夠抬起母牛的樣子；皮帶上掛著的沉重屠刀和豪爾殺豬時用的那把差不多，不過上面刻滿魔印，瑞娜懷疑它們已經有一段時間沒宰過牲口了。

他們神態驕傲，像是要去開鎮議會的鎮長。其他伐木工四處遊走，身上染滿鮮血、汗水，以及惡魔膿汁，各個綻放強烈的魔光。他們全都比瑞娜還高，給她一種被樹木包圍的感覺。他們興奮地交頭接耳，指著亞倫，平空繪印。林木軍團的士兵則和他們相反，迅速在伯爵身後整隊，手持長矛，抬頭挺胸，隨時準備在王子的命令下上陣殺敵。

湯姆士伯爵沒有窪地人那麼高，不過在光滑閃亮、充斥猛烈魔光的盔甲襯托下毫不遜色。

「窪地的人都沒忘記你的功績。」妲西在伯爵聽得到他們說話之前迅速說道。「伐木工只聽魔印人的命令，不聽其他人指揮。」

亞倫點頭。「我最想擺脫的就是『魔印人』這個名號。」

一臉傲慢的湯姆士在一段距離外地停步，一個瑞娜原先沒注意到的小個子男人出現在他面前。此人身穿護甲，背上綁著短矛，但看起來不像戰士。他的武器和護甲看來都像是裝飾用，而非實戰用。他的手皮膚很嫩，看來比較常用筆，而非矛。外衣上繡有兩個徽章，一個爬滿藤籮蔓的王座，以及一個林木士兵。他鞠了個躬。

「容我向兩位介紹伐木窪地的湯姆士伯爵，林木軍團統率、安吉爾斯林白克公爵之弟、及安吉爾斯河至南方邊境所有土地之領主。」

湯姆士看著亞倫，以幾乎看不出來的動作點了點頭。瑞娜完全不懂宮廷禮儀，但她很能察覺嘲諷的意味。她微微一笑，迫不及待地想看亞倫如何整他。

但結果亞倫卻意外地深深鞠了個躬。「湯姆士伯爵。」他大聲說，讓所有人都聽見。「感謝你為在你的土地上受苦的難民帶來補給與援助，你願在夜裡與伐木工並肩作戰是所有窪地人的榮幸。」

湯姆士瞇起雙眼，彷彿在等待對方出招，但亞倫只是再度鞠躬。「我們一直沒有正式介紹。」他說著抬頭看向妲西、布區夫婦，以及所有人。「沒有眞的向各位正式自我介紹，我是來自提貝溪鎮的亞倫．貝爾斯。」

此言一出，現場隨即陷入一片死寂。瑞娜環顧四周，看見所有人屏息以待，等著聽他說話。沉默只維持了幾秒鐘，不過感覺似乎很久。接著所有人同時開口說話，人聲嘈雜到完全聽不出任何人在說些什麼。就連林木士兵也開始在隊伍裡交頭接耳。

湯姆士望向道格．布區，布區則回過頭去望向眾人。「閉嘴！」他蓋過眾人的聲音叫道。「這不是吟遊詩人的表演！」現場很快就安靜下來，只剩下少數幾人竊竊私語，但瑞娜看得出來人們只是強忍下來而已。這種情況持續不了多久的。

湯姆士抿起嘴唇，面露厭惡。「提貝溪鎮，」他哼聲道。「所以你是密爾恩人，效忠歐可。」他吐出那個名字的模樣彷彿那是什麼毒藥。

亞倫聳肩。「地圖上的疆界或許是這麼回事，但事實上歐可從來沒把提貝溪鎮放在心上，提貝溪鎮的人也不把他當一回事。我在提貝溪長大，沒錯，但我不效忠任何人。」他直視伯爵的雙眼。「歐可沒資格命令我，就像你一樣。」

湯姆士瞇起雙眼，兩人對瞪。伯爵剛才殺了數頭惡魔，他和他的護甲在地心魔法的影響下發出強烈的光芒。瑞娜看到他身旁的光圈隨著呼吸脈動，知曉伯爵此刻擁有超乎常人的速度、難以想像的力量，而且體內的魔法正嘶吼著要他攻擊。

她本來或許該擔心的，但是不管擁有多少力量，伯爵的對手是亞倫．貝爾斯。他皮膚上的刺青綻放刺眼的光芒。瑞娜不曉得他是不是有意這麼做的，但這種現象對群眾造成的影響顯而易見。許多伐木工開始喃喃自語，平空繪印。

伯爵和亞倫如同兩隻公狗取悅母狗般面對面裝腔作勢，但亞倫擁有較大的牙齒，以及群眾的忠誠。四面八方的伐木工紛紛緊握工具，林木軍團的士兵則不安地打量四周。

亞倫忽視周遭劍拔弩張的形勢，以沒有敵意的笑容打破僵局。他轉向瑞娜，流暢老練地鞠了個躬，朝她揮手。或許他大部分時候都不會展現恰當的禮節，但顯然他知曉那些禮節。

「抱歉沒有介紹我的夥伴。」他說。「這位是瑞娜．譚納，同樣來自提貝溪鎮。」他站直身子，抬頭看向湯姆士四周的伐木工。「也是我的未婚妻。」

再一次，瑞娜看見眾人的下巴同時掉落的表情，但這回她覺得自己的下巴也跟著一起掉了下來。他在這麼多人面前大聲宣布，讓她覺得兩人的婚事比之前更加眞實。她和亞倫．貝爾斯訂婚了，現在又訂了一次。

這一次，湯姆士很快就恢復正常，走到瑞娜面前鞠躬，牽起她的手輕輕一吻。「很榮幸認識妳，譚納女士。讓我成爲第一個恭喜妳的人。」

瑞娜曾在吟遊詩人的表演中得知自由城邦的紳士會親吻女士的手背，但她從沒親眼見過。她身體僵硬，完全不知道該如何應對。她感到一陣臉紅，慶幸現在是晚上。

「謝——謝謝。」她終於說道

湯姆士站直身子，轉回去面對亞倫。「現在，」他壓低聲音說道。「如果你已經讓這些鄉巴佬驚訝夠了，可以私下談談嗎？」

亞倫點頭，伯爵的侍從領著領袖們前往空地魔印圈中央一座以沉重帆布搭建的大帳。進去之後，帳篷裡鋪滿溫暖的毛皮地毯、一張四柱床、一張四周放了十二張椅子的大桌。桌子的主位是一張瑞娜只能用王座來形容的座位，沉重光滑的木椅，有著高聳的椅背和布滿藤蔓的扶手。她從沒見過如此巨大的座椅，令帳篷內其他椅子相形見絀。身穿閃亮盔甲、身上綻放魔光的湯姆士往那張椅子上一坐，看起來就像造物主本人高高在上地審判世事一樣。

片刻過後，湯姆士的侍從亞瑟清清喉嚨，撩起帳帘，讓瑞娜之前看到在照料喬·卡特與其他傷患的牧師入帳。他手持魔印法杖，儘管鬍子花白，他依然抬頭挺胸，看來不須他人扶持。

「海斯牧師，安吉爾斯比瑟牧者的高階裁判官。」亞瑟宣告道。亞倫皺起眉頭，瑞娜看出他不信任此人。

「派來取代約拿牧師的，我記得。」亞倫說著看向湯姆士，彷彿剛才宣告牧師名號的是伯爵。

「約拿已經被送去裁決所了嗎？」

「那是造物主牧師的事，與你無關。」海斯牧師刻薄地插嘴道。

亞倫哼了一聲，望向妲西。

「他們幾週之前帶走他的。」妲西說。「薇卡非常擔心，但他們不准她跟去，之後不管她如何要求都再也沒有接到他的消息。」她微微朝湯姆士的方向點頭。

亞倫望向伯爵，但湯姆士無奈地攤開雙手。「正如海斯牧師所說，這是牧師議會的問題。我無從置喙。」

亞倫搖頭。「不能這樣說。妻子有權獲得丈夫的消息，還有他安然無恙的證明……他最好安然無恙。」

「你大膽！」海斯牧師大聲道。「你或許身穿牧師法袍，但你不是我們的一員，而我們還沒決定你是否——」

「是否怎樣？」亞倫挑釁道。

「夠了！」湯姆士伯爵說。「明天會有信使幫薇卡女士送信，並於一週內帶回她丈夫的回信。如果她想去見她丈夫，我們會安排人員護送。」

海斯牧師神色嚴峻地瞪向伯爵。「伯爵殿下——」

「我已經不是你的學生了，牧師。」湯姆士打斷他。「少教訓我。如果議會不能接受我的決議，他們可以去找我哥哥抱怨，看看他聽誰的。」

他們交換神色，海斯鞠躬點頭。「謹遵殿下指示。」

湯姆士嘟噥一聲。「很好。」他看向亞倫。「那麼此事就這麼解決了，或是你還有更多無言的威脅？我們可是有比抱著卡農經的小鎮布道牧師更重要的事要談。」

亞倫點頭。「重要很多，殿下。地心魔物已經厭倦我們的反抗，打算展開猛烈反擊。」

「讓他們來。」梅倫低吼道。「所有地心魔域的惡魔都是白痴，我們會拿它們堆出就連造物主都看得到的篝火。」

道格發出同意的聲響，但湯姆士一言不發，透過交抵的手指冷冷凝視亞倫。

「地心魔域大軍的數量遠遠超乎我們的想像，梅倫。」亞倫說。「不到一週前，我和瑞娜遇上一頭比我們兩個還要聰明許多的惡魔。心靈惡魔。他還有個保鏢，能夠變化成任何形體的地心魔物，而且當心靈惡魔出沒時，附近的惡魔就會出現不同的行為。」

「如何不同？」道格問。

「像是在優秀將領統御下的士兵。」亞倫說。「他派遣一群會在發現爪子無法突破我的魔印時拿木棒攻擊我的木惡魔來追殺我。」

「黑夜呀。」梅倫渾身顫抖，道格在地毯上吐口水。瑞娜看向湯姆士，但伯爵似乎沒注意到他們的行為。他嚇得臉色發白，她能夠嗅出恐懼的氣味。她不知道剛剛那個強勢的領袖與狂暴的戰士到哪去了。

「我必須讓我母親得知此事。」湯姆士於片刻過後喃喃說道。所有人好奇地看著他。海斯牧師皺眉。「母親，伯爵殿下？」他嘟噥道。他的聲音小到別人聽不見，但瑞娜還是如白晝般清楚地聽到了。她的感官能力與日俱增。

湯姆士突然坐直，臉上恢復些許血色。「我哥。」他更正。「我哥哥，林白克公爵，必須立刻得知這個消息。亞瑟，準備信使！」

亞瑟領命而去，但亞倫揚手制止他。「很抱歉得告知伯爵殿下另一個更糟糕的消息。心靈惡魔可以入侵人心，吞噬你的思緒，得知你曾做過的一切；甚至可以取代你的心靈，把你當作傀儡操控。」

「造物主啊！」梅倫驚叫。「要怎麼對抗那種怪物？」伯爵的臉色綠到讓瑞娜以為他隨時會昏倒。

「大魔印能夠抵擋他們。」亞倫說。「至於其他人，我知道能對抗他們的心靈魔印。」他自長袍裡取出一捆羊皮紙和一把魔印刷。他拿刷子的模樣彷彿刷子自手臂延伸而出，迅速畫下一個大心靈魔印，然後轉過去給桌上其他人看。

「這道魔印能夠抵擋他們入侵。」他指向刺在自己額頭上一模一樣的魔印，還有瑞娜額頭上的黑柄魔印。「心靈惡魔比一般惡魔更加畏光，連月光也承受不了。他們只有在新月時才會來到地表。那三天之中，所有離開大魔印的人都要在頭上畫下這個魔印。」

妲西伸手沿著魔印的線條比畫。「很簡單的魔印，我們可以做成印章放在鎮上各地。」

亞倫點頭。「就這麼辦。」他看向布區夫婦。「你們得出面號召更多人參戰，讓伐木工知道有些地心魔物懂得運用策略。」

「我們已經徵召很多人了。」道格說。「但那只表示鎮上多了一群拿著魔印矛亂跑的傻木頭，根本不知道該怎麼使用武器。」

「他們有三週可學。」亞倫說。「我會盡量幫忙，但這件事要交給你去做了，道格．布區。你和梅倫。」他看向湯姆士。「還有你們的伯爵。」

「我不敢相信你就這樣放棄了一支惡魔獵人軍團。」瑞娜在他們走回馬旁時說道。

「從來不想領導任何軍團，瑞娜。」亞倫說。「最近任何讓我領導的軍團很可能都會染紅矛頭，而非染黑。人們得並肩作戰，不論黑夜或是白晝。我只會變成絆腳石，讓湯姆士去當他的王者。」

他微笑看著她。「必要時，我隨時可以把他踢下王座。」

瑞娜大笑，附近一頭木惡魔興奮地四下找尋笑聲來源。她距離它不過十來呎遠，但魔印斗篷能讓她在完全不被發現的情況下直接走到它面前。

黎莎費盡心思幫亞倫縫製的斗篷。

「我就知道不喜歡這件斗篷是有原因的。」瑞娜說。她伸手解開釦子，任由斗篷滑落地面。惡魔一看到她立刻吼叫，迅速撲上。

瑞娜等在原地，直到最後關頭才向旁滑開，獵刀在惡魔撲過的同時劃過外殼交會處。

惡魔摀住傷口，但傷口並不致命，魔法已經開始療傷。它轉過身來，再度吼叫。瑞娜直視它的雙眼，攤開雙臂，靜靜等待。

再度展開攻擊時，惡魔顯得比之前謹慎，與瑞娜保持一定的距離，充分利用樹枝般的長臂優勢。瑞娜好整以暇，不斷後退，閃避惡魔的攻擊。偶爾她會割傷近身的魔臂，但是那些淺層傷口對惡魔來說根本不痛不癢。

她持續等待，直到地心魔物站成某個特定的姿勢。她躲過它接下來的攻擊，在惡魔站穩腳步前欺身上前，一刀插入對方身體右側第三和第四根肋骨之間，就像亞倫教她的一樣。她感覺到刺穿惡魔心臟時獵刀上傳來的鼓動，在惡魔雙眼失神的同時感到魔力竄入體內。

木惡魔甩動雙臂，朝她抓去，但她皮膚上的黑柄魔印魔光大作，阻擋對方的攻勢。最後它終於倒地。

她看向亞倫。「那頭惡魔知道自己是死在誰的手上。」

亞倫一臉不屑。「它死了，瑞娜。它什麼都不知道。」

他彎腰撿起斗篷，抖掉上面的塵土與落葉，然後小心翼翼地摺好它。「說眞的，我自己也不喜歡穿它。我和妳一樣不喜歡躲躲藏藏，我想我比妳更不喜歡。」

他嘟囔一聲。「有沒有收過某人花費很多心思為妳準備的禮物，但是當妳打開它後的第一個想法卻是『這個人一點都不了解我』？」

瑞娜點頭。「就像我爸會買一桶博金麥酒為我慶生，然後自己喝光。」她聳肩。「譚納家的人不喜歡送禮，至少從我媽死後就是這樣。」

「她是怎麼死的？」亞倫柔聲問道。「聽說是死在惡魔手中，但我沒聽鎮上的人提過。」

「我也不知道。」瑞娜坦承。「她肯定是死在地心魔物手中，但是魔印圈並沒有出現缺口──她跑到院子裡去了。記得當晚她和爸大吵了一架。小時候我沒想太多，不過現在我認為她是為了要躲他才跑出去的。看在黑夜的份上，有幾次我也想過要這麼做。」

「很高興妳沒有。」亞倫說。「在有地方可逃的時候，逃跑也是個選擇。但如果無路可逃時，最好是挺身作戰，而非逃跑。」

「說得沒錯。」瑞娜說。

「不過這件斗篷很有用處。」亞倫說。「少了它，我們可能早就死了。」

「這樣講起來，我還要謝謝黎莎．佩伯救了我們。」瑞娜啐道。

「是妳救了我們，瑞娜。」亞倫說。「走去捅那頭天殺的地心魔物的可不是這件斗篷或妳爸的獵刀。我在黑夜之中曾遇過不少驚險狀況，心靈惡魔是至今遇過最驚險的狀況。」

他將摺好的斗篷遞給她，瑞娜點頭接過。她微笑：「我一定會很享受黎莎看見它穿在我身上時的表情，這讓人們知道你把我放在第一位。」

亞倫嘻嘻一笑。「只是有些人會這麼想而已，大多數人會把妳當作黎莎的學徒。」瑞娜臉色一沉，他大笑。

第五章　海斯牧師　333 AR　夏

新月前二十五天

「可惡。」亞倫低吼。

「怎麼了？」瑞娜問。他們在顛簸的路段騎了一陣子後下馬，領著馬匹穿越一片茂密的樹林，來到一塊聳立的岩壁前。

「有人找到我的藏身所。」他指著前方說道。

瑞娜順著他的手指看向岩壁，隨即搖頭。「什麼也沒看到。」

「就在那裡。」亞倫說。「你得走到近處才看得見門。入口處用軟木草遮住一扇鐵柵門，其他部分就隱藏在青苔和雜草下。」

瑞娜瞇起眼睛。「你怎麼知道被人發現了？」

亞倫指向小岩丘頂一棵枯樹裡冒出的輕煙。「那是我的煙囪，我可沒讓壁爐的火連燒三個月。」

「裡面有什麼重要的東西嗎？」瑞娜問。

亞倫聳肩。「刻到一半的魔印。加入伐木工的人對武器的需求量遠大於我製作的速度，所以一直沒有多少存貨。這只是個讓我清靜一下的地方。」

亞倫聽見一聲雞叫，嘆口氣道。「我的好馬廄已經被改成雞舍了。」

「那現在怎麼辦？」瑞娜問。

「到鎮上租個房間。」亞倫語氣疲憊地說道。「明天再開始做事。不管黑夜或白天，只要我們露面，人們就會絡繹不絕地趕來。在開始那種生活之前我們得先睡幾個小時。」

「爲什麼不能像之前那樣露宿野外？」瑞娜問。

「我們不是野獸，瑞娜。」他說。「睡在床上沒什麼不對，而且我們也沒有高人一等。」

瑞娜扮個鬼臉。今晚她沒有機會狩獵，除了在鎮上動手的那次，照這種情況看來，能在亞倫不知情的情況下偷吃惡魔的機會將會越來越少。隨著力量與日俱增，她越來越不厭惡這種行爲。她餓了，正常食物再也不能滿足她了。

但是亞倫臉上疲憊的神情遏止了她的食慾。他肩負著全世界的命運，無論如何，她都要在接下來的日子裡支持他。

「好吧，明天。」她走向他，握起他的手，親吻他。「設好魔印圈，然後我會讓你好好睡一覺。」她微笑。「你會睡得像隻死豬。」

亞倫的倦容在她開始愛撫他後就消失了，他從來沒有累到在她脫下衣服時無法勃起。

數小時後，瑞娜躺在地上，聽著亞倫呼吸漸沉，開始打鼾，然後離開他的臂彎。她停下腳步，站在魔印圈裡看著他。他看起來很渺小，很脆弱。儘管擁有強大的力量，他還是得呼吸、得睡覺，得有人照顧他，他能信任的人。

擁有力量的人。

她拔出獵刀，進入黑夜。

瑞娜醒來的時候，整張臉埋在土裡。她必定是夜裡翻下毯子了。她吐口口水，心不在焉地擦去臉上的泥土，接著伸了個懶腰。此刻還未破曉，不過天空已經明亮到讓她可以在魔法逐漸消失於黑影中時運用正常的視力視物。

亞倫已經起床，身上只穿著拜多布，在黎明舞者的鞍袋裡翻來翻去，喃喃自語。「我記得是把它們放在這裡……」

瑞娜笑著看他。如果一張開眼睛就能看見亞倫．貝爾斯，她不在意每天醒來時都滿嘴泥土。「怎麼了？」

亞倫抬頭看她，繼續翻找，臉上露出和她一樣的笑容。「我的衣服。啊哈！」

他拿出一堆縐巴巴的衣服，抖開一條褪色的長褲和原先是白色的上衣。他穿上衣服，瑞娜嘲笑它們鬆垮的模樣。「是你爸的衣服，還是不合身？」

亞倫神情不滿地束緊腰帶，捲起衣袖。「我當信使的時候，人們都說我太瘦了，但我吃得很好。我想那之後我又瘦了二十磅。」他伸手摸摸自己刺滿魔印的臉。「都是魔印的關係。」他捲起寬鬆的褲管。

他的草鞋整整齊齊地擺在摺好的長袍上，接著他把它們放入鞍袋，拿出一雙舊皮靴；考慮片刻過後，他又嘟噥一聲，放回皮靴，繼續打赤腳。

看到亞倫換上正常服飾感覺很奇怪。她瞇起雙眼，試圖想像如果沒有離開提貝溪鎮，他現在會是什麼樣子，但是根本無從想像。他手臂和小腿上的刺青——更別提頸部和臉上——在正常的衣服和褲子下看來更加醒目。「幹嘛換衣服？」瑞娜問。

「一開始穿長袍是因爲白天可以靠兜帽遮住我的臉，而且人們比較不會找流浪牧師麻煩。」亞倫說。「另外，日落時要脫也方便。」

他搖搖頭。「但我不用繼續躲藏了，而長袍會讓人產生不好的聯想。我不是聖徒。如果要迅速露出魔印的話……」他輕彈手指，暫時化身魔霧，衣服立刻落地。他轉眼間凝聚形體，身上只剩下拜多布，露出皮膚上的魔印。

「那個把戲看來不光只能用來對抗惡魔。」瑞娜笑著說道。

亞倫微笑。「有些事情還是傳統一點比較好。」

「所以我們就這樣走回鎮上？」瑞娜問。「你不會像河橋鎮那次一樣要我換裝吧？」

亞倫搖頭。「那次很抱歉，瑞娜。我當時情緒激動，我無權——」

「你有。」瑞娜插嘴。「是我讓你動怒的。我沒有怪你，總要有人打醒我。」

亞倫轉眼之間越過空地，擁她入懷。「妳也打醒了我，不只一次。」他在太陽終於升起，以溫暖的日光照亮他們時吻她。

「我們不要再掩飾了，瑞娜。」亞倫說。「我們就是我們，人們可以接納我們，或是遠離我們。」

「一點也沒錯。」瑞娜說，伸手放在他光滑的頭皮上，將他的嘴唇壓回自己嘴上。

沒過多久，亞倫拉著黎明舞者的馬勒赤腳行走，帶他們回到解放者窪地。

「道路沒有繪製魔印。」瑞娜注意道。

「道路本身就是魔印。」亞倫說。「或是魔印的一部分。在惡魔幾乎夷平窪地後，我們以道路連結成魔印，重建了一座更大的城鎮，就像伐木工在北邊做的事情一樣。每個魔印圈都會耗費更長的時間建造，但是十年之後，窪地方圓百哩內都不會有任何惡魔出沒。」

「那實在……太驚人了。」瑞娜說。

「假以時日。」亞倫同意道。「如果我們沒有先讓地心魔域的大軍打回無知年代的話。」

儘管天色還早，路上已經有不少鎮民在忙碌奔走。亞倫在人們路過時點頭招呼，但是沒有說話，也沒有停步。所有人都瞪大雙眼看著他，有些人對他鞠躬或平空繪印。幾乎所有人都放下手邊的工作，跟隨在他身後。他們與他保持距離，但是隨著人群越聚越多，人聲也逐漸鼎沸，瑞娜不只一次聽見有人提到「解放者」。

亞倫似乎完全沒有放在心上，他神情寧靜地帶領眾人前往鎮中心。

這裡有十幾座農莊和農舍，全都是剛蓋好的，還有上百間正在搭建。大魔印蜿蜒的形狀爲鎮上留下許多未遭砍伐的樹林，讓窪地保留一種樸實的小鎮氣息，不像河橋鎮那樣滿是克里特街道、石牆，以及巨型建築。

「這地方很像我的家鄉。」瑞娜說。「好像轉個轉角就會看到鎮中廣場和霍格的雜貨鋪。」

亞倫點頭。「窪地的鎮中廣場人稱魔物墳場，而這裡的霍格名叫史密特，但是不仔細看還真看不出差別。或許這就是我暫住在窪地的原因。當時我還沒準備好回家，而這裡就是最接近家的地方。」

他們轉過轉角，魔物墳場映入眼簾。以石板鋪成的中央部位看起來很像鎮中廣場。墳場一端聳立著一棟石造聖堂，看起來很像博金丘哈洛牧師的聖堂，不過比較矮，因爲聖堂四周挖開了一圈地基，有好幾百人在挖掘溝渠、搬運石塊。

亞倫突然止步，一時之間，表情已不再冷靜。「那個安吉爾斯牧師毫不浪費時間。看來他要建一座大教堂，像青蛙吞噬蒼蠅般吞掉約拿的聖堂。」

「講得好像那是什麼壞事一樣。」瑞娜說。「如果窪地人口的成長速度和你所說的一樣快，他們不就需要更多座椅嗎？」

「是呀。」亞倫說，不過那語氣聽來並未被說服。

石板廣場對面還有一座大平台，上面設了大舞台，還有用以強化音場的音貝棚。瑞娜受到喧鬧的人聲吸引，其中有個聲音特別響亮。她看見喬．卡特站在舞台上，完全看不出來幾個小時前還命在旦夕的模樣。瑞娜瞥見現在已經算是眼熟的法袍，看到海斯牧師和一名輔祭位於人群外圍，倚靠彎曲的法杖而立，冷眼看著舞台上的一切。

「那是我親眼所見！」喬大聲說道。「木惡魔讓我肚破腸流，我還聽見妲西藥草師說她無能為力！但接著魔印人出現了，雙手一揮，我身上幾乎連傷痕都沒有留下。」

「滾下舞台，喬．卡特！」有人叫道。「你或許是個笨蛋，但你不是吟遊詩人！去別的地方散播你的潭普草故事！」

「我對太陽發誓！」喬叫道，撩起他破爛的血衣，讓人們看見木惡魔留下的淡淡疤痕。在發現人們仍然不肯相信時，他指向人群中的某人。「艾文．卡特，你也看到了！」

所有人的目光都轉向艾文，不過他的大狼犬蓄勢待發，阻止人們靠近。

「我沒看到魔法治療。」他過了一會兒說道。「至少沒親眼看到。但是沒錯，解放者回來了。」

亞倫輕哼一聲，在人們興致高昂地回頭去看喬時伸手遮臉。

「沒錯！」喬叫道。「眞正的解放者已經回來了，他會帶回黎莎女士，除掉那頭沙漠老鼠！」群眾發出認同的歡呼聲。

「蠢得像堆石頭，但他說的也不算全錯。」亞倫喃喃說道。

就在此時，喬抬起頭來，在人群外圍看見亞倫和瑞娜。「他來了！」他指著亞倫大叫。「解放者！」

亞倫在所有人轉頭看他時雙手扠腰，以責備狗在屋裡拉屎的神情看著喬。

接著人們突然擁上，所有人都朝亞倫伸手。數百個人同時擠來，同聲大叫。

「解放者！」

「祝福你！」

「祝福我！」

「我需要——！」

「你必須——！」

瑞娜在人群中掙扎，就連她全新的蠻力也抵擋不了人潮。「後退！」她叫道，但他們似乎沒有聽到，瑞娜感到熱血沸騰，視線發紅，忍不住伸手去拔獵刀。

就在此時，瑞娜看見一個酒瓶朝亞倫的腦袋直飛而來，但她來不及攔截它。

她不必擔心。亞倫的手動得比她的眼睛還快，當場接下那個瓶子。所有人倒抽一口涼氣，瓶子投擲路線上的人們分道兩旁，所有與此事無關的人迅速後退，留下三個人站在原地瞪著亞倫。他們衣衫破爛，滿是補丁，空洞的神情給人一種日子過得十分困苦的感覺。他們已經丟掉酒瓶，但瑞娜一眼就能認出酒鬼，也知道他們什麼麻煩都惹得出來。再一次，她的手移向豪爾的刀柄。

「解放者！」一人啐道。「如果你是天殺的解放者，克拉西亞人抓走我女兒時，你人在哪裡？」

「還有我兒子！」另一人叫道。

「還有我的農場！」第三人補充。

「放尊重一點。」林德．卡特吼道，一拳打在領頭者的臉上。

他重重倒地，另外兩人則撲向高大的伐木工。他們奮力拉扯，試圖拉倒林德時雙腳離地。剛剛被打倒的男人搖一搖頭，一臉戾氣地試圖起身。

「喂，他的問題問得好！」人群中有人叫道，引發一陣贊同與爭吵的聲浪。六名伐木工立刻朝扭打之人衝去。

亞倫轉眼趕到，以迅雷不及掩耳的速度拉近距離。「夠了！」他抓起兩人的衣領，將他們自林德身上扯開，像抓著傲慢的小孩一樣將他們抓在手上。林德一臉得意洋洋，直到被亞倫瞪了為止。

「下次再打著我的名號動手，林德，我就打碎你的腦袋。」林德突然變成符合他年紀的模樣，過度成長的男孩滿臉通紅。

亞倫輕輕拋下手中的兩人，讓他們站穩，接著扶起地上的男人。開口說話時，他的語調很和善，不過就和喬在音貝棚裡大叫一樣遠遠傳了出去。

「我知道你不好受，朋友，很遺憾聽說你女兒的事，但是丟酒瓶和這些愚行都幫不了她，我也不是你該發怒的對象。我從沒說過自己是解放者。我或許滿身刺青，但我和你一樣是個普通人。」

「但你解放了窪地。」男人說，聲音幾乎像在哀求。

亞倫一邊搖頭一邊環顧四周。所有人一言不發，等著聽他說話。「我沒有解放窪地。窪地人在我們現在站的這些石板上拋頭顱、灑熱血，自己解放了自己。我在他們面臨危機的時候出手幫忙，沒錯，但是黎莎．佩伯和羅傑．音恩也一樣幫了忙，還有林德及艾文．卡特，以及上百名窪地鎮民也是。就連喬也有出力，雖然他沖昏頭了，表現得像個呆子。」他瞪了喬一眼，他羞愧地跳下舞台。

亞倫伸手搭上男人的肩膀。「我知道失去親人是什麼感覺，很容易讓人憤怒發狂。但是一場風暴即將到來。我是來幫忙的，不過如果要我孤軍奮戰，那我所做的一切就沒有意義。你可以選擇與我並肩作戰，或是繼續買醉，指責他人，但我不欠你任何解釋。」

他轉身看向群眾，提高音量。「去找點有用的事做，別在魔物墳場搧風點火！所有人都一樣！」

突然之間，所有人都開始低頭看腳，想起還有事要忙。人潮以穩定的速度解散。

喬．卡特在亞倫轉身離開時急忙趕上。「很抱歉，我不是要——」

亞倫打斷他。「我沒生你的氣，喬。都是因為我之前把自己搞得那麼神祕的關係。」

喬鬆了口氣，但是亞倫又揚起手指。「但是音貝棚是給牧師、吟遊詩人和小提琴巫師用的，不是讓笨蛋上台大叫的。我不要再在台上看到你，除非你要表演唱歌跳舞。如果你沒有樹要砍，就去向布區夫婦找點事做。」

喬連忙點頭，快步離開。

瑞娜回頭看向裁判官剛剛站的地方，不過他也走了。

「這地方和提貝溪鎮像得令我厭惡。」瑞娜說。「如果我們不拯救他們，他們就要釘死我們？」

「所有人三不五時都得讓人打醒，瑞娜。」亞倫在牽馬走入新旅店後方的馬廄時說道。「時局艱困，我們應當體諒人們情緒激動。妳不用每次都動手拔刀。」

瑞娜微微一僵。「我不知道有那麼明顯。」

亞倫聳肩。「那是把大獵刀。」

一名很瘦但是肌肉結實的年輕人迎上來牽過他們的馬。他看了黎明舞者一眼，目光立刻跳回亞倫身上。

「對，基特，是我。」亞倫說。「我知道房間不夠，但是接下來幾個禮拜我未婚妻瑞娜和我需要一間房。」

基特點頭，很快安頓好馬匹，領著他們穿越小側門，來到洗衣室。「等我去找我爸來。」

「他爸史密特，是旅店主人兼鎮長。」亞倫等基特離開後說道。「好人，但別惹他。他比霍格誠實多了，但是討價還價時很強勢。他的妻子，史黛芙妮，基本上不算壞人，但總是擺著因爲一個禮拜沒上茅廁而想要找人出氣的臭臉。她也很喜歡傳道，告訴妳造物主希望妳怎樣過日子，很像南哨的那些人。」

瑞娜臉色一沉。當初南哨的人毫不考慮地判她死刑，還說是造物主的意思。

片刻過後，一名年近六十的大鬍子壯漢步入洗衣室，身後跟著灰髮在腦後綁成髮髻的瘦小女子。亞倫對她的描述十分傳神。她看起來像是吃了什麼苦東西，隨時準備吐出來的模樣。

「感謝造物主，你終於回來了。」史密特在雙方介紹完畢後說道。

「這和造物主沒關係。」亞倫說。「窪地有事要處理。」

「造物主無事不管，無論是大事還是小事。」史黛芙妮說。她的連身裙領口隱約可見一道惡魔傷疤，散發一種讓瑞娜聯想到「不孕」西莉雅的嚴厲氣勢。西莉雅是提貝溪鎮長，於瑞娜審判期間曾極力爲她辯護。瑞娜從未遇過比西莉雅更強勢的女人。

瑞娜沒有多想，直接伸手輕撫她頸部的傷疤。「妳與惡魔對抗，對不對？」她問。「去年魔印失效的那晚？」

女人瞪大雙眼，不過點了點頭。「不能袖手旁觀。」

「當然不能。」瑞娜說著捏捏她的肩膀。「不能讓其他人去做妳自己都不想做的事。」

女人收起吃痛的神情，面露微笑。那是個很尷尬的笑容，讓臉上的線條看來有點扭曲。「來吧。住店的人很多，但我們總是會給信使保留兩間房。讓我們幫你們安頓下來，順便弄點吃的。」她在亞倫和史密特驚訝的神情下領頭走向店後的樓梯。

他們才剛在房裡安頓好，用完史黛芙妮送上樓來的早餐，門上就已經傳來敲門聲。亞倫打開房門，看見一名海斯牧師的輔祭——總是跟在牧師身邊的那個輔祭。

他身穿樸素的草鞋和棕袍，晚上才會換上魔印法袍，修剪整齊的棕色鬍子參雜了些許灰斑。

「我是法蘭克輔祭，伐木窪地湯姆士伯爵的高等裁判官兼教會顧問海斯牧師的助手。」他說著以最小的幅度鞠躬。「很抱歉打擾你們，貝爾斯先生，」他向瑞娜點頭。「譚納小姐。牧師閣下十分敬佩你今早的發言，希望今晚六點能有榮幸請你駕臨聖堂餐廳共進晚餐。請著正式服裝。」

他轉身離去，但亞倫的回應讓他停下腳步。「請向牧師閣下轉達我們的歉意。」

法蘭克僵立片刻，當他轉過身來時，臉上依然帶著一絲訝異。他又淺淺鞠躬。「你的意思是說你的行程表上有……比去見牧師閣下更重要的計畫？」

亞倫無奈聳肩。「恐怕我的行程表都排滿了，或許等新月過後再說。」

這一次，法蘭克再也無法掩飾難以置信的神情。「這……就是你對牧師閣下的回應？」

「要我寫信回絕嗎？」亞倫問。眼看法蘭克不知作何反應，他大步走到門口，刻意拉開房門。法蘭克慢慢走了出去，臉上混雜憤怒與震驚的神情。

「他當輔祭不嫌老了點？」瑞娜聽到他的腳步聲漸行漸遠後問道。

亞倫點頭。「看來已經快要四十歲了。通常就算牧師議會沒有分派教區給他們，他們也會在三十歲時宣示成爲牧師。」

「所以是怎樣，他沒通過測驗？」

亞倫搖頭。「這表示就牧師而言，海斯的權勢大到讓人寧願擔任他的輔祭兼助手，也不要擁有自己的教區。政客。」他語氣不屑地吐出這個字眼。

「行程排滿是怎麼回事？」瑞娜問。「那樣似乎不太禮貌。我們一個小時前才來到鎮上，就連下次去上茅廁的時間都還沒定呢。」

「我不在乎。」亞倫有點暴躁地對房門揮手。「我才不要爲了幫牧師做面子而被迫參加天殺的晚宴，我沒有耐心陪他演戲。」

他裝出法蘭克有點尖的低沉聲音。「『你的意思是說你的行程表上有……啊，比去見牧師閣下更重要的計畫？』呿！」

「我們有更重要的計畫嗎？」瑞娜問。

「我想我們或許會花幾個小時用頭去撞牆。」亞倫說。「那跟和牧師聊天是差不多的意思。他們全都把卡農經背得滾瓜爛熟，但每個牧師都有不同的解釋。」

「提貝溪鎮的哈洛牧師是個好人。」瑞娜說。「他在全鎮的人都要我的命時站在我這邊。」

「但他沒有站在妳前面，瑞娜。」亞倫說。「最好記住這點。而且滿腔正義之火的喬吉．華許也是個牧師。」

「你沒說過之前那個窪地牧師的壞話。」瑞娜說。

亞倫聳肩。「約拿和其他人一樣是個笨蛋，或許在某些方面比他們更笨，但總是盡心照顧鎮民。他贏得了人們的尊敬，海斯沒有贏得任何東西。」

「你沒有給他多少機會。」瑞娜說。

亞倫沉默片刻，不過最後嘟噥一聲。「好吧，我會叫基特告訴他我們在『行程表』上找到一點空檔，但是我們絕對不會穿著正式服裝。」

傍晚時分，亞倫和瑞娜出門前往聖堂與海斯牧師共進晚餐時，旅舍門前人並不多，不過附近其他店家和街角上倒是擠滿幾百個假裝有理由出現在那裡的人。兩人一露面，眾人立刻開始議論紛紛。

瑞娜嘆氣。看來不管亞倫怎麼說都沒辦法改變某些鎮民的想法，還有人把他所說的每句話都當作卡農經般仔細推敲。

一整天前來敲門的人絡繹不絕。史密特和史黛芙妮竭盡所能地篩選請願者，不過只要他們認為事情重要就會放人進來，而有要事的人很多。布區夫婦帶著沉重的帳本和一捆捆地圖進來攤在地上，報告招募新血和拓地的事宜。數十個南方小鎮的人在克拉西亞人征服來森附屬領地時逃來此地，他們大部分都在窪地郡境內設置自己的大魔印。現在窪地四周已經多了六個大魔印區，不過目前只有新來森和旅終鎮的大魔印完全啟動。還有更多大魔印才剛開始設置。

名叫班恩的玻璃匠帶來美麗的魔印物品給亞倫檢視，坎黛兒也溜進來報告隨湯姆士伯爵的車隊而來的安吉爾斯吟遊詩人的狀況。

「五名吟遊詩人公會的大師。」坎黛兒說。「還有十二名學徒，說是為了幫助羅傑強化控制惡魔的能力而來，不過似乎對於收集關於你的傳說更感興趣。」

一整天就這樣度過。魔印師、信使、藥草師、難民鎮的鎮長；一個接著一個，有時一次進來兩個，川流不息，直到瑞娜以為自己快要尖叫了。

亞倫應對得比較好，和許多人像朋友般招呼，而大多數人也把他的建議當作命令去執行。儘管如此，能夠離開房間感覺輕鬆多了，就算這表示他們得在眾目睽睽下走在街上。

抵達聖堂時，海斯牧師和法蘭克輔祭正在等待他們。海斯身穿褐袍，除了魔印斗篷外，瑞娜從沒見過這麼好的衣料。牧師在褐袍外還穿了件白色無袖長袍，袍緣繡有綠色的藤蔓圖案，中央繡著金色法杖，法杖外圍著一圈魔印，其中有很多瑞娜都不認得。他的披肩和便帽都是森林綠，用亮眼的金線滾以魔印邊。他的手上戴滿金戒指，其中一枚鑲有牛眼大小的綠寶石。

法蘭克同樣穿著正式服裝，綠色的魔印便帽、白色法袍、棕色長袍、以綠線與金線繡著跟海斯同樣的藤蔓與法杖；脖子上戴著鑲有紅寶石的金項鍊。

他們和亞倫形成強烈的對比，亞倫打赤腳、身穿褪色衣褲，而瑞娜則是一副在別人眼中算是暴露至極的打扮，身上只穿了很短的皮背心和兩邊都開衩到腰際的裙子。不過如果他們樸素的打扮──或是瑞娜暴露的打扮──冒犯了牧師，他們也沒有表現出來。

「歡迎來到造物主的聖堂，貝爾斯先生，譚納小姐！」海斯大聲說道，聲音遠遠傳開。「很榮幸能在這麼短的時間內請兩位來共進晚餐。」

瑞娜想在老人的語氣裡聽出諷刺的意味，但他聽起來十分誠懇。「謝謝你們邀請。」她平空比畫聖印。亞倫只是輕哼一聲，點了點頭。

海斯笑容稍減。「恭喜兩位訂婚，兩位可以想像這個消息在鎮上引起多大的討論。如果你們允許，我很樂意爲兩位主持婚禮。」

「那眞是太客氣了。」亞倫在瑞娜開口前說道，他的聲音跟牧師一樣遠遠傳開。「但我希望約拿牧師回來之後再幫我們主持婚禮。」

人們再度開始交頭接耳，顯然已經聚集了大量圍觀群眾。海斯抿起雙唇，嘴巴變成一條線，消失在濃密的鬍鬚之中。「你和他很親近，是不是？」

亞倫聳肩。「並非總是認同他的看法，但約拿牧師在鎮民最需要的時候盡心盡力。希望他能儘快回來。」

海斯眼中的笑意全消，法蘭克清清喉嚨。「或許我們應該先進去，牧師閣下。其他人已經到了，在餐廳等你。」

「很好，帶路吧。」海斯說。法蘭克鞠躬，帶領他們進去，緊緊關上聖堂大門，將好事的群眾留在外面。

站在唱詩班高廊下方的前廳，瑞娜看見一座約莫足以容納三百人的中殿。地面都是石板，多年以來讓往來眾人踏得十分光滑。長凳也同樣光滑，微微凹陷的上好木材，在無數人坐過之後椅面上的亮漆已經磨光了。橫梁上刻有魔印，彩繪玻璃窗上也是，不過除了魔印外沒有其他裝飾。主祭壇也一樣樸實，桌面和講台上鋪了新布，上面繡有安吉爾斯牧師的藤蔓法杖標記。講台底下鋪了厚重的地毯。

「擺設寒酸，請兩位見諒。」法蘭克說。「等到擴充建築完成後，我們就會有座體面的造物主聖堂，以及符合牧師閣下身分的接待室。」

瑞娜敏銳的耳朵聽到亞倫咬牙的聲音，但他一言不發地跟著法蘭克穿越祭壇旁的一扇門，走過小走廊，來到一間沒有窗戶的小餐廳。餐廳比聖堂其他地方的裝潢要華麗多了。古老的石牆上掛滿沉重的掛毯，廳裡擺了一張光滑沉重的金木長餐桌，桌面鋪著絨布桌巾。桌上擺設了精緻的瓷盤、銀器，以及金色的分枝燭台。壁爐裡生起溫暖的爐火，天花板上的吊燈上還有許多蠟燭。

桌旁坐了三個男人，不過他們在牧師走入時立刻起身。

「你記得亞瑟閣下，伯爵的助手。」海斯指著對方說道。「他身旁的是蓋蒙指揮官，伯爵的侍衛隊長。」

亞瑟身穿上好的緊身褲和光亮的靴子、袖口有蕾絲褶邊的白上衣、以及繡著木頭士兵徽章的粗呢大衣。椅背上掛著一具插有光亮短矛的護套。短矛上刻有魔印，精緻的護手上鑲有貴重的寶石。那是一把保養得宜的美麗武器，但瑞娜認為亞瑟看起來不像戰士，她懷疑這把短矛有沒有嚐過惡魔膿汁的滋味。

這個想法令她口水直流，接著壓抑一陣厭惡的感覺。她到底變成什麼了，為什麼會讓這種想法刺激食慾？

蓋蒙身穿類似的上好服飾，不過袖口沒有蕾絲，而且散發出一股戰士般的冷峻氣息，鬍子剃得很短，露出一道皺巴巴的惡魔傷疤。他雙眼緊盯亞倫，彷彿是在動手之前打量對手的眼神，而他的矛看起來經常使用。他把矛靠在觸手可及的牆邊。

「我們很榮幸。」亞瑟在他和隊長鞠躬時說道。「伯爵命我致上歉意，他忙著監督堡壘工程。」

「意思就是不想被人看到他和我們一起用餐。」亞倫低聲說道。

「這位是公爵的傳令使者，傑辛．黃金嗓閣下，安吉爾斯總管大臣詹森閣下的外甥。」海斯指著第三名男子說道。「明早傑辛將會趕回安吉爾斯，你在這個時候回來剛好讓他有機會在回去之前見你一面。」

「他一定是等到我們來才肯走。」亞倫說，聲音同樣低到只有瑞娜聽見。

傳令使者身穿合身的上好外衣，以及翠綠色的寬鬆絲褲，褲管塞在高筒棕色羊皮靴裡。他的披肩是褐色的，繡著安吉爾斯藤蔓王座的圖案。他向瑞娜鞠躬時大幅度揮動披肩，露出她只有在吟遊詩人身上見過的七彩華服。

「我從沒到過提貝溪鎮那麼遠的地方。」他說著親吻她的手。「但或許我該去一趟，如果那裡的女人都像妳這麼美麗。」

瑞娜臉紅。「夠了。」亞倫大聲說道。

「的確。」海斯同意道，責備地看著傑辛。「請坐。」他指向為亞倫和瑞娜準備的座位。亞瑟突然來到瑞娜身後，她差點動手打他，接著發現他只是在幫她拉椅子。椅子上墊了絨布，她從沒坐過這麼柔軟的東西。

法蘭克拍手，幾名輔祭端出酒瓶。男人們——包括亞倫——拿起餐巾一抖，放在大腿上。瑞娜笨手笨腳地照做。

「今晚菜單很棒。」法蘭克說。「烤杏仁雉雞佐紅酒醬和蘋果木串烤梅子醬乳豬。」他轉向瑞娜。「妳喜歡紅的還是白的？」

「什麼？」瑞娜問。

法蘭克微笑。「酒啊，孩子。妳喜歡哪一種？」

「酒還不只一種？」瑞娜問，接著在傑辛、亞瑟、法蘭克發笑時感到臉紅。「我說了什麼？」她低聲問亞倫道。

亞倫一副快要噴火的模樣。「沒什麼。」他說，完全沒有刻意壓低聲音。「他們只是沒禮貌，外面的人們有雜草吃就要感謝造物主了，他們竟然還吃得這麼豐盛。」

法蘭克臉色發白，望向牧師，接著看向亞倫。「我沒有冒犯的意思——」

亞倫不理會他，看著海斯牧師。「你是這樣教導輔祭的嗎？牧師閣下。可以這樣嘲笑平民嗎？因爲在我們的家鄉，牧師身穿樸素法袍是有原因的。」

海斯咬牙道：「當然不是。」

「在我看來就是。」亞倫說，他轉頭看向法蘭克。「你是怎麼形容這座聖堂的？很寒酸？不夠格？」

法蘭克看來像是被人逼到死角的鹿。「我的意思是說會有更宏偉——」

「你根本不懂這個字的意思。」亞倫打斷他。「這座聖堂是窪地人力量的象徵。當所有希望破滅時，這座聖堂屹立不搖。我們在此照料傷患，就在這間房，而他們的親朋好友則在外面對抗黑夜，守護他們。這地方一點也不寒酸。」他看向海斯。「但你卻打算拆掉它，建造更大的聖堂，好讓人們忘掉在你來之前這裡的模樣，忘掉曾經主持這座聖堂的牧師。」

海斯臉色一沉。「又是約拿！你雖然脫掉褐袍，講話還是像個聖徒，老想告訴我們如何管理我們的教會。伯爵已經承諾要讓約拿的妻子去看他，而你還是要在聖堂門外重提此事，現在又在我的餐桌上再提一次。」

「聖堂門外是你自己提的。」亞倫說道。他望向桌旁其他人。「我知道你們認爲我們都是蠢人，因爲我們來自小村落，但我當過多年信使，一眼就能認出政客。我已經站在魔物墳場上告訴所有人我不是聖徒，也不是上天派下的使者，這樣你還嫌不夠。一定要演這一齣，讓人們以為我是你的信徒。」他瞪向亞瑟、蓋蒙和傑辛。「而皇族就偷偷摸摸地派遣僕役來看戲，然後回報。少來這一套。我不受卡農經約束，也不對藤蔓王座效忠。」

瑞娜靠上椅背，饒富興味地看著一切。完全沒人在乎她。其他人勃然大怒，但海斯揚手安撫他們。

「儘管如此，」海斯說。「藤蔓王座還是安吉爾斯的最高統治者，所有安吉爾斯領土上的東西都要服從它的法律。林白克公爵和比瑟牧者已經下令伐木窪地要服從教會的規定，貝爾斯先生。如果你住在這裡，你就隸屬伯爵與我本人的管轄。」

「伊弗佳法規。」亞倫說。

「呃？」牧師問。

「在克拉西亞，宗教和法律同樣合一。」亞倫說。「他們的聖典，伊弗佳，就是他們整個文化的基礎，克拉西亞人在征服南方領地的同時也將伊弗佳法規推廣到人們身上，強迫他們皈依艾弗倫，不管他們喜不喜歡。他們強暴女人，奴役男人，奪走他們的小孩，從頭灌輸宗教觀。就算不再北進，幾個世代之後，所有活在他們領地上的人都會成為伊弗佳教徒，大幅增加他們的人數。」

「那你就了解我們為什麼要徹底抵抗他們。」海斯說。「強化對造物真主的信仰，抵制這個偽神。」

「你們會在抵制他們的過程中變成他們。」亞倫說。「我不允許這種事發生在窪地。你可以在布道台上暢所欲言，如果人們願意接納你，那是他們的選擇。但如果你敢遵照古法把私通者綁在木樁上去餵惡魔，我會折斷那根木樁，一半插到你的門裡，另一半插到伯爵的門裡。」

「你不敢！」法蘭克吼道。

「你可以試試看。」瑞娜說。

「你大膽！」亞瑟大叫。蓋蒙隊長跳起身來，抓起長矛。「藉由湯姆士伯爵賦予我的權力，我以叛國罪名逮捕你……」

亞倫輕哼一聲，甚至沒有費力起身。他隨手平空繪印，蓋蒙的矛頭突然變成濃霧般的灰藍色。武器周遭的空氣開始發光，矛頭與矛柄滲出白霧，結成冰霜。

只聽見嘎啦一聲，蓋蒙大叫，放開武器，抱住手掌，彷彿遭火灼傷。傑辛在長矛墜落兩人間的地板、化作上千碎片時向旁跳開。

「啊，造物主啊，我的手！」蓋蒙尖叫道。

「停止愚行，坐回原位。」亞倫說。他看向一名目瞪口呆的小輔祭。「幫指揮官拿碗冷水過來泡手。」小輔祭沒有徵求海斯或法蘭克同意，立刻領命而去。

海斯十指相抵。「所以你自認凌駕於人類與造物主的法律之上？這就是你讓我知道今天早上那番話都是謊言的方式嗎？你真的自認是解放者？」

亞倫搖頭。「我只是讓你知道我不是個任你擺布的鄉下人。我回窪地是因為有事要做，不是要跟你或伯爵衝突。只要你善待鎮民——目前看來還可以——我希望可以維持良好的關係。但是既然你提起了管轄權，我就要讓你知道你的管轄權能夠管到哪裡。我對於成為政治的棋子毫無興趣，如果有人再敢嘲笑我的未婚妻，我會讓你們付出代價。」

海斯點頭。「我為讓你和譚納小姐受辱道歉。我向你保證他們是無心的。」他瞪向法蘭克。「我的助手會受到適當的懲罰。」

牧師攤開雙手。「我也想和你維持良好的關係。伯爵和我都不願與你爲敵，貝爾斯先生。公爵命令湯姆士南下，守護邊疆，保護人民。比瑟牧者賦予我的使命也是一樣的。我會照顧這些人，就像你們的約拿牧師一樣——不過約拿的事我無力干涉。」

「這就是你所有的使命嗎？」亞倫問。

海斯搖頭。「還有另一件事，你。」

「我。」亞倫說。

「你不是安吉爾斯境內第一個號稱解放者的人。」海斯說。「每隔幾年就會有人謠傳解放者回歸的消息，特別是在小村落。造物主的牧師會查證每一個解放者的眞實性。我本人任職期間就曾調查過十幾件這種傳言——每個都是冒牌貨。」

亞倫微笑。「把我加進去，因爲我不是解放者。」

海斯湊向前來。「或許，但你也不是來自小村落的普通信使，不管你怎麼說。你一有機會就否認自己是解放者，但卻沒有告訴我們你究竟是什麼人。你會施展惡魔法術；誰知道你是不是惡魔？」

餐廳陷入沉默，瑞娜怒不可抑。儘管海斯靠回椅背，其他人卻都湊上前來仔細聽取亞倫的回答。傑辛拿出一本小冊子和一支小鉛筆。對吟遊詩人而言，故事就是金錢，對傳信使者更是如此，雖然他們的觀眾只有一個。

「你們今天早上還看到我站在陽光底下。」亞倫說。「惡魔辦得到嗎？」

海斯聳肩。「凡事都有第一次。」

「加上死在我手中的上千頭惡魔，包括你昨晚親眼見證的那些？」亞倫問。「那些都只是我爲了博取人們信任採用的策略？」

「你告訴我是不是啊。」海斯說。

「我們什麼都不用告訴你。」瑞娜大聲說道。所有人都轉頭看她。

「不好意思，年輕的小姐。」海斯語氣責備地說道。「但是——」

「亞倫今晚本來不想來的。」瑞娜打斷他。「他早知道會發生這種事，知道你們會試圖利用他，或是指控他。他說我們跟牆壁打交道都比跟你們吃飯好，是我叫他要釋出善意的。」她站起身來。「現在我很後悔，看不出來我們有任何理由繼續這段談話。請各位繼續用餐。」

她大步走向門口，亞倫道歉式地對牧師聳肩，面帶微笑地跟了上去。

太陽開始下山，窪地的街道人來人往。伐木工的隊伍在魔物墳場集結，準備進行例行巡邏，商家繼續做生意，販賣食物、飲料，以及其他物品，一點也沒有打烊的跡象。就連在挖掘新聖堂地基的工人也繼續工作。瑞娜知道大魔印能在夜晚守護鎮民安全，但她一直沒有深思這個事實所代表的意義。不分晝夜的自由。在窪地郡，人類不必受制於惡魔的行程。

「待會不會黑到無法工作嗎？」瑞娜問。

亞倫搖頭。「魔法即將浮升，要不了多久就會有足夠的光源。」

瑞娜微感驚訝，注意魔法浮升的跡象，只有她和亞倫的魔印眼才能看見發光的魔霧。

但是大魔印中沒有魔霧升起的現象。整條街道逐漸變暖，接著開始發光。一開始她還以為是自己的想像，但是石板地很快就亮到無法忽視。亮到顯然所有人都看得見魔光，不管有沒有魔印眼。她終於瞭解街上的人爲什麼能漫不在乎地在黑暗中行走。魔光沒有亮到形同白晝，但卻清楚得能讓人工作。

「很美的景象。」瑞娜說。她看見大魔印的邊緣就在不遠處。那裡的魔法正常浮升，不過就像流向亞倫一樣流向大魔印。她感覺到大魔印也在吸收她身上的魔力。打從她第一次吃惡魔肉時出現在體內的魔力核心，如同磁石被吸向鐵鍋般地遭受大魔印吸引。她的腳步變得沉重，她感到身體虛弱，輕微頭暈。

「從前在大魔印裡……會讓我很不舒服。」亞倫彷彿猜到她的想法般說。「好像在涉水而過，或是在太陽下曬太久。」

「從前？」瑞娜問。

「現在一切都不同了。」亞倫說。「大魔印吸收太多魔力，擷取它的魔力對我來說就和呼吸一樣輕鬆。」他深吸一口氣，身上的魔印大放光明，她從來沒有見他這麼亮過。他吐出魔力，身上的魔光立刻消失。「我甚至能把用不到的多餘魔力還給大魔印，藉以強化禁忌威力。」他看向瑞娜。「我在這裡很強大，瑞娜。完全超乎想像，甚至不用殺惡魔就能得到力量。我不敢保證這樣的力量就夠了，但是下次新月，不管地心魔域派出什麼怪物來找我們，它們得小心了。」

他轉向另一座高大建築，位於石板地的另一端。那是瑞娜在窪地裡唯一看到的魔印建築，上頭的魔印又大又強，深深刻劃在木頭之中。

「診所。」亞倫說。「我得在薇卡女士趕往安吉爾斯之前去拜訪她，或許我能在她離開前幫她分擔一些工作。等我結束之後，診所裡就會連個流鼻涕的小鬼都不剩。」

「你確定這麼做好嗎？」瑞娜問。「肯定會讓人們再度開始叫你解放者。」

「不管喜不喜歡，那都無法避免。」亞倫說。「我不是解放者，但也不想繼續隱藏自己的能力。我們擾亂了蜂巢，殺死了心靈惡魔，如果我沒猜錯，新月一到，蜜蜂就會開始螫人。我要所有人都能起身作戰。」

瑞娜皺眉。

「怎麼了？」亞倫察覺她的表情。瑞娜雙手抱胸，轉過身去。

片刻過後，她感到亞倫的手臂摟著自己，輕輕捏她。「有事困擾妳，瑞娜，說出來。我在那頭惡魔身上學到很多東西，但我還不打算嘗試讀心術。」

瑞娜嘆氣。「不喜歡你治療別人。」

亞倫身體一僵。「什麼？爲什麼？我應該讓人們躺在病床上嗎？變成殘廢？任他們死去？」

瑞娜一心只想待在他懷裡，但她掙脫他的手臂，轉身面對他。「不是那樣的，我只是覺得這樣不安全。你老是說我魯莽，但是每次施展治療術的時候，你都差點害死自己，你固執到不知道什麼時候該停。所以沒錯，我寧願看到藥草師以傳統方法醫治斷腳的人，也不希望你在治療的過程中昏倒。」

她以爲他會對她大叫，但亞倫只是點頭。「還是摸索當中。但我有大魔印的魔力爲後盾，而且我會小心的，瑞娜。我保證。」

第六章 耳環 333 AR 夏

月虧前二十九個拂曉

「啊！啊！」

英內薇拉在耳環中發出北地妓女的嬌喘聲時深深吸氣。

那耳環看起來像個廉價的銀首飾，但是上面刻有小小的魔印，透過中央狀似半枚卵石的惡魔骨提供魔力。另外半枚惡魔骨鑲在另一只耳環上，而她於結婚當天把那只耳環送給賈迪爾。他並不知道那只耳環的真正用途。

*愛我就永遠不要摘下它。*那天她這麼對他說。

耳環上的魔印通常沒有對準，但英內薇拉只要稍微轉動一下就能啓動魔印，而耳環上的霍拉就會和它的雙胞胎產生共鳴，像小孩用杯子和線做成的傳聲筒般將聲音傳入她的耳中。

包括黎莎．佩伯在她丈夫耳邊所發的歡愉嬌喘聲。

*我是棕櫚樹，*英內薇拉告訴自己，*這只是一陣風。我會彎曲，卻不會折斷。*她的目光瞟向梅蘭和阿莎薇，她最親密的顧問。她們聽不見耳環裡的聲音——它的魔力只對佩戴者有效——但那並沒有任何差別。現在阿曼恩和黎莎已經公然在人前示愛，至少在宮殿裡毫不避諱。英內薇拉被迫笑著裝出漫不在乎的模樣，即使這段關係會侵蝕她在達馬丁和賈迪爾部下之間的權力。

她緊握拳頭，她無力阻止他們在一起。阿曼恩是沙達馬卡，不管如何解讀伊弗佳，他都有權佔有任何想要的女人。多年以來英內薇拉始終確保他的慾望都能從她或她所挑選的女人身上獲得滿足——這些女人為他帶來權力與子嗣，不過她能輕易控制或是除掉她們。

她無法控制或除掉黎莎．佩伯。她確實能為阿曼恩帶來權力，但她一直在迴避這件事，而且高傲得像是安德拉的第一妻室。沒人可以控制她，英內薇拉已經兩度暗算失敗，第一次是派遣長女阿曼娃，紅髮北地人羅傑的未婚妻，去毒害黎莎。阿曼娃忠心耿耿，但缺乏經驗，結果把事情搞砸。黎莎本來可以告訴賈迪爾，公開兩人之間的鬥爭。賈迪爾肯定會大發雷霆，甚至可能失去理智。但是黎莎並未洩露此事，甚至允許阿曼娃繼續待在她身邊。

這件事讓英內薇拉對她產生一點敬意，於是不久後當她派遣閹人偵察兵闖入黎莎的臥房時，她竟然蠢到試圖威脅那個女人知難而退，而不乾脆直接殺了她。當天晚上，她在兩人聯手對抗試圖殺害賈迪爾的心靈惡魔時被迫拯救黎莎的性命。

當然，如果她不這麼做，心靈惡魔很可能會殺死賈迪爾，甚至連她都難逃一劫。儘管英內薇拉不願承認，北地藥草女巫確實是個令人敬畏的對手，而且她的力量打從那天晚上開始就與日俱增。英內薇拉無法阻止她自心靈惡魔身上取走阿拉蓋霍拉——英內薇拉自己也拿了一部分。她派遣閹人去取回惡魔骨，但他們傷痕累累地空手而回。黎莎再也不會掉以輕心。

於是英內薇拉只能偷聽。一邊偷聽，一邊努力不讓自己覺得遭到取代、排擠與羞辱。

她深呼吸，恢復冷靜。那個女人再過不久就會回去她那野蠻的村落，到時候自己就能永遠擺脫她。英內薇拉將會取回在賈迪爾床上應有的地位，一切恢復正常。

或許。

熱情的呻吟與嬌喘聲逐漸轉弱，變成溫柔的低語。英內薇拉豎起耳朵，努力傾聽那模糊不清的聲音。這種感覺比叫床和肉體撞擊聲還要難受。英內薇拉曾經數次目睹丈夫跟別的女人發生關係，很清楚他會發出什麼聲音，還有讓女人發出什麼聲音。英內薇拉對於自己的枕邊技巧很有自信，絲毫不擔心黎莎取悅她丈夫的魅力。眞正令英內薇拉厭惡的是他和黎莎完事後安安靜靜抱在一起的時刻。

「嫁給我。」賈迪爾說。

「我要拒絕多少次你才不會再問？」黎莎回答，假裝不了解對方此舉之中所蘊含的榮耀。

「就算妳拒絕我一萬次，」賈迪爾說。「我也要再問妳一萬次。來，我們還有時間。我是沙達馬卡，只要一揮手就能宣告我們結婚。現在就嫁給我，祕密地嫁給我。妳母親和阿邦當見證人，簽訂婚約。沒必要的話，不必讓人知道，只要我們自己知道就好了。」

阿邦。英內薇拉嘣起嘴唇。這一切都是他爲了爭奪權力以及賈迪爾的信任所策劃的陰謀。她也必須解決他。

「問我一萬次，或是兩萬次，」黎莎說。「我還是會拒絕你，你已經有太多妻子了。」

「我不會讓她們上我的床。」賈迪爾說，英內薇拉大怒。「除了英內薇拉。」他更正，她發現自己鬆了口氣，不過仍不敢相信他竟會如此愚蠢。有人說沙羅姆不會討價還價，而賈迪爾還是個徹頭徹尾的沙羅姆。

「所以我只要和一個女人分享你就好，而不是十四個？」黎莎問。

「現在就來分享我。」賈迪爾低聲道，兩人再度親吻的聲音令英內薇拉緊咬下唇。

「現在只有我們兩個人，阿曼恩。」黎莎說，賈迪爾發出歡愉的氣音。「接下來幾小時內，我不會和任何人分享你。」

「達馬佳！」梅蘭叫道。「妳的手！」

英內薇拉低頭看著自己緊握的雙拳中滲出鮮血。她的長指甲非常銳利，深深陷入掌根。她已麻痺到完全沒有發現。即使當梅蘭和阿莎薇攤開她的雙掌，小心翼翼地清理傷口，綁上繃帶時，她都覺得那彷彿是別人的手。

事情怎麼會走到這個地步？她到底如何虧待阿曼恩，弄到他要如此羞辱她？她曾確保他在被沙羅姆埋沒潛力或讓他白白犧牲之前接受訓練與教育。她將統一的克拉西亞獻給他，還給他工具把阿拉蓋趕回奈的深淵。她幫他生了四個兒子和三個女兒，並挑選吉娃森幫他暖床，孕育更多子嗣。

「或許我早就該幫他挑選一些白皮膚的北地妓女來平息他的慾火。」她喃喃說道。

「男人都是很好預料的生物。」梅蘭說。

「征服某樣東西後的第一個反應就是把它當作狗上。」阿莎薇同意道。「很多沙羅姆都開始喜歡上白皮膚的滋味。」

梅蘭和阿莎薇相愛多年，兩人共享寢室，隨時都伴隨在彼此身邊。她們對男人唯一感興趣的就是他們的種子，而早在許久之前她們就已經擲魔骰挑選出她們女性後裔的父親，兩人都在一夜之間完成播種，從此再也沒見過那兩個男人。

儘管充滿偏見，她們說的確實沒錯，英內薇拉早該預料到這種情況。如今，就因爲她沒有先見之明，她的丈夫跑去他們曾經共度春宵無數次的香水室裡接受一名異教妓女誘惑。

黎莎的枕邊細語已經開始影響阿曼恩，讓他重新反省數個世紀以來定下的文化與傳統。他在這種情況下頒布的命令有些無關痛癢，有些卻異常危險，爲了北地人的情感因素而遠離自己的人民，忘記他們應該是被征服的目標，而非盟友。

他們沒有時間去和青恩談判，沙拉克卡即將來臨。就某些方面而言，根本已經開始了。

第七章　訓練　300 AR

英內薇拉很討厭父親帶沙羅姆回家。她和母親忙著做飯招待，父親則是對她們又罵又打，刻意在醉酒吵鬧、拿泥骰玩沙拉克的客人面前做樣子。在索利換上黑袍之前，卡薩德已經禁止他做任何工作。「你是名戰士，我的兒子，不是卡非特或女人！」

小時候，那些男人完全忽略英內薇拉，只是盯著曼娃看，但是當她開始出現女性特徵後，有些目光就開始轉向英內薇拉。其中一名沙羅姆，名叫山莫，甚至動手摸她。

儘管不能煮飯或端菜，索利還是會在場保護她。山莫的手才剛要捏下，她哥哥已經一膝蓋頂在對方胯下，並且打斷他的鼻子。

卡薩德哈哈大笑，嘲弄山莫，讚揚兒子，但他一眼都沒看英內薇拉，不管她有沒有事。更糟糕的是，之後他還是繼續邀請山莫來他們家，完全不阻止他色迷迷的目光。英內薇拉知道那個沙羅姆只是在等待索利分心的機會。

服侍她父親和十幾個醉醺醺的沙羅姆令英內薇拉害怕，但害怕的程度無法和服侍達馬丁飲用月盈茶的儀式相提並論。

餐廳中的厚地毯上擺了半圈絨布枕頭。坎內娃坐在中間，梅蘭立刻送上一杯熱騰騰的茶。她就像是一縷清煙，突然現身倒茶，然後立刻消失。

「魁娃，坐我右邊。」坎內娃下令，比向右邊的枕頭。「法娃，我左邊。」

魁娃遵命坐下，法娃也一樣。法娃年紀很大，看起來比坎內娃還老。阿莎薇和另一名奈達馬丁迎上前去倒茶。

坎內娃舉起茶杯，三個女人同時喝茶。接著坎內娃指示另外兩名艾弗倫之妻入座，一邊一個。有人幫她們倒茶，五個女人一起喝茶。

那壺茶倒到接下兩個女人時已經快要不熱了，輪到之後的兩人時只剩一點餘溫。當最後兩名艾弗倫之妻入座喝茶時，茶已經涼了。

食物也以同樣的順序出餐，坎內娃最寵信的達馬丁可以吃到最好的肉，雖然所有達馬丁的食物都比英內薇拉一輩子見過的都要美味。食物的香氣讓她餓得發昏。

整套儀式結束後，達馬丁終於鬆懈下來，開始友善地交談。她們英俊的閹人僕役負責煮飯和上菜，但是直接服侍達馬丁吃喝的還是艾弗倫的未婚妻。

英內薇拉面前的達馬丁喝完了茶，將空杯放在她面前。英內薇拉沒有立刻倒茶，於是她轉過頭來，揚起一邊眉毛。英內薇拉連忙拿著茶壺上前倒茶，結果灑了一滴在桌上。坐在另一邊的達馬丁看著那滴茶水，輕蔑地哼了一聲。

回到原位時，梅蘭掐了她一下，英內薇拉使盡全力才忍住不叫出聲。「笨蛋。」女孩低聲道。「我們會被懲罰的。再灑出來，下次洗澡的時候我們就會把妳壓在水裡，直接送妳去見艾弗倫。」

即使在如此私密的場合，達馬丁還是戴著面紗，湊到碗前，用兩根光滑的木棒將食物挾到嘴裡。英內薇拉偶爾會瞥見她們的嘴巴或鼻子，然後立刻偏開目光。那種感覺比看到卡薩德在一堆簍子上上曼娃還要令她噁心。

達馬丁用完晚餐後，艾弗倫的未婚妻就在廚房吃剩菜。梅蘭和其他女孩會把英內薇拉推開讓她排到後面，輪到她時就只剩下一點食物。她努力在鍋旁刮下將近一碗飯菜。不只如此，其他女孩還會緊緊坐成一圈，故意排擠她。她獨自用餐，日落時就在魁娃趕她們回地窖時麻木地跟著大家回去。

奈達馬丁睡在大寢室裡，照明來自天花板上的魔印光。英內薇拉一臉讚歎地看著天花板上的魔法符號。

「妳很快就會開始學習魔印。」魁娃注意到她的日光說道。「梅蘭，妳的床在哪？」

寢室中央整整齊齊地擺了幾排帆布床。梅蘭指向離門口稍遠的角落。

魁娃點頭。「那張床是誰睡的？」她指向梅蘭的床隔壁。

「阿莎薇。」梅蘭說，阿莎薇快步上前。

魁娃嘟噥一聲。「妳的枕邊姊妹得要換床睡了。接下來十二個月虧，英內薇拉將會睡在妳身邊，方便妳指導她。」

梅蘭在阿莎薇開始收拾東西——大部分都是書籍和書寫工具時，發出幾乎細不可聞的不滿聲。她在英內薇拉走過時瞪了她一眼，目光銳利如刀。

「妳們可以自由活動到魔印光熄滅。」魁娃說完離開寢室。

英內薇拉一言不發，靜靜等待其他女孩來欺負自己，但她們再度冷落她，三三兩兩聚在一起，將她排擠在外。英內薇拉上了自己的床，拿出伊弗佳丁開始看書。

魔光在幾個小時後才熄滅，但那本厚書她才看了一點而已。她將緞帶夾在書頁裡，沉沉睡去。

英內薇拉醒來時發現黑暗中有人在她面前走動。她的雙眼已經習慣黑暗，但還是只能看出一條人影輕手輕腳地移動。她一時之間忘了呼吸，接著回過神來，開始平緩呼吸，假裝沉睡。她發出輕微的鼾聲，就像母親那樣。

除了伊弗佳丁聖典和霍拉袋外，英內薇拉沒有私人物品，沒有可以充當武器的東西，但在這個睡滿唾棄自己的女孩的房內，武器沒什麼作用。她們能在黑暗中殺了她，然後全身而退嗎？她緊張地想要逃跑，但是根本無處可逃。就算她能在黑暗中找到房門，門也從外側拴上了。

但是那條人影越過她，擠到梅蘭的床上。她聽見毛毯掀開的聲音。

「我想她有可能聽見我來這裡。」阿莎薇低聲說道。

一段沉默過後。「她睡了，我聽見她的鼾聲。」梅蘭說。「再說，誰管那把爛骰子怎麼想？」

英內薇拉躺在床上，一邊維持規律的鼾聲一邊聽著梅蘭的床上傳來親吻和情話的聲音。她沒有吻過別的女孩，從沒想過這種事，但她還是羨慕她們。英內薇拉從來不曾如此寂寞。

❦

英內薇拉再度醒來，這次是被身側的劇痛弄醒的。她大叫一聲，坐起身來，看見梅蘭作勢欲踢。

「起床，爛骰子。」

魔印光再度啓動，大多數女孩已經開始綁拜多布。英內薇拉尿急，快步迎向茅廁布簾，但梅蘭抓住她的手臂。「想上茅廁的話，妳就該早點醒來。達馬丁隨時都會進來，如果她來時妳的拜多布還沒綁好，尿急將會成爲妳最不必擔心的事。」

英內薇拉臉色發白，忘了尿急，跳向乾淨的絲布。其他女孩神色不善地看著她迅速綁好拜多布。

阿莎薇朝英內薇拉的腳邊吐口水。「她是織簍匠的女兒，這不能證明什麼。」

英內薇拉綁好拜多布後，寢室沉重的房門開啓，魁娃等在門外。身穿拜多布的女孩排成一排，英內薇拉跟著她們走出地窖，來到地底宮殿裡的另一座大廳。

「我們每天都從練習沙魯沙克開始。」梅蘭指導道。「不准說話，照達馬丁的動作做。」

英內薇拉點頭，跟著其他女孩列隊排好，每人間隔兩步距離。魁娃大步走到大廳前方的小高台，伸手解開絲袍。絲袍輕聲褪去，她赤身裸體地站在列隊的女孩之前，身上只剩下面紗和頭巾。

慢慢地，她開始做一系列伸展動作。其他女孩模仿她的動作，英內薇拉則努力地照做。魁娃的皮膚光滑，肌肉結實，很快就蒙上一層汗水與香油的光澤。英內薇拉不懂如此緩慢的動作怎麼能讓她流汗流到好像在大太陽底下奔跑了一小時。

那些動作緩慢而精確，跟索利那種大開大闔的蠻力招式大不相同。但儘管看起來緩慢，那些招式都比索利施展的要複雜許多。英內薇拉做出許多從沒想過人體可以做到的姿勢，並且維持這些姿勢很長一段時間。從未使用過的肌肉痠痛無比，弄得她滿頭大汗，心跳加速，氣喘吁吁。彷彿不管如何吸氣都吸不滿一樣，而且她還要擔心自己隨時可能失禁。

魁娃以左腳站立，身體前傾，直到身體與地板垂直，雙手外擴成擁抱狀。她的右腳向上伸起，往後彎曲，腳趾幾乎觸碰到尾椎。

英內薇拉模仿這個姿勢，但是站立不穩，雙手著地摔倒。

「維持姿勢。」魁娃說著步下高台，其他女孩維持著這個高難度的姿勢。

「站直。」達馬丁命令道。英內薇拉立刻起身，魁娃一手貼著她赤裸的胸口，另一手搭上她肩膀的凹陷處。「用鼻孔吸氣，深吸一口。」她雙手擠壓，英內薇拉得在壓力下吸氣撐開胸部。

達馬丁嘀咕一聲。「吐氣，慢點。」她在英內薇拉以穩定的速度吐氣時繼續施壓。

「再來一次。」魁娃說。「呼吸就是生命。只要控制呼吸，妳就能控制自我。只要能控制自我，就沒有東西傷得了妳。妳不會感到飢餓或痛楚，不會感到愛與恨；沒有恐懼，沒有焦慮，只有呼吸。」

英內薇拉已經覺得開始平靜下來。在她從鼻孔把氣吸到腹部然後又吐出的同時，尿急和飢餓感逐漸消失。四周的女孩開始搖晃，臉上露出難以維持姿勢的表情。

「跟隨我的節奏。」魁娃說，持續施壓，開始以緩慢的節奏呼吸，英內薇拉調整自己呼吸的節奏。「呼吸不但能夠淨化妳的心靈，還能鍛鍊身體，直到兩者合而為一。」當兩人呼吸的節奏完全同步後，達馬丁放開雙手，抓起英內薇拉的手臂，高高舉在她的頭上。

「眼鏡蛇兜帽。」魁娃說完看向其他女孩。「停。」

大廳裡掀起一陣鬆了口氣的聲音，女孩們紛紛站直，向上伸展雙手。

「這些是沙魯金。」魁娃說著指導英內薇拉練習接下來的幾個動作，輕聲糾正她的姿勢。「禿鷹喙，豺狼躍。」

她讓英內薇拉身體前傾呈現剛剛跌倒的姿勢。「蠍子尾。」達馬丁左腳踏在英內薇拉的左腳上，將她固定在原位，接著以右腳鉤住英內薇拉的右腳踝，抬起她的腿，直到她伸手抓住，然後將它越拉越高，接著把英內薇拉的肌腱彎到極限。她大口喘息，搖搖欲墜。

「呼吸。」魁娃說。「妳是棕櫚樹，呼吸就是風。利用它的力量引領妳回歸平衡，自一個動作轉換到下一個動作。」

英內薇拉恢復節奏，發現穩定的呼吸確實有幫助。魁娃察覺她取得全新的平衡，點了點頭，回到高台上。

課程持續一段時間。英內薇拉還是會站不穩，難看地摔倒，關節如同著火般灼痛，但她維持穩定的呼吸。終於，魁娃結束課程，伸手去高台旁的盒子裡拿東西，英內薇拉鬆了口氣。一陣金屬交擊的聲響過後，魁娃取出四個銅鈸，分別綁在兩手的大拇指和食指上。

她點了點頭，梅蘭上前拿起盒子，取出她自己的銅鈸，然後傳給下一個人。所有女孩都拿了一副銅鈸，然後立刻回到原位，等待魁娃開始下一階段的課程。

魁娃側身面對大家，雙手高舉，備妥銅鈸。她一腳跨在身前，另一腳微微彎曲。

其他女孩擺出同樣的姿勢，英內薇拉盡量模仿。「膝蓋彎曲。」魁娃說。「重心放在前腳掌。」

當英內薇拉調整動作，找到平衡後，達馬丁敲鈸四下，臀部隨著鈸音如同甩動鞭子般擺動。

「一起做。」她說著重複這個動作。其他女孩動作精準地模仿她，但英內薇拉發現這個動作比表面上看來複雜許多。

「再來一次，」魁娃說。「仔細看。」

她再度敲鈸擺臀，英內薇拉還是看不明白。一開始她想不透該如何擺臀，接著銅鈸又跟不上其他人。同時完成兩個動作似乎是不可能的事。

魁娃一再指導這個動作。英內薇拉感覺得出其他女孩的不耐，但除了一再嘗試外，她什麼也不能做。

終於，魁娃滿意了。她哼了一聲，開始持續敲鈸，同時配合節奏擺臀。英內薇拉融入節奏之中，很快就習慣了這個動作。她發現自己在笑。

但接著達馬丁開始移動，體態優雅地在高台上繞圈，完全沒有停下敲鈸或擺臀。那景象十分美麗，令人著迷。英內薇拉開始模仿她，結果卻一腳踩到梅蘭，兩人摔成一團。

「笨蛋！」梅蘭叫道。

魁娃跳下高台，狠狠甩了梅蘭一耳光，手中的銅鈸發出清脆的聲響。「是妳的錯，梅蘭！達馬基丁指派妳教導她奈達馬丁之道！妳教了她什麼？她連眼鏡蛇兜帽和擺臀都不會。」

她揚指指向梅蘭的臉。「妳得學會嚴肅看待妳的責任。在英內薇拉跟上其他人的進度之前，妳不得進入影之殿。」其他女孩同聲吸氣，梅蘭雙眼圓睜。

「再用那種眼光看我，」魁娃說。「妳就搬去大後宮住，去當沙羅姆的玩物。」

梅蘭偏開目光，深深鞠躬。「是的，達馬丁。」

沙魯沙克課程結束後，女孩們去廚房排隊，由兩名年長的閹人幫所有人舀一杓稀粥。英內薇拉從梅蘭和其他女孩眼中看出她們想要把她擠到隊伍後面，於是她自動讓位。沒有意義的衝突不會帶來任何好處，在學習奈達馬丁之道的過程中最好還是表現得懦弱一點。

英內薇拉的粥不到半碗，是粥鍋裡最後一點最稀的稀粥。儘管如此，她差點沒能在梅蘭找上門來之前把粥喝光。

「天快亮了。」梅蘭說。「達馬丁即將前往大帳，遲到的話我們就要準備去見奈了。」

「大帳？」英內薇拉問。

梅蘭以一副她是白痴的模樣看著她。「沙羅姆會在拂曉時自大迷宮歸來，傷兵就會被送往大帳。

我們要協助達馬丁治療傷患。」

英內薇拉想起昨天透過帆布牆傳來的沙羅姆傷兵慘叫聲，想像自己在渾身是血的慘叫男人堆中幫助達馬丁割開及縫合傷口的模樣。

她突然頭昏眼花，臉頰漲紅，稀粥湧回她的喉嚨。

梅蘭狠狠甩她一巴掌。稀粥和膽汁飛濺而出，於石室中迴盪巴掌回音的同時灑落在石板地上。所有女孩抬起頭來，目光冰冷。此刻沒有達馬丁在場，所有閹人都如平日般默不吭聲。

「艾弗倫的睪丸，給我機伶點！」梅蘭叫道。「達馬丁最看重的就是治療傷患。現在我已經不能進入影之殿，要是因爲妳的軟弱讓沙羅姆多流一滴血，達馬丁就會要我付出千倍的代價。」她湊到近處，壓低音量。「要是發生這種事，我會割下妳的奶頭，餵妳吃下去。」

英內薇拉凝視著她，消化她這句話的意思。梅蘭沒有給她時間反應，抓起她的手臂，一把拉回地窖。女孩們迅速洗臉洗手，換上白袍，再度列隊。梅蘭領頭走回地窖門口，和達馬丁會合，接著達馬丁又帶領她們離開宮殿，穿越地下城，來到卡吉達馬丁大帳下的石室，等待達馬自沙利克霍拉的尖塔上吟唱拂曉之歌。

協助達馬丁治療傷患就和英內薇拉想像中一樣血腥恐怖。她的耳中充斥著呼喊和慘叫，一半來自痛到無法擁抱痛楚的沙羅姆，一半來自斥責她動作太慢的梅蘭和達馬丁。

她在端著一罐以味道比庫西酒還刺鼻的液體浸泡的工具時不小心絆了一跤，灑出幾滴液體。梅蘭在魁娃和另一名達馬丁的面前朝她的臉就是一拳。兩名達馬丁都沒說什麼，她們比較關心英內薇拉手上的工具，毫不在乎她腫起的臉頰。

面前的桌上躺著一名不斷掙扎的戰士，她們試圖剪開他腹部傷口外的黑袍。艾弗倫之妻打碎陶瓷護甲，將鮮血淋漓的碎片丟到棕櫚簍中。

魁娃丟了兩條絲帶到梅蘭手上。「固定他。」

梅蘭拿起一條絲帶，將另一條交給英內薇拉。「俐落點，跟著我做。」她將絲帶纏在雙拳之間，相隔約莫一條上臂的長度。

英內薇拉沒有時間思索這些指示，只能看著梅蘭開始動作，以難以想像的速度和優雅的手法將絲帶纏在戰士的手腕上，接著往後拉扯，將他的手臂扯直固定。他試圖抗拒，但梅蘭清楚他手臂最脆弱的地方何在，於是持續控制他的手。

「動手！」她在男人奮力舉起另一手抓她的同時叫道。英內薇拉衝上前去，試圖依照梅蘭的指示去做。她以絲帶纏著沙羅姆的手腕，但她不像梅蘭一樣曉得該腳踏何處，如何移動重心。戰士反手一拳，以遠比梅蘭沉重的力道打在她身上。

英內薇拉重重落地，魁娃嘶吼一聲，挺直兩根手指，插入男人的肩窩。他的手臂抽搐，暫時失去力氣，英內薇拉立刻撿起絲帶，再度固定他。魁娃不耐地瞪了梅蘭一眼，梅蘭則在她們固定戰士時冷冷地盯著英內薇拉。達馬丁塞了一顆安眠藥到他喉嚨裡，沒過多久他就不動了。艾弗倫之妻開始剪開衣服，毫不在意她們的潔淨白袍沾上鮮血，以及其他更噁心的體液。

「這樣不行。」一段時間後，魁娃說道。

「要救活他，就得用霍拉魔法。」另一名艾弗倫之妻同意道，望向梅蘭。「帶他去地下石室。」

梅蘭點頭，和英內薇拉合力抬起歪掛在手術桌旁的擔架。戰士比兩個女孩加起來還重，不過英內薇拉做慣了吃力的工作，步伐十分穩健。阿莎薇跑在前面，拉開暗門，達馬丁帶他們步入黑暗。

阿莎薇等到英內薇拉和梅蘭走下階梯，這才關閉暗門，把他們留在黑暗中，直到魁娃取出會發光的惡魔骨，照亮通往擺有另一張手術桌的石室的走道。石牆上有一扇鋼門，魁娃自脖子上取下鑰匙打開那扇門，裡面放了許多看起來像是煤塊和焦骨的東西。阿拉蓋霍拉。她挑選一塊不大不小的霍拉，在門鎖的喀啦聲響中關上鋼門。

「吸引器。」魁娃說，梅蘭取出有管子和腳踏風箱的裝置。英內薇拉持續踩動踏板，梅蘭則將其中一根管子插入戰士的傷口，將血抽入玻璃箱中。

達馬丁清理傷口邊緣，先是擦乾血跡，然後刮掉附近的體毛。這麼做的同時，阿莎薇準備了刷子和一碗墨水。

「英內薇拉，過來。」魁娃說。阿莎薇接手踩踏板，英內薇拉來到艾弗倫之妻身旁，小心翼翼地不要干擾她們。

魁娃沒有轉頭看她。「首先，繪製吸引魔印，畫在傷口北邊。」她拿刷子沾墨，畫下陌生的符號。英內薇拉全神貫注，期待看到墨水發光，但是沒有任何效果出現。「接著，繪製力量、耐力，以及鮮血魔印。」她迅速繪印，刷子順時鐘方向沿著沙羅姆的皮膚移動，在四個羅盤方位畫下魔印。

「現在得將魔印連接起來。」魁娃說著在四個魔印中間的空位增加四個同樣的魔印，形成八角形。畫完之後，她指示另一名達馬丁，從儲藏櫃裡拿出惡魔骨。骨頭接近傷口時，魁娃繪製的魔印立刻綻放刺眼的魔光。

「魔印並非魔法。」魁娃說。「但它們會吸收惡魔骨上的魔力，將阿拉蓋的力量轉化爲艾弗倫的神蹟。」

英內薇拉目瞪口呆地看著沙羅姆的傷勢逐漸癒合，傷口彷彿雙掌併攏捧著的水，慢慢合而為一。片刻過後，傷口消失，連疤痕都沒留下。新的皮膚看來比較蒼白，未曾接觸過陽光或長年吹襲的風沙，比四周的皮膚更加健康。

「讚美艾弗倫。」英內薇拉敬畏不已地低聲道。「有了這種魔法，就不會再有沙羅姆死去了。」

魁娃悲傷地搖頭。「如果這樣就好了。就連霍拉魔法也無法治療嚴重的傷勢，而且這種力量得付出代價。」她比向在另一名達馬丁手中粉碎的惡魔骨。「治療魔法是最費力的魔法，不能輕易使用。阿拉蓋或許源源不絕，但取得它們的骨頭所須付出的人命遠比救活的人命還少。我們得謹慎使用這種力量。」

「還要保密。」另一名艾弗倫之妻嚴厲地補充道。「沙羅姆已經很不珍惜性命了。天曉得讓他們知道我們擁有這種力量，會幹出什麼樣的愚行。最好盡量以自然的方式治療他們。」

魁娃點頭。「我們暫時不會讓這個沙羅姆回去，在他『復元』期間用藥讓他陷入昏迷。」

「但我們不需要他在阿拉蓋前守護我們嗎？」英內薇拉問。

梅蘭大笑，魁娃瞪她一眼。「謝謝妳自願把這個戰士抬回大帳，並將今天剩下來的時間都花在清洗拜多絲布上，女兒。」

梅蘭面色僵了，不過還是點頭。「我為我的不敬道歉，母親。」

魁娃輕揮手掌，叫她離開。「我接受，帶阿莎薇一起去。」

英內薇拉不確定該怎麼做，呆呆地站在原地，看著兩個女孩將痊癒的沙羅姆放回擔架，抬離石室。另一名達馬丁拿發光的惡魔骨在前帶路。

其他人都離開後，魁娃回過頭來面對她。「儘管不敬，梅蘭說的也沒錯。守護沙漠之矛的是魔印城牆，而非戰士。在解放者回歸之前，阿拉蓋沙拉克只是男人的驕傲，是爲了毫無價值的勝利而白白犧牲。」

英內薇拉瞪大雙眼聽著如此褻瀆的言語。索利和卡薩德每天晚上都在大迷宮裡以身犯險，她祖父、叔伯、三百年內所有男性祖先都死在大迷宮裡，而她始終認爲自己的兒子也會面對相同的命運。這絕不可能單純地只是爲了男人的驕傲。「伊弗佳不是教導我們殺阿拉蓋是世上最無價的行爲嗎？」

「伊弗佳教導我們尊奉沙達馬卡的命令是最無價的行爲。」魁娃說。「而沙達馬卡命令我們殺阿拉蓋。」

英內薇拉張嘴欲言，但魁娃揚起一根手指打斷她。「然而沙達馬卡已經去世三千年，並將戰鬥魔印帶入墳墓。每天晚上，死在大迷宮裡的男人數量超過出生的小孩。惡魔回歸前克拉西亞人口超過數百萬，現在我們總數不到十萬，一切都是因爲男人和他們荒謬的遊戲。」

「遊戲？」英內薇拉問。「在神聖的阿拉蓋沙拉克中防禦城牆、對抗惡魔怎麼會是遊戲？」

「因爲城牆根本不需要防禦。」魁娃說。「卡吉建立沙漠之矛時設置了兩道城牆——一道外牆，位於古早時候的城市邊界，一道內牆，防禦綠洲及其外圍宮殿與部族。大迷宮位於兩道城牆之間，搭建在外城的廢墟上。」她暫停片刻，直視英內薇拉的雙眼。「惡魔從未攻破過這兩道城牆。」

英內薇拉好奇地看著她。「那惡魔是如何每晚進入大迷宮的？」

「我們放它們進來的。」魁娃低吼道。「沙羅姆卡開啓城門，直到大迷宮中擁入足夠的惡魔，然後關門，將惡魔困在迷宮裡，讓他的手下獵殺。」

英內薇拉突然有種早上被梅蘭甩一巴掌時的感覺。她頭昏眼花，伸手扶牆。

「呼吸。」魁娃說。「找出中心自我。」

英內薇拉遵守命令，深深吸氣，以穩定的節奏呼吸，藉以穩定手腳，平復猛跳的心臟。

這種技巧有效，但還不足以排除內心所有的憤怒。她有某種衝動想要對城內所有的男人甩一巴掌。她一直以爲索利和父親都很勇敢，擁有每晚步入大迷宮的偉大犧牲情操。但如果解決問題的方法就只是不要開門那麼簡單……

「那些……白痴。」英內薇拉終於說道。

魁娃點頭。「不管是不是白痴，都輪不到奈達馬丁去輕視他們的犧牲。」

英內薇拉想起魁娃懲罰梅蘭時的模樣，臉上一紅。她鞠躬。「我了解，母親。」

魁娃揚起眉毛。「母親？」

英內薇拉輕咬下唇。「『母親』不是艾弗倫未婚妻對艾弗倫之妻的正式稱謂嗎？」

魁娃雙眼瞇起，在英內薇拉看來彷彿是在微笑。「不。梅蘭這樣叫我是因爲她是我女兒。」

這樣講完全沒有平息英內薇拉突然緊繃的神經。「妳稱坎內娃爲母親……」

魁娃點頭。「她是我母親，我是達馬基丁的子嗣。」

英內薇拉感覺心臟一緊。魁娃一直給她嚴厲但卻公正的感覺，或許不算朋友，不過也不是敵人。但現在……

「呼吸。」魁娃又說，揚起一手，等待英內薇拉找出自我。「我不是妳的敵人。我已經習慣身爲達馬丁第二把交椅所帶來的權力，但我很久以前就已經接受我不會繼承母親的衣缽，成爲領導卡吉部族的女人。梅蘭還沒有擁抱這個事實，仍在現實的風裡搖擺，但我祈求艾弗倫讓她慢慢看清事實。」

魁娃溫柔的手突然伸指指著她。「但不要誤會我的意思。我不是妳的敵人，卻也不是妳的朋友。

只有非常特別的女人才能像我母親一樣，以力量、能力以及謙遜來領導卡吉達馬丁。如果妳的力量、能力及謙遜都不足以在取得白袍的過程生存下來，」她聳肩。「那也是艾弗倫的旨意。」

英內薇拉臉色發白，但她調節呼吸，找出自我。「是的，達馬丁。」

「很好。」魁娃說。「跟我來。」她邁步走出石室，英內薇拉跟著她走過地下城的密道，回到達馬丁宮殿。這些密道大部分牆壁的上下緣都有一長排發光魔印提供照明。

抵達達馬丁起居區時，昨天魁娃和他說過話的閹人上前迎接她們，身上除了金鐐銬外一絲不掛。他或許沒有睪丸，但大陽具垂在英內薇拉的面前，令她忍不住偷看。

「很壯觀，是不是？」魁娃問。「卡偉爾是我寵幸之人，技巧高超的愛人兼忠心耿耿的僕役。但恐怕妳暫時得移開目光，妳會在枕邊舞蹈課程中親自體驗他的威猛。」

枕邊舞蹈課？英內薇拉聽到這個科目名稱就感到一陣焦慮，不過焦慮之中帶有些許好奇。

魁娃沒有給她時間思考，拿出裝有白沙的正方形盒子以及一根細木棒。盒子上下各有一條凹槽，讓她可以插入一塊鑲板，將白沙完全壓平。她將木棒交給英內薇拉。「妳今早看我畫了五個魔印，現在畫出來給我看。」

英內薇拉抿起雙唇，不過還是接過木棒，閉上雙眼，回想每個魔印的形狀，然後小心翼翼地描繪。和魁娃一樣，她畫了個八角形，每個頂點都有個魔印。最初的四個魔印各不相同，第五個魔印則是重複四次來連接頂點魔印。她如同拿筆般握著木棒的末端，以柔軟的手腕精確地描繪彎曲的符號。畫完之後，她驕傲地抬起頭來。

魁娃打量她的成果很長一段時間，接著嘀咕一聲。「妳上沙魯沙克時的表現比較好。這裡面只有兩個魔印有效，而且威力不強。」

英內薇拉失望地看著艾弗倫之妻滑過鑲板，抹除她的成果，然後取過木棒。「讓我們從吸引魔印開始，這些是惡魔牙。」魁娃說著在英內薇拉湊上前來，仔細研究圖案時於沙上畫下兩條曲線。「會出現在所有魔印旁邊或是隱藏在魔印之中，作用是將魔力吸入符號裡。魔印的形狀會引導魔力成為最終的形式。」她繼續繪印，握著木棒末端。「看到我的手腕一直是挺直的嗎？我用手臂移動魔印刷，不是手掌。一筆成形的魔印威力最強，而想要一筆成形就不能單靠手腕繪印。」

魁娃很快地畫完吸引魔印，英內薇拉這才領悟自己的記性有多差。她羞愧得臉頰通紅，但魁娃似乎沒注意，抹除沙盒，將木棒交還給她。

「再畫一次。」

英內薇拉照做，但是模仿魁娃握棒的手法很不順手，第二次畫得比第一次還糟。

魁娃面無表情地再度抹平沙盒。

當英內薇拉終於回到地窖時，手臂因為握持木棒而痠痛，而且膀胱似乎隨時都會爆炸。她的長袍上依然染有沙羅姆的血。

但這一切似乎都是微不足道的小事，生理不適是可以輕易忽略的。由於梅蘭和阿莎薇有事要忙，她終於有機會解決內急，順便洗澡。

澡堂裡有香油和肥皂，修指甲的工具和去角質的粗石。她在其他女孩刻意忽略她的情況下拿起剃刀，剃光昨晚已經讓人剃掉不少的頭髮，刮掉頭上僅存的雜毛，直到摸起來光滑柔順。那種觸感很奇特，感覺像是別人的頭皮。

但儘管身體放鬆，英內薇拉的內心卻持續下沉。她從前所知曉的一切、相信的一切，如今都遭人剝奪，或成為謊言。一切再也沒有道理可言，彷彿什麼都不重要了。

晚餐時，英內薇拉覺得自己離開了身體。服侍達馬丁用餐時，她幾乎不曉得自己在做些什麼。她會上前滿足達馬丁的需求，然後迅速消失。諷刺的是，那些女人似乎就希望她這麼做，什麼都不多想才能擔任稱職的僕役。倒不是說她有什麼多餘的想法，因為她還在盡力找尋能讓自己堅信不移的不變眞理或事實。就連她從小唸到大的伊弗佳，從前認定是絕對眞理的聖典，都有人說是主觀的記載，而卡吉偉大的事蹟，以及達馬的法規也在眼前分崩離析。伊弗佳丁裡記載了達馬佳對於那些塑造世界的事件的觀點，而這些觀點經常和由男性記載的伊弗佳大不相同。

哪本聖典記載的才是事實？卡吉的版本，還是第一代英內薇拉？又或許兩本聖典都謊話連篇，半眞半假？三千三百年前所發生的事情現在眞的還有任何意義嗎？

她渴望母親的懷抱，渴望索利弄亂自己滿頭黑髮時的安全感。但那頭黑髮已經沒了，索利也隨之消失。或許她將來還有機會見到他，但他很可能在她成為達馬丁之前就在大迷宮中陣亡，如果她能成為達馬丁的話。她甚至後悔從前那樣看待卡薩德和他那些醉醺醺的沙羅姆朋友，她眞的有權評判每天晚上在毫不必要的情況下被迫進入大迷宮對抗惡魔的男人嗎？

但不管有多痛苦與心煩，英內薇拉知道就算自己能夠揮揮手收回這兩天所發生的一切，她也不願這麼做。她這九年來的時光都活在黑暗裡，現在是她生命中第一次看見光明。

魔法。她們教她霍拉魔法。

英內薇拉回想首次在預知未來的過程中，看到魁娃用以照明的小惡魔骨時心裡那種厭惡感。那眞的只是一天前的事嗎？好像是上輩子的事。現在她只想手持惡魔骨，一揮手便能治癒男人的傷口。

她感到心跳加速，於是強迫自己規律呼吸，找出中心自我。不久她的身體開始放鬆，思緒再度離體。麻煩與問題再度圍繞著她，但如今它們比較像是風中的沙礫，是能夠忽視的小小不便。

她一言不發地走在奈達馬丁的打飯隊伍後方，這一次從閹人那裡弄了滿滿一碗的飯菜。她默不吭聲地把飯吃完，然後隨其他女孩一起回去地窖。

找出中心自我！梅蘭早餐時說過，就在甩她那一巴掌之前。英內薇拉幾乎希望她能再來一次，好讓她記得有感覺是什麼感覺。

這就是找出中心自我的意義嗎？成爲達馬丁的意義？這些女人在預知未來，爲男人和女人決定生死之時眞的毫無所感嗎——當他們如同達馬基般住在雄偉的宮殿裡，所有慾望都能得到滿足的時候？

回到地窖後，達馬丁讓她們自由活動到魔印光熄滅。當她關上地窖門時，門上傳來門鎖上鎖的聲音。英內薇拉直接走向她的帆布床和床上的伊弗佳丁聖典。

她才剛察覺梅蘭走近，身體就已經騰空而起。她重重落地，劇痛令她恢復神智。

她雙掌抵地，抬起頭來。就像在澡堂那次，其他女孩在梅蘭走來時將她們團團圍起。

她嘆氣。不要又來一次。

「我來教妳沙魯沙克。」梅蘭說。「妳學不好，我就不能進入影之殿。」

英內薇拉在梅蘭逼近時緩緩後退，直到背貼圍觀人群，接著其中一個女孩把她推向前方。

「蠍子！」梅蘭叫道，動作流暢地彎下腰去，雙臂環抱英內薇拉的臀部，腳掌自身後而來，直接踢在英內薇拉臉上。

英內薇拉向後跌倒，愣在原地，過好一陣子才回過神來，自地上爬起。梅蘭維持之前的姿勢。

「蠍子。」圍觀的女孩同聲說道，每個人都擺出同樣的姿勢。「蠍子、蠍子……」

英內薇拉穩定呼吸，驚訝地發現自己毫不懼怕。梅蘭顯然打算痛毆她，但是反抗似乎毫無意義。她不認爲梅蘭會讓她受重傷，而且她根本阻止不了對方。最好還是先忍辱負重，儘可能學習。

她擺開蠍子姿勢，找到強大的中心自我，儘管汗流滿面，身體卻毫不搖晃。

面對這種反應，梅蘭怒不可抑，彷彿原先期待會看到英內薇拉哭泣哀求。在那個當下，英內薇拉有點同情她。梅蘭的生母，坎內娃的子嗣，親手擲出了招來英內薇拉的骰子。難道這些憤怒和嫉妒就是爲了這個嗎？

「枯萎花！」梅蘭叫道，壓低身形迅速接近，挺直右手手指插入英內薇拉的腹部。

一陣劇痛過後，英內薇拉雙腳失去知覺，癱倒在地上。

「光是知道如何進攻不夠。」梅蘭說。「妳還要知道攻向何處。」英內薇拉雙腳恢復知覺前，梅蘭已經將她壓在地上，用膝蓋箝制她的上臂，讓她無從借力。

梅蘭雙手揚起，以食指指節重擊英內薇拉腦側。

英內薇拉感到無比劇痛，如同閃電竄入腦中。她眼前出現閃光，無助掙扎，完全忘記呼吸。

梅蘭似乎過了很久才放開她，站起身來。英內薇拉躺在地上緩緩呼吸，直到再度找到中心自我。

「枯萎花。」其他女孩開始唸誦，同時擺出這個枯萎花的姿勢。「枯萎花、枯萎花……」

英內薇拉顫抖起身，跟著擺出同樣的姿勢。

「這是地道蛇。」魁娃說著拿出玻璃盒給奈達馬丁觀察。裡面鋪了一層沙，沙上擺著一塊中空的石頭，一條鱗片灰暗的小蛇盤繞在石頭內。「太陽底下沒有比牠更致命的生物。」

英內薇拉和其他艾弗倫未婚妻湊上前去打量牠。幾個月過去了，日子變成規律的節奏，每天都從沙魯沙克和治療受傷的沙羅姆開始，接著就是上課，有些課程是和她差不多年紀的女孩一起上，有些課程則是魁娃個別指導。

「好小。」她低聲說。

「別被牠的外觀騙了。」魁娃說。「與地道蛇毒相較，讓蠍子螫可說是甜蜜的親吻。一口蛇毒就能在幾分鐘內毒死沙羅姆。地道蛇會迅速出擊，然後撤退，等待獵物死去。牠可以慢慢等。其他動物不會去吃中了地道蛇毒的動物，除非也想中毒。」她說話的同時打開盒蓋，將一手的絲袖捲到手肘。她提起一隻沙鼠的尾巴。沙鼠感應到危機，無助地尖叫扭動。她將牠丟入蛇盒，落在中空石頭之前。

地道蛇立刻行動，咬向沙鼠，然而儘管動作很快，魁娃比牠還快。她的手化為殘影，抓住蛇頭後方，將牠自盒中取出。牠一開始奮力掙扎，但魁娃抓得很緊，並且出聲安撫，撫摸牠的頭，直到牠安靜下來。

「只要在腦後施壓，我們就能讓地道蛇露出牙齒。」魁娃拇指使勁，地道蛇原先平坦的牙床上冒出兩根彎曲的毒牙。桌上有個小玻璃瓶，瓶口覆蓋一層薄膜。魁娃以毒牙刺穿薄膜。

「毒囊位於蛇頭兩側，這裡和這裡。」她邊指邊道。「擠壓毒囊就能將毒排入瓶子。」她邊說邊做，幾滴蛇毒落入瓶中。接著魁娃將蛇丟回玻璃盒內，牠立刻盤成一團，瞪視沙鼠，蛇頭緩緩左右擺動。沙鼠也看著牠，全身僵硬，只剩下鼻子跟著蛇頭的擺動移動。地道蛇終於出擊，咬了一口後立刻退回中空石塊，留下沙鼠在沙中抽搐。沒過多久牠身體僵直，再也動彈不得。

「即使毒液被我們擠出，殘留在毒牙上的蛇毒依然足以殺敵。」魁娃在地道蛇遊出石洞領取獎品的時候說道。牠張大嘴巴，將沙鼠整隻吞下。「地道蛇吞下獵物，睡覺，等到明天這個時候，牠的毒囊又會填滿毒液。」她舉起小瓶子，裡面約莫裝有三滴毒液。「這些毒液足以殺光房間裡的所有人，誰能告訴我解藥如何製作？」

幾個女孩舉手，不過都沒有英內薇拉快。

英內薇拉和其他女孩在一堆枕頭旁圍成一圈跪坐，所有人背部挺直，神情專注。在場除了奈達馬丁外，還有數名包黑頭巾的戴爾丁，在前往大後宮前先來達馬丁宮殿學習。

魁娃脫下白袍，包括兜帽與頭紗。她白袍之下穿了半透明絲褲，如同紫色煙霧般飄蕩在大腿和小腿之間，赤腳上套著繫有金鈴鐺的踝鍊，腳趾中上塗有與絲褲同樣顏色的指甲油。上衣同樣透明，寬鬆地罩在堅挺的乳房上，光滑的腹部裸露在外，只有一條金腰鏈繫緊深紫色的霍拉袋和一個小瓶子。她的手腕上有數十個金手環噹噹作響。她的下體裸露，陰毛就和身上其他體毛一樣，剃得乾乾淨淨，只留下眉毛和濃密的黑髮。她的頭髮以金飾綁成烏黑亮麗的人鬈髮型。唯一沒有露出來的只有她的臉，不透明的紫面紗更加凸顯身上其他半透明的紫色服飾。她的身體泛著香油的光澤。

房間後方，三名年長的閹人開始演奏嗩吶、通巴鼓，以及卡努琴。魁娃比個手勢，卡偉爾走過來。強壯結實的閹人就和往常一樣，除了金鐐銬和如同旗幟般垂在巨大陽具上的纏腰布外，什麼都沒穿。英內薇拉和許多女孩一樣，忍不住讓日光停留在鼓脹的纏腰布上，就像金屬受到磁石吸引；她不自在地改變姿勢。

達馬丁輕笑。「正如各位所見，卡偉爾已經準備好要執行勤務了。但妳們一定要把男人挑逗到幾近瘋狂才能開始套上他的長矛。」她抓起卡偉爾的手臂，身體一旋，利用閹人自己的體重將他拋入枕頭堆裡。

接著她開始跳舞。她的臀部隨著音樂擺動，同時以固定在拇指和食指上的銅鈸打出節奏。腳踝上的鈴鐺和手腕上的手環在她沿著枕頭床繞圈時增添音樂的魔力，雙腳如同施展沙魯沙克般迅速移動。有許多動作都和每天早上日出之前所練習的動作一樣。

卡偉爾凝望著她，像沙鼠在地道蛇前般受到誘惑。他的纏腰布緊繃，彷彿快要扯裂，而他強壯的肌肉也是一樣，緊實鼓脹，血脈賁張，緩緩脈動。

這段舞蹈一直跳到英內薇拉頭昏眼花。房間裡很熱，充滿微甜的焚香氣味，她開始順著音樂和達馬丁無止無盡的節奏擺動。其他女孩也身受影響，全都專心地看著艾弗倫之妻挑逗可憐的獵物。

最後，魁娃展開行動，移動到枕頭上，扯下卡偉爾的纏腰布，露出他傲人的長矛。她以手指撫摸長矛，沒有舌頭的閹人出聲呻吟。她自腰鏈上取下瓶子，倒了幾滴油在手掌上摩擦，直到兩隻手掌都沾上一層油。

「達馬佳在描述與卡吉的初夜時指出了七個敏感點。」達馬丁說著伸手抓向卡偉爾的陽具。「仔細看我示範。」

卡偉爾很快地揚起頭來，再度呻吟，但是艾弗倫之妻緊緊擠壓陽具蘑菇頭的底部，在等待他冷靜下來的同時輕聲安慰。「儘管卡偉爾沒有睪丸，妳們日後做愛的對象卻有。他們的胯下蘊藏著克拉西亞的未來世代，而伊弗佳丁規定不能體外播種或是吞嚥他們的種子。」

達馬丁繼續示範了幾個敏感部位，搞得可憐的卡偉爾接近射精邊緣，但每一次她都在蘑菇頭下方施壓，並以言語安慰他恢復控制。

「七大敏感點。」達馬丁說著騎上閹人。「但是和男人做愛卻有七十七種姿勢。這是第一種，『吉娃至上』。光是套著長矛上下移動還不夠，妳還要……扭轉。」她示範，以跳舞時的旋轉方式移動，不過現在是賣作。

「在枕頭上控制男人的下體，妳就控制了這個男人。」達馬丁說。「然後妳就可以確保自己也享受歡愉。大多數男人連把矛插在哪裡都搞不清楚，要是讓他們自由發揮，就只會像狗一樣抽插。」

晨間沙魯沙克伸展四肢時，英內薇拉的肌肉因為持續練習枕邊舞蹈而痠痛不已。指間固定銅鈸的地方長了小繭，腳掌也長出水泡。晚點她會在澡堂裡用浮石磨平它們。

然而儘管肌肉僵硬痠痛，英內薇拉還是感到強壯。她這輩子從來沒有如此強壯，就連揹著一大疊棕櫚簍穿越大市集也不能和現在相比。她已經準備好要練習沙魯金，但魁娃卻不脫下長袍。她指示女孩在她身邊圍成一圈，招來一名壯碩的閹人。這回不是卡偉爾，他叫安奇度。

和其他閹人一樣，安奇度以英內薇拉和其他奈達馬丁在課堂上學過的複雜手語溝通。達馬丁能用簡單的手勢交代僕役複雜的指令，並在少數有必要時接受同樣鉅細靡遺的回應。

但是相似之處僅止於此。安奇度和其他閹人不同的地方在於雖然仍戴著奴役的金鐐銬，但他始終身穿黑袍。他的面巾是紅色的，這表示來到達馬丁宮殿前他曾擔任沙羅姆訓練官，精通沙魯沙克，曾經指導無數戰士，最後臣服在達馬丁的魔法下，自願割除睪丸與舌頭。

英內薇拉聽說他一直穿著黑袍是爲了遮掩沙羅姆時期所留下的傷疤，但當達馬丁拍手要他除下長袍時，她和好幾名年輕女孩一同倒抽一口涼氣。

他身上確實有傷，不過早就痊癒了──看來像是榮耀的印記，而非難看的瑕疵。讓女孩們驚訝的並非傷疤，而是他剃過毛的壯碩肌肉上的刺青。他全身上下都紋著線條和圓圈，黑色的圖案布滿四肢、身體、一直到脖子和光頭上。

魁娃脫下長袍，兩人赤身裸體，相對而立，不過她還是與往常一樣戴著面紗。她比個手勢，安奇度展開攻擊，以驚人的速度出招。他比達馬丁重上兩倍有餘，但這絲毫沒有影響他的速度。他一把抓起達馬丁，迅速制伏她，將她提離地面，無處可供借力。

然而達馬丁看來毫不擔心。她輕輕轉身，挺直兩根手指，點中他胸口兩個刺青點。他一條手臂立刻軟垂，她像拉開小孩的手般輕易拉開它，掙脫他的束縛，將他摔在地上。

「所有艾弗倫創造的生物身上都有力量線和聚合點，也就是肌肉、肌腱、骨頭，以及能量交會處。」達馬丁說。「這些地方有強大的力量，但同時也是脆弱的部位。只要觸碰正確的位置，就連最強壯的人也會虛脫無力。」

她再度指示戰士攻擊，這次不再扭打，而是快如閃電地拳打腳踢，就像地道蛇迅速出擊的情況。

但達馬丁如同暴風中的棕櫚樹般彎曲，左右閃躲，徹底避開他所有攻擊。最後，她趁他一腳踢出時輕輕出手，壓中他撐地的小腿上一個標示點。小腿不支倒地，儘管安奇度中途變招，迅速起身，但那條腿已經軟癱，無力支撐身體。他以另一腳穩穩地站著，舉起雙手護身，等待達馬丁的指示。

她轉身面對女孩。「安奇度曾在沙拉克霍拉受訓，是卡吉沙羅姆中百年來最偉大的沙魯沙克大師。所有部族裡的男人都不是他的對手，阿拉蓋一看到他就會嚇得發抖。不只一名達馬丁利用他的種子來祝福她們的女兒，他也透過她們得知我們的技巧。儘管一再哀求，他就是沒資格學習達馬丁的沙魯沙克。達馬佳明白訓示絕不能讓男人學會人體的祕密。終於，達馬基丁同情他的處境，告訴他只有放棄舌頭和自由才能一窺我們的祕密。他當場以膝蓋頂斷長矛，以矛頭割斷舌頭，切下陽具，包括命根和睪丸。他血流如注，將切下來的東西放在達馬基丁腳邊。不再是男人的他獲得治療，並且取得幫助妳們訓練的權利。妳們要對他保持敬意。」

英內薇拉和其他女孩同時向安奇度鞠躬。雖然是個閹人，他仍以訓練官打量奈沙羅姆的嚴厲目光打量她們，當他以手勢發言時，女孩們毫不違逆。

英內薇拉手放在伊弗佳丁上，但卻不打開它，只是閉上雙眼默唸經文：

達馬佳自神聖金屬中鍛造卡吉的三樣聖寶。

其一、斗篷，

神聖金屬打磨成柔軟絲線，

摻入上好白絲，編織隱形魔印。

她在艾弗倫的旨意下

忙碌數月，

直到阿拉蓋之眼自身穿斗篷的卡吉身上滑落，
就像她沾染肯尼斯油的的手指沿著他的皮膚滑開。

其二、長矛，
神聖金屬打磨得薄如紙張，
刻劃魔印，
在霍拉矛柄外包覆七十七次。
矛頭以同樣的材質打造，
摺疊成形，熔以霍拉塵，
以奈的深淵之火鍛鍊七十七次。
在艾弗倫的意志下，
她忙碌一年，
最後在矛刃上添加
足以劃破奈之皮膚的鑽石粉。

其三、皇冠，
神聖金屬雙面刻印，
掩飾她所加持其上的無數魔力。
熔入以惡魔王子頭骨所製的飾環。
九根魔角的位置上各鑲一顆寶石，
強化獨特的力量。

在艾弗倫的意志下，
她忙碌十年，
直到惡魔之王本人都無法接觸卡吉的思緒，
亦無法控制沙達馬卡的意願。
有了這些聖寶，卡吉成爲令惡魔聞風喪膽的戰士。
懦弱的奈之王子
在戰場上看到他脫下斗篷立刻望風而逃。

魁娃在英內薇拉背完時點頭，比向圍滿奈達馬丁的工作桌，桌面上放著幾個裝著金屬碎屑的碗，準備熔化。「稀有金屬比一般金屬更容易傳導魔力。銀比銅好，金比銀好。但是沒有金屬能夠完美傳導魔力，無論如何都會減損。」

她看向英內薇拉。「什麼比黃金更貴重？」

英內薇拉遲疑，不過她知道不能轉頭去找其他女孩幫忙。最後她搖頭。「請原諒我，達馬丁。我不知道。」

魁娃輕笑。「如果知道，妳可能眞的就是英內薇拉轉世了。達馬佳，讚美她，在她的神聖經文中留下了許多祕密。然而睿智的她還是將某些祕密藏在心裡，以免被敵人竊取。至今有不少祕密都隨著時間消失，隱形魔印、卡吉之矛和卡吉之冠的力量，還有神聖金屬。」

她拿起一個碗。「我們就從銅開始教起……」

幾週過後，英內薇拉站在銀鏡前，以軟鉛筆沿著眼眶外圍繪印。她已經練習這組魔印上千次了，因爲伊弗佳丁裡有記載它們，不過她要反過來畫，因爲想要達到完美的效果，她得對著鏡子畫。

幾名年紀較大的女孩，包括梅蘭和阿莎薇在內，已經不須用筆畫，而是在額頭上戴著有魔印圓幣的精緻飾環，但是英內薇拉的第一頂飾環此刻還是腰間布袋裡一堆未完成的圓幣與金線。

畫好之後，魁娃仔細檢查她的魔印，緊握她的下頷，大力轉動她的頭。她沒說什麼，只是輕輕發出一下滿意的哼聲，但是這個聲音在英內薇拉耳中比任何讚美還要受用。只要有任何缺陷，達馬丁就會大聲說給所有人聽，然後叫她去洗臉重畫。

英內薇拉在達馬丁伸指觸碰裝滿黑色液體的小碗時感到一陣寒意。碗裡的液體看起來像墨水，但她光憑那股臭味就知道裡面摻有惡魔膿汁。

魁娃將液體點在她額頭上時感覺很熱，英內薇拉以爲會起火燃燒，結果沒有。那個點如同靜電般刺痛，她感覺到魔力爬過皮膚，被吸入軟筆畫出的魔印裡，沿著它們複雜的線條飛舞。

接著英內薇拉眼前一亮，震懾於所見的景象，迷失了自我。房內黯淡的魔印光被來自所有角落、飄浮在地上、鑽入牆壁中、透過魁娃和其他女孩的靈體大放光明的魔光蓋過。那是艾弗倫之光，是她們每天早上沙魯沙克課程中取用的能量線、體內賦予一切生命與力量的火苗。那是永垂不朽的靈魂。

而她能看見它，如同太陽般清晰。

「讚美榮耀非凡的艾弗倫。」英內薇拉當即下跪，爲這種景象的喜悅與美麗而顫抖哭泣。

「雙手放在地上。」魁娃說。「讓淚水直接滴落地上，不然把魔印抹花就看不見了。」

英內薇拉立刻前傾，深怕失去這寶貴的禮物。她的淚水濺灑在石板地上，在穿越阿拉而來的魔力中激起小小的漩渦。她以為梅蘭和其他女孩會嘲笑她，但所有人一言不發。顯然她們在首度見證艾弗倫之光時的反應都和她一樣激動。

心情平復後，魁娃丟了塊絲帕到地上，英內薇拉小心翼翼地拭淚。其他女孩默默看著她起身。

魁娃指向石台，光滑的台面上刻著數十個魔印，有些魔印用圓滑的石頭壓著。英內薇拉看過達馬丁用這個石台控制石室內的光線和溫度，但石台魔印排列的方式複雜到超乎她的理解程度。

而現在，她的雙眼接受艾弗倫之光的洗禮，能看見在魔印網內流動的能量。片刻之前還是一團謎的圖案如今清晰無比，如同小孩的謎語般輕易解開。

「熄掉光。」魁娃命令道。「這堂課不需要照明。」

英內薇拉立刻依令行事，將某些光滑的石頭移動到其他位置，並且直接拿下幾顆石頭，將它們放在小盆子裡。

魔印光立刻熄滅，但英內薇拉的視力只有更加清晰，像是移除不需要的光源，讓她在艾弗倫之光的照明下看得更清楚。

「在學習我們的技能的過程中，魔印視覺會扮演非常重要的角色。」魁娃說。「只有在影之殿最深處的石室裡才會禁止施展，而妳們將在那裡製作自己的骨骰。」

幾個月過去了，英內薇拉沉浸在學習之中；每天醒來就開始練沙魯沙克，然後協助達馬丁療傷，去上常態性的歷史、魔印、藥水、珠寶製作、歌唱、舞蹈，以及誘惑課程。其他女孩持續疏遠她，特別是當她們發現她所雕刻的木骰遠遠超過與生俱來註定要穿白袍的女孩好幾年的程度。

每天晚上，梅蘭都會痛毆她，宣稱是沙魯沙克練習。即使半年過後，魁娃還是不滿意英內薇拉的沙魯沙克，而梅蘭也還是無法進入影之殿。

每天晚上，英內薇拉都在其他女孩於黑暗中低聲交談或同床共枕時抱著伊弗佳丁孤獨入眠。就連在睡夢中，她都還會夢見打從漢奴帕許開始就一直主宰她生活的七個泥骰。她很想哭，但又不願讓一起睡在她隔壁的梅蘭和阿莎薇聽見她的哭聲。

***

英內薇拉在坎內娃檢視大碗時驕傲地站著，她在兩碗沙裡畫下這輩子畫過最複雜的魔印圈。每個魔印圈裡都有四十九個魔印，全都緊緊相連，同時作用。兩個碗之間放著她的練習箱，箱裡中央畫著一個魔印。

魔印筆法流暢地畫在上好的黃沙裡，但英內薇拉的魔印從未經歷過測試，她完全不曉得它們能不能吸收魔力。

魁娃站在母親身旁，凝視著魔印，不過沒有說話。她不用說話，光是她認爲英內薇拉不到兩年就夠資格接受霍拉測試就已經表示得非常明白了。魁娃身旁站著梅蘭，她的表情平和，但目光銳利地瞪著英內薇拉。

最後坎內娃點了點頭。「拉上布簾。」英內薇拉遵命行事，達馬基丁從厚絨布霍拉袋裡拿出一塊大惡魔骨。英內微拉心想不知道有多少沙羅姆爲了取得這塊骨頭而血濺沙場。

英內薇拉雙掌合併，坎內娃將那顆無價的阿拉蓋霍拉放在她手中。這是她第一次碰觸惡魔骨，儘管伊弗佳裡有提到那是什麼感覺，觸感還是十分奇特，充滿刺刺的能量，像是磁石吸引鐵般地吸引著她的血液。

她小心翼翼、畢恭畢敬地將惡魔骨放在兩個碗中間的魔印上，魔印開始發光，吸取惡魔骨內的魔力，越來越亮。魔印綻放金光，黃沙則逐漸黯淡。魔印圈開始旋轉。一開始英內薇拉以爲是出於自己的想像，但是魔印圈越轉越快，如同湯鍋經過攪拌後所產生的漩渦，彷彿數字8般交互影響。

惡魔骨消失在漩渦中央，一陣強烈的光芒過後，兩個碗突然變黑。英內薇拉的雙眼在黑暗中看見許多色塊飛舞，令她感到頭昏眼花。

「結束了。」坎內娃說。「拉開布簾。」

英內薇拉憑靠記憶，而非視力，步履蹣跚地穿越黑暗的房間，找到一層層厚重的布簾，向後拉開，房間裡頓時光明大作。

她回到坎內娃和魁娃身邊，在看見大碗時倒抽一口涼氣，只見它們各自位於一道陽光的照射中。碗裡的黃沙消失了，兩個碗中間也沒有任何惡魔骨的殘骸。左邊的碗裡滿是清水，右邊的碗裡則是蒸丸子，熱騰騰地可以吃了。

爲了準備這個儀式，英內薇拉已經禁食六日，每天只有早晚各喝一小杯水。她口乾舌燥，腹部疼痛，飢餓難耐，形容憔悴。聞到蒸丸子的味道時，她的肚子忍不住咕嚕咕嚕響。

坎內娃聽見這個聲音時揚起一邊眉毛。「禁食快要結束了。」她交給英內薇拉一副牙筷，筷柄套著黃金與珠寶。「只要妳的魔印精確無誤，就會有一整盤食物塡飽肚子……」她拿出鑲滿珠寶的金杯，放到水碗中舀滿。「……而這會是妳這輩子喝過最純淨甘甜的清水，只要一口就能解渴。」她嚴峻地看向英內薇拉。「如果畫得不對……妳就會在食物或水接觸到舌頭的同時死去。」

英內薇拉感到背上傳來一陣寒意，伸出顫抖的手接下金杯。「一定要喝嗎？」

坎內娃搖頭。「妳可以放下它們，但如果這麼做的話，幾年內我都不會在妳身上浪費另一顆霍拉——如果我還打算浪費的話。」

英內薇拉找到中心自我，手指不再顫抖，拿穩筷子。她伸出筷子，將蒸丸子挾到嘴邊。她咀嚼，接著瞪大雙眼，令她雙腿發軟的飢餓感消失了。當她舉杯喝水時，體內已經生出全新的力量。

坎內娃微笑看著英內薇拉容光煥發地喝完杯裡的水。真的，她從未嚐過如此甘甜清爽的水，那感覺就像是在淺嚐艾弗倫的河水。

達馬基丁自英內薇拉手中收回筷子和金杯，然後交給梅蘭。梅蘭鼻孔歙張，臉現怒意，英內薇拉則忍不住臉上的笑意。除了在試煉中死去，梅蘭已經沒辦法阻止英內薇拉進入影之殿了。

「請用，姊妹，」她說出儀式用語。「與我一同吃喝，我們都是達馬佳的後裔。」

梅蘭抓了一點碗裡的蒸丸子，舀了些清水，迅速將食物嚥下肚裡。「達馬佳的後裔。」

魁娃懷抱崇敬的態度，毫不驕傲地接過用具。她撩起些許面紗，將筷子和金杯拿到嘴邊。英內薇拉在面紗回歸原位時看到她嘴角揚起一絲微笑。「達馬佳的後裔。」

魁娃爲坎內娃裝滿金杯，但年長的達馬基丁靈巧地使用筷子，在沒有滴落任何穀粒的情況下塞了一大口蒸丸子。她緩緩咀嚼，神情嚴肅，接著啜飲一口清水，在口中來回品味。最後她吞下清水，再喝一口清空金杯。「達馬佳的後裔。」

達馬基丁放下用具，轉身凝望英內薇拉。「魔法最佳的導體為何？」

英內薇拉一時不敢作答，深怕問題有詐。這麼問問題就和問二加二等於多少一樣愚蠢。

「黃金，達馬基丁。」她說。「然後是銀、青銅、黃銅、錫、石頭及鋼。鐵不是導體。有九種寶石能夠凝聚力量，第一是鑽石，而它……」

坎內娃揮手打斷她。「預言魔印有幾個？」

又是簡單的問題。「一個，達馬基丁。」英內薇拉說。「因為世界上只有一個造物主。」七顆骨骰上每一顆都有一面的中央刻有該魔印，藉以引導魔力。

「畫給我看。」坎內娃下令，指示梅蘭拿出魔印刷、墨汁，以及牛皮紙。

英內薇拉過去幾個月都在沙上繪印，用魔印刷有點不太順手，但她沒說什麼，小心蘸墨，在碗緣擦去多餘的墨水，然後開始於昂貴的牛皮紙上繪印。

畫完之後，坎內娃點頭。「預知符號呢？」

「三百三十七個，達馬基丁。」英內薇拉說。預知符號並非魔印，比較像是代表不同命運轉折的文字，達馬丁用以預知未來的七顆多面骰上剩下的骰面中央，以及邊緣上全都刻滿這種符號。英內薇拉本能地握緊霍拉袋及其中的泥骰，這些泥骰的邊緣已經在她一年來用功學習之下磨得十分光滑。

每顆骰子面數都不相同——四、六、八、十、十二、十六，以及二十。每個符號都有多重意義，端看周遭符號的內容與排列順序而定。伊弗佳丁裡有詳細解釋這些意義，但是解讀骨骰並非科學，而是藝術，還是經常在達馬丁間引發爭議的藝術。英內薇拉曾多次目睹她們爭論擲骰的結果。當達馬丁的解讀相去甚遠時，她們就會請坎內娃來進行裁定。一旦達馬基丁做出決議，就不會有人膽敢提出異議，但那並不表示她們認同達馬基丁的裁定。

坎內娃指示梅蘭在她面前鋪上乾淨的牛皮紙。英內薇拉再度蘸墨。這一次她畫的符號較小，儘管手掌移動得迅速又精確，她還是花了不少時間才畫好所有符號。達馬基丁從頭到尾都站在她身後看，在她寫完後立刻點頭。

「妳有泥骰嗎？」坎內娃以正式的口吻問道。

英內薇拉點頭，伸手到霍拉袋中拿出當初達馬基丁給她的泥骰。坎內娃接過泥骰，將它們放在一塊牙板旁的桌子上。她舉起牙板，對準泥骰擊落，直到它們化爲一堆漆料與塵土。

「妳有木骰嗎？」坎內娃問。英內薇拉再度伸手到霍拉袋中，取出她煞費苦心從堅固的木頭上切割、打磨、雕刻而成的木骰。她的手上布滿製作木骰時所留下的傷疤。

魁娃給她木塊時，英內薇拉以爲最困難的部分是在木骰上刻畫魔印，結果卻發現她根本不懂木工，光是想將木頭切割成最簡單的形狀都困難重重。她割傷自己的次數多到數不清，不斷地丟棄不平整的小木塊，到後來乾脆先把木頭放在一邊，拿肥皀練習，直到熟悉那些工具爲止。

簡單的形狀，四面、六面、八面體很快就雕好了，但是即使幾何數據都已經明明白白地寫在伊弗佳丁裡，她還是花了好幾個小時雕出十面骰，而且雕出來的骰子還有一面稍微比其他面大上一點，導致擲骰的時候經常會擲出那一面。她必須捨棄它，重新來過。想要通過霍拉考驗，她交給坎內娃的骰子就得完美無瑕。

坎內娃仔細檢視那些骰子，接著將它們丟入火盆。梅蘭在這些骰子上灑油，放火燒掉。英內薇拉花了許多時間製作它們，將它們視爲寶貴的物品，雖然明知會是這個結果，依然感覺心如刀割。梅蘭笑嘻嘻地抬頭看她。

英內薇拉深呼吸，於坎內娃再度看她時找回自我。「妳有牙骰嗎？」

英內薇拉三度伸手到霍拉袋中，將剩下的骰子倒入掌心。這些骰子是在以拜多布遮住雙眼的情況下用駱駝牙盲目刻成的。製作這些骰子花費的時間比木骰還長，足足花了好幾個月，而且每當申請新牙時，她就得洗一個禮拜的拜多布。

坎內娃於指間轉動牙骰，目不轉睛地檢視它們。接著她輕哼一聲，以驚人的力氣將骰子甩向牆壁。脆弱的牙骰化為碎片。她自英內薇拉手中取走空的霍拉袋，丟到木骰的火堆之中。絨布起火燃燒，冒出一道黑煙。

「妳可以進入影之殿。」坎內娃說著，交給英內薇拉新的霍拉袋，比之前那個更精緻，黑絨布、金繫繩。「裡面有八塊阿拉蓋霍拉。妳將用它們刻出妳的七骰，保留所有骨屑。如果沒有犯錯，最後一塊霍拉就交給妳自由利用；如果要用更多霍拉，每塊都要接受一年的懲罰。」

影之殿。其他奈達馬丁只會輕聲細語地提起它。位於宮殿深處，沒有陽光、燭火與照明設備等，傳說這座殿堂暗得就連牆壁有時候都彷彿距離數哩之遙，有時又像近在眼前。那黑暗深邃到可比奈的深淵，只要夠安靜，人就可以在黑暗中聽見奈的低語。

梅蘭雙眼如同地道蛇般看著英內薇拉接過霍拉袋。

地窖門一關閉，梅蘭立刻將英內薇拉推倒在地。她十五歲，英內薇拉還不滿十一。兩人體型上的差異十分明顯，雖然沒有英內薇拉剛到宮殿時那麼明顯。

「我的骰子都快做好了！」梅蘭吼道。「最多再過一年就能換上白面紗，是惡魔回歸後進入影之殿最年輕的人！結果卻浪費兩年時間教個吃豬的笨蛋沙魯沙克，然後眼睜睜看她比我先進影之殿！」

她搖頭。「不。今天就是妳最後一堂課，爛骰子。今晚我要妳的命。」

英內薇拉感到渾身冰涼。梅蘭看起來憤怒到不像在開玩笑，但是眞的動手的話，達馬丁會怎麼做？她望向身旁其他女孩。

「我沒看到。」對梅蘭忠心耿耿的阿莎薇說，轉身背對她們。

「我沒看到。」她旁邊的女孩說完跟著轉身。

「我沒看到。我沒看到。」女孩們紛紛轉身，彷彿重複沙魯金招式名稱般重複這句話。

梅蘭將這些女孩訓練得很好。她們有什麼理由反對她？她是達馬基丁的孫女，從未在艾弗倫未婚妻的沙魯沙克比試中落敗。其他女孩都以她馬首是瞻，而她也確實很可能成爲惡魔回歸後最年輕的達馬丁。唯一阻止她的就是她母親的命令。

英內薇拉始終無法了解對梅蘭的懲罰爲何如此嚴厲，而且持續這麼久。英內薇拉早就追上了舞蹈與沙魯沙克的進度。來到宮殿的第二個月，她的架勢就跟同年齡的女孩一樣好。兩年過後，她已經和所有人一樣強。魁娃許久以前就該解除梅蘭的禁令，但她沒有。爲什麼？除了懲罰梅蘭外，這樣做根本沒有意義。如果達馬丁以爲這樣就能教女兒學會謙遜，她就太愚蠢了。

接著，突然之間，在魁娃兩年前的言語回到腦中時，她明白了。

如果妳的力量、能力及謙遜不足以在取得白袍的過程生存下來，那也是艾弗倫的旨意。

刻骰和繪印並非進入影之殿的唯一測驗。魁娃是要爲卡吉部族找出最強的領導人，而她派自己的女兒去阻擋英內薇拉的道路，不管梅蘭知不知情。

「蠍子。」梅蘭在嘶吼中展開攻擊。

但英內薇拉決定不再示弱。她花了兩年時間在艾弗倫面前保持謙遜，現在該展現實力了。英內薇拉從未在每晚挨打時還手，因爲那麼做不會帶來任何好處，但她一直在觀察、等待和計畫。現在她知道梅蘭的弱點何在，她已經在腦海中排練上千次這場對決。

她矮身且以一手撐地，將挺直的手指插入梅蘭大腿上的聚合點。「枯萎花。」她在梅蘭撐地的腳失去力氣，癱倒在地時說道。

梅蘭立刻翻身而起，按摩小腿，英內薇拉則拉開距離，並不主動進攻。不少圍著她們的女孩偷偷轉頭來看。

「妳們什麼都沒看到！」梅蘭叫道，她們立刻轉回去。

「我們什麼都沒看到。」她們同聲複誦。

「妳運氣好。」梅蘭吼道。英內薇拉笑著看她再度展開攻擊，以熟練的手法戳向梅蘭喉嚨，順勢側身閃過她的眼鏡蛇兜帽。

「破碎風。」她在梅蘭自身邊摔過，吃力喘氣時說道。

女孩們再度開始偷看，但是梅蘭不理她們，轉身撲向英內薇拉，以類似地道蛇出擊的速度拳打腳踢，精準地攻向英內薇拉的聚合點。

但是英內薇拉如同風中的棕櫚樹般彎腰閃躲，在梅蘭邁開步伐、凝望目標的同時清楚看出她的能量線。她一次次地打斷那些能量線，有時候只是簡單地讓她呼吸窒礙或失去平衡，有時候則出手狠狠教訓她。不過她一直小心地沒有造成任何難以挽回的傷勢。英內薇拉沒有把梅蘭和其他女孩是怎麼虐待她的事告訴達馬丁，但她不認爲她們也會對達馬丁守口如瓶。魁娃有可能會找藉口阻止她進入影之殿，而殺死或打殘她的女兒肯定會是好藉口。

但她已經受夠這些虐待了。梅蘭再度撲來，似乎要施展駱駝踢，不過出其不意地變招成公羊角，打算以額頭撞斷英內薇拉的鼻子。

英內薇拉抓起梅蘭的長袍，身體側向一旁，出腳絆倒梅蘭，順勢將她拋出。她抓住梅蘭的手，如果她掙扎的話就會導致手臂脫臼。不出所料，梅蘭為了避免脫臼而以自己的衝勢配合拋擲之力，整個人飛身而出，撞在阿莎薇的背上。兩個女孩疊成一團，旁邊的人驚呼後退。

梅蘭低吼一聲，雙腳夾住英內薇拉的腳掌，將她絆倒，然後翻到她身上。她們在地板上扭打數分鐘，年紀大的女孩逐漸展露力量優勢，慢慢轉到英內薇拉背後，不只一次押她的額頭去撞地板。每撞一次，英內薇拉的眼前就會閃光大作，耳裡大聲耳鳴，完全失去平衡感。

英內薇拉在梅蘭扯出她的拜多布纏繞在她脖子上，為了勒斃對手而放鬆控制時，掙脫一條手臂。畢竟，英內薇拉單靠一條手臂能把壓在背上的梅蘭怎麼樣？她猛力抬頭，試圖撞擊梅蘭的鼻子，但是女孩早有準備，及時縮身側頭。

英內薇拉料到她會這麼做。她像火惡魔般迅速將中指和食指插入梅蘭的鼻孔中。她的指甲尖銳，陷入軟骨，只要稍加使力就能把梅蘭的鼻子整個扯下。

「如果鼻子變成一個大洞，阿莎薇還會想吻妳嗎？」她低聲問道。

梅蘭並非最美麗的奈達馬丁，但絕對是最自負的。她慘叫一聲，為了保住美貌而鬆開英內薇拉。英內薇拉趁亂連出數拳，接著翻向一旁，爬起身來。梅蘭搖搖晃晃地跟著起身，完全無法抵擋英內薇拉的蠍子腿。這一腿正中梅蘭臉部，打得她臉頰和鼻子碎裂。梅蘭重重倒地，接著試圖掙扎起身。

「明天看到妳的臉時，我想魁娃達馬丁就會取消妳的禁令。」英內薇拉說著舉起新的霍拉袋。「我們會同時進入影之殿，而我將比妳先完成骨骰。」

第八章　沙羅姆寧死不屈　302~305 AR

英內薇拉在達馬丁大帳裡緊張地等待，呼出的空氣在酷寒中形成白霧。現場有魁娃、另外三名艾弗倫之妻、七名未婚妻，以及四個閹人，包括強壯的安奇度。閹人身穿沙羅姆黑袍，頭戴黑夜面巾，手持長矛與盾牌。黑袍下穿著達馬丁製作的連釦護甲，能夠抵擋惡魔咬噬。

儘管和一群力量強大之人聚在熟悉的環境裡，英內薇拉還是緊張得動來動去。此刻正值深夜，而他們身處地表上。伊弗佳法規明令禁止這種行爲，就連艾弗倫之妻也不例外，但魁娃和其他人就站在那裡輕鬆聊天，彷彿身處達馬丁地底宮殿一樣。英內薇拉知道理論上阿拉蓋通過迷宮中的沙羅姆、突破大城牆的機率微乎其微——接近無限小——但她的心跳依然猛烈無比。

*恐懼和痛苦都只是風，*她提醒自己，*想像棕櫚樹，找回中心自我。*

站在帳帘旁的安奇度揚起一手，以手指比劃一連串手勢。

「呼特！」魁娃說。「他們來了。」

所有人停止說話，以魁娃爲首的艾弗倫之妻走向前方。她對安奇度點頭，他拉開帳帘。

六名沙羅姆走近大帳，其中一人牽著一匹四腳裹以黑布的駱駝。牠身上也有黑布，牠所拉的大車車輪上也一樣。

他們的黑袍沾有大迷宮中的塵土，護甲有剛被打凹的痕跡，盾牌上濺有膿汁。其中一人走路有點瘸，另一個手臂上綁著染血的紅布。所有沙羅姆都蒙著面巾，但是英內薇拉一眼就從他們沒有衣袖的制服，以及飾以貝登達馬黃金烈日徽記的黑鐵胸甲上認出他們。即使少了昂首闊步的姿態與凱沙羅姆的白色面巾，英內薇拉還是認得出卡席福，更認得出站在他身邊的男人，他的阿金帕爾。索利。

她和哥哥已經多年不見，但還是立刻就認出面巾下的他。他的雙眼閃爍著她印象中索利微笑時的神采，而她熟悉他走路的模樣、站姿，以及強壯的雙臂，就像她對自己一樣地熟悉。她壓抑著驚呼的衝動，但是沒辦法不盯著他看。

梅蘭在她身旁輕哼。「妳搞上他們的機會就跟比我先取得白面紗一樣低。他們是普緒丁，同性愛人。有人說貝登達馬的沙羅姆在戰場上的表現無人能及，但他們就算上羊也不會來上妳。」

阿莎薇竊笑道：「上羊都比上妳好。」

「安靜！」魁娃斷聲道。

卡席福和其他沙羅姆來到達馬丁面前深深鞠躬。過程中，索利的目光瞥過英內薇拉，但儘管沒有遮臉，昏暗中索利依然沒有認出她。

「起身，榮耀的沙羅姆。」魁娃說。「艾弗倫祝福你們。」

卡席福和其他人站直身子。「偉大的艾弗倫，所有崇敬與榮耀都從祂起頭、由祂收尾。我們的命屬於祂及祂神聖的妻子，今晚是冬至後的第一次月虧，我們來此交付貝登達馬的賦稅。」

魁娃點頭。「艾弗倫將你們的犧牲通通看在眼裡，祂的妻子也一樣。你們帶來什麼禮物？」

卡席福再度鞠躬。「二十九頭阿拉蓋，達馬丁。」

魁娃揚起一邊眉毛。「二十九？這可不是神聖的數字。」

卡席福再度鞠躬。「達馬丁說的自然沒錯。二十八才是傳統的數量；七頭沙惡魔、七頭土惡魔、七頭火惡魔、七頭風惡魔。一種普通惡魔對應七根天堂柱。」他暫停片刻，雙眼流露得意的目光。

「但貝登達馬感念達馬丁的祝福，命我們設下特殊陷阱。爲了造物主的榮耀，我們還抓了一頭水惡魔。」

數名奈達馬丁低聲驚呼。艾弗倫之妻沒有明顯的反應，但英內薇拉從她們改變站姿的動作看出她們的興奮之情。水惡魔在克拉西亞稀有至極，而且有些法術只能透過它們的骸骨施展。只要一小塊水惡魔霍拉就能施展製水法術。

「艾弗倫非常滿意你們的禮物。」魁娃說。「你們是怎麼辦到的？」

「貝登達馬命我們包圍大迷宮的一塊區域，移除魔印，打破防止阿拉蓋浮現的沙石地板。我們挖開一座深坑，達馬用自己的藏水塡滿其中，然後放魚和其他生物進去。這項工程花了好幾個月，但最後終於有水惡魔上鉤，搬進水潭裡住。今晚它殺了我一名手下，打傷另外兩人，我們用魚網把它拖出水潭，而它在陸地上存活的時間遠超過我們預期。最後它終於窒息而死，肢體器官完好如初。」

達馬丁交換神色。這頭水惡魔代價不菲，光那潭水就是一大筆錢——現已受到污染，不能飲用。它不但代表貝登達馬擁有超乎想像的財富……同時也表示他賣給達馬丁很大的人情。

貝登達馬從來不做虧本的生意。

「我們非常滿意這份禮物，卡席福．阿蘇．阿福倫．安高辛．安卡吉。你和手下的榮耀無邊無際，當你們離開人世時，將能永遠享受天堂的喜悅。把你們的傷患帶進來。」

傷勢最嚴重的兩個男人走上前去，達馬丁毫不遲疑地在他們傷口附近的皮膚上繪印，然後拿出小塊霍拉提供醫療所需的魔力。其他男人只有輕微的擦傷和灼傷，艾弗倫之妻以傳統方式加以治療。

療傷結束後，魁娃回頭面對沙羅姆。「把禮物搬到精鍊室去。」

卡席福和其他人熟門熟路地將阿拉蓋屍體抬下大車，穿越大廳內一扇英內薇拉從未見過的暗門。

沙惡魔和風惡魔胸口的大洞表示它們死於巨蠍刺——和長矛一樣大的巨箭，由城牆上的木製巨蠍所發射。土惡魔的外殼被投入惡魔坑裡的巨石砸爛，大量膿汁的氣味令人作嘔。

火惡魔——淹死在淺水池裡——和水惡魔一樣，身上沒有傷痕。水惡魔是團長有觸角和銳利鱗片的黏稠物，嘴巴以身體比例來講十分巨大，裡面有一排排可怕的利齒。

搬完之後，魁娃指示卡席福跪在自己面前。「四個問題。」魁娃說。「外加一樣禮物。」

卡席福點頭。「感謝妳，達馬丁。我謙遜地接受妳的賞賜，儘管我們都聽從妳的指示辦事，所做的一切都是爲了艾弗倫的榮耀，而不是爲了獎賞。」他說得流暢熟練，比較像是背誦經文而非說話。英內薇拉心知這次會面只是每年的例行公事，發展成儀式的商業交易。看所有人都熟練地在旁邊圍成一圈就知道了。

魁娃在卡席福身邊半跪而下，伸手到霍拉袋裡。「你有帶達馬的血嗎？」卡席福取出光滑的木盒，裡面擺著細緻的瓷瓶。他將瓷瓶交給達馬丁，達馬丁把瓶裡的東西倒到骰子上。

「拉下面巾。」卡席福照做後，她問：「你發誓這眞的是貝登達馬的血，而你也是代表他說話——提出他的問題，不是你的——在艾弗倫的見證下？」

卡席福雙掌抵在大帳的帆布地毯上，額頭貼在雙掌之間。「我發誓，達馬丁。我在艾弗倫面前發誓，以卡吉、我的榮譽及進入天堂的希望之名起誓，這就是貝登達馬的血，而我已經一字不差地記下他的問題。」

魁娃點頭，揚起手掌，骰子隨即發出一陣微微的閃光。卡席福忍不住面露畏縮的神情。「那就問吧，沙羅姆。如果你說謊，骰子會知道。」

卡席福吞嚥口水，深深吸氣，以類似達馬丁的方式找回中心自我。他們的沙魯沙克或許大不相

同，但是核心哲學卻一模一樣。

卡席福直視魁娃的雙眼，謹慎地緩緩提出問題。「我今年最大的損失何在，要如何從中獲利？」

「問得好。」魁娃讚揚他。「去年這還是兩個問題。」她沒有等他回應，搖動手中的骰子，在它們開始發光的同時唸咒。她擲出骰子，仔細觀察骰出的圖案。

「今年冬天山羊會爆發疫情。」她說。「只有五分之二能夠活到明年春天，而牠們也會虛弱得不值錢。告訴貝登達馬現在就把山羊賣掉，拿所有的錢去買綿羊。」

卡席福鞠躬，提出第二個問題。「一個月前我的轎子穿街過市時，人群中有個卡非特朝我吐口水。要怎麼找出這傢伙，讓他得到應有的懲罰？」

英內薇拉十分清楚達馬所謂的「懲罰」是什麼。膽敢朝達馬吐口水的人固然死不足惜，不過貝登願意將如此寶貴的問題浪費在這種小仇上，明白表示他是個極爲高傲的人。

魁娃面無表情地請教骨骰。「你能在大市集裡找到他。他的攤位在坎金區賈達門附近的聖母像以東三百二十步，他是賣……」

英內薇拉側頭研究骨骰上依然在發光的圖案。蜜瓜。她解讀。

「蜂蜜蛋糕。」魁娃片刻過後說道。英內薇拉身體一僵，連忙再度看骰，確定自己解讀得沒錯。她望向魁娃，不知道哪一樣更令她害怕，是達馬將把無辜者折磨致死，還是她偉大的導師居然會犯錯。

她遲疑。該開口嗎？她很快就否決這個想法。如果在沙羅姆面前指出這個錯誤，自己很可能就會沒命，在場所有戰士也一樣，包括索利在內。達馬丁絕不能在人前犯錯。

她調勻呼吸，找回中心自我，不做任何動作。

卡席福再度鞠躬。「拉卡緒達馬試圖免除達馬的私人護衛只有在月虧時才要進入大迷宮作戰的特例，此事該如何預防？」

魁娃輕哼一聲，三度擲骰。「拉卡緒達馬的女婿奇凡達馬在議會裡說你壞話。你宣稱受辱，殺了他，奪走他的吉娃卡，也就是拉卡緒的長女吉莎，成爲你的吉娃森作爲補償。那晚就娶她，婚禮後三天的正午讓她懷下你的女兒。」

這個想法令卡席福皺起眉。「達馬丁，這又牽扯出達馬最後的問題：『我和男人在一起時威猛剽悍，但卻沒辦法和妻子睡覺與播種。要如何解決這個問題？』」

魁娃嗤之以鼻，收起骨骰，伸手在腰際的袋子裡翻找，發出一陣藥瓶敲擊聲，最後終於挑出一瓶。「達馬做愛前親手在他的矛上塗這個，然後教他速戰速決。」她將藥瓶丟給卡席福。「如果這樣沒用，就拿手指去插他屁眼。」

卡席福和其他沙羅姆哈哈大笑。

「禮物呢？」魁娃問。

「主人去年損失了九個嚐毒人。」卡席福說。「他懷疑是某個兒子或某幾個兒子聯手幹的。」

「而他還浪費問題在吐他口水的卡非特身上。」魁娃說。

卡席福深深鞠躬。「主人的兒子助長他的權力，他不希望殺死自己兒子，也不認爲這麼做能嚇阻其他兒子。他希望能夠得到一個餐杯，外型高貴，符合他的身分，並且能將毒藥變成清水。」

「很寶貴的禮物。」魁娃說。「製作很困難。」

卡席福微笑。「主人希望藉由水惡魔的骸骨能夠降低此事的難度。」

魁娃點頭，站起身來。「你可以走了。告訴你主人，他的餐杯會在春分後第一個月虧完成。我們會教他持用餐杯的方法，只有他才能啟動餐杯的力量。」

「達馬丁無比慷慨。」卡席福磕了個頭，然後起身。他和其他人轉身離開時，索利回頭看了一眼。短短一瞬間，他直視英內薇拉的雙眼。

然後眨了個眼。

接下來的日子就不好過了，英內薇拉和其他獲准進入影之殿的奈達馬丁以酸與火除掉惡魔的血肉，只留下霍拉。接著奈達馬丁一邊以聖油磨光骨頭，一邊齊聲讚美艾弗倫，直到骨頭如同黑曜石般漆黑堅硬。

她們用強鹼中和強酸腐液，產生出一種摸到就會中毒的毒液，但是蘊含豐富的魔力可供達馬丁擷取。液體被倒入大桶子裡，桶子以管線相連，穿越宮殿牆壁，如同循環系統般運送，加強魔印光、氣溫控制，以及宮殿裡其他數不清的魔印法術。

這些工作讓其他女孩蒼白作嘔、雙手灼痛、眼眶濕潤，但英內薇拉絲毫不受影響。她的心思早已遠離這種微不足道的微風。她一邊唸誦禱文一邊透過嘴巴呼吸，雙手自動做著單調乏味的工作，內心隨著索利的影像飛舞。這些年來她一直很擔心他，每天看著沙羅姆傷兵被帶往大帳都讓她十分緊張。本來，看到他的身影、知道他還活著就夠了，但是那下眨眼改變了一切。他得知她的命運，並且依然深愛著她。他會告訴曼娃她還活著，讓母親能夠心安。

石室中迴盪著英內薇拉迴旋轉圈、充滿自信地在光滑石板地上跳舞時所發出的銅鈸旋律。她今年十三歲，已經擁有女人的身材，肢體柔軟，曲線玲瓏。她對卡偉爾擺臀，看著他對自己的每個動作產生反應。

年輕的女孩們讚歎地觀看。現在英內薇拉開始指導枕邊舞蹈的入門課程，雖然一看她身上的拜多布就知道她自己也不曾體驗過全套舞蹈。

神聖法規規定艾弗倫的未婚妻在換上白紗前都得保持處女之身，以拜多布作為象徵。換上白紗的第一個晚上，達馬基丁就會刺破她的處女膜，代表和艾弗倫圓房，到時候英內薇拉就會變成真正的艾弗倫之妻。

第二天晚上，她就可以自由自在地去愛任何男人或是物品，因為和艾弗倫的擁抱相比，那些東西又算得了什麼？

英內薇拉在閹人面前扭動時和他四目相交。他完全受制於她的魅力，雙眼呆滯，腦袋跟隨他的動作搖晃。他完全屬於她。

卡維爾是最完美的肉體玩物——達馬丁對挑選歡愉閹人的標準十分嚴苛——英俊的面孔、明顯的下顎線條、壯碩的身體發出油亮的光澤。他從小就接受按摩等各式各樣能讓女人愉悅的訓練，肯定是個技巧高超的愛人。傳說幾乎所有達馬丁都曾臨幸他，而他一直都在吃壯陽藥，並且嚴格控管運動和睡眠。這十年來幾乎所有新上任的達馬丁都會在隔天晚上召喚他前往她的寢室，至今無人後悔。

儘管英內薇拉欣賞他的外貌，他卻無法激起她的性慾，他就和一座完美的男性雕像沒什麼不同。

其他女孩或許急著想要完整體驗枕邊舞蹈的樂趣，但是英內薇拉花了多年時間磨練技巧可不是爲了浪費在半個男人身上。她寧願和卡非特睡覺也不要找閹人。

示範結束後，她叫年輕女孩排隊站好，幫她們調好姿勢，練習枕邊舞蹈最重要的臀部扭轉擺動技巧。

上完課後，英內薇拉前去洗澡，在熱水浸濕肌肉的同時深深吸入蒸汽。梅蘭和阿莎薇也在澡堂，刻意忽視她的存在，不過自從英內薇拉擊敗年長的女孩之後，大多數奈達馬丁已經改變對她的態度。

「我幫妳洗？姊妹。」賈席拉手裡拿著泡過香皂的濕毛巾問道。她比英內薇拉年長兩歲，才剛通過進入影之殿的測驗。英內薇拉揮手遣開她。在她的權勢日增、梅蘭的影響力日益減弱的情況下，每天都有人主動想要幫她洗澡。就像坎內娃預見的一樣，其他女孩懼怕她，私底下傳說她日後將會成爲達馬基丁。英內薇拉可以讓大部分奈達馬丁自願成爲自己的僕役，甚至要求她們成爲自己的枕邊密友，滿足她的慾望。但是英內薇拉對這種事一點興趣也沒有。女孩們不像從前那樣孤立她，但也沒有變成她的朋友。

英內薇拉最希望的就是能和母親或哥哥說話，這兩個人是她唯一眞正信任的人。

穿衣服的時候，英內薇拉望向梅蘭。「前往影之殿？姊妹，我們可以一起去。」梅蘭凝視她，英內薇拉面露得意的微笑。

「趁現在能笑就笑吧，爛骰子。」梅蘭低聲道。「今天我就能完成骨骰，明天我將蒙上白紗。」她露出不懷好意的笑容，但英內薇拉只是以愉快的微笑回應。

「我還是會比妳先成爲達馬丁。」她保證道。

影之殿的入口大廳裡，女孩們在魁娃面前圍成半圓而坐——七名渴望有朝一日蒙上白紗的艾弗倫未婚妻。

刻骰前總是會先上課，達馬丁的白袍在昏暗的魔印光下看來一片血紅——這是唯一容許出現在影之殿的光源。

上課的時候，梅蘭坐立難安，不停改變坐姿，噘起嘴唇，一手不斷轉動霍拉袋，迫不及待地想要回去刻骰。

情況一直以來都是如此。英內薇拉和梅蘭同時進入影之殿，儘管梅蘭領先英內薇拉幾年的進度並且經常公開嘲諷，但她似乎非常嚴肅看待英內薇拉說要搶先完成骨骰的威脅。每天當魁娃結束課程後，梅蘭簡直像是衝入影之殿一樣，而當達馬丁宣告一天的工作結束時，她也總是最後一個離開。即使透過厚重的石牆，在英內薇拉的想像中，還是能夠聽見她發狂似地摩擦工具的聲音。

如果梅蘭比英內薇拉早一步蒙上白紗，情況或許會很危險……甚至可能致命。所有艾弗倫未婚妻都聽見英內薇拉發誓搶先完成骨骰，倘若結果她輸了，所有因爲擊敗梅蘭而在其他女孩中建立的權勢就會消失。更有甚者，梅蘭將會取得達馬丁幾乎無限的權力，殺害英內薇拉的機會將會大幅提升。艾弗倫之妻中肯定會有不少人支持她。

女孩們終於解散，輕手輕腳地走過冰冷的石廊，進入兩旁都是刻骰石室的長走道。走道上沒有魔印光，但是梅蘭和其他女孩舉起未完成的骨骰，產生足以視物的紅光。刻骰室裡只允許有魔印光，不過並非免費提供。女孩們得親手製造光源。沒有光源，她們就無法看見工具、雙手，甚至包括骨骰本身。

刻骰室禁止使用魔印視覺飾環，所以她們都把飾環留在外面。英內薇拉在地窖中聽說曾經有個女孩試圖挾帶飾環進入刻骰室，以便透過艾弗倫之光刻骰。她後來被挖掉雙眼，逐出達馬丁宮殿。

英內薇拉不疾不徐地前進，看著其他女孩進入刻骰室。魁娃會在她們進去後關門，只留下門框縫隙中隱隱滲出的魔印光。魔光一個接著一個消失，直到英內薇拉在微弱的光線下來到自己的刻骰室。魁娃在她身後關上房門，她隨即脫下長袍，塞起門縫，讓自己處於完全的黑暗裡。

英內薇拉同樣能自骨骰中召喚魔光，但她選擇不要在影之殿裡這麼做。伊弗佳丁曾警告就連魔印光也會在不必要的情況下吸收骨骰的魔力，削弱它們的力量。達馬佳是在全黑的環境下刻骰，英內薇拉沒理由不照做。*只要夠資格，艾弗倫就會引導妳的雙手。*聖典如是說。

跪在黑暗裡，她對以其為名的先人禱告，拿出骰子及魔印工具，整整齊齊地排成一排。她已經刻完四面骰、六面骰，現在在做八面骰。她刻得緩慢而又嚴謹──塑形、磨光、刻印，全都配合呼吸的節奏行之。

時間一分一秒地過去，不知道過了多久。一陣在影之殿的寂靜中迴盪的鈴聲喚醒了專心刻骰的她。

梅蘭已經完成骨骰了。

英內薇拉迅速將霍拉放回霍拉袋裡，接著收起工具。今晚不會繼續刻骰了。她深呼吸，走出石室。其他女孩已經聚在一起，將在魔印光下得意洋洋的梅蘭圍在中間。她舉起骨骰，沉浸在讚歎與羨慕的聲音裡。看見英內薇拉時，她的笑容轉為勝利式的冰冷微笑。

英內薇拉笑著回應，禮貌地鞠了個躬。

她們在教室內集合，梅蘭在奈達馬丁所圍成的半圓中跪下。片刻過後，達馬丁也開始進入教室，幾乎部族中所有艾弗倫之妻都來了，在她們之外圍成大圈。坎內娃最後抵達，移動到人群中央，跪下去面對自己的孫女。她面無表情地拿出泛黃的古老紙牌，洗牌聲在寂靜的石室中掀起陣陣回音。

達馬基丁在兩人之間蓋上三張紙牌。她拿出七首，交給梅蘭，梅蘭劃開掌心，鮮血淋在她的骨骰上。這麼做的同時，魔印開始微微發光。

坎內娃指向第一張牌。梅蘭搖骰搖到骰子綻放強光，接著以上課時學過的手法將骰子擲在地上。英內薇拉伸長脖子想看骰出的符號，但是當時的角度只有梅蘭和坎內娃能看到骨骰組成的圖形。

「長矛七。」片刻過後，梅蘭說道。

坎內娃指向第二張牌，梅蘭再度擲骰。「頭骨達馬基。」第三次。「盾牌三。」

坎內娃點頭，依然面無表情。「今天有名艾弗倫之妻告訴我她懷了女兒。是哪一位？」梅蘭再度擲骰。這次她花了更長的時間仔細研究骨骰。她望向四周的達馬丁，額頭直冒汗。

「愛倫達馬丁。」她終於說出一個還沒有生下任何子嗣的年輕達馬丁的名字。

坎內娃沒有說話，翻開第一張牌。奈達馬丁在長矛七出現時齊聲驚呼。英內薇拉感覺心口一緊。翻開第二張牌。頭骨達馬基。英內薇拉心臟幾乎跳到喉嚨裡。

坎內娃翻開第三張牌，所有人再度驚呼。那張牌是水達馬基丁。

坎內娃突然揮手狠狠甩了梅蘭一耳光。「沒有達馬丁懷孕，妳這個笨女孩！」

她奪走梅蘭手中的骨骰，高高舉起，在魔印光中檢視。「懶散！浪費時間！金玉其外，敗絮其中。妳換上拜多布不久後刻出來的木骰都比這個強！第八顆霍拉呢？」

梅蘭的神情驚懼無比，完全失去自我。她麻木地伸手到霍拉袋裡，拿出第八顆霍拉交給達馬基丁。

即使從這個角度，英內薇拉也看得出來那顆霍拉已經毀了。

坎內娃將骨骰舉在梅蘭的鼻子下。「這裡每一顆骨骰都代表妳生命中的一年。它們會曝曬在陽光下銷毀，而妳將回去刻牙骰。等妳刻好三副完美無瑕的牙骰後，才可以回到影之殿，一年刻一顆霍拉，直到刻好一副新骨骰。每顆骨骰都要接受檢視，然後才發給妳下一顆霍拉，如果有任何缺陷，妳就去祈禱艾弗倫保佑。」

梅蘭瞪大雙眼，在感到羞愧和得知未來的命運時，臉上出現驚愕的表情。英內薇拉深深呼吸，找到中心自我，壓抑著幾乎忍不住要浮現的笑容。

坎內娃將骨骰塞回梅蘭手中，指向出口。梅蘭淚流滿面，但依然站起身來，跌跌撞撞地走出。阿莎薇悲鳴一聲，想要追上去，但魁娃抓住她的手臂，使勁拉回她。

年輕的奈達馬丁等候在影之殿外。看到流淚的梅蘭，同聲驚呼，接著在坎內娃和所有艾弗倫之妻及未婚妻跟著走出來時列隊站好。

她們前往達馬丁宮殿最高的塔樓。當梅蘭爬樓梯的速度不夠快時，坎內娃就會以驚人的力量推她。梅蘭不只一次絆倒，坎內娃則一直踢到她起身繼續爬旋轉梯。最後她們終於來到俯瞰整座沙漠之矛的陽台。

「舉起手掌。」坎內娃命令道，梅蘭遵命行事，其他人全都擠在她身後，有些在陽台上，有些則在塔樓最頂層的房間裡。女孩的手指緊緊握著寶貴的骨骰，那是她半輩子的心血結晶。

「攤開手掌。」坎內娃說。當時天色已晚，太陽已經斜掛天邊，但陽台上依然灑滿艾弗倫的光芒。梅蘭哭哭啼啼地遵命行事，鬆開手指，讓陽光照射骨骰。

效果立刻出現。骨骰冒出火星，起火燃燒，在白熱的高溫下化爲灰燼。梅蘭放聲慘叫。

轉眼間，一切就已經結束，梅蘭的掌心冒煙，還未熔化的血肉呈現一片焦黑。她三隻最大的手指熔在一起，英內薇拉在那灘爛肉裡看到焦黑的骨頭。

坎內娃轉向魁娃。「治療包紮她的手，但是不要使用魔法。她這輩子都要揹負失敗的記號，提醒她自己……」她轉過身來，望向其他艾弗倫未婚妻。「……也提醒其他人。」除了英內薇拉之外，所有奈達馬丁都在聽見這話的時候驚呼後退。

梅蘭失勢之後，英內薇拉再也不用去管奈達馬丁的權謀手段，只須找回中心自我，專心學習。她持續自訓練中獲益，熟悉藥草和霍拉魔法，教沙魯沙克和枕邊舞蹈課程，並且指導正常情況下會在五歲時開始受訓的年輕女孩。

夏至當天，她又見到索利，還向他眨眼，並在眼神中注入喜悅。這件事支持她度過接下來六個月。

一年後，梅蘭完成了三副牙骰，回到影之殿。儘管魁娃盡心醫治，她女兒的手掌依然扭曲變形，完全不似從前靈巧。她在那隻手上留了銳利的長指甲，看起來像是阿拉蓋爪。這個景象讓其他奈達馬丁心生恐懼——不但懼怕梅蘭，同時也懼怕想要取得白面紗所須面對的風險。

儘管其他女孩都怕梅蘭和她的爪子，英內薇拉卻完全不把她放在心上——她只是一坨已經繞過的駱駝屎。在心無旁騖的情況下，她繼續以緩慢而有系統的方式製作骨骰。現在所有人都知道她在完全漆黑的環境下刻骰，人們會在用餐或在走道上路過時交頭接耳。傳說沒有任何達馬丁，包括坎內娃在內，曾這麼做過。很多人似乎認爲這代表英內薇拉眞的就是艾弗倫挑選的天命之人，註定要繼承年邁達馬基丁的衣缽。

但這些傳言都只是微風，英內薇拉忽略它們，保持自我。萬一像梅蘭一樣過度自信，在黑暗中刻骰就會變得毫無意義。

「我摧毀了他那些妻子的幸福。」愛倫達馬丁在某天晚上英內薇拉服侍她用茶時說道。那天早上，愛倫送走了來幫她生女兒的英俊凱沙羅姆。

每個達馬丁至少得生下一個女兒來繼承衣缽。女兒的父親須經過謹愼篩選，考量智慧與力量，並以骨骰決定人選以及時機。當達馬丁挑好目標後，就會派轎子帶對方前往位於聖殿之外的歡愉屋——因爲有睪丸的人絕對不能踏足聖殿。

沒有人會笨到拒絕達馬丁的召喚，由於她們對藥草和枕邊舞蹈的技巧，所有男人都欲仙欲死，就算是普緒丁也一樣。男人會頭暈目眩、精力耗盡、跌跌撞撞地離開，完全不曉得已經有了永遠不會見面的女兒。

少數艾弗倫之妻會有點沖昏頭。「他的吉娃永遠都不能滿足他了。」愛倫輕蔑地說道。「他這輩子都會夢到我，祈求艾弗倫讓我再度爲他舞蹈。」

她眨眼。「我或許會滿足他的願望，他的矛堅硬挺拔。」

許多達馬丁曾以這種方式向英內薇拉示好，試圖讓她以爲她們信任她，想辦法成爲她的朋友。自從梅蘭失勢後，多數艾弗倫之妻都認定英內薇拉將會繼承坎內娃的衣缽。有些像愛倫這種達馬丁就會想要討好她，有些人則想辦法控制她，或是有條件地餽贈禮物。

英內薇拉保持低調，拉長耳朵，從不許下承諾。儘管她已經放下了未婚妻的權力遊戲，艾弗倫之妻的政治手段卻是她還在學習的複雜編織法——政治的複雜程度讓纏拜多布變得像是綁頭髮一樣簡單。

「在達馬丁中，」她對愛倫說。「妳的枕邊舞蹈技巧出類拔萃。」

爛得出類拔萃。她暗自補充，不過由於她保持自我，所以達馬丁看不出她眞實的想法。

「他永遠無法找到類似的體驗。」愛倫同意道。

英內薇拉轉過身去，卻看到阿莎薇在房間另一邊冷冷地瞪著她。阿莎薇比梅蘭年長兩歲，於不久前取得白面紗。英內薇拉會在她身邊保持低調，不給她機會借題發揮。由於有地窖大門擋著的緣故，阿莎薇和梅蘭不再同床共枕，但是白天的時候，梅蘭經常會應召前往阿莎薇的新寢室，英內薇拉毫不懷疑她們至今仍是枕邊密友。

成爲艾弗倫未婚妻後第五年的某天，英內薇拉在達馬丁大帳中聽見沙羅姆慌忙送來傷兵的熟悉叫聲。那是月虧過後的早晨，而最近幾年傷兵的人數持續增加。

「讓我過去，普緒丁垃圾！那是我兒子！」

英內薇拉渾身冰涼。即使過了五年，她還是認得出父親的聲音。她撩起長袍，完全不顧達馬丁的形象，急忙衝到手術室，看見一群身穿熟悉的無袖黑袍與黑鋼胸甲的沙羅姆站在那裡。卡席福淚流滿面地面對卡薩德，兩人身後都站著幾名戰士。卡薩德雙眼發紅，身體搖晃，多半仍處於為了進入大迷宮壯膽而喝的庫西酒影響之下。

數名戰士正在接受治療，但英內薇拉只看得到其中之一。她大叫一聲，跑到索利身旁。她哥哥英俊的臉龐滿是汗水和塵土，目光呆滯，膚色慘白。他的右臂二頭肌被阿拉蓋抓中，幾乎切斷整條手臂。肩膀下方綁了止血帶，儘管下方的床單滿是鮮血，英內薇拉可以想像還有更多血留在大迷宮的地板上，以及來此的途中。

現在她是艾弗倫的未婚妻，沒有家族或姓氏，但英內薇拉毫不在乎，將哥哥的頭捧在手中，輕輕轉過來四目相對。

「索利，」她低聲道，輕輕撥開他臉上汗濕的頭髮。「我在這裡。我發誓會照顧你，讓你復元。」

他的眼中隱約浮現認出她的神色。索利試圖擠出笑容，結果卻咳出血來。他氣喘吁吁地說：「照顧妳是我的責任，小妹，不該由妳來照顧我。」

「再也不是了，哥。」英內薇拉輕聲道，眼中開始泛淚。

「我們沒辦法保住他的手臂。」魁娃在她身後說。「不論用藥草或霍拉都不行，他必須截肢。」如果魁娃對英內薇拉失控的表現感到不悅，她也沒表現出來。

「不！」卡薩德大叫。「艾弗倫給我個普緒丁兒子已經夠慘了，我絕對不要讓他變成殘廢！現在就讓他踏上孤獨之道，祈禱艾弗倫寬恕他浪費他的種子！」

卡席福發出憤怒的叫聲，跳到卡薩德身上，將他撲倒在地，瘋狂地把他的頭壓在地上。卡薩德的朋友上前勸架，但卡席福的戰士擋住他們。「你根本不在乎索利！」卡席福叫道。「他是我的全部！」

「是你讓他變成普緒丁的！」卡薩德吼道。「眞正的沙羅姆絕對不想殘廢度日！」

魁娃嘖嘖搖頭。「好像有人在乎他們的意見一樣。」她拍拍手掌，發出震耳欲聾的巨響。「夠了！出去，全部出去！我數到十，任何沒受傷的沙羅姆還在大帳裡的話，日落前就會變成卡非特！」

這話引起了所有人的注意。沒受傷的戰士爭先恐後地離開大帳，卡席福立刻放開卡薩德，站起身來，深深鞠躬。「我爲在此醫療場合施暴致歉，達馬丁。」他痛苦地看向索利，隨即跪倒，額頭貼地。「求求妳，榮耀的艾弗倫之妻，請不要爲我的行爲懲罰索利。就算只剩一條手臂，他還是能以一當百。」

「我們會救他。」英內薇拉說，雖然此時輪不到她說話。「我不會眼睜睜地看著我哥死去。」

「哥……」卡薩德抬頭。「艾弗倫的鬍子，英內薇拉?!」

他臉上流露認出英內薇拉的神情，接著以迅雷不及掩耳的速度抓起地上的長矛，踢開女兒。這一下出其不意，英內薇拉重重落地，抬頭時剛好看見卡薩德的矛頭插入索利胸口。「死了總比在妹妹的同情下變成卡非特廢人要好！」

卡席福轉眼制服他，站在卡薩德身後，一手扣住他的喉嚨，一手拿把長匕首抵著他的肚子。英內薇拉衝向索利，但父親這一矛正中心口，哥哥已然死去。

「你沒資格死在阿拉蓋的爪子或長矛下，」卡席福在卡薩德耳邊吼道。「我會像卡非特宰豬一樣把你開腸剖肚，然後看著你慢慢死去。你應該死一千次，而在奈的深淵裡你將會嚐到一千種死法。」

卡薩德大笑。「我依照艾弗倫的旨意辦事，死後將在天堂暢飲祂的酒河。伊弗佳有明訓，不要容忍普緒丁或殘廢！」

魁娃上前。「伊弗佳裡同時也有記載，不可飲用發酵的穀物……以及攻擊艾弗倫的未婚妻是唯一死罪。」

這是眞的。攻擊奈達馬丁和攻擊達馬丁的罪行是一樣的——攻擊者將會被貶爲卡非特，然後處決。只有受到攻擊的女人可以赦免他。

魁娃拿出自己的匕首，開始割下卡薩德的黑袍。他尖叫掙扎，但她施展流暢精確的招式擊潰他的能量線，他的四肢痠軟無力。

「你現在是卡非特了，姓氏不值一提的卡薩德。你永遠不能進入天堂之門，如果睿智的艾弗倫有一天同情你的靈魂，讓它回歸阿拉，你最好祈禱自己下輩子不要如此愚蠢。」她轉向英內薇拉，遞出匕首。卡席福使勁拉扯，迫使卡薩德背向後彎，方便她動手。

卡薩德哀號懇求，但是四周毫無同情的眼光。最後他安靜下來，看向英內薇拉。「如果妳要爲一個獨臂普緒丁而殺害眞正的戰士，那就動手吧。痛快點，女兒。」

英內薇拉直視他的雙眼，渾身怒火沸騰。混合手汗的銀刀柄握在手中感覺又硬又熱。

「不，我不會殺親生父親。」她終於說道。「而且你沒資格痛快死去。」

她望向魁娃。「伊弗佳說只要願意，我可以赦免他。」

「不！」卡席福叫道。「讓奈抓走妳，女孩，妳得幫妳哥報仇！如果不願弄髒手，只要說句話，我來代勞。」

「妳了解赦免他的意思嗎？」魁娃問英內薇拉，完全不理會卡席福。「艾弗倫所受的侮辱必須以鮮血償還。」

「會償還的。」英內薇拉說。

魁娃點頭，拿出止血帶，緊緊綁住卡薩德踢英內薇拉的腳。她看向卡席福。「抓緊他。」戰士點頭，緊扣手臂。

英內薇拉毫不遲疑，如同屠夫卸下關節般將利刃插入父親的膝蓋。熱血在他的小腿於骨頭交會處「啪」地一聲脫離身體時濺了她一身。卡薩德的慘叫聲傳遍整座大帳，但是這裡總是有人慘叫，完全沒人在意。

英內薇拉抓住父親的鬍子，打斷他的慘叫，一把拉起他痛苦的面孔來面對自己。「回去服侍曼娃，把她當作達馬基丁服侍。用你的餘生做好這件事，我就會考慮展現憐憫，讓你換回黑袍死去。」

「如果你再敢打我母親，或是違逆她任何命令，我一定會知道，也一定會砍斷你另一條腿，外加兩條胳臂。接下來漫長的歲月裡，你將會沒有四肢能夠惹是生非，而當你以卡非特的身分死去時，你會被送去餵狗，然後變成狗屎拉在街上。」

卡席福將卡薩德丟在地上，導致卡薩德再度痛苦慘叫。他伸手指向英內薇拉。「一條腿？只從這一無是處的醉鬼身上割下一條腿？在妳眼中索利就這麼賤？」

英內薇拉立刻出手，抓住他的手指，輕易將之折斷，同時揚起指節截斷他腳上的能量線。趁他腳軟之際，她順勢抓起他的身體，狠狠摔在地上。「你膽敢批判我對父親的愛？你認為我對血緣的羈絆比不過你們之間精液的羈絆？」

卡席福看著她，目光冰冷。「我的靈魂已經準備好踏上孤獨之道。英內薇拉·娃·卡薩德。我殺過很多阿拉蓋，生過兒子，而且沒有攻擊妳。只要願意，妳有權殺我，但妳無權像對待妳父親那樣阻止我上天堂。我將進入艾弗倫的聖殿，坐在索利身旁，在她妹妹透過那個吃豬的傢伙每一口呼吸所化作的惡魔尿污辱他的記憶時，悉心安慰他。」

他冷笑。「動手。殺了我！」他眼中浮現瘋狂的神色，英內薇拉知道他希望她動手。他懇求她動手。

英內薇拉搖頭。「離開這裡。我不會因爲你深愛我哥而殺你，即使這份愛讓你變得愚蠢。」

回到宮殿後，英內薇拉立刻前往地窖。這個時間只有幾個女孩還在那裡，都在匆忙準備上課。英內薇拉下午進入影之殿前還有一堂課要教。

莎賽兒奈達馬丁剛洗好澡，正在纏拜多步，英內薇拉輕彈手指，引起女孩的注意。儘管莎賽兒較爲年長，她還是立刻跑來。「我有事要忙。」英內薇拉說。「幫我去上二年級的基礎藥草課。」

「當然，奈達馬基丁。」莎賽兒鞠躬，快步趕去處理此事。

奈達馬基丁，意指公認的坎內娃繼任人選。這並非正式頭銜——要是有任何女孩在提起這個頭銜時被人聽見，很可能會遭受嚴厲的懲罰。

英內薇拉從未命令其他女孩幫她上課，也無權這麼做，但是當時她毫不在乎。她唯一在乎的就是終於能夠獨處，她撲倒在小小的帆布床上放聲哭泣。她本想用淚瓶接下眼淚，在爲哥哥的靈魂禱告時獻給艾弗倫，但她的手因哽咽而顫抖，根本無法接淚。她將臉埋在枕頭裡，任由粗布吸乾淚水。

索利死了。她再也不能看見他親切的笑容或英俊的面孔，再也不能接受他的安慰，或是感受他所提供的安全感。就在那一瞬間，這些美好的未來通通消失了。她心想達馬丁有沒有在他的漢奴帕許結束時自骨骰中預見這個命運。

至於卡薩德？赦免他會爲這個世界帶來任何好處嗎？還是會讓他變成沙漠之矛裡更加沒用的廢物？卡席福是對的嗎？她沒有好好幫哥哥報仇嗎？

時間一分一秒過去，下午的鐘聲響起。影之殿在召喚她，但英內薇拉依然無法起身。自從獲准進入影之殿後，她從未錯過任何刻骰的時段，不過並沒有法規強制她一定要去。如果她打算一輩子都耗在刻骰上，那也是她的權力。

終於，地窖大門開啓，魁娃走進來，站在門旁。「夠了，女孩，妳已經哭過了。沙漠之矛裡沒有那麼多水讓妳成天哭泣。找回中心自我，坎內娃要見妳。」

英內薇拉深呼吸，然後再深呼吸，謹愼地以袖口擦拭淚水。站起身來時，她已經恢復自制，儘管內心依然破碎。

英內薇拉抵達時，坎內娃正在辦公室裡等她。茶壺在冒煙，達馬基丁指示英內薇拉幫兩人倒茶，然後要她坐到自己對面的椅子上。

「妳沒提過妳哥是貝登的手下。」老女人說道。

英內薇拉麻木地點頭。「我怕妳知道的話就不會每年讓我見他。」這話等於是在承認欺騙達馬基丁，但英內薇拉發現自己根本無力在乎這種事。

坎內娃輕哼一聲。「我很可能會這麼做。但是如果妳有說，他今天或許就不會死。」英內薇拉抬頭看她，而她聳了聳肩。「又或許還是會死。骨骰能預見未來，但卻不會評論過去。」

「過去的已經過去。」英內薇拉引述達馬佳。「追逐過去毫無意義。」

「那妳又為何整天哭泣？」坎內娃問。

「我的悲痛是一陣強風，達馬基丁。」英內薇拉說。「就連棕櫚樹也不得不在強風下彎曲，直到風過之後才能再度挺直。」

坎內娃掀開些許面紗，吹吹熱茶上的蒸汽。「沙羅姆寧死不屈。」

英內薇拉抬頭。「呃？」

「他們不彎曲，他們不哭泣。」坎內娃說。「在大迷宮中生死交關之際，沙羅姆無權享受這些。當我們在風中彎曲時，沙羅姆擁抱痛苦，然後忽略它們。對沒受過訓練的人而言，這兩者間沒有多大不同，但實情並非如此。就像強風能吹斷最懂得彎曲的樹，沙羅姆也沒辦法擁抱某些痛苦。在這種情況下，他們會面對痛苦，希望自己能夠不屈不撓地光榮死去。」

「卡席福渴求這種死法。」英內薇拉說。「他和我哥是戀人。」

坎奈娃啜飲一口茶。「有些沙羅姆夜裡會在進入大迷宮前把愛人鎖在地下城，普緒丁則和愛人並肩作戰。這讓他們作戰時較為謹慎，但當愛人死去時，他們也會痛不欲生。」她看著英內薇拉。「而妳不讓他死。也不讓妳父親死，儘管伊弗佳裡有明文規定。」

「伊弗佳讓我有所選擇。」英內薇拉說。「當我得承受失去索利的痛苦時，卡席福為什麼不用？」

坎內娃點頭。「克拉西亞太習慣死亡了。死亡是個經常造訪但卻不受歡迎的訪客，而它已經成為我們的老友，人們願意敞開雙手迎接它。三個世紀前，克拉西亞住有數百萬人，擠滿這座偉大的城市，還佔據了附近的土地。即使在當時，我們也會內鬥，然而當我們的人數多到可比沙漠中的黃沙時，為了爭奪水井而失去幾條人命根本不算什麼。如今我們就像雨滴般稀有，每條人命都很重要。」

「阿拉蓋——」英內薇拉開口。

坎內娃揮手打斷她。「或許大多數人都死在阿拉蓋手中，但卻是因爲我們自己的愚蠢而持續餵食它們。」

「阿拉蓋沙拉克。」英內薇拉說。

「不管安德拉和沙羅姆卡怎麼說，人們並沒有在日落後遺忘數千年的部族世仇。」坎內娃說。「他們已經腐敗了，一切都以卡吉部族的利益優先，不擇手段地剷除宿敵。沙羅姆卡年老力衰，晚上都待在宮殿裡，導致大迷宮缺乏眞正的統帥，但我們依然夜復一夜地派遣最強壯的男人進入那個絞肉機裡，折損戰士的速度遠大於男孩的出生率。我們達馬丁竭盡所能地讓克拉西亞所有能生的子宮裡隨時都在孕育生命，但是我們的子宮根本跟不上打定主意要滅族的男人赴死的腳步。」

「但我們又能怎麼做？」英內薇拉問。

坎內娃嘆氣。「我不知道能怎麼做。我們的權力有限，很可能有一天妳繼承了我的面紗，結果卻只能面對族人的滅絕。」

英內薇拉搖頭。「我不接受這種說法。艾弗倫在測試我們。祂不會讓我們的族人滅絕。」

「祂已經袖手旁觀三百多年了。」坎內娃說。「艾弗倫寵愛強壯的人，但也喜歡智者，或許祂已經對那些蠢人失去耐性。」

英內薇拉繼續以冷靜精確的態度製作骨骰，但隨著完工之日逐漸逼近，她越來越緊張。再一個禮

拜，最多兩個禮拜，她就會接受白紗試煉。十四歲，幾個世紀內最年輕的達馬丁。

她不由自主地想起梅蘭的骨骸在陽光下燃燒的景象。她的慘叫聲，焦肉的味道，以及令人雙眼刺痛的腐煙。即使到了現在，經歷過許多手術，以及阿莎薇不只一次暗中施展霍拉治療後，梅蘭的手依然看起來像沙惡魔的利爪，畸形而又布滿傷疤。

她會面對這種命運嗎？英內薇拉的本能告訴她不會，但她無法確定，就連坎內娃的預知景象中都無法確定。

她在惡夢中醒來，心臟猛跳。當時地窖中依然漆黑，但英內薇拉猜想天快亮了，自己肯定無法入眠。她安靜下床，輕手輕腳地梳洗，拿起乾淨的拜多布，以和男人穿衣一樣快的速度纏好布。魔印光啟動時，她已經著裝完畢，開始督促年輕女孩梳洗著裝，準備練習沙魯沙克。

那天送來大帳的傷兵不多，正當她打算回宮殿時，兩個身穿拜多布的男孩闖了進來。其中一個肥得出奇——她知道訓練官會儘可能讓奈沙羅姆挨餓——而他撐著另一個遠比他矮小的男孩，只比皮包骨有肉一點。他看起來還不滿十歲，手臂折斷，白骨露在血肉模糊的傷口外，鮮血順著軟垂的手臂流下。他臉色慘白，滿頭大汗，但是毫不吭聲，自己走到手術桌讓魁娃接骨。魁娃點頭後，胖男孩立刻鞠躬離去。

英內薇拉曾多次幫忙治療斷骨，知道該幫達馬丁拿什麼藥草和工具。她拿了根包覆層層白布的小木棍給男孩咬。他痛苦地看著她，她對他深感同情。

她將棒子放入他嘴中。「戴爾沙羅姆擁抱痛苦。」

男孩點頭，雖然他顯然不懂這是什麼意思。他在魁娃接骨時狠狠咬著木棍，過了一會兒，他的身體軟癱，下頷一鬆，木棍掉落。英內薇拉心想他一定是昏過去了——完全可以理解——但他的雙眼是睜開的，冷靜地看著達馬丁將兩截斷骨接在一起，治療他的傷口。這讓英內薇拉印象深刻，她曾見過沙羅姆偏頭不看達馬丁縫合自己的傷口。縫好之後，魁娃給他喝了點幫助睡眠的藥水，讓他在英內薇拉準備石膏時不要亂動。

「那些訓練官。」魁娃不屑地說道。「這個男孩是賈迪爾血脈僅存的後裔，他父親在馬甲部族掠奪水井時白白喪命。我們的男人在夜裡遭受屠殺已經夠糟糕了，治療在沙拉吉裡受訓的男孩讓我更加厭煩。很多人在受訓時就弄得殘廢或死亡，根本沒機會進入大迷宮。這種情況不能再繼續下去了。」

「會停止的。」英內薇拉說。「我會找出方法。」

「妳？」魁娃語氣嘲諷。「妳以爲自己是達馬佳嗎？」

英內薇拉聳肩。「難道空等她重臨大地會比較好嗎？」

魁娃瞇起雙眼。「說話小心點，女孩。這話幾乎算是褻瀆。」

英內薇拉鞠躬。「我沒有那個意思，達馬丁。」

儘管早該回宮殿，英內薇拉還是待在大帳裡看著男孩沉睡。他相貌英俊，或許足以吸引達馬丁的目光，但她不認爲這孩子會願意放棄睪丸，變成閹人。他體內有股力量，她感覺得出來，或許這就是自己想要跟他再度交談的原因。

他動了一下，睜開棕色雙眼，她面露微笑。「年輕的戰士甦醒了。」

「妳說話了。」男孩嘶啞地說。

「難道我是野獸，不該會說話嗎？」英內薇拉問，不過她很清楚他這麼說是什麼意思。達馬丁在大帳裡不會降低身分去和奈沙羅姆說話。她們把這種事交給女孩們去處理。

「我是說對我說話。」男孩說。「我只是奈沙羅姆。」

英內薇拉點頭。「我只是奈達馬丁。我很快就會贏得面紗，但暫時還沒有資格，所以我可以和任何人說話。」

她拿起一碗稀粥湊到他嘴邊。「我想你在卡吉沙拉吉裡一定吃不飽。吃吧，這會讓達馬丁的醫療法術更有效。」

男孩點頭，狼吞虎嚥地吃粥，很快就把一整碗都吃完了。他抬頭看她。

「妳叫什麼名字？」

英內薇拉再度微笑，伸手擦拭他嘴角的粥。「以剛取得拜多布的男孩來說，你的膽子不小。」

「很抱歉。」男孩道。

英內薇拉輕笑。「大膽不會帶來悲傷，艾弗倫並不疼愛膽小的人。我叫英內薇拉。」

「艾弗倫的旨意。」男孩翻譯道，接著點點頭，彷彿用下頷指向胸口一樣。「阿曼恩，霍許卡敏之子。」

英內薇拉忍住笑意。這男孩難道想要追求她嗎？她禮貌地點頭，好奇究竟他有什麼吸引自己的地方。她尋思這個勇敢強壯的男孩會不會在訓練中送命，在人生真正開始之前就已經無端結束，還是說他會和索利一樣，成為大迷宮和愚蠢意志的犧牲品。

英內薇拉回到宮殿，直接前往影之殿。已經不能繼續拖延了，她心裡有些只有骨骰能回答的問題。她直接走入刻骰室，擺出工具，以敏感的手指觸摸惡魔骨，將它們取出霍拉袋。在上萬次的觸摸與聖油的擦拭下，它們的表面除了符號的刻痕外就像玻璃一樣光滑。

每顆骨骰上都有個預言魔印，剩下的每個骰面中央都有個預知符號。四面骰上有十六個符號。六面骰上有三十個。八面骰，三十二個。其他的也都差不多。一個接著一個，英內薇拉在黑暗中撫摸符號，和從前一樣確認它們是否完美無瑕。隨著骰面數增加，符號越刻越小，但她對它們熟悉到就像刻在自己靈魂上。

最後，她舉起二十面骰。這組骨骰中的最後一顆。她的第八顆惡魔骨依然躺在霍拉袋裡，自從坎內娃交付給她後就沒動過。大多數女孩都會在過程中犯錯，得要用到額外的惡魔骨。使用它並不可恥，但是「用七顆骨頭刻好骨骰」是特殊的榮耀，而且不到必要的時候沒人會輕易丟棄惡魔骨。只要沒動過，第八顆惡魔骨就可以隨她處置，想要施展什麼魔法都由她決定。

二十面骰即將完成，只剩下三個符號要刻。之前她都慢慢刻，輕輕地將刻骰工具放到精確的位置，先微微使力刻劃符號的形狀，刻痕淺到可以隨時擦掉。接著她會以手指觸摸線條，然後刻深一點。然後再深一點，然後更深一點。必要的話，她會刻上一百遍，直到線條夠深，而且絲毫不差。

但今天不這樣做。今天她自手指上感覺到艾弗倫的力量，用工具深深刻入骨骰，順暢無礙地一筆刻完第一個符號。這樣做非常魯莽——簡直愚蠢，但她無法克制自己，只能轉過骰面，繼續刻劃下一個小符號，然後又刻第三個，短短數秒內完成了之前要花幾個禮拜時間完成的工作。拿擦拭布擦掉骨屑時，她的雙手不住顫抖，不敢用手指去觸摸符號。她有犯錯嗎？她毀了這顆骰子嗎？如果是這樣的話，她又得再花一年刻骰，而且沒有第三次機會。除非被火燒爛手。

她終於找回中心自我，鼓起勇氣觸摸骰面，難以想像它竟如此完美。她毫不遲疑地拿出最銳利的刻骰工具，劃破大拇指和食指，將血滴在骨骰上，流入魔印刻痕之中。這麼做的同時，她禱告。

「艾弗倫，天堂與阿拉的造物主，光明與生命的賜予者，你的子民即將死絕。我們在理應團結一致時虛耗內鬥，在理應珍惜生命時白白犧牲。我們要如何再度得到你的寵幸，遠離滅絕的命運？」

低聲禱告的同時，她輕輕在雙掌中搖晃骨骰，於魔法啟動時感到它們逐漸增溫。光線自指縫中浮現，讓她手掌變紅，洩出一絲絲魔光在石壁上飛舞。

奈達馬丁禁止單獨測試骨骰。聖典明文規定她在擲骰前必須搖鈴請求測試，但英內薇拉並不在乎。她感受到力量在掌心中凝聚，再也等不下去了。

她擲骰。

骨骰散落在地上，綻放強烈的魔光。英內薇拉看著它們以不自然的方式翻滾，圖案受到魔印的支配而轉動，而非物理或幾何學的定律。接著它們靜止下來，某些符號光芒黯淡，其他則綻放強光，不過沒有之前那麼亮。解讀骨骰的意義既是藝術、也是科學，但在英內薇拉眼中，它們的意義就像寫在羊皮紙上的文字一樣明白。

——有個男孩會在第一千〇七十七個拂曉時於大迷宮中哭泣。助他成爲男人，踏上沙達馬卡之道——

英內薇拉臉頰紅潤，深深吸氣，找回自我。她命中註定要找出重臨大地的沙達馬卡？這是否表示她眞的是達馬佳轉生，就像魁娃嘲諷的那樣？她永遠無法確定，因爲骨骰只能預知他人的命運，卻看不透擲骰者自己。

「助他成為男人。」她喃喃說道。符號在這部分表達得很含糊。這是否是指傳統上所有沙羅姆都要經歷的面巾儀式？還是要破他的童子身？教育與訓練？婚姻？骨骰沒有指明。

她再度搖骰。「艾弗倫，天堂與阿拉的造物主，光明與生命的賜予者，我要如何助這個男孩成為男人？」

符號再度為她開示，不過答案並沒有更加明顯，反而加深她的恐懼。

——沙拉克卡即將到來，解放者必須取得所有優勢——

沙拉克卡，第一戰爭。沒有解放者，人類的井水將會徹底乾涸，艾弗倫最後的光芒將會自阿拉上消失。

解放者必須取得所有優勢。

她迅速撿回骨骰，舉在手中。她用手指調整符號，釋放魔印光，照亮她在裡面花了無數的時光，卻始終沒有看清過的石室。擺在石牆某個隱蔽處的銀鈴反射著骨骰的光芒。

活在黑暗中的日子已經結束了。從現在起，骨骰將會照亮她的道路。

✥

面紗的測試很快就結束了。英內薇拉毫不遲疑，立即應答，儘管坎內娃提出的問題遠比梅蘭要多，也比之後所有參與測試的女孩要多。

達馬基丁的問題中夾雜實話與謊言，一次又一次地試圖混淆英內薇拉。圍觀的艾弗倫之妻與未婚妻紛紛竊竊私語，懷疑英內薇拉是否在坎內娃剛開始問問題時就答錯了什麼。解讀骨骰是很主觀的事，肯定會有解錯的時候。解錯一次還在容許範圍，解錯兩次就不行了。

儘管感應到群眾的疑慮，對英內薇拉而言那不過就是陣微風。她感受到艾弗倫的智慧充滿骨骰，透過祂的聲音提出肯定的答案。她一題都沒答錯，她和坎內娃都很清楚這點。終於，年邁的女人點頭。「歡迎妳，姊妹。」

眾達馬丁盡量克制情緒，不過原先在竊竊私語的她們突然間安靜無聲。不少奈達馬丁出聲歡呼，不過不是所有人。英內薇拉望向她們，面對梅蘭狠狠瞪她的目光。

女孩微微朝她鞠躬致敬，不過目光十分冷漠。英內薇拉看不出來那是謙遜還是仇視的眼神，但是對她而言無關緊要。

就在影之殿中，眾目睽睽之下，英內薇拉脫下長袍和拜多布，向艾弗倫許下誓言。

「我，英內薇拉．娃．卡薩德．安達馬吉．安卡吉，艾弗倫的未婚妻，接受祂為我的第一丈夫，祂的願望勝過一切，祂的愛是我最深的渴望，祂的意志是我的最高指令，因為祂是一切偉大與眞實之物的造物主，世間其他男人不過是祂完美形象的暗淡陰影。我對祂忠心耿耿，直到永遠，當我死後，我會加入天國後宮的眾姊妹，接受祂神聖的撫慰。」

「我見證這段誓言，願妳永不違逆。」坎內娃說著舉起她的骨骰，讓它們綻放魔光。

「我見證。」魁娃說，舉起她發光的骨骰。

「我見證。」其他達馬丁紛紛高舉骨骰，一個接著一個複誦。「我見證。我見證。」

她們領著英內薇拉來到大理石桌上跪下，雙手平貼桌面，額頭向下。她看見無數前人的膝蓋、手掌及額頭在桌上留下的光滑痕跡。

坎內娃取出一根看來最早是做成陽具形狀的大理石棒，不過數百年的長期使用導致蘑菇頭的部分已被磨光，與棒子其他部分沒什麼差別。

魁娃拿出裝了聖水的餐杯，一邊唸誦禱文一邊將水淋在陽具上。接著取出小瓶神聖的肯尼斯油，抹在大理石陽具上，如同取悅男人般在敏感部位上摩擦，七個敏感部位通通摩擦到，將油平均抹在石棒上。

坎內娃自她手中接過石棒，來到英內薇拉身後。英內薇拉夾緊大腿，儘管明知這是最糟的反應。

「恐懼與痛楚……」坎內娃說。

「……都只是風。」英內薇拉把話說完。她調整呼吸，找回自我，放鬆大腿，敞開下體。

「我以此物代表艾弗倫同妳圓房。」坎內娃說，毫不遲疑地將陽具插入英內薇拉下體，導致她出聲驚呼。坎內娃反覆抽插，同時還扭轉陽具。英內薇拉劇痛無比，但她如同棕櫚樹般彎曲，沉浸在與艾弗倫成婚的喜悅裡。祂是她真正的丈夫，透過霍拉與她交談。終於，她了解了身為艾弗倫之妻的意義，她不再孤獨了。

祂隨時都會引導她。

坎內娃終於拔出陽具。「結束了，艾弗倫之妻。」

英內薇拉點頭，慢慢站起身來，感受到下體的疼痛，以及沿著大腿流下的鮮血。她雙腳痠軟，但依然奮力站直，轉身面對坎內娃，看著她拿出柔順的白絲巾，繫在自己臉上。

她鞠躬。「謝謝妳，達馬基丁。」坎內娃鞠躬回禮，英內薇拉轉身離去，身上除了腰際的霍拉袋外一絲不掛，路過其他女人，走出石室。她抬頭挺胸，滿心驕傲。

她在宮殿和地下宮殿裡各分配到一間房。兩間都很大，高貴奢華，擺滿昂貴的地毯、絲質床單、厚厚的絨布掛簾；還有許多金器、銀器及細緻的陶器。室內的照明是她能控制明暗的魔印光，還有私人專用的大理石澡盆，四周刻滿調節水溫和室溫的熱魔印。如此昂貴的魔法純粹只是爲了提供她舒適的生活，而這一切都由一座她在身穿拜多布時學會操控的石台所控制。

終於剩下她一個人後，英內薇拉立刻走向掛了十二件純白絲袍的衣櫃。她挑出了兩件。第一件平放在寬敞的四柱床上，第二件用匕首割開。

閹人已經幫她放好熱水。她躺到舒服的洗澡水裡，小心翼翼地擦洗身體。她摸著光頭上的髮根，露出笑容。她不再需要剃頭髮了，不過還是一如往常地刮腳毛和陰毛。

陰毛刮乾淨後，她取出魔印刷和墨水，在下體周圍繪印。血不再流了，乾涸的血塊也都洗掉了，但英內薇拉還是感覺得到和艾弗倫圓房的痛楚。

她拉上厚掛簾，自牆壁上召喚魔印光，然後跪在地上，在禱告的同時調勻呼吸，找回自我。接著伸手到霍拉袋裡，拿出第八顆惡魔骨。這顆骨頭表面粗糙，像是用十字鎬自阿拉上敲下的黑曜石塊。

這是無價之禮——任她自由支配的魔法。繪製在宮殿牆壁內如同血液般流動的膿汁黏液功能有限，但這塊惡魔骨可以爲無數法術提供魔力。除了在醫療大帳中替人治療外，她要再過一年才能取得另一塊惡魔骨。其他人肯定已經開始猜測英內薇拉會如何處置這塊惡魔骨，或許將之以魔印製成武器或護盾，就像許多達馬丁隨身攜帶的那些一樣。

但是英內薇拉毫不遲疑地拿它接觸剛才畫在皮膚上的魔印，感覺魔印加溫啓動，在昏暗的魔印光下大放光明。她感覺大腿緊繃，渾身在某種不太像是歡愉、又不太像是痛苦的感覺中顫抖。

治療是最強烈的魔法，也最耗魔力。第八塊惡魔骨在她手中化爲灰燼，接著她伸手到雙腿之間撫摸。魔法生效了。

她的處女膜復原了。

如果我有機會嫁給解放者，就該當個稱職的妻子，以處子之身與他交合。

她伸手去拿被她割成長布條的長袍，以熟練的手法纏成拜多布。

熟悉的小攤子沒了，由更大更好的店面取而代之。

「簍子！」英內薇拉聽見一聲叫賣，驚訝地轉過頭去，看見她父親，身穿卡非特的褐袍，拄著一根拐杖，腳上裝著義肢。「克拉西亞最頂級的簍子！」

英內薇拉等到有客人進入店內，吸引卡薩德的目光，這才偷偷溜過他身後，繞過櫃檯，穿越後方的門簾。

她母親在裡面，彷彿沒有隨著時間衰老，雙腳夾著簍圈織簍。她身旁還有十幾個織簍匠，有些年輕到沒有遮臉，有些是中年人或老人。英內薇拉穿越門簾時發出細微的聲響，所有織簍匠通通抬起頭來。只有曼娃繼續工作。

「出去。」英內薇拉小聲說道，所有織簍匠丟下簍圈，匆忙起身，魚貫而出。即使戴著面紗，英內薇拉還是認得其中幾人。

「妳至少毀了我一整個下午的工作成果。」曼娃說。「很可能更多，因爲那些大嘴巴接下來幾天

都會忙著談論此事。」

英內薇拉鬆開面紗，露出容貌。「母親，是我。英內薇拉。」

曼娃抬頭，不過臉上沒有驚訝或是認得她的表情。「我聽說達馬丁沒有家人。」

「她們不會喜歡看到我來這裡。」英內薇拉承認。「但我仍是妳的女兒。」

曼娃輕哼一聲，繼續回去工作。「我女兒不會在有這麼多簍子要織的時候袖手旁觀。」她看英內薇拉一眼。「除非妳忘了怎麼織？」

英內薇拉發出跟母親很像的哼聲，接著在察覺這點時僵立片刻。她微微一笑，遮回面紗，脫掉涼鞋，坐在乾淨的毯子上，雙腳夾起半完成的簍圈，嘖了一聲。「自從克莉莎一家人過來幫妳織簍後，妳的生意蒸蒸日上。」她扯掉幾縷簍條，這才伸手去拿新的棕櫚葉。「但她們手藝還是不怎麼樣。」

曼娃嘟噥一聲。「妳父親變成卡非特後家裡改變了一些，不過也沒變太多。」

「妳知道事情的真相嗎？」英內薇拉問。

曼娃點頭。「他全都說了。一開始我也想要親手殺了他，但那之後卡薩德再也不碰庫西酒或骰碗，而且討價還價的技巧比戰技高明多了。我甚至幫他買了幾個妾室。」她嘆氣。「諷刺的是，我們嫁給卡非特竟然比嫁給沙羅姆還要驕傲，不過妳父親給妳取名時選得很好。艾弗倫的旨意就是艾弗倫的旨意。」

英內薇拉一邊織簍，一邊把最近幾年的事都說給母親聽。她毫不保留，一直說到她第一次擲骰時骰子透露的天機——她從來沒和任何人說過此事。

曼娃好奇地看著她。「這些妳說會透露艾弗倫旨意的惡魔骰，妳有問它們今日來訪的事嗎？」

「有。」她說。「但我一直都打算在取得面紗之後回來看妳。」

「萬一骰子叫妳不要來呢？」曼娃問。

英內薇拉看著她，一時之間考慮著要不要說謊。

「那我就不會來。」她終於說道。

曼娃點頭。「今天的事，它們是怎麼說的？」

「妳永遠會對我說眞話。」英內薇拉說。「就算我不願意聽也一樣。」

曼娃眼睛四周浮現皺紋，英內薇拉知道她在微笑。「這是母親的責任。」

「我該怎麼做？」英內薇拉繼續問道。「骨骰究竟是什麼意思？」

曼娃聳肩。「妳該在第一千〇七十七天的拂曉前往大迷宮。」

英內薇拉一臉錯愕。「就這樣？這就是妳的建議？我或許會在三年後遇上解放者，而妳要我就這麼……不去多想？」

「喜歡的話妳可以爲此發愁。」曼娃說。「但是三年不會因此而變短。」她若有深意地看著英內薇拉。「我確信這段時間內妳可以找到有用的事做。如果不行，我這裡有很多簍子要織。」

英內薇拉織好簍子。「妳說得對，當然。」她起身將簍子放到織好的簍堆中，隨即注意到坐過的毯子在潔白無瑕的白袍上留下灰塵。「但是我接受再度來此織簍的邀約。」她拍拍白袍，清理灰塵。「只要妳能清出乾淨的地方讓我坐。」

「我會爲妳尊貴的達馬丁屁股買塊白色絲布。」曼娃說。「但妳要以織簍來償還買布的費用。」

英內薇拉微笑。「以一個簍子三卓奇來算，那得要還好幾年。」

曼娃眼旁浮現笑紋。「要還一輩子，如果妳每次來我都買新絲布的話，而這是接待達馬丁不可或缺的禮數。」

第九章　阿曼恩　308~313 AR

英內薇拉大步穿越沙漠之矛的黑暗街道，完全不像從前深夜離開地下城時那般不安。就算三年前骨骰沒有承諾她會於拂曉時遇上那個男孩也一樣。英內薇拉的霍拉袋裡如今放有能夠抵擋各式攻擊的寶物，不管來自惡魔還是其他力量，而唯一能以沙魯沙克與她抗衡的人就只剩下魁娃。

黑夜裡的古城寧靜祥和，美麗。英內薇拉試圖抹去歲月的痕跡，去想像斑駁的油漆和鍍金都還鮮艷、石柱和飾板依然完整時的模樣。她想像克拉西亞在惡魔回歸前的模樣，那不過是三百年前的事。她看見了當年的景象，讚歎不已。全盛時期的沙漠之矛曾是某個龐大帝國的首都，市區人口高達數百萬人。引水溝渠讓沙漠充滿生機，城內建有雄偉的醫療與科技學院，機器取代上百名戴爾丁的工作。沙利克霍拉依然是艾弗倫最偉大的神廟，不過城內以及外圍區域還有數百座崇拜造物主的神廟。那是個歌舞昇平的年代，最接近戰爭的行爲就是城牆外的遊牧民族爲了女人或水井而相互掠奪。但是接著惡魔出現了，而愚蠢的安德拉竟然在發現戰鬥魔印已經不知所蹤的情況下還展開阿拉蓋沙拉克。

英內薇拉打個冷顫，收回心神。空蕩蕩的城市似乎不再平靜，不再美麗。這是座陵墓，就像數千年前就已經埋葬在黃沙底下的失落之城安納克桑。如果不儘快改變現狀，那也將是全克拉西亞的命運。沙拉克卡即將來臨，如果明天就來的話，全人類都將滅亡。

「但那不會發生。」她對空曠的街道承諾道。「我不允許。」

英內薇拉加快腳步。黎明即將到來，她得在太陽浮出地平線前擲骰預知男孩的命運。

魁倫訓練官在她抵達時點頭，完全沒問她爲什麼要深夜一個人在街上行走。沙羅姆知道她會來，在任何情況下都不會質疑達馬丁。

這些年來，她曾多次詢問骨骰關於今天的事，但不管她用什麼方式提問，霍拉總是迴避正面回應，圖案中充滿可能與未知。未來是活的，永遠沒有定案。每當有人在自由意志下做出決定時，未來就會出現改變的漣漪。

但是在眾多漣漪之中還是有不少石柱，她能夠仰賴的不變眞理。四處出現的台階與轉彎數，讓研究大迷宮地圖好幾個禮拜的英內薇拉能精確計算出男孩會出現在什麼地方。

——妳一眼就會認出他來——骨骰告訴她，但那並不算什麼明確提示。大迷宮裡能有幾個獨自哭泣的男孩？

——妳會爲他生下許多兒子——

這段話讓英內薇拉心生遲疑。達馬丁可以偷偷與男子交歡，生下女兒，但是卻不能在不結婚的情況下生兒子。骨骰宣稱她命中註定要嫁給這個男孩。或許他並非解放者本人，而是解放者的父親，或許沙達馬卡註定要自她的子宮中誕生。

這個想法充滿榮耀與權力，令她喜悅到難以自已，但同時也讓她微感失望。卡吉的母親無比尊貴，但眞正在解放者耳邊提供智慧、引導方向的人卻是達馬佳。或許會有另一個女人分享他的床，佔據他的耳。

這個想法令英內薇拉感到不忿，一時之間她失去了自我。難道她的祈禱不夠眞誠嗎？對她而言什麼比較重要？拯救族人，或是繼承同名先人的命運？

她緩緩吸氣，感受自己的氣息、生命力量，讓它帶領自己找回自我。不是她自誇，她這輩子還沒

見過任何人比自己更有資格引導解放者。如果讓她找到這樣的女人，她會主動讓步。如果找不到，她就會不惜一切地嫁給他，就算這表示她要和丈夫離婚，或是嫁給自己兒子也在所不惜。

——解放者必須取得所有優勢——

她聽見前方傳來叫聲，暴力的聲音，於是強迫自己放慢腳步。她不可能及時趕到阻止任何事。骨骰對於這點表達得十分明確，就像在時間的河流裡突出水面的大石一樣。她要在男孩獨自哭泣的時候出現。講實際一點，事情已經發生了，抗拒這陣微風是沒有意義的。

一名沙羅姆出現了，一邊大笑一邊繫緊褲子。他的夜巾垂在脖子上，腰際染有鮮血。他愕然止步，在看見她時嚇得臉色發白。英內薇拉一言不發，記下他的長相，揚起一邊眉毛，朝來時的方向側了側頭。戰士立刻鞠躬，笨拙地走過她身旁，然後以最快的速度逃離。

英內薇拉繼續前進，耳中傳來男孩啜泣的聲音。她維持穩定的呼吸節奏，以正常穩健的步伐行走。轉過最後的轉角後，她看見男孩在地上發抖。他的拜多布被扯到膝蓋附近，肩膀在流血，顯然是剛剛那個沙羅姆高潮時咬出來的。他身上還有其他瘀青與擦傷，但是看不出來是在強暴的過程還是阿拉蓋沙拉克中所留下的。

他聽見她的腳步聲，抬起頭來，眼淚在星光下閃閃發光。一如骨骰所示，她認識他。

幾年前她完成骨骰的那天晚上所遇到的奈沙羅姆。阿曼恩．賈迪爾，當晚曾擁抱痛苦，眼睜睜地看著達馬丁幫他接骨的那個男孩。阿曼恩．賈迪爾，十二歲就殺了第一頭阿拉蓋，並且在迷宮中存活一晚的男孩。這一切都像是艾弗倫神聖計畫中的一部分。

她不禁好奇他是不是也認得出自己，但現在她已蒙上面紗，而上次見面時他因為傷口劇痛而神智不清。男孩驚訝片刻，接著想起自己的模樣，迅速拉起拜多布，彷彿那樣可以遮掩明明白白寫在臉上的羞辱一樣。

她的心臟突然猛跳，讓她爲這個在勝利的時刻身受如此羞辱的勇敢男孩心生同情。她很想走過去擁抱他，但是骨骸卻說得非常清楚。

——讓他成爲男人——

她硬起心腸，以舌頭發出類似鞭打般的嘖嘖聲響。

「站起來，男孩！」她大聲說道。「你在阿拉蓋前毫不退縮，卻爲了這種小事像個女人般哭泣？艾弗倫需要戴爾沙羅姆，不是卡非特！」

男孩臉上短暫湧現憤怒的神色，但他擁抱情緒，站起身來，擦拭淚水。

「這才像話。」英內薇拉說。「我不希望大老遠跑來這裡，只爲了預見懦夫的命運。」

男孩低吼一聲，英內薇拉暗自微笑。他體內蘊含鋼鐵，只是尙未鍛鍊。「妳怎麼找到我的？」

英內薇拉不屑地揮手忽略這個問題。「我早在幾年前就知道要上哪去找你了。」

他凝望她，顯然不信，但她根本不在乎他信不信。「過來，男孩，讓我好好看看你。」

她抓著他的臉，轉動方向讓月光灑落在他臉上。「年輕力壯，但走到這一步的人通通年輕力壯。你比大多數人都要年輕，不過這未必算是好事。」

「妳是來預見我的死亡的嗎？」阿曼恩問。

「膽子也很大。」她喃喃說道，再度忍下微笑。「或許你還有點希望。跪下，男孩。」

他照做，她在大迷宮的塵土上鋪了塊白色祈禱布，跟他一起跪下。「我何必關心你的死亡？」她問。「我是來預見你的人生，死亡是你和艾弗倫之間的事。」

她打開霍拉袋，將充滿魔力的寶貴骨骸倒入掌心。黎明即將來臨，要預知他的未來就要趁現在。

阿曼恩瞪大雙眼看著骨骰，她則將骨骰舉到他面前。「阿拉蓋霍拉。」

他畏縮。想起自己第一次看見惡魔骨時的反應，英內薇拉並不怪他，但如果他心中存有弱點，她得將它徹底剷除。

「又變成懦夫了？」她輕聲問道。「如果不把阿拉蓋的魔力收為己用，我們要魔印來做什麼？」

阿曼恩鼓起勇氣，湊上前來。

他很快就找回中心自我。她心想，心中湧上奇特的驕傲。第一個教他擁抱痛苦的人不就是她嗎？

「伸出手臂。」她命令道，拔出匕首，銀製刀柄鑲有珠寶，鋼製刀刃刻有魔印。

阿曼恩的手臂毫不顫抖，任由她劃開皮膚，擠壓傷口，在掌心抹滿鮮血。她以雙手捧起阿拉蓋霍拉，用力搖晃。

「艾弗倫，光明與生命的賜予者，我懇求你，讓這名低賤的僕人預見未來。告訴我阿曼恩，霍許卡敏之子，卡吉第七子，賈迪爾血脈最後後裔的命運。」

她感覺到骰子在搖骰的同時釋放魔力。「他是解放者轉生嗎？」她以男孩聽不見的音量低聲問道。

她擲骰。

英內薇拉在湊上前去時失去所有自我，渴盼地看著骨骰在大迷宮的塵土上形成圖案。第一組符號令她渾身發冷。

——解放者並非與生俱來，而是後天培養而成——

她嘶吼一聲，趴在地上，毫不理會塵土弄髒無瑕的白袍，專心研究其他符號。

——此人有可能成為解放者，但如果他在時機成熟前就蒙上面巾或與女人交合，他就會死，他的沙達馬卡之道從此走到盡頭——

培養而成，而非與生俱來？她面前的男孩可能會是解放者？難以想像。

「這些骨頭肯定曝曬過陽光。」她喃喃說道，收起骨骰，再度割傷男孩，二度擲骰，這一次比之前更加賣力。

儘管如此，骨骰還是排列出同樣的圖案。

「不可能！」她叫道，一把撿起骰子，擲出第三次，這一回骨骰急速轉動。

但是排列出的圖案還是一模一樣。

「怎麼了？」阿曼恩鼓起勇氣問道。「妳看見了什麼？」

英內薇拉抬頭看他，瞇起雙眼。「你沒有資格得知未來，小鬼。」

他退縮，她則將骨骰放回霍拉袋，站起身來，抖落白袍上的塵土。過程中她一直都在調節呼吸，試圖在心臟劇烈跳動的情況下找回自我。

她看著男孩。他才十二歲，無法了解未來無盡的可能在他身邊所形成的重擔有多龐大。

「回去卡吉大帳，將今晚接下來的時間用來禱告。」她命令道，然後頭也不回地離開。

英內薇拉慢慢走出大迷宮。凱維特達馬，阿馬戴佛倫達馬基和卡吉沙羅姆的聯絡人，會在大帳等她。此刻很可能全族的人都屏息以待，每當要預見可能在漢奴帕許結束時成爲沙羅姆的人的未來時就會這樣。但是她並不擔心部族的人，她擔心的是凱維特。這個達馬精明幹練，而且有權有勢，其家族的關係可以一路追溯到首任解放者的顧問。他是他的達馬基、沙羅姆卡，以及安德拉本人最寵信的達馬。在凱維特達馬身邊，就連達馬丁也要步步為營。

但她要怎麼跟他說？傳統上，預見未來只有兩種答案：是或不是。是，這個男孩有資格蒙上戰士的黑面巾，成為男人。不是，這個男孩是個懦夫或弱者，會在壓力下如同易碎的鋼鐵般折斷。當然，達馬丁在預知未來時會看見更多細節，瞥見大致情況與各式可能，但那些不是男人該知道的事，就算是達馬也一樣。

她可以透露一點細節。骨骰常常會顯示出對方未曾展露的潛力，例如隱約浮現他們成為魔印師、射手或領導者的未來。領導者會由達馬仔細觀察，過一年後最頂尖的領導者就會被送往沙利克霍拉接受凱沙羅姆訓練。

有時候骨骰會顯示缺點。嗜血，愚蠢，驕傲。所有沙羅姆都有缺點，達馬丁很少會提出來，除非會有其他人因為他們的缺點而受害。

但一旦英內薇拉讓阿曼恩換上黑袍，這就表示，對達馬和沙羅姆卡而言，他們可以決定要留意或忽略阿曼恩。

——讓他成為男人——骨骰如是說，即使才十二歲，英內薇拉依然毫不懷疑阿曼恩·賈迪爾夠格換上黑袍。但是不管有沒有成為解放者的潛力，此刻他都不堪一擊，這點從英內薇拉找到他時的情況就可以證明。這麼年輕就發跡的人絕不可能不樹敵。如果有任何人了解此事，肯定就是英內薇拉了。

況且骨骰還說若在時機成熟之前換上面巾，他就會死。

——解放者是後天培養，不是與生俱來的——她應該插手嗎？這就是骨骰這時要她去找他的原因嗎？還是說各族裡有上百名可能成為解放者的人，等著被人培養成解放者？

英內薇拉搖頭。她不能冒這種風險，她必須保護男孩，她未來的丈夫。保護他的榮譽，更重要的是保護他的生命。

一旦換上黑袍，她就沒有什麼能做的了。她不能不讓他進入大迷宮，也不能不讓他享受大後宮裡的吉娃沙羅姆。她不能在所有瞄準他背部的匕首和長矛前保護他。

——讓他成為男人，但要等到時機成熟——但她怎麼知道時機什麼時候才會成熟？骨骰會告訴她嗎？如果此刻不讓他取得黑袍，日後還有機會取得嗎？

她轉過轉角，如預期中地看見凱維特等在那裡。一定是訓練官去找他來的。她找回中心自我，來到他面前，雙眼只有寧靜。

「艾弗倫祝福妳，神聖的吉娃。」凱維特朝她鞠躬，她輕輕點頭。

「妳預見了阿曼恩．賈迪爾的死亡？」他問。

英內薇拉默默點頭，沒有多說。

「然後呢？」凱維特的語氣透露出明顯的不耐。

英內薇拉維持冷靜的語調。「他太年輕，不能換上黑袍。」

「他不夠格嗎？」凱維特問。

「他太年輕。」英內薇拉重複。

凱維特皺眉。「那個男孩潛力無窮。」

英內薇拉直視凱維特的目光，聳了聳肩。「那你就不該讓他這麼年輕時進入大迷宮。」

達馬的臉色越來越難看。他有權有勢，還能左右比他更有權有勢之人的意見，不習慣被人質疑，或是聽從號命——不管是任何人，更別說是個女人。在克拉西亞的階級制度中，達馬丁的地位在達馬之下。「那孩子網下了一頭惡魔，艾弗倫的法規十分明確……」

「胡扯！」英內薇拉大聲說道。「所有法規都有例外，把還有五年才成年的男孩丟到大迷宮裡是瘋狂之舉。」

達馬語氣嚴厲。「妳沒有資格決定此事，達馬丁。」

英內薇拉揚起眉毛，在達馬的臉上看見困惑的神情。他或許階級在她之上，但是在此事所屬的範圍內，達馬丁有絕對的權威。

「或許沒有。」她同意道。「但是他能不能取得黑袍要看你決定，而他不能。」她揚起霍拉袋，凱維特微微畏縮。「我們要將此事提報議會嗎？或許阿馬戴佛倫達馬基會要我算算你的未來，看看在你白白犧牲一名潛力無窮的卡吉戰士後，是否還夠格管理他的沙拉吉。」

凱維特瞪大雙眼，臉上因為強行克制的憤怒而肌肉抽動。英內薇拉已經把他逼到極限。她不知道他會不會就此失控，如果必須動手殺他的話就太遺憾了。

「如果男孩在成年之前回歸大迷宮，他就會死，而我不會坐視這種浪費。」她說。「五年後讓他再來找我，到時候我會重新考慮。」

「那這段期間我要怎麼處置他？」凱維特問道。「踏足大迷宮後，他就不能回沙拉吉，沒有換上黑袍，他也不能回卡吉大帳！」

英內薇拉一副絲毫不把男孩的命運放在心上的模樣。「那不是我的問題，達馬。骨骰已經說話了，艾弗倫已經說話了。這是你造成的問題，你得自己想辦法解決。如果這個男孩像你說的那麼特別，我確定你會幫他想出辦法。如果不是，卡非特肯定有用得到壯丁的地方。」

說完後，她轉身離開，飄逸的身影掩飾了在她體內如同沙塵暴般的激動情緒。她故意激怒達馬，讓他必須守護男孩的榮譽，只是爲了和她作對。凱維特只能把男孩安置在一個地方：沙利克霍拉。

阿曼恩的年紀太大，不能成爲奈達馬，也不適合擔任其他職務，但是剛好可以接受凱沙羅姆的訓練。據英內薇拉所知，從來沒有奈沙羅姆能在換上黑袍之前接受凱沙羅姆訓練，但伊弗佳並沒有禁止這種做法。在沙利克霍拉，阿曼恩將學會寫字與數學、哲學與戰略、魔印、歷史，以及進階沙魯沙克。

沙達馬卡必備的知識。

*我必須幫他取得所有優勢。*英內薇拉心想。

正如英內薇拉所料，阿曼恩第二天就被送去沙利克霍拉。再度見面時，凱維特達馬露出得意的笑容，滿心以爲擊敗了英內薇拉。英內薇拉沒有說破。

她經常站在奈達馬受訓的地底神廟壁龕陰影中關注阿曼恩。男孩在許多方面都落後其他人很多，並在一開始的課程中滿腔忿忿不平，認爲自己已經在沙拉吉裡學過所有該學的東西。

但他很快就察覺自己的錯誤，拋開了內心的憤恨。沒過多久就全心投入學習中，進展一日千里。

經歷骨骰焚燒將近七年之後，梅蘭再度搖響測試鈴。英內薇拉平靜地看著她接受測試，儘管心裡明白一旦梅蘭通過測試，很多人會倒向她那一邊。

坎內娃語氣嚴厲，細察骨骰，問的問題也十分複雜。梅蘭完美無瑕地通過所有測試，以沒有受傷的手掌收骰，用利爪擲骰。

當天稍晚的時候，英內薇拉在穿越地底宮殿的長廊前往寢室時發現梅蘭等在門口。她換上新的白袍和面紗，就算不熟悉梅蘭的體態姿勢，她也能從畸形的手掌、阿拉蓋般的銳利指甲認出是她。

梅蘭伸出一根爪子指向英內薇拉，剩下四指僵硬地彎向後方。「妳要我。」

走廊上沒有別人，但英內薇拉毫不退縮。骨骰沒有警告她會遇襲，但那並不表示不會遇襲。霍拉會透露女人無法自行分辨的危機。它們可能會警告她食物中有毒，不過遇上敵人正面來襲就是她自己的問題了。艾弗倫並不同情弱者。

她搖頭。「不，梅蘭，是妳自己要自己。我不過是暗中推了妳一把，妳馬上就落入圈套。如果妳保持中心自我，就能早我一年完成骨骰。但妳任由驕傲和嫉妒控制自己，蠢到將雕刻聖骰視為駱駝競賽。那年妳沒資格換上面紗。」

梅蘭臉色一沉。「那現在呢？」

「妳戰勝了缺點。」英內薇拉說。「那痛楚、屈辱，以及傷疤——無時無刻都在提醒妳。大部分女孩會失去信心，離開達馬丁宮殿。落選的奈達馬丁仍然是很吃香的妻室。光是為了枕邊舞蹈的訓練，富有的達馬就會很樂意忽略妳手上的殘疾，更別提妳擁有治療、沙魯沙克，以及霍拉魔法等知識。妳本來可以安排一段婚姻，找個有權有勢的丈夫，安安穩穩地當吉娃卡。」

梅蘭深深吸氣，導致面紗內縮，接著吐氣。

「但妳並未因此退卻。」英內薇拉繼續說。「妳需要極大的勇氣才能忽略他人的目光與嘲弄，多年以來妳日復一日地回到刻骰室去，以不屈不撓的精神維持中心自我，完美地雕刻出七骰。妳有資格贏得面紗。」

英內薇拉看向梅蘭的爪子一眼。不是出於恐懼，只是在提醒自己，梅蘭此刻就像大市集裡的惡霸般試圖威脅英內薇拉。

梅蘭看著她的手，搖了搖頭，彷彿自白日夢中清醒過來。她再度深呼吸，後退一步，放低手臂。

英內薇拉不動聲色地準備應戰。如果對方決定出手，現在就是開打的時刻。「我們可以在這裡解決此事，梅蘭。我對妳沒有惡意。不管當年的動機爲何，我都需要妳帶給我的教訓，而我認爲妳也需要我帶給妳的教訓。現在我們以艾弗倫之妻的身分重生，讓地窖裡的仇恨留在地窖裡。」

英內薇拉伸出雙手。「歡迎妳，姊妹。」

梅蘭瞪大雙眼，原地站了很長一段時間。她僵硬地步入英內薇拉的懷抱，本來只想象徵性地擁抱一下，但英內薇拉緊緊抱著她，一方面爲了鞏固兩人的關係，一方面也是要固定那隻危險的利爪。

漸漸地，如同水壩出現裂痕，終於決堤氾濫般，梅蘭開始哭泣，一發不可收拾。

ꬸ

賈迪爾換上黑袍當天——史上第一個在蒙上白面巾的同時換上黑袍之人——英內薇拉大步走過達馬丁宮殿的走廊，來到達馬基丁的側廊。

她遇上了一群艾弗倫之妻，她們刻意井然有序地以讓英內薇拉聯想到鳥群飛行的精確動作讓道兩旁。第一個讓道的是最年輕也最不具影響力的達馬丁，最後一個則最年邁又最有權勢。

品茶政治。坎內娃每個月都會舉辦月盈茶會，精確控制座位順序，讓這些女人知道在她心裡她們的地位。最接近達馬基丁的人鮮少更動，但是外圍的人就很常變了，達馬丁隨時都在爭奪地位，會浪費很多心力在把握任何能夠取悅達馬基丁和其最親密的顧問之上。

英內薇拉壓抑嘲弄這種現象的衝動。幾年下來，她扶搖直上，一路坐到坎內娃的左手邊，地位僅在右手邊的魁娃之下。其他艾弗倫之妻所憂心之事對她而言不具任何意義。沙拉克卡即將到來，她沒有耐心去管那些芝麻蒜皮的恩怨、談論誰又脫了哪個達馬的拜多布、他有沒有能力影響安德拉、他口袋裡有多少財富、後宮裡有多少妻室之類的閒言閒語。

對某些人而言，她拒絕參與品茶政治讓她看來更有權威。她在宮殿裡平步青雲究竟有什麼祕密？大多數人都不敢惹她，深信——有足夠的理由深信——她知道某些她們不知道的祕密。

但有些人卻認爲她不涉足宮殿政治是項缺點。坎內娃十分擅長挑撥其他艾弗倫之妻內鬥，而讓依然戴著白面紗而非黑面紗的英內薇拉坐在左邊，其實是在凸顯她還沒正式成爲達馬基丁繼承人的事實。這讓一些人猜測坎內娃還未認定英內薇拉有能力領導部族，依然有可能除掉她，讓魁娃成爲達馬基丁，除非骨骰還有其他人選。

已經有人開始暗殺英內薇拉了。她的食物和飲水被人下毒三次，有一次床上被人藏了地道蛇，還有個路過的閹人持刀刺殺她。

每一次，骨骰都有警告她。她抓住地道蛇，關到盒子裡，假裝吃掉有毒的食物，但沒有產生中毒的跡象。她殺死閹人，不過只對外宣稱他觸怒了她。艾弗倫之妻不須解釋任何事。

英內薇拉從不報復，也不追查幕後主使人的身分，不管下令暗殺的是達馬基丁本人，還是自認找到她弱點的艾弗倫之妻，她沒時間浪費在準備毒藥或散布謠言上。既然骨骰有提出警告，就表示她有艾弗倫撐腰，沒有什麼好怕的。她那些姊妹的意圖與艾弗倫的旨意相比又算得了什麼？

她唯一在意的只有阿曼恩。確保他的安全，隨時準備在機會來臨時奪取權力。同時種下權力的種子。如果他完全掌權，克拉西亞所有的政治遊戲都將廢除。如果不能，她的族人就會在一個世代之內自取滅亡。

但今日，他蒙上了面巾，一切都將改變。阿曼恩在沙利克霍拉中沉睡許久，一直接受他人保護。很少人知道他在裡面，骸骨神廟底下沒有阿拉蓋沙拉克，沒有敵人會攻擊他。

但現在他成為凱沙羅姆，每晚都將帶領手下對抗惡魔。她並不擔心阿拉蓋能傷害他，但是憑他卓越的戰技與統御能力，要不了多久就會吸引其他凱沙羅姆和沙羅姆卡的目光。達馬或許還不會懼怕像他這樣與自己手下受過同等訓練的戰士，但是掌權的沙羅姆會開始將他視為威脅。沙羅姆不會下毒或暗殺，但只要顯露絲毫軟弱的徵兆，他們就會如同狼群般向他提出挑戰。

她必須待在他身邊，每天幫他擲骰，讓他遠離死亡。克拉西亞需要他，而他需要她。她不能放任解放者不管。

——讓他成為男人——

逼他和自己訂婚時，這句話一直在她心中迴盪，而當他接受時，她心中的喜悅並非完全出於艾弗倫的職責。短短幾年前，賈迪爾還是個不識字的野蠻人，現在他能與最睿智的達馬討論策略、戰術及哲學，並且擊敗任何以沙魯沙克挑戰他的人。

而且他很英俊。看著身穿拜多布的他逐漸長大成人在她心中凝聚強烈的渴望，她迫不及待地想在結婚當晚最後一次脫掉拜多布，從此不再纏上那件可惡的東西。

英內薇拉來到坎內娃的房間，看見安奇度站在門口守衛。如今沙羅姆閹人頭上已經出現灰髮，但身爲全世界唯一懂得卡吉達馬丁戰鬥技巧的男人，他依然強壯而又危險。他在練習時任由女人擊敗他，讓她們知道止確出招的方式，但英內薇拉曾仔細觀察他，知道他總是收放自如。任何輕視安奇度的達馬丁都是傻子。

她以閹人的祕密手語下達命令，靈活的手指迅速表達己意，對他展現敬意，但卻不卑不亢。

畢竟他只是個閹人。

我有事要找達馬基丁。她以手語示意。

安奇度鞠躬。我爲妳通報，女主人。他以手語回應。他敲敲房門，在坎內娃召喚下進入房內。片刻之後，他回到門外。

達馬基丁請妳在前廳等。他指向絲綢長椅。可以幫妳拿點飲料嗎？

英內薇拉搖頭，揮手遣走他。閹人走回坎內娃門外，恢復大理石般的站姿。英內薇拉被留在前廳等待——很舒適，不過所有路過的人都看得到她在等——足足等了一小時。

英內薇拉咬牙切齒，就像浪費時間的品茶政治。坎內娃根本沒在接見任何人，她只是讓英內薇拉公開空等，藉以展現她有權這麼做。

終於鈴鐺聲響，安奇度比手語請她進去。英內薇拉步入室內，閹人把門關上。英內薇拉深深鞠躬。達馬基丁辦公室的窗戶掛著厚重的絨布窗簾，沒有自然光線能夠灑入。屋內的照明來自魔印光。

「妳很少大駕光臨，小姊妹。」坎內娃以難以解讀的神色打量她。

「我有重要的事情要做，達馬基丁。」英內薇拉說。「而妳的時間寶貴，不容浪費。」

「重要的事情。」坎內娃嘟噥道。「可以問是什麼重要的事嗎？妳的技巧卓絕，但卻鮮少待在宮殿裡，或是議會中。即使在醫療大帳裡，妳都只有在必要的時間出現，多待一刻都不行。我的眼線在城內各處都有回報妳的蹤跡，包括其他部族的地盤。」

我在預見男孩的未來，尋找更多類似阿曼恩的人。英內薇拉心想。

——解放者是培養而成，並非與生俱來——

她聳肩。「我要熟悉沙漠之矛及人民，這樣才能更加妥善地服務族人。」

「這樣有損形象。」坎內娃說。「而進入其他達馬丁的地盤是很危險的事。」

「有比待在這些走道上危險嗎？」英內薇拉問。

坎內娃噘起嘴唇。這個動作表示下令暗殺英內薇拉的人不是她，不過她顯然知情。「既然我的時間如此寶貴，妳來找我做什麼？」

英內薇拉鞠躬。「我決定要結婚。」

坎內娃揚起一邊眉毛。「是這樣的嗎？是哪個達馬如此幸運？凱維特？還是妳想嫁給貝登，反正妳對男人似乎不感興趣？」

英內薇拉喉嚨一緊。坎內娃果真到處布滿眼線，但她猜出多少實情了？她施法修補處女膜之事應該還是祕密，但無法否認只有老到不中用的閹人才能進出她寢室。她的日常生活起居大部分都由奈達馬丁照料，這引發了她喜歡和年輕女孩同床的傳言。

「不是祭師，達馬基丁。」英內薇拉說。「他是沙羅姆。」

「沙羅姆？」坎內娃語氣驚訝。「那就更令我好奇了，就是被妳丟到沙利克霍拉的那個男孩？」

一時之間，英內薇拉那種達馬丁特有的冷靜蕩然無存，深怕自己的眼神對坎內娃透露太多祕密。

老女人笑道：「妳把我當傻子嗎？女孩，就算妳拒絕那個男孩換上黑袍之事沒在卡吉宮殿裡傳得沸沸揚揚，之後妳在陵寢中耗費那麼多時間觀察他的訓練也瞞不過任何人的眼睛。」

坎內娃舉起手掌，捧著一把年代久遠的骨骰。「而且我也有我的骨骰。」

英內薇拉蠢蠢欲動，很想伸手去拿霍拉袋。她最強大的惡魔骨能朝老女人發出一道魔爆，瞬間取她性命。不管有沒有黑面紗，既然骨骰沒有挑選其他人，英內薇拉就能立刻佔據達馬基丁的寶座，雖然她很可能得除掉魁娃及少數幾個達馬丁來鞏固地位。

*我也有我的骨骰。*坎內娃說。這不只是在說她也有預知能力，同時也是種威脅。英內薇拉戴上面紗後已經取得不少霍拉，不過坎內娃很可能擁有上百顆。她肯定有施展英內薇拉看不出來的守護魔法，而行刺失敗的後果只有一個。

她的肌肉放鬆，坎內娃點頭，將骨骰放回霍拉袋。「結婚的事，妳沒有先問過我。」

「我問過骨骰。」英內薇拉回答。

坎內娃眼中閃過一絲怒意，不過沒表現在臉上。「妳沒有來問我。萬一妳解讀錯誤呢？一千年來沒有任何達馬基丁結婚，我們的丈夫是艾弗倫，妳眞的對我的地位不感興趣？」

「伊弗佳丁裡沒有規定結婚就不能纏黑頭巾。」英內薇拉說。「先例多寡並不重要。重要的是骨骰指示我懷他的子嗣，而依照伊弗佳律法，我該照做。」

「爲什麼？」坎內娃問。「這個男人特別在哪裡？」

英內薇拉聳肩微笑。「伊弗佳丁裡說好妻子是讓男人特別的原因。」

坎內娃臉色一沉。「那就隨便妳，既然我的意見無關緊要。我本來寄望指導妳成爲我的繼承人，但是看來我最好把時間花在注意茶裡有沒被人下毒……或是準備我自己需要的毒藥上。」

英內薇拉暗自心驚，但卻無能爲力。讓達馬基丁察覺阿曼恩的存在是件非常危險的事，不管說什麼都沒辦法阻止她展開調查。

阿曼恩緊握英內薇拉的手，領著她步入新房。她樂意前往，但感覺好像如果沒有跟上他匆忙的腳步，他就會拖著她走一樣。他行走的模樣就像帶著獵物回巢時發現自己被人盯上的狼。

男人將這種行爲視爲猴急，在帶著新娘前往新房時歡呼叫好，同時大聲提供粗俗的建議。戰士喜歡吹噓性能力，能讓女人叫床就以爲自己有多了不起。

但是多年的枕邊舞蹈課程讓英內薇拉知道吹噓性能力是男人經驗不足的表現。就這方面來看，阿曼恩依然是個男孩。他從未見過女人的裸體，更別提是親吻或愛撫女人。他嚇壞了。

眞是可愛。

就某方面而言，他們兩人都算處子，不過雖然阿曼恩對於枕邊之事毫無概念，英內薇拉卻很明白他們兩人即將進入她的權力範圍。她知道七個敏感點，以及七十七種性愛姿勢。她會跳舞，將他織入她的法術中，帶領他邁向榮耀，不讓他察覺自己受制於她。

——讓他成爲男人——

他們來到由艾弗倫之妻悉心準備，放滿枕頭的燻香寢室。室內中瀰漫著焚香的煙霧，及搖曳的黯淡燭光。地上有一大塊供她跳舞的空地，四周疊了一圈枕頭。她會把他丟到枕頭上，而他將會成爲她的囊中物，像是被蜘蛛網捕獲的蒼蠅。

英內薇拉在面紗下微笑，拉起深厚沉重的布簾。「你看起來很緊張。」

「我不應該緊張嗎？」阿曼恩問。「妳是我的吉娃卡，而我甚至不知道妳的名字。」

英內薇拉大笑。她並不是在嘲笑他，但是阿曼恩的表情顯然如此認爲，於是她立刻後悔。

「你不知道嗎？」她問，脫下面紗和頭巾。成爲達馬丁後，她又留長了頭髮，烏黑亮麗的長髮在腦後形成波浪，以金飾綁縛。她的拜多布如今只纏在腰上。

阿曼恩瞪大雙眼。「英內薇拉。」

她心裡一驚，想不到他竟認得自己。他只見過她一面而已，而且是在劇痛難耐的情況，但是儘管過了這麼多年，他還是記得她。恐懼離開他的雙眼，轉爲彷彿在體內悶燒的慾望。突然之間她在燻香的空氣中感到呼吸困難。

「我們相識的那晚，」英內薇拉說。「我剛好刻好第一副阿拉蓋霍拉。那是命中註定，艾弗倫的旨意，一如我的名字。我要問一個問題，測試看看骰子是否帶有命運之力。但是要問什麼問題？接著我想起了那天遇上那個目光炯炯、盛氣凌人的男孩，當我搖晃骰子時，我問：『我還有沒有機會與阿曼恩·賈迪爾再度相聚？』」

「那天之後，我就知道我會在你第一次參與阿拉蓋沙拉克後在大迷宮裡找到你，還有，我會嫁給你，爲你生下許多子嗣。」

英內薇拉反覆練習過這段話，儘管謊話連篇，依然聽來無比眞誠。但到最後，她說什麼根本無關緊要。他們的結合早就由艾弗倫安排好了，他們註定會結爲夫妻。他看著她，令她面紅耳赤，失去達馬丁的冷靜。她受困於他的風中。

她差點承受不住，想對他全盤托出。看著他眞誠的雙眼，她並不害怕他日後會變成怪物。他是艾弗倫親自挑選的人，如果有人能夠扛起重擔，肯定就是他了。

但要怎麼告訴他說他就是解放者？這個消息太重大了，而今晚又太重要了。一切必須完美無瑕。

她一聳肩，白袍在絲綢的嘆息聲中落地。現在她身上只剩下拜多布，銅鈸綁在布上。她以柔軟的食指指尖摩擦大拇指，藉以活絡筋骨。她會撲入他的懷裡，任由他愛撫自己，直到他呼吸凝重；接著她會施展沙魯沙克截斷他腳上的能量線，只要輕輕拂過就能讓他向後倒入枕頭堆裡。然後她會以手指套起銅鈸，敲擊出能讓他下體沸騰的節奏。

接下來她會跳舞，最後一次慢慢地解開拜多布。這段舞蹈，就像剛才的謊言般，已經反覆演練到所有動作都變成身體的一部分。

等到阿曼恩完全落入她的掌握，她就會倒入枕間，徹底摧毀他的情慾世界，讓接下來所有和他上床的女人都令他失望。

但他卻依然凝視著她，眼中情慾悶燒，幾欲噴出火來。她感受到他的熱情，感到臉紅心跳。她努力呼吸空氣中沉重的焚香，感到頭昏眼花，逐漸失去自我。她知道自己應該主動，但這個想法彷彿來自身體以外。

她無助地看著阿曼恩除去外袍，來到她裸露的胸膛前，將她拉到身邊，肆意搓揉她全身。他嗅著她頸部的香水氣味，發出一聲彷彿在她雙腿之間共鳴的低吼。他將她貼在身上，親吻著她，竊取她的呼吸、她的自我。她感覺他褲管中堅挺的陽具，知道如果任由他把自己當作普通吉娃般佔有，計畫可能會全盤皆空，但是不知如何，他已經截斷了她手腳的能量線，她在被他丟入枕間時完全無力抗拒。

他轉眼間撲到她身上，對她全身上下其手，這裡親一口，那裡咬兩下，對某些地方用力搓揉，令她身體不住扭動。他的手來到她雙腿之間，撫摸她的拜多絲布。英內薇拉張口嬌喘，不由自主地朝他貼上。

我必須取得控制，她無助地想道，不然他從此就會對我予取予求。

她扭動身體，翻到他身上，解開他腰間的結，脫下他的拜多布。寢室裡有油，她雙手抹油，擠壓七個敏感點的第一點。

阿曼恩呻吟一聲，朝後倒下，歡愉難耐，英內薇拉再度開始呼吸。

他是我的了。

但她沒有主導多久。七大敏感點的作用在於控制勃起狀態，然後讓他保持穩定，但阿曼恩卻變得更加勇猛。她換個敏感點，但是依然不足以滿足他。他以強壯的手臂抱住她，壓在底下，手指伸入她的拜多布裡，試圖扯下它。

但奈達馬丁的拜多布是以堅韌的材質製成，他一時扯不下來。他哼了一聲，使勁拉扯。英內薇拉深吸一口氣。

阿曼恩張嘴吼叫，試圖找出布頭，卻怎麼找都找不到。他手指緊扣布緣，試圖撕裂絲布，但弄到齜牙咧嘴也扯不斷。

「除非我解開它，不然你進不來。」英內薇拉說著將他推回枕頭上。「讓我跳舞……」

「晚點再說。」阿曼恩使勁抓住她的手臂，將她一起拉下來。他伸手到褲管裡，拔出匕首。

「你不能……」她驚呼道。

「我是妳丈夫。」他說。「這些年來，我一直對妳魂牽夢縈，如今妳落入我懷中。這是艾弗倫的旨意，我絕對不要再等下去了。」

她可以阻止他。可以麻痺他持刀的手臂，或是掙脫他的束縛，但她遲疑了。轉眼之間，拜多布被割斷，他已經進入她體內。

所有英內薇拉上過的課程都不足以讓她了解被丈夫佔有時的歡愉有多強烈。要不是花了許多時間練習枕邊舞蹈，她肯定會難以承受這種衝擊。她的腰部自行搖擺，在大腿夾住她時不停扭動，有時讓他更加深入自己，有時又將他拒於門外。

但阿曼恩可不是順從的閹人，而她發現在自己也情慾高漲的時候，想要維持熟練的姿勢更加困難。阿曼恩以熱情彌補欠缺的經驗，兩人在枕頭堆裡較勁。英內薇拉感到高潮不顧自己的理智逐漸凝聚，由外而內地令她顫抖不已。她嬌吼，而阿曼恩開始肆意抽插。她下體緊繃，指甲掐入他堅硬的臀部，直到他大吼一聲，兩人同時筋疲力竭地癱在地上。

他們沉睡片刻，接著英內薇拉在阿曼恩再度開始愛撫自己時醒來。他的呼吸四平八穩。

*即使在睡夢中，我的狼都會撫摸我。*她驕傲地想道，扭動臀部頂他下體，感受他睡夢中的勃起。但阿曼恩並不像外表那麼睏。他推她趴在地上，然後像狗騎母狗般從後面挺入，在輕微的呻吟聲中上她。

*控制男人的陽具，妳就能控制他。*魁娃如此教導，但英內薇拉一點控制他的感覺都沒有。就某些角度而言，她一點也不想控制他。怎麼會這樣？

*因為他不只是個男人。*內心有個聲音說道。*他是解放者。*她對著枕頭呻吟。*解放者的陽具在妳體內。*

她的呻吟轉為叫喊。她用力後挺，沒過多久他就完事，隨即陷入沉睡。

但是英內薇拉卻無法再度入眠，那晚她一直清醒地躺在床上。

骨骰十分狡詐，一次只會透露部分眞相。

她一直清楚自己要讓他成為男人，但她沒料到他也會讓自己成為女人。

第十章　坎內娃的擔憂　313～317 AR

「我兒子承諾過有一天會送我一座宮殿。」卡吉娃欣喜若狂地走在阿曼恩位於卡吉宮殿中的凱沙羅姆住所裡。這裡其實並不眞的算是阿曼恩的，更別說是卡吉娃的，但這個女人似乎毫不在乎——阿曼恩的三個妹妹也一樣，英蜜珊卓、霍許娃和漢雅，都在這些房間裡尖叫奔跑。

「儘管我們的運氣向來不佳，我還是相信他對我的承諾。他們說在他之後連生三個女兒的我受到詛咒，但妳知道我怎麼說嗎？」

英內薇拉閉上雙眼，深吸口氣。*這只是風*。「艾弗倫賜給妳偉大到不需要兄弟的兒子？」語氣中不帶絲毫嘲諷意味，打從在將近一個禮拜前的婚禮上認識卡吉娃後，這話她已經聽過不下一千次了。

「一點也沒錯！」卡吉娃叫道。「身爲人母就是會感應到這種事，我一直都知道兒子命中註定會成就大事。」

妳根本毫無概念。英內薇拉心想。沒錯，她怎麼會有任何概念？卡吉娃和她女兒都是未受過教育的文盲，不值一提。她們只是一群深愛家中唯一男性的蠢女人。直到最近，她們都還仰賴打掃富裕人家房舍等不需任何技巧的工作及當地達馬的接濟過日子。

現在，卡吉娃再也不必工作，擁有一生花不完的財富。光是這件事就超乎她的想像。她無法接觸眞正偉大的事物，就像魚永遠上不了天一樣。

卡吉娃一邊打量新家一邊喃喃自語。她不具任何威脅，也很尊重英內薇拉的白面紗，但她永遠都會礙手礙腳，而且在英內薇拉想要賈迪爾更加堅強時會過度呵護兒子。

她希望能把這群女人通通嫁出去。她在阿曼恩的部屬還沒開口求婚之前就讓他把那些乏味的妹妹許配給他們。她們長相不差，而這些婚姻能夠鞏固部屬的忠誠。當他告訴妹妹這個消息時，她們開心地歡呼，連誰要嫁給誰都沒多問一聲。

但卡吉娃年紀太大，不能繼續生育，而且英內薇拉建議的人選都沒有好到讓阿曼恩同意把他神聖的母親託付給他們。於是她和他們住在一起，英內薇拉也只好盡力忍耐。

她可以幫忙帶孩子，英內薇拉心想，*直到他們滿五歲，變得比她聰明。*

「母親！看看這個！」阿曼恩叫道。英內薇拉轉頭看著丈夫伸手去碰接待室噴泉池裡的水。手指碰到水面之前，他抽回手，一副差點褻瀆什麼神聖之物的模樣。對於十年來都睡在狹小石室裡的人而言，這一切肯定奢華得難以想像。

英內薇拉想起自己第一次進入達馬丁宮殿時的模樣，微笑看著卡吉娃奔向兒子，兩人拿起陶壺舀水，直接就著壺緣喝。女孩們聽見他們的笑聲，在尖叫與驚呼聲中趕來，所有人都喝了噴泉水。

英內薇拉搖頭，迅速地找到內心寧靜。卡吉娃不具威脅，而她的存在與爲阿曼恩帶來的快樂相比只是微不足道的代價。

三年過去了，每年夏天，英內薇拉都幫阿曼恩生下一個孩子。兩個兒子，賈陽和阿桑，將會繼承他的衣缽，接著是女兒，阿曼娃，則是她的繼承人。在面談了部族內所有未婚的戴爾丁，並幫最頂尖的女人擲骰問神之後，她收了兩個妾室，艾佛拉莉雅和塔拉佳。她們基本上是僕役，不過有資格幫阿曼恩生兒子，藉以提升他的地位與權勢。兩個女人很快就懷孕了。

阿曼恩證實了自己是個絕佳的凱沙羅姆。一開始達馬讓他指揮十五個人，並在他大多挑選之前沙拉吉受訓時的同學而非經驗老到的戰士時嘲弄他。但阿曼恩的部下打從他擔任奈卡時就認識他，習慣聽從他的號令。與其他卡吉部族的部隊相比，他的部隊嚴守紀律、勇猛善戰，擊殺阿拉蓋的數量多到讓其他凱沙羅姆開始鞭策手下。很快地，阿曼恩的手下就增加到五十人，成為部族中成員最多的部隊，就連他部屬中殺敵數最少的人也能讓任何訓練官深感佩服。

現在其他凱沙羅姆都將阿曼恩視為威脅。「凱哈瓦爾想把我當成羔羊烤來吃。」某天她幫他洗澡時，他說道。「我從他眼神中看得出來，不過他沒有勇氣挑戰我。」

「我需要他的血。」英內薇拉說。

阿曼恩看著她。「為什麼？」

他一向都很大膽，並且隨著時間過去而越來越大膽。他持續聽從她的指令，不過卻把她當作山傑特那樣的顧問，而非艾弗倫的代言人。他已經開始質疑她了。

「解讀他的命運。」她說。「確保他沒有命中註定殺害你。」同時持續搜索，她暗自補充道，以免世上還有其他像你這樣的人。

「我已經說了，他沒勇氣挑戰我。」阿曼恩說著轉過身去，背靠在她身上。他閉上雙眼，在她於蒸汽中按摩他痠痛的肌肉時享受寧靜。神情頑固。

「懦夫和英雄一樣會殺人。」英內薇拉說。「只是不會光明正大地動手。從背後偷襲、在別人耳中造謠、於食物中下毒。」

「即便如此，他還是得要通過我五十個手下才能面對我。」阿曼恩不必吹噓他的防禦有多森嚴，事實就是別人不太可能有辦法傷害他。

但是只要有一個人開始嫉妒他，過不了多久其他人就會跟進。如果保護解放者代表她得施法預見克拉西亞每一個男人、女人，以及小孩的未來，她也願意去做。

「萬一他對你的妻子下手呢？」她問。「或你的孩子？歷史上滿是這種記載。你有辦法隨時隨地保護我們所有人嗎？知道他對你的恨意有多深究竟有什麼壞處？」

阿曼恩嘆氣。「他現在又不恨我，他只是嫉妒而已。但是如果明天我爲了拿血給妳而打碎他的鼻子，他肯定會恨我了。妳老是在講團結，說要統一所有部族，但是當妳連我們部族的族人都不肯相信的時候，還談什麼團結統一？」

英內薇拉神情一僵，接著於風中彎曲，在阿曼恩尚未察覺之前冷靜下來。「或許你說得對，丈夫。」她幫他擦乾身體，拉他走出澡盆。在一夜征戰並且泡過熱水澡後，就連阿曼恩堅硬的肌肉也放鬆下來，她爲他跳舞，然後騎到他身上，搞得他精疲力竭。

稍晚，當他心滿意足地開始打鼾後，英內薇拉擺脫他的擁抱，躡手躡腳地前往私人房間裡。阿曼恩的話讓他心神不寧，那種說法太愚蠢了，太天眞了。

但那卻是卡吉在伊弗佳裡訓示的智慧。達馬佳從不相信任何人，而沙達馬卡卻能觸碰人心，激勵他們誓死效忠。

或許他眞的是解放者。

她跪在絨布枕頭上，鋪了張擲骰布在地上，接著拿出骨骰。她取出隨身攜帶的阿曼恩的血，於搖晃的骨骰上灑了幾滴。

「阿曼恩該如何統一我們分崩離析的族人？」她低聲道，擲出骨骰。

——解放者必須迎娶各族的新娘，為他產下子嗣——

英內薇拉大吃一驚。骨骰的意義通常隱晦難解，或只有一些曖昧的提示。不過有時候也會給她當頭棒喝。迎娶其他部族的女人不但會讓阿曼恩——還有她——面對放逐的命運，而且「新娘」這個字的符號和「達馬丁」一樣。難道艾弗倫要她和其他達馬丁分享丈夫嗎？這實在太過分了。艾佛拉莉雅和塔拉佳雖然能和阿曼恩交合，但缺乏英內薇拉的智慧與枕邊舞蹈的技巧，美貌也無法與她相比，更不懂魔法或醫療。再找一個卡吉達馬丁來當吉娃森已經很麻煩了，還要找別族的？還找十一個？

英內薇拉調節呼吸，找回中心自我。她是艾弗倫的僕人，是執行神之旨意的工具。如果骨骰如此指示，她就該照辦。

她再度取回骨骰，鼓起勇氣繼續擲骰。「要如何選擇阿曼恩的新娘？」

——已經選好了——

貝麗娜抵達時，英內薇拉正跪在安德拉宮殿中的施法室裡。這裡有很多這種小石室。議會舉行時，安德拉和達馬基經常會要求一些沒必要讓達馬基丁親自施展的小法術和預示。這類瑣事就會在休息時間交給伴隨達馬基丁而來的資深達馬丁去做。

身為坎內娃的第三把交椅，英內薇拉理應出席，不過神聖法規並沒有強制規定。當她第一次在骨骰的要求下為了幫丈夫取得優勢而於議會上缺席時，所有年長的達馬丁都對她十分不滿。之後的幾年內，她多次缺席，而這對坎內娃造成的侮辱導致了一些後果。

部族之間或許存在歧見，但所有達馬丁都奉行伊弗佳丁，會從宮殿外找尋繼任領導人。英內薇拉參與議會數年後，第一個這樣的女孩出現了——這個女孩比她還年輕。

那之後，她們一個接著一個換上黑面紗，除了英內薇拉。每次出席議會就會讓她想到自己為阿曼恩所付出的犧牲。達馬丁能以目光表達許多意思，而所有新任繼承人都以輕蔑的眼神瞪視裹足不前的英內薇拉。

她痛恨她們。其中最討厭的就是馬甲部族的貝麗娜，這個微不足道的達馬丁看著英內薇拉時眼中只有鄙視。

所以貝麗娜完全沒有想到昨天英內薇拉會在其他人都沒有察覺的情況下遞給她一張紙條。

英內薇拉的施法室裝飾華麗，藉以匹配卡吉部族第三把交椅的身分。施法室裡沒有日照，完全依賴魔印光照明。英內薇拉身旁擺著一套銀製茶具，用熱魔印加以保溫。

她在貝麗娜走入時倒茶。這個動作經過精心計算，儘管英內薇拉對於得在這個將來會受制於己的女人面前卑躬屈膝感到不悅。「感謝妳的光臨，姊妹。」

貝麗娜優雅地接下茶杯。她個頭十分嬌小，差一吋才五呎高，但體格壯健，纖腰豐胸，臀部渾圓，看起來能夠生下一整支軍團。她懷疑地看著英內薇拉。「我還是不知道為何來此。」

英內薇拉低頭給自己倒茶。「不要拐彎抹角了，貝麗娜，我們都為這次會面擲過骨骰。告訴我妳的骨骰怎麼跟妳說，我就告訴妳我的是怎麼跟我說的。」

貝麗娜的茶杯輕輕搖晃——這是她唯一顯示驚訝的表現，對達馬丁而言，這就和把茶杯掉在地上沒什麼兩樣。擲骰是與艾弗倫的私密交流，儘管艾弗倫之妻有時候會與最親密、最信任的盟友討論骨骰呈現的意義，直接詢問其他達馬丁看到的預示還是很沒禮貌的行為。

她們沉默地互望，輕啜熱茶。最後，貝麗娜聳肩。「它們說妳會給我禮物，然後把丈夫獻給我。」

她目光銳利地看著英內薇拉。「但是我沒興趣嫁給微不足道的凱沙羅姆，更別提是其他部族的人。傳說你們的達馬基丁是為了此事而拒絕妳的黑面紗。不管妳給我什麼禮物都不能改變這點。」

英內薇拉讓對方的羞辱透體而過。「我不會要求妳嫁給凱沙羅姆。妳要嫁的人是沙羅姆卡，而沙羅姆卡不屬於任何部族。」

這話引起了對方的興趣，她瞇起雙眼。「阿曼恩．阿蘇．霍許卡敏．安賈迪爾．安卡吉就是下一任沙羅姆卡？妳確定？」

英內薇拉點頭，壓抑嘴角的微笑。即使是現在，其他部族的達馬丁都已聽說她那「微不足道」的丈夫的名號。「這是艾弗倫的旨意。」她沒提起自己為此所付出的代價。那同樣也是艾弗倫的旨意，無法抗拒。

貝麗娜輕啜熱茶。「過去五個世代以來，就連安德拉本人都沒有娶過達馬基丁為妻。就算沙羅姆卡的地位也在我之下……」她冷冷瞪著英內薇拉。「……而我絕對不會屈就在妳之下。」

英內薇拉點頭。「這就是骨骰要我給妳的禮物，透露部分艾弗倫計畫的鮮血。拿出妳的骨骰。」

貝麗娜警覺地看著她，手移動到霍拉袋上，不過不管是要抓緊它或是施展防禦魔法，總之她看起來完全不打算取出骨骰。「妳要把妳丈夫的血給我？」那是一份難以想像的大禮——能讓貝麗娜大大掌控阿曼恩。就像詢問其他人擲骰結果一樣，這種事情聞所未聞。

但英內薇拉搖頭。「不是他的。」她拔出匕首，劃開掌根的肉。「是我的血。」貝麗娜在英內薇拉伸出手掌，傷口迅速凝聚血滴時低聲驚呼，「拿出妳的骨骰。」

任何學過霍拉魔法的人都不會放過這種機會。這一次，貝麗娜立刻照做。

這是個起頭。英內薇拉心想。

只要持續提出只有蠢人才會拒絕的條件，伊弗佳丁記載道，就連最驕傲的吉娃森都會順從。

英內薇拉看著安德拉在自己的舞蹈前氣喘吁吁。他很肥，光是吸氣鼓起沉重的胸口彷彿都很吃力。

他這樣會難以交合。她已經在他的食物和酒裡下藥，確保他能持續勃起，但是對這種男人而言最多也只能做到這樣了。

脫下他的長袍時，她得在他層層肥肉中想辦法找出陽具，還必須連續刺激七大敏感點才能讓它硬到能騎。他有兩度差點在她手中直接射精，但她壓抑下他，因為兩人的交合將會決定她丈夫的命運。當他的陽具進入體內後，她加速扭動，為了滿足他而叫床，不過叫聲難以掩蓋心中的噁心，儘管如此，她依然令他無比銷魂。她一扭一夾，解決了他，然後把他留在枕間喘氣。

「好吧。」他終於喘道，掙扎起身，穿上長袍。「霍許卡敏之子將會成為下任沙羅姆卡。」

英內薇拉化身為棕櫚樹，在離開的同時於風中彎曲，但當轎子的簾幔放下後，樹折斷了，她哭了。很多年前她就知道自己和阿曼恩命中註定將會結婚，但她從未料到自己會愛上他。

在阿曼恩換上沙羅姆卡白頭巾並且要求各族達馬基賜婚過後數小時，坎內娃召喚英內薇拉前往她的辦公室。弱小的部族歡天喜地，他們的達馬丁對於能夠派人待在沙羅姆卡枕邊欣喜若狂——當時她們還不知道自己的繼承人將會獲選，從此落入英內薇拉的掌握。

但是卡吉部族自古就是勢力最強盛的部族，而阿馬戴佛倫達馬基對於融入弱小部族血脈之事感到十分震怒。坎內娃在議會裡沒有發表意見，不過此刻目光銳利地看著英內薇拉步入辦公室中。

「妳丈夫提出那個瘋狂要求時，我還以爲他很聰明，」老女人說。「當骨骰告訴我說一切都是妳在幕後指使時，」她搖搖手中的骨骰。「可以想像我有多驚訝。」她看起來並不怎麼驚訝。

英內薇拉一言不發，這種反應似乎讓達馬基丁更加不悅。

「妳瘋了嗎？」老女人大聲問道。

英內薇拉攤開雙掌，明知解釋毫無意義，還是決定姑且一試。「難道這不就是妳想要的嗎？許多年前我們談論過的事？妳說，安德拉和沙羅姆卡已經墮落，偏袒卡吉部族，分化且殘害我們的族人。我立誓要找出解決之道，而我已經找到了。現在我們有個英勇而眞誠的沙羅姆卡，和各部族緊密連結在一起。」

「他和妳最緊密。」坎內娃冷笑道。「不要把我當成什麼都看不清楚的白痴。安德拉呢？妳也打算換掉他嗎？在沙利克霍拉唸幾年書並不會讓妳那個傲慢的丈夫成爲達馬。」

英內薇拉聳肩。「卡吉也不是達馬。他自阿拉蓋沙拉克的鮮血中發跡，並將全世界統一在他的矛頭下。」

坎內娃大笑。「妳以爲妳是第一個想把自己變成下一任達馬佳的英內薇拉？達馬基丁史上多得是這種人血淋淋的失敗例子。還是說妳真的蠢到以爲妳丈夫就是解放者轉世？」

「我曾預見過他是解放者轉世的未來。」英內薇拉說。「我會確保那個未來成真。」

「妳會嗎？」坎內娃問。「妳認爲當他發現妳爲了助他贏得長矛王座而幫安德拉保養長矛時會有什麼反應？」

英內薇拉臉色一沉。坎內娃知道？微風化爲一道足以將最柔軟的棕櫚樹連根拔起的沙塵暴。

坎內娃再度大笑。「妳以爲自己很特別？每天都有達馬丁爲了取得幫助而爲那頭老豬保養那根軟矛。早在妳還是被父親握在手中的庫西酒時，我就已經和他睡過。艾弗倫之妻向來不比爲了取得幫助而與男子性交的妓女高尚多少，不過看來妳誘惑男人的能力比大多數人來得高明。妳認爲阿曼恩聽說此事後會不會打妳？因爲丈夫毆打達馬丁妻子而被判處死刑，讓妳的爭權之舉變成非常諷刺的事。」

英內薇拉感到一陣恐懼襲體而來。根據伊弗佳丁教誨，得知妻子不忠是最令沙羅姆怒不可抑的事情。阿曼恩很可能會一怒之下殺了她或安德拉，甚至把他們兩個一起殺了。想要奪取頭骨王座，他總有一天必須除掉那個胖子，但除非他在每個部族裡都有兒子擔任奈達馬，不然不可能保有那個地位。而那至少還要十年。

「妳想怎樣？」她問。

「首先，我要一瓶妳丈夫的血。」坎內娃說。「我會親自爲他擲骰——」

英內薇拉打斷她。「絕對不行。」

「妳忘記了自己的身分，孩子。」坎內娃低吼道。「我依然是妳的女主人。妳沒資格拒絕我。」

英內薇拉輕蔑地揮手。「骨骰沒有挑選其他女孩。根據法律規定，不管有沒有妳的支持，我都會在妳死後繼位爲達馬基丁。」

「如果妳能活那麼久。」坎內娃說。「我會取得阿曼恩·賈迪爾的血，就算得先吸乾妳的血也在所不惜。如果他真的命中註定成就大事，或許在妳遭囚之後，他還可以當個有用的閹人。」

英內薇拉嘆氣。「我本來期望事情不會走到這個地步。」她說著自霍拉袋中取出火惡魔頭骨。

坎內娃仰頭輕笑。「火頭骨？妳太令我失望了，英內薇拉。我以為妳有更厲害的法寶。」顯然她的辦公桌附近刻滿反火焰魔印。她雙手高舉空中，攤開雙手表明沒拿東西。「動手吧。等我殺了妳後，骨骰會挑選別人。」她嘖嘖搖頭。「太浪費了。」

「的確。」英內薇拉點頭說道。她轉身釋放一大團烈焰，但不是對準坎內娃。她攻擊遮蔽辦公室大窗戶的厚重絨布窗簾。窗簾猛烈燃燒，轉眼間燒得乾乾淨淨。耀眼的陽光灑入石室，反射在煙塵上，照亮每個陰暗的角落。

一圈顯然是為了困住英內薇拉的霍拉突然爆炸，在厚重的地毯上留下許多燃燒的洞。坎內娃的辦公桌上傳來更多爆炸聲，老女人在燃燒的碎片撞擊下尖聲慘叫。

這時英內薇拉已將火頭骨收回保護袋中。她冷靜地繞過辦公桌，站在老女人面前。濃煙刺痛她的雙眼，灼燒她的肺，但還在忍耐範圍內。「沒有魔法能幫妳，老太婆。我們用沙魯沙克來定輸贏。」

老太婆毫不遲疑，真不愧為達馬基丁。即使已經幾十年沒有和人動手，也沒有輕易遺忘習練一輩子的沙魯沙克。她的攻擊，折斷棕櫚樹的風，一招一式精確無比。

但她的動作太慢了。她的招式或許完美，但坎內娃比英內薇拉年長五十歲，而這完全表現在出招的速度上。搖晃的樹枝改變風吹的方向，她向旁讓開，一腳踢中老女人的後膝。她腳下一絆，英內薇拉立刻將她壓在地上。

坎內娃立刻翻身，在兩人倒地時反過來箝制英內薇拉。沙魯沙克的要訣在於找尋機會竊取對手的能量，只要有足夠的力量借力使力，就算是老太婆也可能極難應付。她們在濃煙和逐漸減小的火勢中翻來滾去，連聲吆喝。門上傳來敲門聲，不過英內薇拉把門拴得很緊。坎內娃比預期中更難應付，但當英內薇拉不再給達馬基丁機會竊取能量，放慢動作以肌肉推擠，逐步箝制對方的同時，此戰的結果已經註定。片刻過後，她扯脫坎內娃的髖關節。達馬基丁的叫聲在英內薇拉雙腳緊緊夾住對方腰部，伸手去扯早該屬於她的黑面紗時戛然而止。她握住面紗，扯下來纏住坎內娃的喉嚨，令達馬基丁顏面朝下，臉頰漲紅。沒過多久，老女人不再掙扎。英內薇拉繼續緊扣一段時間，接著鬆手解開面紗。

當門被魔法炸開，魁娃、安奇度，以及十幾個達馬丁和奈達馬丁闖進來時，英內薇拉手中已經握著黑頭巾和面紗。

魁娃驚懼地看著辦公室內的殘破景象。大部分火頭已經熄滅，但焦黑冒煙的家具碎片散落一地。她看見面紗遭人扯下的母親一動不動地躺在地上，隨即一臉怨毒地轉向英內薇拉。

「坎內娃年邁力衰。」英內薇拉大聲說道。「該交接黑頭巾了。」

「妳大膽！」魁娃大聲說道。殺死達馬基丁奪取繼承權絕對不是沒有先例，但從來沒人膽敢如此公開動手。「母親和我對妳傾囊相授。我們如此接納妳，妳竟然敢背叛她……」

英內薇拉大笑。「接納我？我可不是街上的乞丐或奈丁。不要竄改歷史，改成妳自己是拯救我的人。妳二話不說就把我從母親的懷中拉走，丟到地洞裡讓妳女兒剷除我。」梅蘭也在人群裡，英內薇拉一眼就認出她畸形的手掌。她直視梅蘭的雙眼，挑釁她出言反駁。

「而當我辜負坎內娃的期望時，」英內薇拉繼續道。「她就派人暗殺我。七次，骨骰告訴我。至少我還讓她知道要面對面挑戰她。」

「妳撒謊。」魁娃吼道。

英內薇拉搖頭。「當說什麼都無關緊要的時候，我有什麼理由說謊？我是骨骰唯一挑選的坎內娃繼承人。只要我還活著，卡吉達馬丁就歸我管轄。」

「如果妳還活著。」魁娃糾正她，擺開沙魯沙克架勢朝她前進。當她走出陰暗的壁龕時，陽光照到她用來炸門的霍拉，骨骰立刻在她手中爆炸。魁娃尖叫，注意力渙散，被爆炸的衝擊震倒在地。

英內薇拉迅速搶上，打算趁她分神之際解決她。只要能儘快除掉她，就只剩下梅蘭有資格出面對抗她。

但安奇度擋在兩人之間，一招駱駝踢讓英內薇拉倒在房間另一側的地上。

「殺了她！」魁娃在英內薇拉掙扎起身時命令道。

「妳要讓個閹人來決定誰能領導部族的女人？」英內薇拉大聲問道。正如她所期望，所有人的眼睛都轉向魁娃，等待她的回應。她趁那一瞬間把手伸進霍拉袋，緊緊握住一顆魔印骨，小心不讓陽光照射到它。

「打不過安奇度，妳就沒資格領導我們。」魁娃吼道。「我母親讓他成為自己身故之後的長矛。」

英內薇拉還來不及說話，安奇度已經迅速近身，施展前所未見的沙魯沙克。對方有著沙羅姆般的體魄與威猛、達馬般的優雅，以及達馬丁的精確。她從未在此人身上感應到憤怒，但他此刻渾身散發出強烈的怒意。

所有沙羅姆都得爲達馬主人報仇，就算犧牲生命也在所不惜，伊弗佳如此訓示，而他也不會因爲坎內娃是女人就不把她當作主人。她切下他的舌頭、閹割他的命根，但安奇度熱愛沙魯沙克勝於一切，她讓他內心獲得滿足。安奇度施展渾身解數攻向英內薇拉，而她得承認，如果少了魔法之助，她肯定會命喪他手。

但是掌心裡的魔印骨在她手臂灌注魔力，令她的四肢取得凡人無法比擬的力量與速度。她感應到安奇度一擊不中時的困惑，隨即挺直手指點向他的腎。

這一擊理應造成嚴重的傷害，不過這回輪到她吃驚了。安奇度身著武裝，她的手指擊中沙羅姆進入大迷宮時會在長袍內部縫上的陶板。她感覺到陶板被她擊碎，但這一擊之力也隨之消逝，只留下疼痛不已的手指。

她勉強閃開他的反擊，但他再度轉身，反手擊中她的臉，令她的頭如同鞭子般甩向後方。緊接而來的快腳踢斷她幾根肋骨，撞爛坎內娃燃燒中的辦公桌。聚集在辦公室裡圍成一圈的群眾同聲驚呼。英內薇拉使力捏緊拳頭，避免霍拉照射到陽光，同時吸收撞擊的力道，身體蜷縮成球狀，順勢翻身而起，遠離辦公桌殘骸。

安奇度繼續追擊，但她已站穩腳步，不會再度輕敵。

兩人來回移動，安奇度一擊不中，英內薇拉迅速反擊，不過對方不痛不癢地承受大部分攻擊，其他則讓護甲擋下。如今兩人出招趨於謹慎，沒露出絲毫破綻，不會隨意浪費力量。英內薇拉望向魁娃，只見她耐心地站在圍觀眾女之中等待，好整以暇地準備在安奇度敗下陣時接手打鬥。

到時候她也會使用霍拉。

安奇度使出一招枯萎花，英內薇拉本來可以側身閃開，但她在衝動下決定硬接下這一擊。她雙腳軟癱，安奇度趁勢追擊，不過英內薇拉吸收惡魔骨的力量，在虛軟的雙腳上重新灌注力量。她使勁出招，手指插入護甲板間的縫隙，令他反射性地抱住腹部。趁他彎腰之時，她精確地擊中他脖子和肩上數條能量線，接著重腳踏碎他的膝蓋。

人沒有了舌頭還是會叫，不過閹人倒地時並沒有叫。他試圖掙扎起身，但無論如何使勁，手腳都不聽使喚。他冷靜下來，深深吸氣，不卑不亢地抬頭看她，毫不畏懼地面對死亡。

但英內薇拉並不打算殺害閹人。「你已爲主人盡忠，沙羅姆。艾弗倫對你另有安排。」她感到手中的霍拉化爲灰燼，懷疑如此展現慈悲是否正確。她已經開始呼吸困難，在煙霧瀰漫的空氣中咳嗽。

魁娃擺開沙魯沙克的架勢，但英內薇拉並不按照規矩回應。

「我們難道是盲目的達馬，只懂得追隨最強的戰士？」英內薇拉朝圍觀眾女問道。「伊弗佳丁傳授我們阿拉蓋霍拉，就是爲了不讓我們退化到這種野蠻的狀態。」

她望向魁娃。「當初擲骰選出我的人是妳。妳大可以輕易趕我走，但卻選擇接納我。爲什麼？妳看到了什麼？」

「妳的未來朦朧難明。」魁娃說。「母親要我找尋的就是未知。」

英內薇拉點頭，這點她早就知道了。「如今我的未來不再朦朧。再擲一次骨骰，現在去影之殿，在眾目睽睽下擲骰。」

魁娃雙眼大張，隨即在感應到其中有許時瞇成兩條直線。圍觀眾女中爆出認同的聲浪，沉重的壓力襲來。

提出只有蠢人才會拒絕的條件。

兩名黑頭巾候選人領頭進入地下宮殿，宮殿裡所有女人和女孩通通跟在後面。當她們鎖上影之殿的大門，遠離男人的視線後，魁娃取出骨骰，一臉憎恨地來到英內薇拉面前。「現在先來幾滴妳的鮮血，不要怕，今天結束前我就會取走妳剩下的血。」

英內薇拉撩起面紗，吐出幾滴來自嘴唇傷口的鮮血到魁娃的骨骰上。她本來以爲已不能更進一步激怒魁娃，但對方的眼神顯然表示她辦到了。很抱歉，魁娃，但我得在眾目睽睽下將妳如同吉娃森般徹底擊敗。

圍觀眾女屏息以待，看著魁娃搖骰禱告。霍拉綻放耀眼的光芒，在人群身上籠罩一道不祥的色彩，但英內薇拉並不怕它，也不怕她們。她昂然而立，而魁娃跪在地上。她可以趁她施法時一腳解決她，但英內薇拉並不想殺死魁娃，比不想殺安奇度還不想。魁娃在榮譽的要求下必須誓死殺她，但英內薇拉的骨骰顯示她內心深處其實不想這麼做。

——妳比魁娃的親身骨肉更像她的女兒。她或許想殺妳，但絕不會背叛妳——

魁娃擲出骰子，當骰子停止滾動時，所有女人失去控制，艾弗倫之妻和未婚妻同時擁上前去解讀骰出的圖案。

有些人，像是魁娃和梅蘭，立刻就解出骨骰，並且失聲驚呼，就像之前貝麗娜和其他人一樣。大多數人凝望骨骰一段時間才終於解開其中的意義。

魁娃抬起頭來，英內薇拉舉起黑頭巾。那東西在她眼中微不足道，她根本不想爭奪它。事實上，她從來不想要它。那只像是整座階梯上的一級，讓她握持片刻就可以拋在腦後的東西。

「黑頭巾將會歸妳所有，魁娃姊妹。」她說著轉向梅蘭。「黑面紗則是妳的，梅蘭姊妹。我要把心思放在丈夫身上，沒空理會卡吉部族的品茶政治。我有我自己的宮殿，以及更崇高的目標。」

魁娃點頭，伸手去接頭巾。英內薇拉微微縮手，旁觀眾人同聲吸氣。

「妳會在議會上代表卡吉部族發聲。」英內薇拉說。「說的人是妳，話卻是我的。」

魁娃鞠躬。「遵命，達馬佳。」她再度伸手，這一次英內薇拉讓她取走頭巾。

她將黑面紗舉在梅蘭面前，對方立刻深深鞠躬。「遵命，達馬佳。」

英內薇拉揚起面紗，強迫梅蘭抬頭面對她的目光。「妳們不能在公開場合使用這個稱謂。」石室中所有人都聽見了，但她依然轉身，一一直視女人和女孩的雙眼。「所有人都不能——暫時還不能。」

* * *

接下來六個月裡，英內薇拉三度需要安德拉更動法令，每一次他都索取同樣的報酬。如今他變得肆無忌憚，彷彿把她當作枕邊妻室。當他放肆到膽敢咬她胸脯時，她差點拿刀刺死他。

夠久了。她心想。阿曼恩已建立起聲望。安德拉無法收回白頭巾，而沒有法令值得她如此作賤自己。

那天早上她召見夸莎，沙拉奇部族的吉娃森，阿曼恩最寵愛的女人。

「今晚我會再度邀請安德拉前來。」她說。「妳假裝失言把他趁沙羅姆卡不在宮殿時偷偷來訪之事告訴阿曼恩，我要阿曼恩發現我們的姦情。該讓安德拉知道要怕，也讓阿曼恩更了解自己的命運了。我再也不要讓那個胖子碰我。」

第十一章 最後一餐 333 AR

新月前二十八個拂曉

「別再走來走去了，羅傑。」黎莎說。「走得我頭都痛了。」確實，吟遊詩人鮮艷的五彩服飾令她的右眼不斷抽痛，她以掌根按摩腦側。

阿曼恩邀請他們在跟隨車隊回到解放者窪地前共進早餐。黎莎以為他是指黎明時分，也就是一般來說，踏上長途旅程前的早餐時間，但是克拉西亞人似乎存心拖延。他們已經在接待室裡等了好幾個小時。

第一個小時過後，羅傑拿出小提琴開始演奏，一如往常地透過音樂抒發情緒，結果拉出了一段讓黎莎聯想到指甲劃過石板的尖銳旋律。她請他住手，但已經太遲了。她感覺到自己的靜脈竇緊縮。她很熟悉這種感覺，知道自己即將開始頭痛。

她一直深受頭痛所擾。有時候疼痛和噁心的感覺會持續一小時，有時候則會如同春雨般來來去去地持續一週以上。大部分情況下頭痛只會導致她煩躁易怒，通常只要調點藥水或是避開容易讓她發脾氣的事就好了。比較嚴重時，黎莎就只能在承受劇痛與強烈到會讓她胡言亂語的猛藥之間做選擇。最糟糕的情況——幸好也最少發生——除了找個安靜的地方哭泣外，她什麼也不能做。

頭痛的問題隨著她年紀增長，肩負起更多壓力與責任而越來越嚴重，並在她成為解放者窪地的藥草師後變成常態性發作。現在，在艾弗倫恩惠裡，身處敵陣之中，她幾乎隨時隨地都在頭痛，感覺像是看不到春天跡象的漫長寒冬。

她不是唯一坐立難安的人。解放者窪地使節團的成員全都籠罩在緊張的氣氛中，等待著展開歸鄉之旅前最後一場正式餐敘。她父親厄尼一個小時內已經跑了七趟廁所，並在她母親滔滔不絕地談論此事時羞得面紅耳赤。

「這樣一次尿個幾滴不正常，厄尼，應該讓黎莎檢查檢查。」伊羅娜位於房間另一邊。黎莎頭痛時嗅覺會變得比狼還要靈敏，她聞到母親的香水味，腹中感到一陣噁心，顱壓越來越高。

兩個姓卡特的人就像其他人一樣假裝沒聽見。汪妲，自封爲黎莎貼身保鏢，彎腰坐在就她的體型而言十分窄小的椅子上。沒有綁上弓弦的巨型魔印弓和箭袋一起掛在椅背上，腰帶上還插著一把大匕首。

儘管年僅十六，汪妲．卡特的身材壯碩到能把壯漢撲倒在地，而當她緊張時，就像現在這樣，她會緩緩前後搖晃，用手指撫摸臉上的惡魔傷疤。

加爾德．卡特，身高將近七呎，渾身肌肉鼓脹，是接待廳中體型唯一能與汪妲相提並論的人，不過兩人的血緣關係很淡。此刻他既無聊又沒有東西可殺，只好嘗試雕刻木馬，但他那一雙巨掌只適合扼殺墜落地面的風惡魔，毫不擅長這種細活。他施加在刀上的力道太猛，導致刀刃連連打滑，劃破他的手掌。

「惡魔養的！」他將流血的拇指塞入嘴巴，作勢想要丟掉木塊，但黎莎揚眉看他，他隨即克制自己。她立刻後悔這麼做，因爲雖然只是揚一揚眉，眼中還是傳來一陣抽痛。

羅傑轉身面對她。「又不能走動，又不能拉琴。我能幹嘛？女王陛下。」所有人抬起頭來。大家都知道黎莎就算心情好的時候也不會容忍別人用這種語氣對她說話。

然而此時此刻，黎莎最不想做的事就是與人爭吵。她還有機會減緩頭痛，而每大聲說出一個字都會大幅降低減緩頭痛的機會。她喝了一口調藥瓶裡的水，服下頭痛藥粉。液體流入空腹內，同時激起飢餓與噁心感。此刻黎莎最不需要的就是食物，但如果不儘快吃點東西，情況將會迅速惡化。

她暗自咒罵自己早上竟然沒吃阿邦的妻子們在鏡宮裡所準備的茶和點心，但她當時才剛刷過牙，打算口氣清新地迎接阿曼恩。他邀請他們時是說共進早餐，啓程前最後一次餐敘，但此刻太陽已經高掛天際。

白痴女孩，她聽見布魯娜在她腦中罵道，下次拿片薄荷葉來嚼。黎莎知道老師的鬼魂說的沒錯。她在圍裙口袋中翻東西吃，但儘管那裡面的東西可以製成一千零一種藥劑，卻連一粒可供果腹的堅果都沒有。

羅傑一直瞪她，她壓抑著大聲講話的衝動。「很抱歉，羅傑。我和你一樣心煩。照這個時間來看，我們得過中午才能啓程。」

「如果他們眞的放我們走的話。」羅傑說。「等得越久，我就越確定今天日落前我會被關到某間地牢裡，而且睪丸還被人挖出來擺在切菜板上。」

羅傑有正當理由害怕。幾個禮拜前，阿曼恩把貨眞價實的達馬丁長女阿曼娃和外甥女希克娃送給羅傑當老婆。後來他們發現這兩個英內薇拉親自挑選的女人是間諜，明明會講提沙語卻假裝不會，並在黎莎威脅到艾弗倫恩惠的現狀時試圖下毒殺害她。

儘管黎莎很不認同，羅傑還是放任自己受她們誘惑，在阿曼娃的哄騙下與希克娃上床。那天晚上以後，他就如坐針氈，深怕解放者長矛隊的人會爲了還沒同意結婚就和女孩上床的事跑來抓走他。

「或許你應該檢點一點。」她說。

「好像妳自己有好到哪裡去一樣。」羅傑說。

「你這話是什麼意思？」黎莎問。

羅傑的表情滑稽到讓黎莎差點笑出聲來，但他接下來說的話又讓她笑不出來。「妳眞的以爲這個房間、這座宮殿，甚至這座城市裡——有任何人不曉得妳和阿曼恩·賈迪爾搞在一起？」

黎莎閉上雙眼，深吸口氣。「我和阿曼恩的事是經過審愼思考，考量過所有變數之後所做的決定。你則是完全用下半身思考。」

「思考？」羅傑笑道。「我是在妓院長大的，黎莎，我很清楚該如何思考那種事。」

「夠了，羅傑！」黎莎腦側抽動，腦中彷彿有顆劇痛光球在大放光明，賜給她力量站起身來。

但羅傑拒絕讓步。「不然怎樣？我受夠了妳那種自以爲高人一等的態度，黎莎。妳又不是安吉爾斯老公爵夫人，我不必遵守妳的命令，也不打算讓妳在像個妓女一樣搞上沙漠惡魔之後還擺出一副比我高尙的姿態。」

加爾德倏然起身，拿雕刻用的匕首指向羅傑。「不准你那樣和黎莎講話，羅傑。魔印人要我保護你安全，但是如果你再說一次那種話，我就拿肥皂去洗你的嘴巴。」

羅傑手上多了把飛刀。「試試看呀，你這個鄉巴佬，我保證一刀射瞎你的眼睛。」

加爾德臉色發白，接著化爲憤怒的猛獸。汪妲轉眼間綁好弓弦，搭上羽箭。「你敢射飛刀，我就——」

「夠了，通通住手！」黎莎吼道。「汪妲，把弓收起來。加爾德，坐回去。」她轉向羅傑。「還有你，嘴巴給我放乾淨點，別忘了要不是我像個妓女一樣搞上阿曼恩，你的睪丸八成早就沒了！」

「黎莎·佩伯！」厄尼叫道，所有目光轉移到他身上。厄尼年近六十，比妻子年長許多，但是外表看起來更老。他很瘦，頭上只有幾撮灰髮。他戴著細框眼鏡，皮膚蒼白到近乎透明。片刻之前，他還垂頭喪氣，病懨懨地聽著伊羅娜嘮叨，但現在卻目光銳利地瞪視黎莎。「我是這樣教妳的嗎？妳要別人尊敬妳，也值得人家尊敬，但是妳同時也要尊敬別人，而且不該亂講話。」

黎莎滿臉發涼，一時之間連頭痛都忘了。她父親很少大聲說話，更少用這種語氣說話，但是當他這麼做時，她除了遵命照做外沒有其他選擇，因爲他很清楚怎麼做才對。

「很抱歉，羅傑。」她說。「我飢腸轆轆，頭痛欲裂，講話不分輕重。他們一開始送那兩個女孩來，就是想要你把迷惑惡魔的天分傳承到兒子身上。如果殺了你，或是奪走你的睪丸，這件事情就沒機會成功了。如果你是跟解放者外甥女上床的卡非特或青恩，或許你還需要擔心。但是在英內薇拉故意演那一齣希克娃不是處女的戲碼之後，我確定這一切都是事先安排好的計畫，不必擔心。」

羅傑側過腦袋。「什麼，像是陷阱嗎？」

黎莎微微一笑。「你一頭栽入的陷阱。問題在於，事情爆發之後會怎麼樣？」

伊羅娜哼了一聲。「或許他們會把你關在後宮裡，一輩子負責幫他們育種外加訓練小提琴巫師。」

加爾德哈哈大笑，以巨掌拍打膝蓋。「總比成天砍樹要好，是不是？」

羅傑沒有他那麼樂觀，嚇得臉色發白，再度開始踱步。他搓揉胸口，碰觸掛在衣服底下的家族金牌。

「爲什麼大家都忽略了最明顯的解決之道呢？」伊羅娜問。「笨蛋，你和我女兒兩個都是。只要跟他們結婚就好了，兩個挑剔的傢伙。」

「就算我想，」羅傑說。「他們也會期待一大筆聘金，我什麼都沒有。」

「他們唯一想要的就是你的種子。」她抓起胯下的一把衣料，若有深意地搖了一搖。「你擁有只

有在傑克・鱗片嘴的故事裡才聽過的力量，而他們想知道你的能力能不能傳承到子嗣身上。當初賈迪爾說要幫你婚配時就已經明白告訴過你了。天知道？或許他的想法沒錯，或許是你血液中的東西讓你能夠迷惑惡魔。確認一下又無妨。」

「我不能……」羅傑說。

但伊羅娜毫不寬容，聲音如鞭子般加重黎莎腦中的劇痛。「不能怎樣？接受有史以來最好的親事？賈迪爾擁有難以想像的財富與權力。只要乖乖閉嘴坐在我身邊，和英內薇拉還有那兩個女孩獨處十分鐘，你就可以擁有一切。土地、頭銜，可供徵稅與統治的平民，比一座密爾恩礦坑還多的黃金。」

「偷來的黃金。」黎莎說。「偷來的人民，偷來的土地。」

伊羅娜輕蔑地揮手。「說到底，一切都是偷來的，特別是土地。失去土地的人絕不可能奪回他們的土地，而羅傑會是個比一些克拉西亞人更爲稱職的領主。」

她轉向羅傑。「另外可別忘了天天和兩個美女上床的權利。造物主呀！她們甚至還會幫你挑選更多妾室！你以爲這種好事每天都會發生嗎？相信我，孩子，」她的目光轉向厄尼，轉眼偏開。「沒那麼好的事。」

「我——」羅傑開口。

伊羅娜以殘忍的笑容打斷他。「還是說你喜歡男孩？是了，或許這就是爲什麼有這麼多投懷送抱的女人，你還是硬要追求我那高不可攀的女兒。想要三不五時找個男人來搞一搞也不是什麼羞恥的事，但你還是應該接受她們，生幾個小孩。只要閉上眼，想像是在跟加爾德搞就好了。」

「喂，夠了！」加爾德叫道。

「我不喜歡男人！」羅傑大聲說。

黎莎躬身向前，按摩腦側。「如果不快吃點東西，我會開始尖叫。」

「沙羅姆早餐吃得晚。」一個聲音說道，黎莎轉過頭去，看見阿邦站在門口。「因爲熬夜殺惡魔的緣故，他們會先睡一下。不必擔心，我很快就會護送你們去見解放者。」

黎莎看著肥胖的卡非特拄著駱駝頭拐杖一拐一拐地走過來，不知道他剛剛聽到了多少他們的談話。汪妲神情緊張地看著他把手伸到長袍中，但阿邦朝她微微鞠躬，攤開手掌讓她看清楚他手裡只有一顆成熟的紅蘋果。這下黎莎知道他全都聽見了，她不排除是阿邦爲了偷聽談話而故意讓他們在這裡空等。

「謝謝。」黎莎接過蘋果，立刻一口咬下，美味濕潤的果肉比她藥草袋中所有藥物都吸引她。就和嗅覺一樣，她的味覺和觸覺也會在頭痛時變得敏銳，她閉上雙眼，享受每一口美妙的滋味。

「請記住，女士。」阿邦以其他人聽不見的音量說道。「妳或許擅於考量，阿曼恩卻是靠著一股熱情做事。他依賴本能判斷對錯，會毫不容情地即時反應。我想這對於戰士與領袖而言是很有益處的特質。」

「所以呢？」黎莎問。

「這表示解放者相信妳命中註定總有一天會嫁給他。這是艾弗倫的旨意。他或許現在會放妳走，但永遠不會放棄追求妳。」

「至於你，吟遊詩人。」阿邦提高音量，朝羅傑的方向一拐一拐地走去。「我不會太過擔心解放者和達馬佳，但要擔心哈席克。萬一讓他知道你還沒有明媒正娶就動他女兒，他會將之視爲強暴。只要阿曼恩一不注意，他就會以十倍的懲罰強加於你，到時候你的小飛刀對他造成的阻礙就和絲帕沒有兩樣。」

羅傑張口結舌，再度緊握金牌。「哈席克是希克娃的父親？」他們都認識賈迪爾強壯殘暴的貼身保鏢。

「如果哈席克發現的話，羅傑。」黎莎插嘴道。「而他不會發現。不要被阿邦嚇到了。」

卡非特無奈聳肩。「我只是實話實說，女士。」他鞠躬。「變數，供妳考量。」

「那就把所有變數都說出來。」黎莎又咬了一口蘋果。這時已經快要吃到果核了，而她打算吃到只剩籽和梗。「我們都知道透露此事對希克娃或英內薇拉沒有好處。伊弗佳律法禁止女人目睹強暴。阿曼恩會接納羅傑的證詞，就算他不這麼做，承認此事就表示得要處死希克娃。」

「有這種事？」羅傑問。

「很噁心，但事實如此。」黎莎說。

「伊弗佳律法在處理解放者後裔的事情上很有彈性，女士。」阿邦說。「要想想拒絕和她們結婚所代表的侮辱。」

「如果我不接受這場婚事，哈席克會把我殺了？」羅傑說，彷彿在琢磨這句話的意思。

「先姦後殺。」阿邦點頭道。

「先姦後殺。」羅傑面無表情地複誦。

「呿，他還沒有汪妲壯。」加爾德說，揮動大手掌拍在羅傑的肩膀上。「別擔心，雖然你剛剛像個白痴，我還是不會讓他傷害你的。」

羅傑比加爾德矮上一呎半，但還是一副瞧不起他的模樣。「少往臉上貼金了，加爾德。雖然你當慣了池塘裡的大魚，但是哈席克幾秒之內就把你撂倒的機會比較大。」

「他還會在其他沙羅姆面前雞姦你，讓你在人前顏面無光。」阿邦同意道。「他幹過這種事。」

「你這個肥胖的小……」加爾德一撲而上，抓向卡非特的喉嚨，但阿邦以那條完好的腿輕易地閃向一旁，接著揚起駱駝頭拐杖擊中巨人的後腿。

加爾德痛得大叫，一膝著地。他固執地再度出手，隨即在看到拐杖頂指在自己喉嚨之前，上面還冒出尖刃時停止動作。

「啊！」阿邦說，尖刃移動到加爾德德鬍鬚裡，令他忍不住倒抽一口涼氣。「我摔斷腿之後就沒有進入過沙拉吉，但我記得的沙魯沙克依然足以撂倒頭腦簡單的蠢人，而且還有辦法讓他們待在地上。」

他後退一步，尖刃喀地一聲消失在拐杖中。「所以我提供建議時，你最好洗耳恭聽。每當哈席克趁阿曼恩不在場時跑來我家，我就會深深鞠躬，不管他做什麼事，或上什麼人，我都袖手旁觀。那傢伙是殺手中的殺手，而我見過許多殺手。跟著卡維爾訓練官勤學苦練，有朝一日你或許能與之抗衡，但現在還不行。」

他看著羅傑。「向你的黎莎女士多學著點。如果你不打算娶她們，想辦法拖延婚期。」

「怎麼拖？」羅傑問。

阿邦聳肩。「你說你們的習俗要先……訂婚，是不是？」

「訂婚。」羅傑點頭道。

「就說你們的習俗要先訂婚一年，或是你得要先爲婚禮創作一首偉大的歌謠。說你在學會克拉西亞語前不想結婚，或是在春天到來之前。你說什麼無關緊要，傑桑之子，只要能夠保住我的主人和女孩們的顏面，並且爭取到遠離此地的時間就好。」

羅傑和其他人跟著阿邦來到賈迪爾的大餐廳裡。陽光自高窗上灑落，餐廳中光線明亮。這間大理石廳中有許多長形矮桌，桌旁擺有枕頭，其上盤腿坐著數百名沙羅姆，解放者長矛隊的菁英，以及達馬基的貼身保鏢。他們將矛與盾牌擺在身邊，大口吃著由身穿白色拜多布的男孩盛在美麗陶器中端上來的麵包、蒸丸子及烤肉。

羅傑沒有顯露絲毫情緒，如同穿越一片花園般神態自若地行走，但在路過那些戰士時，他感到心臟猛跳。他沒有機會逃出這座大廳，不可能利用煙霧或是小提琴來應付這些傢伙。他們得經過賈迪爾首肯才能離開，或是永遠別想離開。

阿邦帶領他們走過戰士群，踏上通往達馬基、賈迪爾的子嗣，以及其他位高權重的祭司所坐的高台台階。地板上鋪著厚重的地毯，牆壁上掛著溫暖的幃幔。他們坐在絲質枕頭上，優雅地吃著由從頭到腳包在黑袍下的女人盛在銀器裡端上來的美味食物。

祭司怨毒地看著窪地人穿越他們，走上第二層高台。羅傑依然步伐輕鬆、神態自若，不過他感覺胸口緊縮，彷彿肺裡的空氣正緩緩地被擠出體外。他知道祭司們的戰技高超，即使赤手空拳都比手持利斧的伐木工還要可怕。

下一層高台佔地較小，不過空間依然寬敞，地板是貼金的大理石，鋪上厚地毯，賈迪爾的餐桌就擺在這裡。桌旁的枕頭就如鑲有寶石的碗、壺和餐盤一樣滾有金邊。在桌旁服侍的是賈迪爾的妻妾，大多都是戴黑面紗的達馬丁。想到要在所有侍者都精通下毒之道的餐桌上用餐就讓羅傑腹部絞痛。儘管她們全都從頭到腳包得密不透風，羅傑還是認得出阿曼娃和希克娃，因爲她們的身姿與優雅的體態永遠烙印在他心裡。

賈迪爾坐在主位，旁邊坐著英內薇拉。達馬佳的透明薄紗一如往常地引人注目，但是哪個男人膽敢多看一眼肯定會不得好死。坐在桌尾的是阿山和阿雷維拉克達馬基、他們的繼承人阿蘇卡吉和馬吉、賈迪爾的長子和次子，賈陽和阿桑、凱沙羅姆山傑特，當然少不了哈席克。

儘管顯然無法逃之夭夭，羅傑還是感到想要轉身就跑的強烈衝動。他若無其事地將手指伸入五彩上衣兩個鈕釦之間，碰觸護身金牌冰冷的金屬。這麼做讓他感覺放鬆不少。

那面金牌是安吉爾斯公爵用以表揚勇氣的最高榮譽，授與羅傑的養父艾利克．甜蜜歌，藉以表揚他把羅傑和他母親丟給地心魔物，事後又撒謊遮掩此事。就連艾利克也無法坦然面對此事，當他收拾行李，被攆出公爵宮殿時，他帶走了所有財物，卻留下這面金牌。

那晚艾利克棄他而不顧時，其他人卻奮勇對抗惡魔。信使傑若丟了面盾牌給他母親，然後跟羅傑的父親一起擋在女人和小孩前面，抵抗從破敗的前門不斷擁入的惡魔。他們就像多年後的艾利克一樣，爲了保護羅傑付出性命。

黎莎將所有爲了羅傑犧牲之人的名字刻在英勇勳章上，成爲羅傑的護身符。它不但是他在遭受威脅時的慰藉，同時也提醒著他自己的餘生都是所有關心過他的人們用性命換來的。他很想相信這是因爲他很特殊，值得被救，但事實上，他從來都看不出自己有何特殊之處。

黎莎在賈迪爾左邊的枕頭上坐下，接著依序是羅傑、伊羅娜、厄尼、加爾德，及汪妲。阿邦來到他平時的位置，在賈迪爾身後一步之外下跪，幾乎隱身在背景之中。

希克娃立刻在羅傑面前放下一小杯濃咖啡，當他與她目光交會時，她又黑又密的睫毛朝他眨了眨眼。沒有其他人看見那個神情，但這個窩心又巧妙的舉動卻令羅傑內心悸動。幸好他常在鏡子前面練習這個表情，所以不至於受騙。阿曼娃和希克娃或許喜歡他，願意當他的妻子，但她們並不愛他。就算她們自以為愛上了羅傑，兩個女人對他的了解也還沒有深到談得上愛。

羅傑也不愛她們。她們是很聰明、美麗的女人，而在這樣的外表之下，她們對他來說依然是團謎。可是話說回來……

他經常回想她們引誘他的那天晚上，不過令他魂牽夢縈的並非做愛的過程，至少不完全是。他最難以忘懷的是那首〈月虧之歌〉二重唱，她們的歌聲中蘊含力量。羅傑是由號稱當代最偉大的歌手一手帶大，他明白那是一股能撼動人心的稀有力量。

英內薇拉和伊羅娜竭盡所能地逼迫羅傑接受這門婚事。阿邦要他拿訂婚當作藉口。黎莎似乎希望他一口回絕，不過她自己倒是已將阿邦那一套發揮得淋漓盡致。

好像完全沒有人在乎羅傑自己的想法。

早餐似乎永遠吃不完，席間充滿聽不完的禱告與寒暄，氣氛中透露著些微的不信任。阿曼恩的注意力大部分都集中在黎莎身上，同桌的克拉西亞人顯然對此感到不悅。他們又開始爭論要派多少沙羅姆護送他們回去窪地。

「我們說好十個人的。」黎莎說。「多一個都不行。加爾德說車隊裡共有將近三十名沙羅姆。」

「我們說好會派十個專職護送的戴爾沙羅姆。」賈迪爾同意道。「但是妳需要人駕馭運送我送給窪地部族禮物的馬車、幫妳獵食、照顧牲口、準備餐點，還有洗衣服。除非有必要，不然他們不會舉起長矛。」

「那些工作傳統上不都是你們的女人在做的嗎？」黎莎問。「讓那十名戰士帶著眷屬同行。」她沒有說「充當人質」，但是羅傑還是在心裡聽見了。

「即便如此，」賈迪爾說。「十名戰士還是不能確保妳的安全。我的斥候回報通往窪地的道路出現了許多危險的青恩強盜。」

「不是青恩。」黎莎說。

「呃？」賈迪爾問。

小心說話。羅傑心想。

「你教我青恩是『外來者』的意思，」黎莎說。「那些人住在從小長大的土地上，或是被你的部隊趕離家園。在這裡，你們才是青恩。」

克拉西亞人中發出一陣憤怒的聲浪。在艾弗倫恩惠裡，賈迪爾具有絕對的權威，他突如其來的念頭等同於法律。事實上，他的裁定經常可以壓過流傳數千年的法律。沒有人，特別是女人——還是個外來女子——膽敢在公開場合如此肆無忌憚地與他說話。

賈迪爾揚起手指，所有人安靜下來。「討論文字的意義並不能改變危險的程度。二十名戰士。十名卡沙羅姆加上十名戴爾沙羅姆，包括卡維爾訓練官在內，好讓他繼續訓練你們的戰士，還有我的偵察兵克里弗。所有人都會帶第一妻室，以及一名子女同行。」

「子女要男女各半。」黎莎說。「而且年紀不能大到可以參加漢奴帕許。我不要從沙拉吉裡拉出二十個即將脫掉拜多布的男孩。」

賈迪爾微笑，朝肩膀後方輕彈手指。「阿邦，交給你處理。」

阿邦額頭抵地。「沒問題，解放者。」

「二十一個。」英內薇拉插嘴。「湊成神聖數目。阿曼娃是達馬丁，一定要有專屬的閹人護衛。

我會派安奇度護送她。」

「同意。」賈迪爾說。

「這不是——」黎莎開口，但是賈迪爾打斷她。

「我女兒需要保護，黎莎．佩伯。我想妳尊貴的父親，」他比向厄尼。「也會同意這毋須討論？」

黎莎望向父親，厄尼堅定地看著她。「他說得對，黎莎，妳也清楚。」

「或許，」黎莎說。「如果她要跟我們回去。這點我們還沒有決定。」

英內薇拉微笑看著自己盛水的金杯。「厄尼之女，這又是另一件輪不到妳決定的事。」

所有目光轉向羅傑，他覺得自己的腸子都絞成一團。他將思緒專注在胸口沉甸甸的金牌上，深深吸一口氣。他伸手到七彩驚奇袋中，拿出小提琴盒。

「偉大的沙達馬卡。」他說。「我一直在練習你女兒和她侍女教我的曲子，〈月虧之歌〉。你說過你的宮殿裡歡迎讚美艾弗倫的音樂，我是否有榮幸爲你演奏一曲？」

桌旁眾人全都對於如此避重就輕的回應流露好奇的目光，但賈迪爾只是揮手點頭。「當然，傑桑之子。這是我們的榮幸。」

羅傑打開琴盒，拿出魔印人送他的古董小提琴，一把保養良好的古世界遺產。琴弦是新的，但是漆面木材依舊保持完好，產生的共鳴超越羅傑這輩子用過的所有樂器。他謹慎地停下動作片刻，接著抬起頭來，彷彿突然靈光一現。「如果請阿曼娃和希克娃一同演唱是否恰當？」

「〈月虧之歌〉是榮耀之歌。」賈迪爾說著朝兩名年輕女子點頭。

她們無聲無息地朝他走去，如同鳥兒飛向獵人的手腕般來到他身後一步外的枕頭上跪倒。

看不到她們也好，羅傑心想。此時此地絕對不能分心。

他以殘缺的手掌握持上好的馬毛弓，接著閉上雙眼，隔絕嘴中克拉西亞咖啡的味道、鼻孔中的食物香氣，以及耳中的餐廳喧囂。他集中精神，直到全世界只剩下手中的樂器，接著開始演奏。

一開始他拉得很慢，順著曲子開頭的音調即興演奏。起先音樂很輕柔，但是隨著主旋律逐漸加入，他開始提高音量，直到琴聲盈滿賈迪爾的高台，穿越達馬基那一層，最後終於迴盪在整座大廳之中。羅傑隱約察覺觀眾變得鴉雀無聲，但那對他毫無意義。唯一重要的只有音樂。

旋律奏罷後，羅傑等到琴音完全消逝，接著又重頭開始拉起。他沒有下達指示，沒有像對學徒那樣點頭或是揮動琴弓，但阿曼娃和希克娃還是立刻開口，輕輕地應和著羅傑之前的隨性前奏。羅傑的曲調逐漸複雜，音調逐漸高亢，比起之前猶有過之。

喔，多了不起的肺呀。他心想，感受著空氣隨著她們的和聲顫動。他感到胯下堅挺，不過就像應付其他令他分心的事物般，他忽略這點。好的演出就會產生這種效果。幸運的是，吟遊詩人的褲子都很寬鬆。

這一次，當旋律再度完全到位之後，女人開始歌唱。羅傑的克拉西亞語還沒有好到能理解歌詞，但是歌詞聽來依然美妙——悲傷中帶有警示意味。阿曼娃和希克娃曾解釋過歌詞的意義，但是儘管兩名女子的提沙語說得十分流利，還是沒辦法充分解釋音樂與原文歌詞中融會而成的藝術性與意境。

這是羅傑渴望的挑戰。〈月虧之歌〉中蘊含魔力，遠古魔力。

每段韻文之後，都有一段沒歌詞的和聲，向天堂的艾弗倫祈求夜晚的力量。阿曼恩和希克娃的聲音完美融合，幾乎無法分辨這句誰唱完了，下句又換誰起頭。

第一段他完全按照女人之前所唱的演奏，但是在第二段韻文結束前，羅傑開始加入新的變化，隨著原始曲調即興變奏。他只做了細微的改變，但是唱歌的人要跟上卻不容易。她們輕易地跟上，變更和聲配合他的演奏。唱到第三段時，他更進一步變化，將音樂提升到足以令地心魔物卻步的境界。她們再度輕而易舉地跟上，彷彿他只是勾著她們的手腕在花園漫步。

第四段歌詞描述於新月時肆虐人間的惡魔之父阿拉蓋卡。羅傑不知道這種怪物是否眞實存在，不過前幾天晚上趁著新月試圖殺害黎莎和賈迪爾的惡魔王子就夠可怕了。這段的音樂帶有恐懼的音調，在轉換到下一段時，羅傑將音樂化爲能讓石惡魔聞風而逃的尖銳刺耳呼嘯聲。

再一次，阿曼娃和席克娃在沒有練習、沒有提示的情況下跟上他的音樂。

一段接著一段，羅傑測試她們，將他的小提琴魔法——如果那眞的算是魔法——提升到最高境界，讓整座大餐廳沉浸在他的力量之中。她們一步一步地配合演唱，就連他即興創作出一段全新的收尾也能完美搭配。當最後一個音調離開小提琴後，羅傑揚起琴弓，睜開雙眼。如同自沉睡中甦醒般，現實慢慢恢復焦點。席間每一個人，包括賈迪爾和英內薇拉在內，全都如痴如醉地看著他。羅傑望向遠方，看到下層的幾十名祭司也同樣著迷，大廳裡的數百名沙羅姆也是一樣。

接著，彷彿接收到提示，整座大廳爆出如雷般的喝采。沙羅姆高聲歡呼，跺腳跺到彷彿地板都在震動。祭司比較自制，不過掌聲依然響亮。加爾德舉起大掌拍他的背，差點把他體內的空氣都拍出來，而黎莎則對他露出曾經能令他心跳停止的笑容。就連哈席克也鼓掌跺腳，驕傲地凝望女兒。

然而，賈迪爾和英內薇拉沒有反應，現場很快就安靜下來，所有目光集中在解放者身上，等著看他如何回應。沙漠惡魔緩緩微笑，接著在眾人驚訝之下朝羅傑深深鞠躬。

「艾弗倫對你開示，傑桑之子。」他說，就這樣，掌聲與喝采再度響起。

羅傑鞠躬回禮，額頭差點碰到桌面。「我希望能娶你女兒與外甥女爲妻，阿曼恩・阿蘇・霍許卡敏．安賈迪爾．安卡吉。」黎莎低聲輕呼，伊羅娜則滿意地哼了一聲。

賈迪爾點頭，右手比向英內薇拉，左手比向伊羅娜。「女人將會安排……」

但是羅傑搖頭。「我希望能在此時此刻就娶她們爲妻，沒有什麼好讓女人去安排的。我不需要、也不想要嫁妝，也沒錢支付聘禮。」

賈迪爾十指交抵，考慮羅傑的請求，臉上不動聲色得就連大師級的吟遊詩人都自嘆不如。誰也看不出來他是想要命令哈席克像踩扁蟲子一樣打死他，還是願意接受請求。而他的貼身保鏢已經伸手去拿長矛。

但此刻羅傑已經擄獲觀眾的心，他毫不畏懼地繼續說道：「再多的金銀珠寶也不能與阿曼娃和希克娃相提並論。這些東西對沙達馬卡而言又有什麼意義？我打算將〈月虧之歌〉翻譯成提沙語，在族人之前演奏。要是如你所說，沙拉克卡即將到來，所有人都該知道新月的可怕。」

「你以爲我會爲了一首歌賤賣女兒？」英內薇拉說。

羅傑向她鞠躬。他知道自己應該怕她，但此刻他站得住腳，於是面露微笑。「請接受我的道歉，達馬佳，但那並非妳能決定的事。」

「沒錯。」賈迪爾在英內薇拉回嘴之前說道。她臉上不動聲色，但是眼中卻浮現比大發雷霆更駭人的冰冷目光。

羅傑轉過頭去面對他。「你說艾弗倫對我開示。我不敢說實情是否如此，但若眞是如此，祂是在告訴我此刻在你的宮殿裡就存在著眞實的魔法。祂是在告訴我，如果和你的女兒一起追求這種魔法，我們或許能找到方法單憑音樂擊殺阿拉蓋。」

「祂也是這樣跟我說的，傑桑之子。」賈迪爾說。「我接受你的請求。」

哈席克發出片刻之前還能把羅傑嚇得冷汗直流的歡呼聲。下方傳來更多鼓掌與跺腳的聲響，桌旁眾人則開始向他道賀。

「你這奸詐的渾小子。」加爾德說著抓起羅傑的肩膀，搖到他牙齒都在晃。就連英內薇拉似乎都很滿意這個結果，雖然羅傑知道她絕不會輕易忘記自己適才的不敬。唯一看來不太高興的人是伊羅娜，顯然她在暗自計算他剛剛放棄了多少財寶。

但是羅傑並不在意財富，只求夠過日子就好，而魔印人已經給了他一生享用不盡的財物。就算沒有那筆錢，他也可以靠拉小提琴換取三餐溫飽與住宿的場所。

賈迪爾指指阿曼娃，她立刻上前鞠躬。「傑桑之子羅傑，我遵照伊弗佳的指示，以及艾弗倫之矛卡吉，坐在艾弗倫的桌腳等待於沙拉克卡來臨時重生的解放者所樹立的典範，獻上自己與你成婚。我誠心誠意發誓將成爲你千依百順、忠心耿耿的妻子。」

賈迪爾轉向他。「跟著我說，傑桑之子。我，傑桑之子羅傑，在萬物創造者艾弗倫與沙達馬卡之前發誓，接納妳進入我的家園，成爲妳公正寬容的丈夫。」

羅傑伸手到上衣中，取出金牌握在手中。「我，傑桑之子羅傑，在萬物創造者艾弗倫與沙達馬卡之前發誓，接納妳進入我的家園，成爲妳公正寬容的丈夫。」

四周傳來一些不滿的聲浪。羅傑聽到其中包括老達馬基阿雷維拉克在內，但賈迪爾充耳不聞，不過羅傑還不至於蠢到以爲可以輕易忽略他們。「你接受我女兒成爲你的吉娃卡嗎？」

「我接受。」羅傑說。

希克娃也與他交換同樣的誓言，阿曼娃伸手揭下她的黑面紗。「歡迎，姊妹，親愛的吉娃森。」她說著爲她綁上白絲面紗。

哈席克站起身來，手持長矛與盾牌。一時之間，羅傑以為這名高大的戴爾沙羅姆打算把他宰了，但結果哈席克卻以矛敲盾，高聲呼喊。接著在場所有戰士全都和他一起呼喊，叫聲撼動整座大廳。

ℰ

「如果你已經打定主意要這麼做，至少也該先跟我們說一聲，羅傑。」黎莎在阿邦護送他們前往車隊時說道。

「我一直到演奏結束後才決定。」羅傑回應。「但是就算我早就決定，要和誰結婚又關妳什麼事？不要假裝如果我們異地而處，妳會來和我討論這種事。」

黎莎雙手緊緊抓著裙子。「要我提醒你那兩個女的曾經想殺了我嗎？」

「是呀，」羅傑說道。「但後來在阿曼娃受解藥所苦時出手醫治的人是妳，庇護她和希克娃的人也是妳。」

「不要自欺欺人，」黎莎說。「她們仍然是英內薇拉的人。」

羅傑聳肩。「或許，暫時還是。」

「你真的以為你有辦法改變她們？」黎莎問。

羅傑聳肩。「妳以為妳能改變他嗎？」他們抵達車隊時，羅傑立刻消失在他和妻子即將共乘的華麗馬車裡。

「不要低估傑桑之子。」阿邦對黎莎說。「他今天取得了強大的力量。」他比向手持帳冊站在車隊最前面的女人。「我的第一妻室，莎瑪娃。她會伴隨妳回到窪地，而她已親自挑選了駕車帶著妻小隨行的卡沙羅姆。所有人，不管是妻子還是丈夫，都是我們家族的人，或幫我做事的人。他們不會帶來任何麻煩。」

「我擔心的不是卡沙羅姆。」黎莎說。

阿邦點頭。「妳擔心得有理。我無權管理戴爾沙羅姆。他們服從卡維爾的命令，儘管阿曼恩告訴訓練官他還想要追求妳，一切都要依照妳的吩咐行事，不過我想實際上他們還是聽命於阿曼娃。」

「那我們只能期待羅傑的信心其來有自。」黎莎說。

「很難過看妳離開，女士。」阿邦說。「我會想念我們的談話。」

羅傑心滿意足地跳上新婚馬車。這輛馬車是來森所製，上好的木材鍍以金漆，並裝有金屬懸吊裝置以減少路上的顛簸。這是貴族的馬車，而且是很富有的貴族。

但是克拉西亞人進行過改裝，移除了座椅，在車內鋪了鮮艷的厚地毯，以及繡花絲枕。車牆和車頂上鋪著有紅有紫的深色絨布，車頂上掛著有打洞的銅壺，散發出藥草的香味。窗戶是玻璃的，可以打開透風，此刻就是打開的，不過也有保護隱私的絨布窗簾。銅和玻璃所製的油燈掛在牆上，只要轉動旋鈕就能點燃或熄滅。

羅傑到過比這裡還不適合做愛的妓院。

*看來他們不想我浪費任何時間。*他不否認自己也很飢渴。希克娃已經和他睡過了，不過拒絕婚前讓他在體內播種，而阿曼娃至今仍是處女。他會溫柔地對待她的。

他從驚奇袋中拿出筆和筆記本，繼續記錄〈月虧之歌〉。他認得不少字，也能寫一手不太好看的字，艾利克教他的文字和音樂符號都不像拉小提琴那樣渾然天成。

「不是每個人都有辦法只聽一次就永遠把整首歌給記下來。」艾利克在他上課抱怨時責罵道，同時打他一耳光來強調自己的忠告。「想要把歌賣給別人，你就得寫下來。」

當時羅傑對老師怨懟不滿，但現在他很慶幸自己有上那些課。他已經寫下了歌曲的旋律和歌詞的格律。翻譯歌詞要花很多時間，但他們最快還要兩個禮拜才能抵達窪地，而且也沒有其他事情可做。

羅傑微笑，拍拍絲枕。應該說，幾乎沒有事情可做。

他聽到人聲，於是從窗簾縫隙中看向窗外，只見阿曼娃和希克娃在兩名白袍達馬、一名長相奇特的沙羅姆，以及另外兩名女子的陪同下走向馬車。

羅傑立刻認出賈迪爾之子阿桑和他外甥阿蘇卡吉。那個戰士必定是阿曼娃的貼身侍衛，安奇度。他身穿標準的戰士黑袍，但手腕和腳踝上都銬著焊死的金鐐銬。

他不認得那兩個女人。她們身穿黑袍，其中一人和希克娃一樣戴著白面紗。另外一個沒蒙面紗，表示她未婚，也沒訂婚。

阿桑和阿曼娃走在前面，正在爭吵。他們在馬車前停步，以羅傑聽不懂的語言低聲爭辯。阿桑神色不善地抓起阿曼娃的肩膀搖晃，理應保護她的貼身侍衛袖手旁觀。不太可能有任何克拉西亞人膽敢攻擊解放者之子，更別說是地位卑微的沙羅姆。羅傑感到一股恐懼的涼意。他知道阿桑有能力殺死自己，他曾見過達馬出手——最弱的達馬都能把他的腦袋當球踢；但他不能袖手旁觀。他使出角色扮演的本領，在腦中挑選這輩子見過最無畏無懼的人，把他當成斗篷般披在自己身上。

他踢開馬車門，嚇了所有人一跳。

「別碰我妻子！」羅傑以魔印人特有的低沉語調說道。他手掌一翻，亮出一把飛刀。

阿蘇卡吉輕哼一聲，擺出攻擊的架勢，但阿桑放開阿曼娃，伸手攔下他。

「很抱歉，傑桑之子。」阿桑說，不過沒有鞠躬。他的提沙語咬字清楚，但像阿曼娃一樣口音很重。「只是兄妹間的口角，我無意破壞你新婚之日。」他顯然在壓抑語氣中的怒意。以前有人膽敢拿飛刀威脅過他嗎？

「你的表達方式還真是有趣。」加爾德說著從馬車另一側現身。他一手輕鬆提著巨斧，魔印彎刀觸手可及。羅傑透過眼角看見汪妲無聲無息地自另一邊接近，手持長弓。羅傑知道她能在轉眼之間搭弓射箭。

阿蘇卡吉移動腳步，擋在她和阿桑之間。他看來一副胸有成竹的模樣，不禁令羅傑懷疑汪妲有沒辦法在達馬撲到她身上前發箭，以及能不能射中任何東西。護送他們的戴爾沙羅姆都在附近圍觀。

羅傑淺淺鞠躬，動作只比點頭要大上一點，轉眼間收回飛刀，攤開空手。「你讓我深感榮幸，兄弟，親自前來祝福我們的婚姻，將你妹妹和堂妹託付給我。」

阿曼娃以神情警告他。羅傑心知用這種放肆的語氣和隨時可以殺死自己的人講話是十分危險的事，但他已經掌握形勢。只要他保持禮貌，達馬絕對不敢當眾攻擊解放者的新女婿。

「是的。」阿桑點頭道，不過語氣顯然沒有任何認同之意，鞠躬回禮的動作就像羅傑一樣毫不誠懇。阿蘇卡吉也照做。「祝福你們新婚之日……兄弟。」

阿桑轉向阿曼娃，說了幾句克拉西亞語，接著兩名達馬掉頭離開，所有人都鬆了一口氣。

「他說什麼？」羅傑問。

阿曼娃遲疑片刻，直到他轉過頭來直視她。「他說：『我們另外再找時間繼續這段談話。』」

羅傑彷彿毫不在意地點了點頭。「如果妳能介紹一下其他護送妳的人，我會很高興。」

阿曼娃鞠躬，指示另外兩名女子上前。第一個是戴白面紗的女人。近看之下，羅傑發現她很年輕，或許還比希克娃小。

「我嫂嫂兼堂妹阿希雅，」阿曼娃說。「阿山達馬基和解放者的大妹，神聖的英蜜珊卓的長女，我哥哥阿桑的吉娃卡。」

羅傑在對方鞠躬時掩飾心中的驚訝。「祝福你新婚之日，傑桑之子。看到我身受祝福的堂姊與你成婚令我心中無比歡喜。」她的語氣絲毫不像阿桑那樣不誠懇，看起來簡直像是想要吻他的樣子。

他轉向另一名年輕女子，沒戴面紗表示她和其他人一樣都已成年。

「我堂妹山娃，」阿曼娃說。「解放者長矛隊隊長凱沙羅姆山傑特與我父親第二個妹妹，神聖的霍許娃的長女。」

「我也祝福你，傑桑之子。」山娃俐落地深深鞠躬，鼻子差點碰觸地面。羅傑認識許多傑出的舞者願意付出一切換取這樣的力道與柔軟度。

「我們四個從小就在達馬丁宮殿裡接受安奇度指導。」阿曼娃說著朝希克娃點了點頭。「她們是來送行到最後一刻的，我們或許會有很長一段時間無法見面了。」

安奇度在阿曼娃的指示下深深地向羅傑鞠躬。

「羅傑．阿蘇．傑桑．安音恩．安河橋。」羅傑說著伸出手掌，以克利西亞語的習俗說出自己的名字。戰士好奇地看著他的手掌片刻，接著伸手握住他的手腕。他的手指硬如鋼條，他沒有說話。

「安奇度是個閹人，丈夫。」阿曼娃說。「他沒有矛，所以可以在你不在的時候守護我們，也沒有舌頭洩露我們的祕密。」

「你讓他們砍掉你的樹？」加爾德震驚不已。所有目光都轉向他，他立刻滿臉通紅。安奇度只是一言不發地看著他。

「安奇度不會講你們異教徒的語言。」阿曼娃說。「所以他不曉得你多無禮。」

這話令加爾德更加羞愧，連忙將巨斧插回背上的束帶，一邊後退一邊鞠躬。「很對不起。我……啊……」他轉身快步走去照料他的馬。

羅傑再度鞠躬，將眾人的目光拉回自己身上。「很榮幸有這麼多解放者的血脈來送行。請不要讓我打擾妳們道別，要多久都沒關係。」

他在眾女開始傷心擁抱時轉身離開，朝兩名伐木工點頭。「謝謝。」

「那是我們的工作。」加爾德說。「魔印人吩咐要保護你，我們一定會竭盡所能。」

「很高興我們要離開了。」汪妲說。「越早離開越好。」

「說得對。」羅傑同意道。

ʚ

「剛剛究竟是怎麼回事？」回到馬車中獨處後，羅傑立刻問阿曼娃。

「那是兄妹之間——」阿曼娃開口。

「我們的婚姻就要這樣起頭嗎？我的吉娃卡。」羅傑插嘴道。「不盡不實地迴避問題？」

阿曼娃訝異地看著他，但是很快就垂下眼睫。「你說的對，丈夫。」她微微顫抖。「你和你的同伴並非唯一急著想要離開艾弗倫恩惠的人。」

「你哥哥為什麼那麼生氣？」羅傑問。

「阿桑認為當我母親要求我嫁給你時，我應該拒絕。」阿曼娃說。「他和她爭論過，而那次談話……不太順利。」

「他不希望你們家族與綠地人結盟？」羅傑揣測。

阿曼娃搖頭。「完全不會。他清楚你所擁有的力量，也看得出它的價值。但是父親有很多達馬丁女兒，他認為將她們嫁給你就行了。他一直想把我當作禮物送給阿蘇卡吉，雖然父親健在時，哥哥無權把妹妹送人。」

「為什麼是妳？」羅傑問。

「因為只有最年長的正室妹妹才配得上阿桑最心愛的阿蘇卡吉。」阿曼娃啐道。「他自己無法懷下愛人的子嗣，所以想讓最接近他身分的人去懷，就像阿蘇卡吉說服阿山叔叔把阿希雅嫁給我哥哥一樣。我能撐到現在都是因為身穿白袍的緣故。」她看著他。「我的白袍，還有你。」

羅傑覺得有點噁心。「在我的家鄉，嫁給一等表親是……不恰當的行為，除非妳住在偏僻小鎮，沒有其他選擇。」

阿曼娃點頭。「我們的族人也不常這麼做，但阿桑是沙達馬卡及達馬佳之子，他可以為所欲為。如今阿希雅已經被迫產下一名他和阿蘇卡吉視為己出的兒子。」

羅傑抖了抖，接著在馬車開始搖晃時鬆了口氣。終於啟程了。

「不必再想那些事了，丈夫。」阿曼娃說著牽起他的右手，希克娃則來到他的左邊。「今天是我們的新婚之日。」

第十二章　百人部隊　333 AR　夏

月虧前二十八個拂曉

阿邦氣喘吁吁，汗水流在鏡宮主臥房的上奷絲綢床單上。阿曼恩就是在這張床上第一次佔有黎莎女士，而他是在阿邦的建議下從伊察奇達馬基千中搶來這張床。他很高興能在這張床上偷歡，在坎金部族領袖被趕去較差的地方住時弄髒這襲床單。

莎瑪娃已經起身，穿回黑袍。「起來吧，胖子。你爽過了，我們時間不多。」

「水。」阿邦一邊起身一邊嘟噥道。莎瑪娃拿起桌上的冰涼銀壺。倒水的時候，壺面上滑落許多水珠，一如此刻在他皮膚上的汗珠。

「總有一天你的心臟會承受不住，到時候財產都將歸我所有。」她嘲弄道，先給自己解渴，然後才又倒一杯水拿去給他。

如果是其他妻子這樣說話，阿邦會把她毒打一頓，不過此刻他只是一笑置之。他的吉娃卡從來不是他最美貌的妻子，而且早就過了適合生孩子的年紀，但她是他唯一出於愛而和她做愛的女人。

「妳已經掌握了我的財富。」阿邦說著接過杯了，一邊喝水一邊讓她幫他穿衣。

「或許這就是你要遣走我的原因。」莎瑪娃說。

阿邦伸手撫摸她的臉頰。他知道她只是在逗他，但他還是難以忍受。「我詛咒我們分離的每一分鐘。」他眨眼。「而這不光只是因為少了妳，我的工作量會加倍的緣故。」

莎瑪娃親吻他的手。「是增加三倍。」

阿邦點頭。「就是因爲這樣才遣走妳，我不能信任其他人先去和窪地部族打交道。我們必須鞏固基礎，贏得綠地人的心，就算這表示一開始帳冊上都是赤字也在所不惜。」

「我寧願讓奈抓去。」莎瑪娃說。「贏得綠地人的信任並不會花多少時間，他們非常輕信於人。他們沒有足夠的耐力去掩飾自己的弱點。」

這話說得沒錯。剛到解放者窪地時，北地人一看到阿邦接近立刻就會默不吭聲，不信任任何膚色黝黑的人。但是阿邦總是會帶禮物去找他們，不是金銀珠寶那般名貴的禮物——那種禮物會觸怒這些人。而是給一整天坐在馬車板凳上而導致腰痠背痛的人隨手送個絲枕，適時地恭維幾句；在煮菜鍋裡添加異國香料；談論一些克拉西亞族人的習俗。

北地人願意接納這些東西，還會在學會用克拉西亞語說「請」和「謝謝」時興高采烈，好像那是什麼了不起的成就。

於是他們開始與他交談，雖然仍語帶保留，但是越來越放得開，讓阿邦將討論天氣的話題轉向豐收祭典與節日、婚姻習俗與道德觀上。北地人很喜歡分享自己的想法。

當然，阿曼恩想要的不是這些。解放者想知道的是部隊的規模與駐地、有軍事價值或特殊意義的地點，還有地圖。他最想要的就是地圖。來森信使公會在克拉西亞人攻城當天就燒掉了地圖，而那些白痴沙羅姆完全沒有費心阻止他們。伊東公爵圖書館裡的地圖只有更新他自己的領地，疆界以外的地圖都已經是十年前的版本了。北方的解放者窪地的領土迅速擴張。小村落擁入大量難民，新的村落開始出現，很多都遠離阿曼恩的主力部隊得賴以行軍的信使大道。

「疆域在改變。」阿曼恩說。「不清楚這些變動，我們就無法取得勝利。」

這是正確的軍事觀點，但是儘管容易受騙，窪地人還是沒有蠢到會洩露這種情報。雖然阿曼恩對於閒話家常的流言蜚語不屑一顧，阿邦卻深知這些東西的力量。

大祕密就隱藏在閒談之中。他父親查賓以前常這麼說。

綠地人抵達鏡宮後，莎瑪娃也如法炮製。阿邦所有妻子和女兒都會說提沙語，但是她命令她們假裝只會幾個字，把簡單的互動弄得非常複雜，導致窪地人很快就不再與她們交談，雖然她們常常於鏡宮中出沒。她們默默端上食物、清理垃圾、更換床單，好像隱形人一樣。

幾週過後，綠地人不再掩飾彼此間瑣碎發生的口角。當他們以為周遭沒人時，其實通常會站在鏡宮裡多到數不清的通風孔旁，而莎瑪娃命令眾女經常「清理」中央通風井。阿邦閱讀她們記錄的報告，從隱私習慣到性交活動全都鉅細靡遺地記錄下來。有些報告他看得特別起勁。

如今北地人的喜好就像敞開的卷軸一樣攤在他面前。查出他人的慾望，父親告訴過他，你就可以狠狠敲他們一筆。

如同樓梯的台階般，他累積他們的信任，保守他們的祕密，提供中肯的建議。偶爾甚至會建議一些似乎有損他主人權益的事，這是所有在大市集裡長大的小孩都知道不能輕信的策略。但這個把戲似乎永遠都對綠地人有效，連最精明的綠地人都很不會討價還價。

最棒的地方在於他可以提供英內薇拉的祕密，一邊阻撓達馬佳的計畫，一邊贏取他們的信任。

現在她已經開始懷疑他在從中搞鬼，但是無所謂。他的手法微妙，利用不知情的人幫他做事——包括阿曼恩在內，所以她沒有立場公然反對他。沙達馬卡或許會在公開場合虐待阿邦，但不允許其他人這麼做，就連他兒子和最親近的顧問試圖威脅卡非特時都會被他嚴厲處分。

但這樣還不夠，要不了多久，英內薇拉或其他人就會開始下毒害他，或是趁夜暗殺他，除非他大幅強化自己的保全。

「我擔心你的安危。」莎瑪娃說，彷彿看穿他的心思。「如今必須搬離鏡宮，我很擔心你和我們的家人。」

「接下來幾個月裡，妳只要管好自己就好了。」阿邦說。「妳不在的期間，我可以保護自己，以及家裡的女人。」

「我們的兒子呢？」莎瑪娃問。

阿邦深深嘆氣，在鏡子前綁好頭巾，伸手去拿駱駝杖。「那就比較難了。」他承認。「但是問題總要一個個解決。現在，妳的車隊就要出發了。」

❦

送走妻子和綠地人後，阿邦一拐一拐地走回阿曼恩的宮殿。伊東公爵的住所是艾弗倫恩惠裡最壯觀、防禦也最森嚴的建築，雖然與沙漠之矛裡的宮殿比起來還是相形見絀。阿邦自己在克拉西亞的住所都比它大，不過看起來只是貧民窟裡的倉庫。卡非特讓當地的達馬和沙羅姆知道自己有多有錢是很不智的行為。

佔領來森時，達馬基和最有權勢的達馬佔據了艾弗倫恩惠裡最壯觀的建築，沙羅姆則奪走剩下來的好房舍。阿邦只能住在城內最貧窮、最偏僻區域的泥磚屋裡，這間屋子的居住空間甚至容不下他所有妻子、女兒及僕役。他在新大市集裡的店面都比這裡大。

簡而言之，阿邦的解決之道就是把所有人搬到鏡宮裡去住，然後趁機買下他家附近的所有土地。奴隸日以繼夜地工作，暗地裡在挖掘地道。他會在地道中塡滿石頭，打好外牆的地基，這些材料都已經國積齊全。他會在被人發現之前築好外牆，隔絕牆內的景觀，就算有人爬牆偷看也只會看到房屋的外觀，看不見屋內的奢華。

但是沒有戰士守護的話，光有高牆也毫無意義。阿邦不是戰士，但他深知戰士的價値。他有很多肌肉發達的青恩奴隸，但他們都不敢眞正的沙羅姆。如果沒有預先防備，一等到他家完工，達馬基就會奪走他的新宮殿。

沙達馬卡宮殿的走道上到處都是達馬和達馬丁，還有沙羅姆四下巡邏，守衛所有拱道和門戶。一身黑的戴爾丁拿著餐盤和洗好的床單忙進忙出。阿邦目光低垂，刻意瘸得更厲害地行走，拐杖在厚地毯上敲出穩定的聲響。

永遠在人前示弱。查賓曾教過他，而阿邦謹記在心。他的腳已經摔斷數十年，至今仍隱隱作痛，不過沒有表現出來的那麼嚴重，就連在阿曼恩面前也一樣。他只要簡單的手杖就能行走，但拐杖讓他看起來更沒用。這樣做達到了預期的效果，幾乎所有人都不會正眼瞧他，省得流露出厭惡的神情。

哈席克站在王座廳外，惡狠狠地看著阿邦走近。阿曼恩所有心腹都很鄙視卡非特，但哈席克是阿邦見過最會記仇也最殘暴的男人。此人又高又壯，身材可與解放者窪地的巨人媲美。痛苦對哈席克而言不具任何意義，就連凱沙羅姆都害怕面對他。因為哈席克不光只會擊敗敵人那麼簡單，他還會把人打成殘廢並且加以羞辱。

他們是在沙拉吉裡認識的，當時阿邦和阿曼恩還是好友，哈席克則是阿曼恩最大的敵人。如今哈席克狂熱地效忠阿曼恩，而對阿邦的恨意只有與日俱增，特別當阿邦一有機會就喜歡提起哈席克只是個貼身侍衛，而解放者卻對他言聽計從。

由於不能直接對付阿邦，哈席克只好將情緒發洩在阿邦的女人身上，常常為解放者傳令而到他家和店裡去，每次總會打壞一些值錢的東西或是強暴那時在場的阿邦妻女。

在鏡宮裡，他的女人不必擔心哈席克，而剝奪這項樂趣導致這個殘暴的戰士對他加倍怨恨。卡非特走近時，他的鼻孔如同公牛般歙張，阿邦懷疑他有沒有辦法克制自己。

「別光是站著，開門。」阿邦大聲說道。「還是要我告訴解放者你刻意拖延回應召喚的時間？」哈席克倒抽一口涼氣，一副好像被舌頭噎到的模樣。阿邦饒富興味地看著他噴濺口水，不過最後他還是打開了廳門。

阿曼恩已經教訓過很多膽敢阻擾阿邦的人，現在就連哈席克也不敢造次。他在阿邦路過時眼中流露復仇的目光，但卡非特僅以微笑回應。

阿邦一拐一拐地步入王座廳時，廳內還有幾名達馬基和各式各樣的趨炎附勢之徒，但是阿曼恩揮手支開他們。「出去。」

男人們全都瞪向阿邦，但是沒人膽敢吭聲。阿曼恩領頭走入較小的側廳。廳中擺有一張有二十張椅子圍繞的橢圓形黑木桌，主位是張王座。王座後方的牆上掛著覆蓋整面牆壁的大地圖，桌上擺滿新鮮的食物和酒。

「她離開了？」阿曼恩在兩人獨處後問道。

阿邦點頭。「黎莎女士同意讓我在窪地部族設立貿易站。這樣會加速文化融合，並且與北方維持必要的聯繫。」

阿曼恩點頭。「做得好。」

「我需要人保護貨品，以及貿易站的商店。」阿邦說。「從前我可以找僕役來做這種粗活，也可能是卡非特，但都是身強體壯的男人。」

「現在這種人都是卡沙羅姆了。」阿曼恩說。

阿邦鞠躬。「你看出我的難處了。不管在任何情況下都不會有戴爾沙羅姆聽命於卡非特，但如果你允許我挑選一些卡沙羅姆擔任這個工作，大家應該都會滿意這樣的安排。」

阿曼恩瞇起雙眼。他不擅心計，但也不是笨蛋。「多少人？」

阿邦聳肩。「一百人足夠了，微不足道的戰力。」

「沒有戰士的戰力是微不足道的，包括卡沙羅姆，阿邦。」阿曼恩說。

阿邦鞠躬。「我會自掏腰包貼補他們的家人，當然。」

阿曼恩考慮片刻，然後聳肩。「去挑吧。」

阿邦在拐杖容許範圍內深深鞠躬。「我需要帶個訓練官去繼續他們的訓練。」

阿曼恩搖頭。「這個嘛，我的朋友，我沒多餘的訓練官可派遣。」

阿邦微笑。「我想或許可以找魁倫大師。」魁倫是阿邦和阿曼恩在沙拉吉時的訓練官之一。他很嚴厲、很固執，而且極度痛恨卡非特；不過後來被田野惡魔咬傷了腳，傷勢嚴重而被達馬丁截肢。訓練官的身體復元了，但是心理卻沒有。

阿曼恩驚訝地看著他。「魁倫？當年爲了我不讓你摔死而毆打我的那人？」

阿邦鞠躬。「就是他。如果解放者本人都決定寬恕我，並且看出我的用處，或許訓練官也能如此。我聽說他最近過得不太順遂，還在沙拉吉裡授課，但是奈沙羅姆已經不像從前那樣尊敬他了。」

阿曼恩嘟噥一聲。「奈沙羅姆在血濺沙場之前都是蠢蛋，但是不久之後所有人都會血濺沙場。如果你想讓魁倫跟著你辦事，你可以自己去找他，但我不會命令他。」

阿邦再度鞠躬。「你對窪地部族女族長的承諾會影響我們的計畫嗎？」

阿曼恩搖頭。「我的承諾不影響任何事情。我依然有責任統一北地人民參與沙拉克卡，我們將於春天進攻雷克頓。」

阿邦抿起嘴唇，不過還是點頭。

「你覺得這是個錯誤。」阿曼恩說。「你想要我等。」

阿邦鞠躬。「一點也不，我聽說你已經開始召集部隊。」

阿曼恩點頭。「殺害惡魔王子肯定激怒了阿拉蓋卡，下一次月虧阿拉蓋卡將會降臨人間。我打從心裡感覺到，我們必須準備應戰。」

「當然，」阿邦同意道。「青恩已經接受安撫，就算調回大部分戰士，青恩也不太可能反叛。他們的女人都已換上恰當的服飾，兒子都去參加漢奴帕許，男人淪為奴隸。不過那些男孩還要很多年的時間才能接受戴爾沙羅姆的測驗，而我聽說他們的父親，青沙羅姆，訓練的成效不彰。」

阿曼恩揚起一邊眉毛。「你在沙羅姆的帳篷裡聽說不少消息，卡非特。」

阿邦只是微笑。「我的朋友，我的腳或許殘廢，耳朵卻很靈敏。」

「參加漢奴帕許的男孩已經遠離家人，他們很年輕，日後將會遺忘從前的生活方式。」阿曼恩說。「不少人將會成為稱職的戴爾沙羅姆，少數會變成寶貴的達馬，可以利用他們去改變綠地人的信仰。然而他們的父親記得太多，學得太少。大多都不會敞開心胸接受訓練，在沙拉克卡中作戰。」

「你要求他們先與他們的綠地兄弟展開沙拉克桑，」阿邦說道。「對任何人而言都很難接受。」

「白晝戰爭早就出現在預言中。」阿曼恩說。「想要戰勝阿拉蓋，將它們永遠逐出世界，我們就非這麼做不可。」

「預言都是很隱晦的，阿曼恩，往往在後悔莫及的時候才發現被人曲解。伊弗佳裡有很多故事都

如此告誡我們。」阿邦揚起帳冊，一本又大又重的書，裡面用工整的蠅頭小字寫滿難以解析的密碼。「利潤比預言眞實多了。」

「我們讓他們充當鈍器。」阿曼恩說。「去當敵人投石器和弓箭的活靶。他們會是我們部隊的擋箭牌，眞正的沙羅姆則是長矛。」

「至少你的長矛擁有強健的座騎。」阿邦說。「我們自以爲在克拉西亞的馬品種優良，但是在艾弗倫恩惠的綠地上奔跑的野馬卻令牠們相形見絀。青恩稱牠們爲馬斯譚馬，高大強壯的野獸。」

阿曼恩哼聲道：「要在黑夜中生存就非得夠壯才行。」

「戴爾沙羅姆很擅長抓馬及馴服牠們。」阿邦說。「你的部隊行動迅速，也沒有多少東西能夠抵擋他們的衝勢。」

阿曼恩滿意地點頭。「希望春天快點來。我們每多等一天，敵人就有更多時間聚集兵力。」

「我同意。」阿邦說。「這就是你不該多等的原因，趁冬季第一場降雪進攻雷克頓。」

阿曼恩驚訝地看著他，但阿邦臉上不動聲色。他很高興能如此讓朋友受驚。

「懦夫阿邦什麼時候開始建議進攻了？」阿曼恩問。

阿邦揚起帳本。「有利可圖的時候。」

阿曼恩凝視他很長一段時間，接著走去倒了一杯花蜜酒，坐上王座。他指示阿邦坐下。「非常好。告訴我你要如何獲利，怎麼知道第一場降雪何時來臨？你現在變成達馬丁了，能預知未來？」

阿邦微微一笑，自己也倒了杯酒，坐在桌前，打開帳本。「第一場降雪不是天氣變化，而是提沙曆法中的特定日子。秋分後第三十日。在雷克頓，這個日子特殊之處就在於所有小村落都要在那之前將收成稅繳交給雷克頓公爵。」

「你要我們奪走它？」阿曼恩猜道。

「長矛在空腹之人手中毫無用武之地，阿曼恩。」阿邦說。「今年冬天你的部隊差點發生饑荒，特別是在那個蠢達馬放火燒掉穀倉之後。我們不能容許這種錯誤再度發生。」

「同意。」阿曼恩說。「但現在我們控制了北地最大的農業區，還要更多穀物做什麼？」

「我們確實掌控了農業區。」阿邦點頭道。「但你的部隊也擴編了。現在我們有數千名青沙羅姆，而你必須要統治持續擴張的領土。更重要的是，你必須奪走雷克頓的冬季存糧。他們的城市位於巨湖之中，據說從城市中心朝四面八方都看不到湖岸。」

「聽起來不太可能。」阿曼恩比向牆上的大地圖。「但是綠地人似乎認同這一點。」

「沒有巨蠍刺或弓箭能夠從湖岸射中雷克頓。」阿邦說。「如果所有船隻都滿載糧食回到雷克頓，他們或許能在裡面撐上一整年。」

阿曼恩十指交抵。「你有何建議？」

阿邦吃力地起身，靠著駱駝杖一拐一拐地走到牆上的大地圖前。阿曼恩饒富興味地轉頭打量他。

「雷克頓(Lakton)就像艾弗倫恩惠一樣，城如其名。」他舉起拐杖指向地圖上的大湖和鄰近西岸的城市。「領地裡散落著數十座村鎮。」他以杖頭在湖外圍比劃更大的圈子。「這些村鎮的土地跟艾弗倫恩惠的一樣肥沃，收成幾乎同等豐富，而且全都無人看守。」

「那為什麼不乾脆吞併外圍村鎮就好了？」阿曼恩問。

阿邦搖頭，再度比劃剛剛的區域。「這片土地範圍廣大到難以佔領。你沒有足夠的人馬，而且這樣做就必須親自收成，前提是當地居民沒有一看到大軍殺來就放火燒了田地。不少人會趁亂逃脫，及時趕到城市警告船務官員收集存糧，起錨回城，然後緊閉城門。」

「最好還是等到第一場降雪，然後進攻這裡。」他指向大湖西岸的一座大城鎮。「碼頭鎮。青恩會把收成稅帶來此地，交給船務官員清點，裝運上船，然後送往位於湖心的城市。船務官員的所有船隻都會停在碼頭或是於附近下錨，等著上貨。」

「碼頭鎮防禦不嚴，這個季節裡只要沒有接獲警告就不會備戰。但是你的部隊在馬斯譚馬的幫助下可以迅速進攻。只要一支菁英部隊就能奪下穀物收成、雷克頓主要的碼頭，以及半數船隻。奇襲完畢後再派出你的鈍器去進攻鄰近村鎮。首先攻下位於湖岸的村鎮，切斷他們的後路，到時候雷克頓居民就會在缺乏糧食的情況下於島上困守一整個冬季。等到春天，他們很可能會不戰而降，如果沒有，你就派遣滿載沙羅姆的船艦攻城。」

阿曼恩凝視地圖很長一段時間，眉頭深鎖。「我會考慮。」

你的意思是會諮詢英內薇拉的骰子，阿邦心想，但沒有笨到把話說出口。進行這種風險極高的事情前諮詢霍拉是理所當然之事。

ꟹ

阿邦手持阿曼恩的令狀，一拐一拐地前往訓練場，走向卡吉沙拉吉。小時候和他一起受訓的祖林立刻發現他。祖林在阿邦墜落大迷宮牆時曾嘲笑他——阿邦就是那時摔斷腿的，後果就是自己也被魁倫訓練官摔下牆去。但是祖林後來痊癒了，沒和阿邦一樣摔得終身殘廢。他沒有忘記這件往事。

祖林正在卡吉大帳裡和其他人一起休息，一邊喝著庫西酒，一邊玩著沙拉克。阿邦很驚訝地發現綠地人也會玩這種遊戲，不過他們稱之為沙克，而且規則不太相同。一名沙羅姆將骰子嘩啦嘩啦地擲在碗裡，在一群面帶怒色的人面前大聲吆喝。

「你跑來男人的地方做什麼？卡非特。」祖林叫道。其他戰士聞聲抬頭。阿邦看到其中兩名戰士心中立刻一沉，法奇和蘇斯頓。

他的兒子。

祖林站起身來，完全看不出來一週前背上曾遭鞭刑的模樣。他向來恢復得很快，早在他開始吸收惡魔魔法前就是如此。

戰士迎向前來，聳立在阿邦面前。阿邦身高絕不算矮，但祖林還是比他高，比他瘦，而肥胖的阿邦則因爲體重的關係彎腰駝背，得靠拐杖支撐。

祖林不敢碰阿邦——即使阿曼恩不在場，但就和哈席克一樣，他絕不會錯過任何傷害及羞辱老同學的機會。哈席克把怒氣發洩在阿邦的女人身上，祖林和山傑特則是利用他的兒子。畢竟這兩個年長的男人都是解放者長矛隊成員，沙達馬卡的戰士裡最赫赫有名的一群，也最致命、戰陣經驗豐富，並且每天晚上利用吸收的魔法保持年輕力壯。法奇和蘇斯頓崇拜他們。

年輕男子跟在祖林身後走來，但沒向阿邦招呼，根本不把他放在眼裡。他們盯著地面、看著對方、望向遠處，就是不看父親。在一個父親之名比自己的名字更重要的文化，這算是最嚴重的羞辱。

「你兒子都成了高強的戰士。」祖林恭賀他道。「一開始很軟弱——卡非特的後裔本當如此。」法奇朝地上吐口口水。「但我照顧他們，將他們磨鍊成鋼。」他笑嘻嘻地道。「一定是遺傳自母親。」

三名戰士同聲大笑，阿邦緊緊握住拐杖的象牙握柄，用力到手掌疼痛。藏在拐杖裡的利刃上有淚毒，他可以在祖林有機會反應前刺傷他的腳。儘管這樣做能在兒子眼中爭取到片刻尊重，但是這點尊重不會持久。畢竟毒藥是懦夫的武器，而且不管出於任何理由，卡非特攻擊沙羅姆就是唯一死刑。如果他不是解放者最寵信的顧問，就算語氣稍有不敬也會引來長矛穿胸之禍。

法奇和蘇斯頓瞪視著他，毫不遮掩厭惡的神情。如果他動手，他們會毫不遲疑地把他交給附近的達馬，然後在阿曼恩還未聽說之前就遭到處決。

阿邦面無表情地強迫自己鞠躬，拿起蓋有解放者印信的卷軸。祖林就像許多戰士一樣不識字，但他認得皇冠和長矛的印信。「是沙達馬卡派我來的。」

祖林臉色一沉。「有什麼事情重要到必須讓你來玷污戰士之地？」

阿邦站直。「那不關你的事。帶我去見魁倫訓練官，動作快。」

蘇斯頓吼道：「不准用那種語氣跟比你高等的人說話，卡非特！」

阿邦目光冰冷地瞪向他。「你或許繼承了母親的勇氣，孩子，但從你膽敢拖延沙達馬卡的正事來看，顯然沒有繼承她的智慧。去找點有用的事情做，不然下次見到解放者時，我會告訴他有些沙羅姆在訓練時間玩沙拉克，還喝庫西酒。」

兩個男孩嚇得臉色發白，互看一眼，然後快步離開。阿邦感到一股冰冷的滿足，但無法止住心裡淌的血。阿邦早就習慣別的男人看不起自己的瘸腿和懦弱。但是連兒子都不尊重自己，實在稱不上是男人。快了，他承諾自己。快了。

許多沙羅姆罔顧伊弗佳的規定，會在夜裡喝庫西酒壯膽，並在白晝忘記黑夜的團結。不過只有少數人會醉到連達馬經過時都沒辦法立正站好。

魁倫就是這麼醉，甚至更醉。訓練官坐在髒兮兮的枕頭上，背靠大帳的中柱，黑袍濕淋淋的，發出嘔吐物的臭味。他身旁擺著上好魔印矛，矛上特別加裝橫槓，讓他把武器當作拐杖使用。他的左腳膝蓋以下已然截肢，小腿的褲管固定在後，斷口處綁了根簡單的木樁。

他在阿邦進帳時瞪了他一眼，小眼中充滿仇恨。「來看笑話的嗎？卡非特。現在我變成和你差不多的廢物，但至少死後會上天堂。」

阿邦放下帳帘，確保兩人獨處。接著他一口啐在魁倫腳邊。

「我不是廢物，訓練官。我每天都在服侍我們的主人，從來不曾像女人一樣怨恨命運，更別說喝酒喝到變成一灘尿池。艾弗倫賜給你強健的體魄，不過看來少了它，你的心靈卻很懦弱。」

魁倫怒不可抑，伸手抓矛，打算起身刺穿阿邦的心臟。但他還沒習慣用木腳站立，庫西酒更害他站不穩。他絆了一跤，阿邦趁機出手，將訓練官的木腳一杖打飛。魁倫倒地時，他再度出擊，擊落對方的矛。

訓練官重重落地，阿邦的拐杖刀喀地一聲彈出，刀刃指向他雙眼中間。

「你以前殺過很多惡魔，訓練官。」阿邦說。「但要是被讓你趕出沙拉吉的殘廢卡非特宰掉，死在自己的排泄物裡，你還能保有天堂的一席之地嗎？」

魁倫僵立不動，雙眼緊盯自己鼻梁前的利刃。「你想怎樣？」他終於問道。

阿邦微笑，後退一步，收回杖頭利刃，依靠拐杖鞠了個躬。他從色彩鮮艷的背心中拿出蓋有解放者印信的卷軸。「沒什麼，只想幫你重振雄風。」

阿邦和魁倫一拐一拐地穿越訓練場，前往卡吉卡非特沙拉吉時吸引了許多目光。訓練官在吉娃沙羅姆的協助下脫下髒衣，清洗身體，然後換上乾淨的黑袍。阿邦看他在日光下瞇眼，確信庫西酒令他頭痛欲裂，但是訓練官已經找回了一些自我，沒將身體的不適表現出來。他行走時抬頭挺胸。阿邦按習俗走在他一步之後，雖然他可以輕易超越魁倫爲了維護尊嚴而採取的緩慢步調。

他們來到褐袍卡沙羅姆的訓練場所——光是卡吉部族就有數千人。大多數人都在練習阿邦印象中彷彿是前輩子學過的簡單矛盾戰技，整齊一致地轉換方向，盾牌交疊，同時出矛。旁邊還有少數人在練習進階技巧。

魁倫啐道：「這些人大部分都還該穿拜多布，或去幫忙抬水擦盾。」

幾名年輕的沙羅姆列隊走過。他們身穿黑袍，但垂在脖子上的面紗是褐色的，表示他們是卡非特訓練官。

「一群小狗，」魁倫不屑地說。「期待能靠訓練卡非特來贏得紅面紗。」一名年輕的訓練官看見他們，迎上前來，不屑地打量他們，直到看見魁倫的紅面紗。他瞪大雙眼，在看到訓練官的臉後終於認出他的身分。魁倫原先是解放者長矛隊的成員，稱得上是聲名遠播。沙達馬卡本人都接受過他和卡維爾訓練官的指導。

年輕的訓練官鞠躬，完全忽視阿邦的存在。「我是哈馬許·阿蘇·吉馬斯·安提山·安卡吉。」

魁倫點頭回禮。「我訓練過你父親。吉馬斯是個勇敢的戰士，在大迷宮中壯烈成仁。」

哈馬許再度鞠躬，這次更深。「你來卡非特沙拉吉有何貴幹？尊貴的訓練官。」

阿邦跛行上前，拿出令狀。訓練官就和凱沙羅姆一樣接受過寫字與繪印等訓練，但從哈馬許眉頭深鎖地看著令狀的模樣來看，他顯然沒有專心上課。

阿邦假裝沒發現，這對他而言是件好事。「解放者要十名最頂尖的卡沙羅姆，我負責挑選。」

「你，一個卡非特，想要挑選戰士？」哈馬許說著目光瞟向魁倫。

阿邦微笑。「有誰比我更恰當？畢竟他們都是卡非特戰士。」

「依然是戰士。」年輕的訓練官吼道。

「魁倫訓練官負責考量他們的戰技，」阿邦說。「我則負責考量智力。」

「只要十個？」魁倫低聲問道，不讓哈馬許聽見。「你說解放者要一百個。」

「解放者不分部族，訓練官。」阿邦說。「我們會從每個部族中挑選十名戰士。」

「那就超過一百個了。」魁倫說。「克拉西亞有十二個部族。」

就沙羅姆而言，魁倫還算挺聰明的。阿邦饒富興味地想道。「我還記得你的訓練方式，訓練官。有些人會在嚴格的訓練過程中死去，有些人則會在訓練完畢後再也無法作戰。」他若有深意地用拐杖敲敲自己的腳。「我們挑選一百二十個人，好讓你有把人訓練到死或是殘廢的空間。」

魁倫嘟噥一聲，一直看著兩人交頭接耳的哈馬許和他目光相對。他厭惡地抿起嘴唇。「即使是殘廢的訓練官也不該讓卡非特這樣和他說話。」

魁倫雙眼平靜，絲毫不動聲色，手中長矛已經擊中哈馬許的兩腿之間。年輕的訓練官弓身彎腰，魁倫轉動武器，重重打中他的腦側，將他擊倒在地。

哈馬許連忙滾向一旁，但魁倫早就料到這個反應，順著他的滾勢揮落金屬矛柄。哈馬許皮開肉綻，幾顆牙齒粉碎。他口吐鮮血與碎牙，徒勞無功地試圖起身，但是對方還沒結束。魁倫站穩腳步，一下接著一下出矛。大部分攻擊都很痛，但是沒有造成永久傷害，不過由於年輕訓練官持續抵抗，魁倫的矛柄終於打斷了他的右手手肘。他痛得放聲大叫。

「擁抱痛苦，閉上鳥嘴，白痴！」魁倫嘶聲說道。「你的人在看！」他說的沒錯，所有訓練官和卡沙羅姆都停下訓練，目瞪口呆地看著他們。

魁倫轉身看向其他訓練官。「教他們脫到剩下拜多布，列隊準備校閱！」他吼道，他們連忙照辦，彷彿下令的是解放者本人。沒過多久，矛盾整齊架好，長袍疊好，所有人立正站好，身上只穿褐色拜多布。

魁倫以矛柄戳向還在地上抽動的哈馬許。「站起來跟我走。我已經摘下了你的褐面紗，要是跟不上我的腳步或是再敢藐視我，我連你的黑袍都給扯了。」

阿邦強忍笑意，看著哈馬許掙扎起身，臉色蒼白，血跡斑斑。他挑對訓練官了。

哈馬許面無血色，鮮血沿著臉頰留下，跌跌撞撞地跟著跛行的兩人來到第一隊卡沙羅姆之前。另外一名褐面紗訓練官立正站在他們前面，他向魁倫鞠躬，額頭差點著地。

他們沿著第一排隊伍行走，魁倫把每個人都叫出來，簡直把他們當作拍賣區的奴隸看待。

「不夠結實。」魁倫捏捏第一個人的手臂，評論道。「但吃上幾個月稀粥，加上搬石頭跑城牆就能解決問題。打第一路沙魯金來看看。」對方開始冒汗，不過還是奉命行事，慢慢打完一路沙魯金。

魁倫啐道：「即使就卡非特的標準來看都很可悲。」

「你在回應解放者召喚參與沙拉克前是做什麼的？」阿邦拿出帳冊和筆問道。

「我是油燈匠。」對方回答。

阿邦嘀咕一聲。「你是師傅還是學徒？」

「師傅。」男人說。「店是我爸開的，不過他讓我訓練我兒子。」

「這有什麼差別？」魁倫大聲問道，但阿邦不去理他，又問了幾個問題才移動到下一個人。這個身穿拜多布的傢伙瘦到只剩皮包骨。他瞇起雙眼看著他們來到面前。

阿邦揚起三根手指。「幾根？」

男人眼睛瞇得更緊。「兩根。」語氣有點遲疑。

阿邦後退幾步，對方不再瞇眼。「三根。」男人較爲肯定地說。

魁倫推了瘦子一把，他立刻摔在地上。

「站起來，你這條狗！」一名褐面紗訓練官吼道，同時以矛柄打他，男人立刻歸隊。

「這傢伙根本不屬於這裡，更別提要加入解放者的菁英。」魁倫說。阿邦再度忽視他，依然面對那個男人。「你識字嗎？會珠算嗎？」

男人點頭。「戴眼鏡就可以。」

他們繼續差不多的挑選過程，魁倫戳戳揑揑，阿邦則負責問話。他們命令某些人出列，站在旁邊等待阿邦和魁倫進一步挑選。

他們來到一個比其他人都高一個頭的人面前，他胸膛厚實，手臂肌肉鼓脹。阿邦微笑。

「你們不會想挑他的。」其中一名訓練官說道。「他跟一群駱駝一樣強壯，但是聽不見號角聲，什麼都聽不到。」

「沒人問你。」阿邦說。「我記得他，他是最早回應解放者召喚的人之一。他叫什麼名字？」

訓練官聳肩。「沒人知道，我們都叫他無耳。」

阿邦迅速比劃幾個手勢，巨人離開隊伍，與剛剛挑出來的其他人站在一起。

首都裡的卡吉卡沙羅姆超過千人。達馬自尖塔上吟唱宵禁之歌時，他們才檢閱完一半而已。他們決定從剛剛挑出來的人挑選，不過還是有五十幾人。阿邦和魁倫帶他們進入大帳，繼續測試盤問，直到剩下二十人，接著十個人，最後終於選出四人，包括聾啞巨人在內。

魁倫不想要那個巨人。「聽不見號角聲的戰士會成為累贅。」

「在阿拉蓋沙拉克裡，或許是。」阿邦同意道。「不過就像達馬丁的啞巴閹人一樣，我用得到永遠不會偷聽任何祕密的人。」

第二天議會結束後，他們又回到沙拉吉，日落前都在挑選、測試、盤問、爭辯，直到滿意。魁倫六度威脅阿邦如果駁回某個人選，自己就要退出。

「那就退出啊。」阿邦在他第七次如此威脅時說道，引發爭論的是個來自沙石村的挖掘工。他是個外表剽悍的壯漢，但是目光呆滯，腦筋遲鈍，就連算手指都不一定算得對。「我不要白痴士兵。」壯漢瞪向阿邦，但無耳站在他身後，雙手抱胸，於是他決定不要吭聲。

魁倫瞪著他，但阿邦瞪回去。終於，訓練官聳肩。「如果你小時候這麼有骨氣，我或許能把你訓練成男人。」

阿邦笑了笑，微微鞠躬。「我向來這麼有骨氣，訓練官。只是從不用在戰場上。」

「你眼光不錯。」魁倫看著十名新血，終於不太情願地說道。「我可以把這些人訓練成戰士。」

「很好。」阿邦說。「明天我們去馬甲卡非特沙拉吉繼續挑選。」

校閱馬甲部族花了一天，梅寒丁也是一天。他們順著訓練場的部族大帳一個接著一個挑選過去，由於其他部族人數越來越少，挑選的速度也越來越快。最小的部族是沙拉奇，一共只有三打戴爾沙羅姆及將近百名卡沙羅姆。

「我們挑選卡吉部族時跳過了幾百個人。」魁倫在他們挑完沙拉奇部族最精銳的人選後說道。就像許多在阿曼恩統治部族之前受訓的年長戰士一樣，魁倫對自己的部族異常忠誠，希望能多訓練一點自己部族的士兵。

阿邦點頭。「但沙拉奇部族是阿拉蓋捕捉環的專家。」確實，他們見識了沙拉奇戰士操演這把武器的過程，那是種矛的底端有著專套惡魔或人類頸部的鋼圈的中空長矛。矛的橫檔旁有根拉桿快速控制鋼圈的大小。沙魯沙克中有一路專爲這種武器而創的招式，方便他們控制獵物。

「我對這把武器也不陌生。」魁倫說。

「不陌生還不夠好，訓練官。」阿邦說。

訓練官亮出白森森的牙齒。「解放者的戰技都是我一手調教的，那樣還不夠好？」

阿邦不爲所動。「你教了他很多，但達馬教他的更多，將兩邊的戰技融會貫通才成就了今日的他。如今阿曼恩習練所有部族的沙魯金，你日後也會。你將會指導這些人，但你同時也要學會他們的招式。南吉部族的矛和鎖鏈，克雷瓦克的鐵梯等所有戰技。如果你辦不到，我就去找別人。」

「我學得會那些低賤部族的把戲。」魁倫吼道。

「當然，」阿邦同意道。「你肯定還會加以改良。我挑選現世最偉大的訓練官不是沒有理由的，你會把這些人裡最差的人訓練成可與任何凱沙羅姆匹敵的戰士。」

這話似乎對魁倫起了安撫的作用。沙羅姆就是這麼單純。先激他幾句，最後加句恭維話，他們就是你的了。

「我不能教導他們凱沙羅姆學的達馬之道。」魁倫承認道。

阿邦微笑。「那個交給我來擔心，訓練官。」

阿邦和魁倫帶著一百二十名卡沙羅姆回家時，他家四周已經圍起木牆。木樁深深插入地面，緊緊綑綁，從外面完全看不見牆內的景象，不過刻意弄得好像很不結實。木牆外圍繪有強大的魔印，不過看來十分拙劣——沒有任何引人注目的地方。

當然，這一切都是刻意安排的偽裝。進入圍牆之後，魁倫吃了一驚。數百名青恩奴隸搬運著打磨切割整齊的巨石，沿著木牆內緣建築真正的圍牆——此刻已經築到腰間。其他人則清理著之前這塊土地上的簡陋房舍所遺留下來的廢墟。空地上搭起許多大帳篷，某些帳篷中冒出濃煙。金屬敲打、石塊撞擊以及工人吶喊的聲音此起彼落。

「你在建造堡壘。」魁倫說。

「一座用來強化沙拉克卡戰力的城堡。」阿邦說。「同時也是座需要守護的堡壘，特別在它最不堪一擊的此刻。」

打從阿邦把他從醉生夢死的生活裡拉出來後，這或許是魁倫第一次微笑。他經驗老到的雙眼沿著木牆，以及內牆的地基移動。「交給我，你的卡沙羅姆入夜之後就會開始輪班巡邏。」

「目前那樣就可以了，但是之後卻不足夠。」阿邦說。「我的手下在拍賣區購入大批奴隸，勞役鍛練了他們的體魄，但他們不是戰士。我要你也訓練他們。」

「我一直不喜歡沙達馬卡訓練青恩的主意。」魁倫說。「伊弗佳告訴我們要讓敵人繳械，不是訓練他們。」

「你喜不喜歡無關緊要，訓練官。」阿邦說。「沙達馬卡的命令已經頒布了。他們不是敵人，是奴隸，而我不會虧待他們。他們睡得暖、吃得飽，很多人都和家人在一起，不用擔心受怕。」

「信任他們絕非明智之舉。」魁倫說。

阿邦忍不住大笑，笑到得停下腳步，依靠拐杖才站得穩。他擦拭淚水，轉頭看向魁倫，只見他皺著眉，不確定自己是不是淪爲笑柄。「信任？」他又輕笑幾聲。「訓練官，我什麼人都不信。」

魁倫哼了一聲，他們繼續參觀。阿邦帶他前往護甲匠的帳篷，裡面熔爐炙熱，充斥著打鐵聲。即使沿著牆上架設抽風管，帳內還是空氣凝重，充滿煙霧、高溫，以及淬鋼水槽的蒸汽。大帳內隔成許多工作間，有金屬或玻璃的熔爐、鐵匠、研磨匠、木工、造箭師、織匠，以及魔印師。

每個隔間裡都由數名身穿厚黑袍的戴爾丁打理，她們似乎對濕熱的環境絲毫不以爲意。魁倫同樣沒有顯露出絲毫不適，不過他開始採用沙羅姆擁抱痛苦的規律呼吸法。

阿邦深深吸了一口污濁的熱氣，然後心滿意足地吐氣，彷彿在拿水煙筒享受頂級菸草一樣。這是獲利的味道。

大帳中央整整齊齊地排列著完成的物品：矛、盾、鐵梯、繩勾、阿拉蓋捕捉環，以及偵察兵暗藏在身上較小但同樣致命的武器。這些武器旁還有巨蠍刺，還有須以拖車載運，用以發射它們的巨弓。

訓練官自一堆武器中隨手挑出一支矛，站穩木腳，要了一系列迴旋與突刺的招式。「好輕。」

阿邦點頭。「綠地人有種喚作金木的樹，這種樹名副其實，和寶貴的黃金同樣有價値。與克拉西亞的沙羅姆矛所採用的藤木相比，金木更輕更強韌，也不太需要經常上漆強化其上的魔印。」

魁倫以掌心測試矛尖，發現輕輕一壓就劃破皮膚時面露微笑。「這是什麼金屬？竟然這麼利。」

「不是金屬，」阿邦說。「是玻璃。」

「玻璃？」魁倫問。「不可能，這樣一打就碎了。」

阿邦指向熔爐隔間裡的鐵砧，魁倫毫不遲疑，跛行上前，用足以撞斷鋼刃的力道狠狠揮落長矛。只聽見噹地一聲，鐵砧凹了一塊。

「我們從窪地部族那裡學來的把戲。」阿邦說。「魔印玻璃——比鋼鐵更輕更強，堅硬到能夠磨出最銳利的刃面。我們在玻璃上鍍銀，藉以掩飾它的材質。」

他帶魁倫來到另一個隔間，交給他一個陶盤。「戴爾沙羅姆現在在長袍內袋塞了這些陶板。」

「我很熟。」魁倫冷冷說道。

「那你該知道它們一打就碎，最多只能承受一擊，而且碎片常常會造成更嚴重的傷。」阿邦說。

魁倫聳肩。

阿邦給他另一個陶板，是能在熔爐之前反射火光的透明魔印玻璃板。「更薄、更輕、硬到可以撞斷石惡魔爪。」

「解放者的部隊將會所向無敵。」魁倫低聲說道。

阿邦輕笑。「普通戴爾沙羅姆負擔不起這種裝備，訓練官，但解放者長矛隊當然要用最好的。」他眨眼。「我的百人部隊也一樣，你要訓練的人將會使用媲美沙羅姆卡菁英部隊的裝備。」

阿邦看見訓練官眼中綻放貪婪的目光，忍不住微笑。再加一項禮物，他就是我的了。

「來，」他說。「我雇用的訓練官絕不能靠著根廉價木樁走路。」

阿邦心滿意足地看著魁倫在他所挑選出來受訓的卡非特和青恩面前來回踱步。訓練官的木椿已經被丟到火裡，以經由魔印強化的彈簧鋼取而代之。這根義肢簡單優雅，讓他找回失去的戰鬥力。他還是依賴長矛保持平衡，但已經越走越穩了。

受訓者身上剩下拜多布，其他衣服都丟去燒掉。卡非特的拜多布是褐色，青恩的則是綠橄欖色。

「我不在乎沙拉吉的訓練官如何稱呼你們。」魁倫吼道。「在我眼中，你們都是奈沙羅姆，直到你們證明自己是沙羅姆。如果表現良好，我會獎勵你們。戰士的長袍和面巾、上好的武器與護甲、更好的食物，還有女人。如果讓我蒙羞，」他暫停片刻，望向眾人，彷彿同時對上所有人的目光。「我就殺了你。」

底下的人立正站好，一動也不敢動，即使在晨間的寒風中，還是有不少人嚇得臉色發白，冷汗直流。魁倫轉向阿邦，點了點頭。

「就是現在。」阿邦對自己的外甥詹莫瑞低聲說道，不過這名年輕的達馬已經大步上前。他身材高而不瘦，從未理會過伊弗佳的飲食禁制，不過他也不胖，因此以伊弗佳祭司特有的流暢體態移動。詹莫瑞這輩子大部分的時間都住在沙拉克霍拉，抄寫或竊取每個部族的沙魯沙克手稿，知曉禁忌戰技。他很樂意將這些招式出售給他舅舅。

「在達馬詹莫瑞面前下跪！」魁倫下令道，所有人立刻下跪，手掌毫不遲疑地碰觸地上的塵土。

詹莫瑞揚起雙掌，一手拿著阿曼恩簽署的令狀，一手拿著伊弗佳聖典。「忠心的奈沙羅姆！阿曼恩．阿蘇．霍許卡敏．安賈迪爾．安卡吉，沙達馬卡及艾弗倫在阿拉上的代言人，將你們賜給他的僕人阿邦。是他讓解放者注意到你們，讓遠離艾弗倫之光的人們有了救贖的機會、證明忠誠的機會。」

他掃視眾人。「你們忠誠嗎？」

「是，達馬！」所有人齊聲吶喊。

「艾弗倫在看！」詹莫瑞叫道，雙手迎向太陽。「懷抱忠誠與信念者不論在阿拉與天堂都會贏得獎賞。背棄承諾或辜負期望者將會在死前承受莫大的痛苦，被祂丟入奈的深淵。」

阿邦忍著不笑。他外甥眼中狂熱的目光只是一場熟練的演出，就像北地吟遊詩人那樣。這傢伙毫無信仰可言，打從他接受祭司召喚後已是如此。

但是人們眼中的恐懼顯示他的演出完美。就連魁倫似乎都在詹莫瑞揚起伊弗佳聖典時面露畏縮。

「伸出你持矛之手。」詹莫瑞命令道，訓練官將右手放在古舊的皮革封面上。

「你是否宣示服侍阿邦．阿蘇．查賓．安哈曼．安卡吉？」詹莫瑞問。「從現在到你死去，盡心盡力守護他，除了解放者本人外只聽從他的命令？」

魁倫遲疑，目光瞟向阿邦，氣得眉頭緊皺。稍早三人聚在一起討論宣示儀式時，沒有人告訴訓練官他也要宣示。阿邦要求卡非特和青恩宣示效忠是一回事，但要求戴爾沙羅姆效忠又是另一回事。

阿邦以微笑回應。自己決定吧，訓練官，他心想。艾弗倫在看，你不能收回誓言。服侍我，或是回去用廉價義肢走路，睡在自己的嘔吐物裡。

魁倫也很清楚。阿邦給他一條通往榮耀的道路，但是榮耀要付出代價。訓練官看向底下的奈沙羅姆，心知自己遲疑得越久，就會在這些人心中種下更多疑慮。

「我宣示服侍阿邦。」他終於低吼道，直視阿邦。「直到我死，或是解放者解除誓言羈絆。」

阿邦把手伸到背心裡，拿出一瓶庫西酒。他舉瓶向戰士敬酒，然後一飲而盡。

第十三章 熱場 333 AR 夏

新月前二十八個拂曉

黎莎看著昏暗的天空，伸手按摩眼眶，舒緩一陣抽痛。由於離開阿曼恩宮殿時已經延誤了時間，解放者窪地車隊第一天只趕了一點點路——約莫十哩。孤身上路的信使或許能在兩個禮拜之內從來森堡抵達解放者窪地；而不畏惡魔、就連夜裡也能迅速趕路的解放者長矛隊則能在一個禮拜內趕到。儘管去程時他們提供她不習慣趕路的父母一輛緩行的馬車，整體而言他們還是很快就抵達目的地。

黎莎的父親打從年輕時身體就不好，而他早已不再年輕。去程時厄尼每天都會背痛，她必須給他服用舒緩藥物才能讓他安眠。回程時他們的馬車比之前舒服多了，不過雖然他沒抱怨，黎莎還是看到他在自以為沒人發現時搓揉背部，知道這段旅程讓他很不好受。

「應該準備紮營了。」黎莎對莎瑪娃說，她們與黎莎父母共乘一車——黎莎是在莎瑪娃沒在外面命令其他女人時說道。克拉西亞女人有自己一套尊卑制度，莎瑪娃是卡非特之妻並不影響她的地位。所有女人，還有卡沙羅姆都遵守她的命令，打理車隊的瑣事。

沉重的馬車移動緩慢，讓戴爾沙羅姆的漆黑戰馬及加爾德和汪妲的壯健佳倫馬很不耐煩。黎莎想起阿曼恩提起的強盜，輕輕咬了咬嘴唇。克拉西亞的領土上，有不少人想要她的命。但是離開克拉西亞之後，裝滿食物與衣服的車隊或許會讓被克拉西亞人奪走家園的人們難以抗拒。沙羅姆能嚇阻少數強盜，但是他們有備受威脅的女人和小孩，而黎莎很清楚強盜會利用這種弱點。

「當然。」沙瑪娃的提沙語幾乎和她丈夫一樣流利。「過了下個山頭就有一座村落，卡吉頓，我們已經派人過去準備恰當的歡迎儀式。」

卡吉頓。這座村落以克拉西亞解放者爲名，後面再加個提沙後綴。這個村名完全表明了來森的現狀……或者說是艾弗倫恩惠，她最好習慣如此稱呼它。阿曼恩像是切生日蛋糕分給家人般將土地劃分給各部族，儘管小村落的遭遇沒有來森堡那麼淒慘，從黎莎的馬車車窗看去，顯然各部族都已深入民間，伊弗佳律法已經深植人心。

除了體力衰退或身有殘疾的人，這裡看不到正值作戰年紀的男人，而在田地裡工作的女人則是從頭到腳包覆著深色長袍，頭髮小心翼翼地包在頭巾中。當達馬吟唱禱告之歌時，甚或只是走入他們視線，他們就會迅速撲地拜倒。空氣中瀰漫著克拉西亞辛香料氣味，四周傳來一種融合克拉西亞語、提沙語以及手語的混雜方言。

她所熟識的領地已經不復存在，就算日後趕跑克拉西亞人，此地也不太可能盡復舊觀。

所謂「恰當的歡迎儀式」就是讓村裡所有人在車隊路過時鞠躬問好，並且把鎮上旅舍的旅人清空，只留下工作人員。儘管有數以千計的居民在克拉西亞人入侵時逃離家園，導致艾弗倫恩惠東北方的所有村落和城鎮擁入大批難民，但顯然還有更多人留在家鄉，或是被抓回來。光是卡吉頓裡就有數百名提沙人。來森的土地肥沃，人口比其他公爵領地加起來還多。

進入鎮中廣場時，黎莎看見廣場中央有根大木樁，一個女人的手腕銬著鎖鏈掛於其上。她顯然已經死了，一絲不掛的身上的傷痕及散落一地的小石頭顯然就是死因。木樁上方的牌子上以流暢的字跡寫著一個克拉西亞字，黎莎不需要翻譯，因爲她在伊弗佳中經常看見此字。

通姦者。

她的腦袋再度開始劇痛，以爲自己會在車裡嘔吐。她在藥草圍裙的口袋裡翻找，拿出草根和一把葉子，煮都不煮就直接塞到嘴裡。這些藥草很苦，但能安撫她的胃。她不想在克拉西亞人面前示弱。

他們停下車隊，小孩在馬車車門和旅舍台階之間撒下花瓣，彷彿十幾呎外沒有掛著腐敗屍首。

「小孩能適應一切。」布魯娜以前常說，根據黎莎的經驗也確實如此，但小孩不該適應這種事。

當地達馬在等待他們，他看起來像是用堅硬的橡木雕刻出來的一樣。他的鬍子鐵灰，雙眼呈深藍色。在前領隊的卡維爾用與其花白鬍鬚不匹配的矯健身手拉韁下馬，於達馬面前鞠躬交談。祭司在黎莎步下馬車時微微鞠躬。

「原來誘惑沙達馬卡的北地女巫就是長這個樣子。」他以克拉西亞語向卡維爾低聲說道。腳下的花瓣香味無法掩蓋死亡的氣味，而頭痛與憤怒讓她火氣十足。這下他又開始批評她了？黎莎必須竭盡所能阻止自己拔出腰間的匕首插入他的喉嚨。

結果她以從英內薇拉那裡學來的傲慢眼神瞪了他一眼。「北地女巫聽得懂你的話，達馬。」她說。「你叫什麼名字？或許我該跟阿曼恩說說你是怎麼歡迎我的？」

祭司震驚地瞪大雙眼。在克拉西亞，未婚女子只在有人跟她們說話時才敢回話，而且絕不敢用這種語氣和達馬講話，因爲達馬可以因爲這種冒犯的行爲處死她們。

但是黎莎這話是用克拉西亞語說的，表示她很清楚他們的習俗，而她提及解放者的名字顯示她和解放者親密到能讓最有權勢的達馬基尿濕長袍。

達馬遲疑片刻，臉上露出驕傲與自保的本能天人交戰的神色。最後他再度鞠躬，這一次鞠到鬍子掃過地面。「安朱達馬。很抱歉，神聖未婚妻。我沒有不敬的意思。」

「在我的故鄉，沒有不敬意思的人都會記得要有禮貌。」黎莎說，盡量挑選簡單的句子，因爲她的克拉西亞語一點也不流利。「現在放下那女人的屍體，交還給她的家人，依照他們的習俗安葬。今天是解放者長女嫁給羅傑．阿蘇．傑桑．安音恩．安窪地的大喜之日，那具屍體會褻瀆這個日子。」

她並不真的有權代表羅傑說話，但是把他的名字說成「安窪地」——而不是以其出生地河橋鎮爲名稱他爲「安河橋」——她就等於是將他納入窪地部族，這在克拉西亞人眼中等於是說他們是一家人。

安朱達馬的眉毛開始扭動。只有達馬丁敢用這種語氣命令達馬做事，而那純粹是因爲伊弗佳明白指出，透過任何方式傷害或是阻礙達馬丁都會被判處死刑，並且喪失進入天堂的資格。黎莎不是達馬丁，但她的語氣顯然表示她自以爲神聖未婚妻的頭銜賦予了她同樣的權利。

達馬屏住呼吸，黎莎知道自己太過分了。她看著他的臉隨著憤怒而漲紅，便伸手到圍裙中抓起一把布魯娜的盲目藥粉。他會在轉眼之間展開攻擊，到時候她就會在眾目睽睽下擊倒他。

安朱開始移動腳步。

「別動。」卡維爾低聲警告。

達馬看向訓練官，發現卡維爾手握長矛。四周傳來其他聲音，安朱轉頭看見護衛黎莎的戴爾沙羅姆全都做出同樣的反應。汪妲的箭頭指向他，加爾德則拔出巨斧和彎刀。

安朱立刻採納卡維爾的建議，但是面紅耳赤，呼吸急促。黎莎難忍一股落井下石的衝動，大膽地直視他的目光。「爲了幫這件神聖的婚事增添榮耀，如果你依照天堂七柱之數釋放七名青恩，傑桑之子將會非常高興。」

達馬藍眼中無奈的怒火流露出一種哭笑不得的情緒。*已經很便宜你了。*她心想。

黎莎在安朱進一步回應前離開，朝旅舍走去。她邊走邊聽到達馬執行自己的命令，臉上不動聲色，絲毫沒有流露任何情緒。

她在學習。

「又來了。」黎莎在吟唱結束時哼聲說道。

羅傑和兩名妻子結婚一個禮拜，馬車裡傳出的歌唱與叫床聲依然像是不斷擺動的鐘擺兩邊。沒過多久，希克娃開始叫床，然後阿曼娃也一起叫。黎莎將頭擺在雙掌之間，按摩自己的腦側。她的頭已經整整痛了一個禮拜。如今痛苦稍緩，但是左眼四周肌肉緊繃，表示隨時有可能復發。「黑夜呀，那兩個蕩婦就不能閉嘴五分鐘嗎？」

「不太可能。」伊羅娜幽幽嘆道。「十八歲男孩的老二最威猛了。隨便一陣風吹過都會勃起，弄軟後只要十分鐘就能再度一柱擎天。」

「比較像是每隔三個小時。」黎莎喃喃說道。

伊羅娜大笑。「即使如此，還是令我滿懷敬意，我可不是輕易表達敬意的人。那玩意兒得取悅兩名年輕的新娘，而從她們的聲音聽來，他比大部分同年齡的男孩……以及不少年紀更大的男人更持久。」她眼睛瞟向看起來想要鑽到座墊裡的厄尼。「我收回這句話，你不要對號入座就行了。」

叫床聲越來越大，黎莎搖頭。「她們是裝的，沒人會那樣叫床。」

「當然是裝的。」伊羅娜說。「任何善解人意的新娘都知道要讓丈夫感覺像是在征服新領土的國王和探險家。」她看向黎莎。「不過我在妳眼中看見一絲妒意，想念妳的克拉西亞情人了？」

黎莎滿臉通紅，厄尼望向車門，彷彿考慮要跳下移動中的馬車。「不是那樣的，母親。我只是不信任她們。她們在媚惑羅傑，而且依然忠於英內薇拉。這點白痴都看得出來。」

「顯然不是這麼回事。」伊羅娜說。「因爲我們的專業白痴沒看出來，不過我想妳說的沒錯。是我就會這麼做，妳也會。妳離開時有沒把沙漠惡魔的種子搾乾？」

黎莎長嘆一聲，將頭伸出窗外，深吸新鮮的空氣。「我只想趕快安安穩穩地回到窪地，明天我們就會離開艾弗倫恩惠的邊境了。」

「太好了。」伊羅娜說，朝她那邊的窗外吐口水。

「是呀。」黎莎說。「但在這裡保護我們安全的沙羅姆離開邊境後就會引起不必要的注意。強盜和公爵的人馬會竭盡所能地搜尋我們的車隊，阿曼恩想的沒錯，只派二十個戰士或許不夠。」

「他有說要派更多人。」伊羅娜說道。

黎莎點頭。「但是不管有多厲害，二十名戰士在窪地裡都不會造成多大的麻煩。更多人就會變成問題，而我們的問題已經夠多了。我們離城之後，妳有看到任何六歲以上的男童嗎？」

伊羅娜搖頭。「他們全都被抓去參與漢娜帕茲，還是什麼玩意兒的。」

「漢奴帕許，」黎莎說。「訓練兼同化。要不了多久他們就會說道地的克拉西亞語，奉行伊弗佳之道。十年內，他們就會擁有一支能像孩童踩扁蟻丘般輕易攻陷自由城邦的大軍。」

&

「造物主在上。」羅傑一邊喘息，一邊就著希克娃拿在他嘴邊的冰涼水袋喝水。阿曼娃輕撫他汗濕的頭髮，在他耳邊呢喃細語。

他本來以爲克拉西亞女人深受壓抑，在公開場合確實如此，不過在和丈夫獨處時，她們又是另一個模樣了。在馬車裡，阿曼娃和希克娃脫掉樸素的白袍，換上能與吟遊詩人的戲服媲美的鮮艷絲綢。其中有半數布料薄到近乎透明，剩下的一半也沒有厚到哪裡去，衣服上滾有金邊、蕾絲或是刺繡。她們依然戴著面紗，但都是裝飾用的——只遮蓋鼻頭到嘴唇之間的七彩透明絲巾。她們的頭髮沒有包巾，油亮動人，束以金飾。

「我們丈夫使矛的技巧比沙羅姆高強。」阿曼娃說。她在新婚之日所流的血顯示她是處女，但她「枕邊舞蹈」的技巧不比希克娃差。

「吟遊詩人經常有機會練習。」羅傑說。「以前女人都會對我老師投懷送抱，而我敢說我有學到不少把戲，但是——沒有不敬的意思——兩位會使一些能讓林白克公爵妓院裡的妓女臉紅的招式。」

希克娃笑道：「你們北地公爵後宮裡的女人並未在達馬丁的宮殿裡受過訓練。」

羅傑搖頭。「但我總覺得妳們還沒施展渾身解數。」

阿曼娃輕輕親吻他的耳朵，令他癢到整個人抖個不停。「和男人做愛共有七十七種姿勢。」她輕聲道。「我們有很多年的時間和你分享這些姿勢。」

阿曼娃和希克娃和他想像中完全不同。原先他覺得兩人很像，但是隨著對她們認識越深，他越能看出兩人獨特之處。阿曼娃比較高，胸脯較小，四肢修長柔軟。希克娃臀部圓潤，手腳比較有肉。兩個女人肌肉都很結實，舉手投足間都能清楚看見肌肉的線條。這是她們每天早上做伸展動作的成果。她們稱之爲沙魯沙克，但動作與沙羅姆和魔印人所教的凶猛摔角手法截然不同。

阿曼娃處變不驚，希克娃則很情緒化。他本來以爲身穿白袍的阿曼娃會是兩人中比較保守的人，但往往會在舉止失當時大驚小怪的都是希克娃。

「睡吧，丈夫。」阿曼娃說。「你需要恢復活力。希克娃，拉下窗簾。」

希克娃立刻拉下馬車窗口透明窗簾外的絨布窗簾。看來「第一妻室」不光只是個頭銜，從交談到做愛都是由阿曼娃領頭，將希克娃當成傭人般使喚。希克娃從不曾有絲毫違逆，總是奉命行事，彷彿所有事情都是自己的主意。她只有在有人和她講話時才會開口，或是阿曼娃不在車裡，或有其他事情要忙。只有這種時候希克娃才會恢復本性。

他微笑，在兩名妻子的克拉西亞搖籃曲中緩緩墜入夢鄉。他之前經常白天打盹，這是吟遊詩人慣有的行爲，好讓他們有精力應付晚間的演出。大部分平民都不識字，每天太陽下山、晚餐吃完後，大家就沒有多少事情可做。

「人們工作結束後，我們的工作就開始了。」艾利克以前常說。

他在馬車突然停住時驚醒。他拉起厚重的窗簾，接著在刺眼的陽光下拉回窗簾。此刻天色還早，他們停在一間樸素的旅舍外。阿曼娃和希克娃已經在鮮豔的絲綢外加上素袍和面紗。

「現在投宿會不會太早了？」

「這裡是離開艾弗倫恩惠前最後一座村落，愛人。」阿曼娃說。「莎瑪娃認爲最好休息片刻，補充用品，然後再出發。如果你還睏，可以趁著卡非特上貨時再睡一會兒。」

這表示他有很多時間，他的妻子需要不少補給。羅傑揉去臉上的倦意。「啊，沒關係。我的腳需要活動活動。」他開始穿衣，兩個女人立刻幫忙。

沒多久他就跳下馬車，在附近走了一會兒，開始做點伸展和翻筋斗的例行練習。這種練習本身就是表演，有大筋斗還有凌空翻、滾動及下腰等動作。

一如往常，這個小型表演開始吸引目光。路過的人，不管是克拉西亞人還是提沙人，都佇足觀看，當他開始倒立行走時，幾個小孩跟在他身後加油吶喊。

羅傑本能地帶領他們朝村子中央的石板地前進，轉幾個圈，清出一大塊空地。空地外圍很快就擠滿人——本地居民，以及不知道是哪個部族的沙羅姆、卡非特，還有戴爾丁。一名達馬冷眼看著他，但是沒有蠢到膽敢干涉解放者女婿。

阿曼娃和希克娃也在看他。希克娃和其他觀眾一樣順著他的表演鼓掌大笑，或許是所有人裡最熱情的。阿曼娃則完全相反，目光冰冷地看著他。

「唯一比每個笑點都哈哈大笑的女人還糟糕的，」他聽見艾利克的聲音。「就是什麼都不覺得好笑的女人。」

他走到她們面前。「丈夫，你在做什麼？」阿曼娃問。

「熱場。」羅傑說。「看著就是了。希克娃，請去拿我的驚奇袋。」

「立刻就去，丈夫。」希克娃說著鞠了個躬，消失在人群裡。阿曼娃繼續凝視著他，但羅傑眨了眨眼，繼續回去熱場。他盡挑簡單的表演方式，不確定自己的低級笑話和歌曲會不會觸怒克拉西亞人。在克拉西亞，音樂只能在臥房裡或是讚揚艾弗倫時演奏。他的妻子教了他幾首讚美曲，但其中狂熱的歌詞讓他不大自在。在〈月虧之歌〉翻譯完畢前，羅傑打算先用樂器表演，沒過多久就連克拉西亞人也開始隨著節拍鼓掌跺腳。

輪到表演魔術時，順從的希克娃是最完美的助手，毫不遲疑地執行他每一個命令。如果她不是穿著樸素的黑袍和面紗就好了。*換上你的枕邊舞蹈服，愛人，我們就能來場全提沙最精采的演出。*

他輕而易舉地擄獲觀眾的心，就連達馬也忍不住笑了幾聲。只有阿曼娃不爲所動。

表演結束時，天色已經暗了。羅傑最後一次鞠躬還沒起身，他的第一妻室已經轉身走回旅舍。希克娃立刻來到他身旁。

「你的吉娃卡很抱歉不能在此迎接你，神聖的解放者之女已經移駕去爲你的演出祈福。」她說，好像這是理所當然的事。

她是說她討厭我的表演，他心想。我觸怒她了，而我甚至不知道原因。

「跑去她的密室了？」羅傑問。希克娃點頭。

羅傑習慣在旅舍住一間房，但阿曼娃總是要求至少三間房——一間客廳、一間給羅傑、還有一間她隨時可以使用的私人房間。阿曼娃只接受最好的房間，裡面放滿她私人的物品。每天晚上卡非特都會搬來沉重的地毯、油燈、焚香爐、絲質床單，以及一整套能讓吟遊詩人下巴都掉下來的化妝品。在這座村落裡，旅舍老闆和家人被迫把自己的房間讓給阿曼恩．賈迪爾的女兒。

回房之後，羅傑看到阿曼娃的房門緊閉，安奇度在門外站崗。就算知道自己哪裡惹到阿曼娃，就算知道該怎麼哄她，他也沒辦法通過高大的閹人告訴她。

食物是由旅舍主人的女兒送上來的。她是個年近五十的胖女人，目光低垂，叫她做什麼就做什麼。由於沒有男人的關係，希克娃已經換回鮮艷的滾邊絲服，殷勤地服侍他吃飯，只有在他要求下才迅速吃上一小口。

「你想洗澡了嗎？丈夫。」她在他用畢晚餐時問道。「那場精采的表演一定讓你累壞了。」

每天晚上都是這樣。阿曼娃會突然安靜下來，然後告退，消失到她的密室裡幾個小時。這時候希克娃就會迎上來滿足他所有需求，不斷奉承他，直到她回來。

通常希克娃的服侍都能成功地轉移他的注意力，但羅傑從未看過阿曼娃這麼不認同的表現。他們快要吵架了，而他想趕快把架吵完。

「看在地心魔域的份上，她究竟在裡面幹嘛？」他埋怨道。

「跟艾弗倫交流。」希克娃說著開始清理碗盤。

「她在玩她的骰子。」羅傑說。

他的語氣似乎有點觸怒希克娃。「阿拉蓋霍拉不是遊戲，丈夫。你的吉娃卡諮詢骨骰，以便指引你的道路。」

羅傑嘴唇緊繃，不太喜歡這種說法，但他沒說什麼。他發現自己很想喝酒，不過懷疑能不能弄到酒。酒是達馬在小村落裡最先禁止的東西，他想像著老師艾利克對這種事會如何反應。他或許會哭泣，或許會幫自己省點麻煩，直接上吊自殺。

阿曼娃於此時打開房門。你能從一個人開門的方式看出不少東西——所有曾經上台表演過的吟遊詩人都知道這點。阿曼娃開門時沒有反省過的人那種遲疑，也沒有怒氣沖沖的人那種衝動。那是個冷靜果斷的動作。她戴上了面具，依然身穿白袍。

惡魔養的。羅傑心想，在阿曼娃來到他對面坐下時換上吟遊詩人的面具。她的目光沉著又銳利。他微微轉身，感受胸口金牌的重量。

「當吟遊詩人就是這樣？」阿曼娃問。「站在球上跳舞，摔倒時假裝臉部著地，逗平民孩童發笑？」

羅傑臉上和顏悅色，心裡卻覺得很不痛快。這就和安吉爾斯那些自以爲是的貴族沒什麼兩樣，一方面瞧不起吟遊詩人，一方面又雇用他們在舞會和晚宴中演出，但是同樣的話從妻子口中說出令他更

加痛心。

黑夜呀，我究竟惹上什麼麻煩了？

「妳在艾弗倫恩惠時似乎並不在意我表演給沙羅姆和達馬看。」羅傑說。

「那是在解放者的宮殿裡，在貴客與忠誠的沙羅姆前讚美艾弗倫！」阿曼娃斷吼道。希克娃立刻退開，在房內找事情忙。「那天你榮耀非凡，丈夫，但你不能拿那天的演出來與在卡非特和青恩面前耍寶相提並論。」

「卡非特，」羅傑說。「青恩。這兩個字眼對我來說一點意義都沒有。我在廣場上只看得到人，所有人的生活裡都該有點小歡樂。」

阿曼娃的面具戴得很好，但羅傑還是看到她額頭上血管鼓動，知道自己氣到她了。對我來說，這才重要。

阿曼娃起身。「我待在我房間。希克娃，幫羅傑洗澡。」

希克娃鞠躬。「是，吉娃卡。」阿曼娃迅速離開。

「我該幫你放水嗎？丈夫。」希克娃問。

羅傑難以置信地看著她。「當然。洗澡時順便把我的睪丸割掉。」

希克娃僵在原地，羅傑立刻後悔把她嚇成那樣。「我……我不是……」

「別說了。」羅傑插嘴，站起身來，披上七彩披風。「我要下樓一下。」

希克娃擔憂地看著他。「你需要什麼嗎？食物？茶？想要什麼我都可以幫你拿。」

羅傑搖頭。「我只要散散步，獨處一段時間。」他比向臥室。「幫我暖床。」

希克娃似乎不太滿意這個指示，但羅傑的命令很明確，而他知道她不會違逆這種語調，除非有很好的理由或是阿曼娃下令，而阿曼娃從未這麼做過。「如你所願，丈夫。」

他離開房間，發現安奇度和加爾德都在走廊上。戴金鐐銬的閹人直挺挺地站在阿曼娃的門口，對羅傑離開房間沒有採取任何行動。

加爾德與他相反，躺在傾斜的椅子上，朝幾呎外的帽子丟紙牌。他的武器靠在觸手可及的牆邊。

「啊，羅傑。我以為你現在已經上床了。」他眨了眨眼，然後彷彿說了個好笑的笑話般哈哈大笑。

「你不用整夜站崗，加爾。」羅傑說。

加爾德聳肩。「我沒有，不過我通常都會等到你上床後才會溜回床上。」他向安奇度點頭。「不知道那傢伙是怎麼辦到的，像棵樹般整晚站在那裡。我想他不用睡覺。」

「跟我下樓，」羅傑說。「我要去吧台找找看有沒有比茶還烈的東西逃過本地達馬的搜查。」加爾德嘟噥起聲。羅傑以熟練的手法撿起紙牌，一邊洗牌一邊下樓。

酒吧裡只有旅舍老闆達洛一個人在掃地。就像艾弗倫恩惠境內所有信使道旁的旅舍一樣，其他旅客都被趕出去，專門接待黎莎的車隊。她和她家人，加爾德、汪妲、羅傑及他的妻子全都有自己的房間，正式的戴爾沙羅姆和他們妻子也一樣。女人、小孩及卡沙羅姆則睡在旅舍外的馬車上。

達洛體格壯健，不過已經過了適合戰鬥的年紀，天生的淺棕色鬍鬚大部分都已花白。「尊貴的主人。」他鞠躬。「有什麼我能效勞的？」

「首先，免了那套惡魔屎。」羅傑說。「這裡只有我們青恩。」

對方明顯鬆了口氣，在羅傑和加爾德就坐時來到吧台後方。「抱歉，這些日子天知道有誰在看。」

「說的是，」加爾德說。「好像在擔心哪裡的魔印畫錯了一樣。」

「有沒有好東西喝？」羅傑問。「我渴死了，不過不想喝水。太久沒喝酒了，就算給我一罐消毒劑也行。」

達洛對著陶痰盂吐痰。「他們來的第一天，達馬就砸爛了我所有酒桶。拿比較烈的酒去燒光村裡所有『罪惡的東西』。他們搶走了我孫女的塡充娃娃，說它穿著太暴露了。」他又吐口痰。「我孫女超愛那個娃娃的，幸好他們沒把她也抓走。」

「一直都這麼糟嗎？」羅傑問。

旅舍老闆聳肩。「第一個禮拜比較難熬。達馬拿著沙漠惡魔的令狀，宣稱本村屬於他的部族所有。有些村民抗議，沙羅姆狠狠教訓了他們一頓。那之後大多數人就不敢說話了。」

「所以你們就這樣任由他們接管？」加爾德低吼道。

「我們不像你們窪地人一樣能征善戰。」達洛說。「村裡最高大的男人爲了不肯鞠躬，讓比他矮一半的達馬給折斷手臂。我還得養家活口，要是死了就什麼都不能做了。」

「沒人責怪你。」羅傑說。

「只要搞清楚規矩，情況也沒有那麼糟。」達洛說。「克拉西亞聖典大部分的內容都和卡農經差不多，而就像我們一樣，他們有些人比別人更愛傳道。」他壓低聲音，微笑說道：「還有一些很虛僞。」說完這話，他拿出小陶瓶，以及兩個小杯子。「兩位嚐過庫西酒嗎？」

「嗯哼。」加爾德嘟噥道。

「聽過一些傳說。」羅傑說。

達洛竊笑。「儘管滿嘴靈魂原罪什麼的，他們沙地人還是會釀一種能把你家門口洗乾淨的烈酒。」

羅傑和加爾德接過酒杯，好奇地打量它們。即使用殘廢的手拿，羅傑還是拿得很輕鬆。加爾德手中的酒杯看起來像是小孩給洋娃娃喝茶的小茶杯。「這幾乎不到一口。是淺嚐還是一口乾了？」

「頭兩杯一口乾，」達洛建議道。「然後慢慢喝。」

他們碰杯，然後一飲而盡，接著瞪大雙眼。羅傑打從十二歲開始喝酒，自以爲已經嚐過最烈的烈酒，但是此刻感覺像是喝火一樣。加爾德開始咳嗽。

達洛只是微笑，幫他們重新斟滿。他們又一口乾了，這次就像老闆說的一樣，感覺好過一點。或許只是因爲舌頭和喉嚨都麻了的關係。

加爾德若有所思地輕啜第三杯酒。「嚐起來像……」

「……肉桂。」羅傑幫他說完，在嘴裡來回品嚐。

「克拉西亞人就像庫西酒，」達洛拉拉鬍鬚。「也像他們強迫所有男人留的爛鬍鬚。要花時間習慣，但一段時間過後也不算太糟。他們讓我繼續營業，只要有準時交稅並且守規矩。而且等孫女初經來潮可以安排婚事時，我不用擔心那些白袍女巫會幫她安排。」

他突然臉色發白，轉頭看向羅傑。

羅傑微微一笑，揚起殘廢的手掌。「別嚇得尿褲子。我或許娶了個達馬丁，但那並不表示我就不怕她們。不過你最好改掉叫她們白袍女巫的習慣，『夜路走多了，總會遇到鬼的。』我的老師以前常這麼說。」

「是呀，」達洛同意。「至理名言。」

「你剛剛說，」羅傑回題。「克拉西亞人沒那麼糟？」

「難以置信。」加爾德說。「那就像說讓人用腳踩在背上也沒那麼糟一樣。」

達洛給自己倒了杯庫西酒，迅速熟練地一口喝乾。「並不是說我不懷念從前的日子，也有不少人過得比我糟糕，但整體而言，只要記得什麼時候該鞠躬，不要違反規定，克拉西亞人就不會找你麻煩。與鄰居起爭執的話，你還是先去找鎮長，如果不能立刻解決，他就會向達馬回報。達馬基本上處事公正，但是他們完全遵照卡農經裡以牙還牙的教誨。有個傢伙因爲偷雞而被砍掉一隻手掌，還有人強暴女人，結果被迫看著自己的姊姊被人強暴。」

加爾德緊握拳頭。「那還不算太糟？」

達洛又乾一杯。「是很糟，沒錯，但我既不偷雞又不強暴女人。我想日後這種事情會大幅減少。伊弗佳法律嚴苛，但你不能否認它的成效。」

「他們帶走了所有男孩？」加爾德問。「我要有兒子的話，絕不會坐視這種事發生。」

達洛在嘴中品嚐第三杯酒，嚴肅地嚥下肚去。「他們帶走我的孫子。我不喜歡這個安排，但每逢新月他們都讓他回家。月虧，他們這麼講。小男孩過得很苦，會帶著瘀青和斷骨回家，但不會傷得比克拉西亞男孩還嚴重。他們比其他人更快學會克拉西亞語和法規，達馬說贏得黑袍的人將會成爲正式公民，擁有所有沙羅姆領主享有的權利。沒有贏得黑袍的人會被踢出來成爲卡非特。」他微笑，搔搔脖子。「那和我們沒多大不同，只是沒留癢死人的鬍子。」

羅傑輕啜他第四杯庫西酒——還是第五杯？他開始頭昏眼花。「他們從……這裡帶走多少男孩？說起來我們到底在哪裡？」

「以前是蘋果頓，」達洛說。「如今變成一長串沙地語。我們叫它沙拉奇村，因爲我們現在屬於這個部族。這裡有三十名符合什麼漢奴帕許年齡的男孩。」

上樓時，羅傑得靠在加爾德身上才走得穩。他喝了一大罐水，嚼了片酸草葉，但他懷疑如果自己跌跌撞撞上床，他妻子還是會發現他喝酒。幸運的是，身爲艾利克．甜蜜歌之徒，羅傑非常熟悉假裝清醒的技巧。

「他們在組織一支比所有自由城邦的軍力還要龐大的部隊。」他低聲說道。「雷克頓毫無勝算。」

「我們必須做點什麼。」加爾德說。「找回魔印人、作戰，隨便什麼都好。我們不能坐視他們奪走窪地以南的一切。」

「首先必須警告雷克頓。」羅傑說。「我是有個主意，不過得先睡上一覺，或許還得找個罐子來吐。」

他施展所有默劇與雜耍的技巧，在路過安奇度時保持穩健的步伐。如果高大閹人有看到他，他也沒有絲毫表現出來。阿曼娃依然待在她的私人房間裡，門縫傳出邪惡的魔印光。他在沒有遇到任何阻礙就回到床上。希克娃在等他，不過在他臉朝下癱入枕頭中時沒有多說什麼。他感覺到她幫自己脫鞋脫衣，儘管他沒有抗拒，卻也沒有力氣幫忙。她輕輕幫他搥背，溫柔地照顧他入眠。

第十四章　月虧之歌　333AR　夏

新月前二十個拂曉

羅傑頭痛欲裂地於拂曉前一小時醒來。本來他已經開始對希克娃隨侍在旁——洗澡、挑選服飾、穿衣——從一開始的新鮮漸漸感到無趣，但此刻非常慶幸有她在身邊。他覺得腦袋好像被驢子踢過一樣，嘴裡彷彿塞滿了棉花。

「離開安吉爾斯後就沒這麼快活過了。」他喃喃說道。

希克娃抬頭。「呃？」

他搖頭。「沒事。今天早上請妳在馬車裡陪陪厄尼和伊羅娜，我要找黎莎談談。」

「這樣做不太恰當，丈夫。」阿曼娃手裡拿著光滑的黑色木盒從她房間走了進來。她整個晚上都在裡面嗎？羅傑不記得她有上床，但他睡得太沉了。「厄尼之女未婚，還是我父親的未婚妻，而你是個已婚男人，不能……」

希克娃正在扣他的袖口，羅傑突然甩手，嚇得她驚呼。「惡魔屎。我誠心發誓會當盡責又忠誠的丈夫，但那並不表示我要放棄與朋友私下交談的權利。如果妳不這麼認為，我們就麻煩了。」

希克娃似乎受到驚嚇，阿曼娃則沉默了一段時間，低頭看著手中的盒子，手指輕拍盒面。羅傑知道這大概是她在他面前表現出最惱怒的模樣，即使她心中可能在考慮是否一刀插入自己眼中，或是命令安奇度折斷他的手指。

但那時羅傑並不在乎。「婚姻是自由的墳墓。」他老師從前常說。他搖頭，刻意自己扣袖口。我不接受，寧死不屈。

最後阿曼娃終於抬頭面對他。「如你所願，丈夫。」

❦

當天早上，黎莎在羅傑要求與她共乘時感到有些驚訝，但沒問他原因。她告訴自己還在生他的氣——決定結婚卻不事先告訴她，但事實上她非常想念他。這一年多以來，羅傑一直是她最要好、最親密的朋友，他不在身邊讓她感到有點孤單。

阿曼娃和希克娃利用唱歌和叫床聲搭建起一堵難以跨越的高牆。晚上停車住宿，她們會像獅子守護獵物般守著羅傑。從他們啟程開始，這是黎莎第一次與羅傑獨處，而他們還得依照克拉西亞的禮節拉開窗簾。沙羅姆時常騎過窗口，毫不掩飾地檢查窗內，確保她和羅傑都還衣衫整齊地相對而坐。

但至少他們可以私下交談。加爾德和汪妲騎在馬車兩旁，不讓別人偷聽，而黎莎挑選了一名肯定不會講提沙語的駕駛。會說「請」和「謝謝」等基本提沙語的克拉西亞人都會盡量掩飾這個事實，就像阿曼娃和希克娃從前那樣，但現在窪地人已經知曉這個把戲，並於這一個禮拜內查探出大部分會提沙語的人。伊羅娜特別擅長讓人露出破綻。她會發表一些很不合常理的言論，然後觀察旁人的反應。

「我母親有點太喜歡你的馬車了。」黎莎說。「等我們停車用完午餐後，她可能不想換回來。」

「馬車內的氣氛現在有點糟，」羅傑說。「阿曼娃和希克娃不希望我們兩個獨處。」

「那她們得自己克服。」黎莎朝路過窗口的卡維爾點頭道。「阿曼恩也一樣。我跟他睡覺的時候可沒同意要和生活中所有男人斷絕關係，不管他的族人怎麼想。」

「我也是這麼想。」羅傑同意道。「不過我想此事得要有長期抗戰的準備。」

黎莎微笑。「據我所知，婚姻就是如此。你後悔了嗎？」

羅傑搖頭。「沒有表演是免費的。我會在收錢帽裡丟錢，但絕對不會被超收費用。」

黎莎點頭。「那是什麼事情讓你不惜惹火妻子也要和我討論？」

「你的未婚夫。」羅傑說。

「他不是——」黎莎開口。

「妳在克拉西亞人面前表現得一副他就是你未婚夫的模樣。」羅傑說。「所以到底是不是？」

黎莎感到腦側抽痛，於是假裝撥頭髮，趁機揉揉。「關你什麼事？你決定結婚時也沒來問我。」

「我的妻子可沒綁架所有十五歲以下的健康男孩。」羅傑說。「就算只有半數能通過漢奴帕許……」

「要不了幾年，阿曼恩就能統率一支足以征服這裡到密爾恩的龐大軍隊。」黎莎接口道。「我不是瞎子，羅傑。」

「那我們該怎麼辦？」羅傑問。

「建立我們自己的軍隊。」黎莎說。「我們要持續擴張窪地，訓練伐木工戰技。阿曼恩已經將我們納爲部族的一支，只要我們不先挑起戰端，他們不會攻擊我們。」

「你眞的相信這話嗎？」羅傑問。「我承認他和我想像中不同，但是妳信任他嗎？」

黎莎點頭。「阿曼恩有不少缺點，但他絕對誠實。他並沒有掩飾要征服所有不願主動跟隨他參與沙拉克卡的人，但這並不表示所有人都得臣服在他腳下。」

「如果他要所有人都臣服在他腳下呢？」羅傑問。

「那或許我會嫁給他，當作象徵性的征服。」黎莎說。「我並不喜歡這種做法，但總強過兩族自相殘殺。」

「這樣做或許能拯救窪地。」羅傑說。「但雷克頓依然難以倖免。雷克頓城或許能撐得比來森堡久，但外圍村落毫無招架之力。克拉西亞人很快就會開始吞併他們。」

「同意。」黎莎說。「但我們無能為力。」

「我們可以警告他們。」羅傑說。「讓他們把話傳開，趁著道路暢通時在窪地提供庇護和訓練。」

「要怎麼做？」黎莎問。

羅傑微笑。「拿出妳的公主權威。在穿越雷克頓領土時要求每天晚上住宿旅舍，但是不要趕走所有客人。我要發表新歌，會需要觀眾。」

「我認為這不是好主意，女主人。」卡維爾說。他是職位最高的沙羅姆，陽光下他的紅面巾鬆垮垮地掛在脖子上。他們停車午餐，讓眾人伸展手腳。訓練官的語氣彬彬有禮，但是隱約透露一股沮喪。他並不習慣向女人解釋自己的想法。

「我不在乎你怎麼認為，沙羅姆。」黎莎說。「除非距離窪地只有兩天路程，不然我不打算明明有旅舍卻得露宿野外，拿石頭當枕頭。」

卡維爾皺眉。「我們已經離開沙達馬卡的疆域。安全的做法——」

「是在強盜隨時可以趁夜突襲我們的道路上紮營？」黎莎打斷他。

卡維爾啐道：「那些青恩懦夫絕不敢趁夜偷襲我們，阿拉蓋會殺光他們。」

「不管是強盜還是惡魔，反正我不要在有他們出沒的野外露宿。」黎莎大聲說。

「女主人之前並不怕阿拉蓋。」卡維爾指出這點。「我比較擔心在不熟的青恩村落中遇襲。」

「你們在講什麼？」阿曼娃走過來問道。

卡維爾立刻單膝下跪。「女主人希望今晚在青恩村落中住宿，達馬丁。我告訴她這樣是不智……」

「她說得對。」阿曼娃說。「我和她一樣不想露宿野外。如果你害怕那些本地青恩，」她語帶嘲弄。「那就把我們留在旅舍裡，自己到樹林中搭個帳篷，躲到天亮再回來。」

黎莎忍住笑容，看著卡維爾咬牙切齒地深深鞠躬。

「我們無所畏懼，達馬丁。」訓練官說。「如果妳如此希望，我們就徵用——」

「不准做那種事，」黎莎插嘴道。「如你所說，這裡不是解放者的領地。我們要付錢住宿，不能徵用民宅。我們不是賊。」

黎莎發誓有聽見咬牙切齒的聲音。卡維爾目光瞟向阿曼娃，等著她反駁，但女孩卻明智地選擇沉默。她已經恢復了一定程度的傲慢，但黎莎和她都還記得兩人上次交鋒時的情況。

「召集沙羅姆。二十一個全數到齊，叫他們坐在這裡。」黎莎指向一小塊空地。「我要在他們吃飯時和他們說話。我不要任何人誤解什麼是可以接受的行為，不管是先遣的信差還是當車隊抵達村落之後。」

她轉身離開，走向戴爾丁在莎瑪娃的監督下準備午餐的人鍋。大多數人都會分到一大碗牛雜湯，以及裹麵粉的馬鈴薯蔬菜，外加半塊麵包。沙羅姆吃得比較好，湯裡多了羔羊肉串和有大肉塊的蒸丸子。黎莎、她父母、羅傑，以及他的妻子吃得更好，有藥草烤雉雞和羊肋排，而他們的蒸丸子中有添加香料和奶油。

黎莎走到莎瑪娃身旁。「我要在午餐時和沙羅姆說話，我要妳幫我翻譯。」

「當然，女主人。」莎瑪娃鞠躬道。「這是莫大的榮幸。」

黎莎指向戰士們已經開始聚集的空地。「讓他們圍成半圓形坐下，然後分發午餐。」莎瑪娃點頭下去辦理。

黎莎走到準備沙羅姆的湯的女人身旁，取走湯杓嚐湯。「要加點香料。」她說，自廚師擺出來的香料碗中抓了幾把香料丟入湯中，外加一些從自己圍裙取出的藥草。

她假裝再度嚐湯。「完美。」

羅傑拉長〈月虧之歌〉最後一個音，閉上雙眼，感覺手中木頭所傳來的共鳴。他突然結束尾音，阿曼娃和希克娃很有默契地收尾。

「歡呼前的寧靜。」艾利克如此稱呼它──精采演出的最後一個音節和觀眾鼓掌之間的短暫寧靜。由於他們拉下沉重的窗簾，就連車隊吵雜的人聲都細不可聞。

羅傑感到胸口緊繃，這才發現自己屏住呼吸。雖然沒有觀眾鼓掌，但他還是聽見了掌聲。他可以屏棄驕傲地說，他們三人配合演出的精采程度遠遠超過自己獨奏。

他緩緩吐氣，與阿曼娃和希克娃同時睜開雙眼。那兩雙美麗的眼眸讓他知道她們同樣感受到了三人匯集而成的力量。

但願妳們了解這個力量，羅傑心想。快了，我的愛。再過不久，我就會讓妳們大開眼界。

我的愛。他已經開始這樣稱呼她們，雖然只是在心裡叫。本來他只是當作開玩笑，如此稱呼根本不熟的女人，但這個稱呼從沒讓他感到好笑。他們的相處有時激情，有時有點苦澀，比方說昨晚和今晨，也有像此刻這種情況，在音樂結束時的空虛中注入他這輩子所感受過最眞誠的愛意。他望向妻子，從前面對黎莎．佩伯時的感覺根本不能與她們相比。

「從前我的老師總說沒有完美的音樂。」羅傑說。「但鬼才相信我們這樣還不算接近完美。」

克拉西亞版的〈月虧之歌〉歌詞共有七段，每一段有七行、每一行有七個音節。阿曼娃說這是因爲天堂共有七柱、阿拉共有七塊大陸、奈的深淵有七層的典故。

翻譯版讓他之前的作品——〈伐木窪地之戰〉聽起來像是廉價小調。〈月虧之歌〉能同時影響人類和地心魔物，他的音樂能讓惡魔產生莫大的反應，而歌詞則能向雷克頓人傳達所有必要的訊息。

魔印人想要訓練更多像他這樣的小提琴巫師，但是羅傑卻辦不到，甚至懷疑自己的天賦有沒有辦法教授給其他人。他覺得自己在原地踏步，十八歲就抵達了人生的高峰。但現在他踏入了全新的領域，感覺自己的力量與日俱增。這不是他和魔印人原先想要找尋的東西，這是更加強大的力量。

當然，先決條件是他的妻子願意陪他演出，而且不了解他在做什麼的克拉西亞人沒有把他宰了。

阿曼娃和希克娃鞠躬。「能夠伴你左右眞是莫大的榮幸，丈夫。」阿曼娃說。「誠如我父所言，艾弗倫對你開示。」

艾弗倫。羅傑十分厭惡這個名字，世界上沒有造物主，不管是叫那個名字還是其他名字。「聖徒和吟遊詩人沒有多大不同，羅傑。」艾利克酒後常說。「他們一再重複同樣古老的麥酒故事和潭普草傳說，迷惑鄉巴佬和蠢人，讓他們忘掉生活中的痛苦。」

接著他會苦笑。「只不過他們賺得更多，也深受敬仰。」

羅傑心中浮現一個畫面——每天晚上自阿曼娃房門下傳出的邪惡紅光。她是否整晚都待在裡面？

你的吉娃卡諮詢骨骰，藉以指引你的道路。

羅傑並不了解達馬丁的骨骰魔法，但根據黎莎的解釋，他知道骨骰並非神聖之物。古世界的科學不是曾經掌握「天上的閃電，以及風和雨」嗎？他不知道骨骰告訴了她什麼，但那絕非造物主的話，而他不喜歡按照它們的話做。

「你的骨骰同意嗎？」他問，維持正常的語調。希克娃深深吸氣，但阿曼娃已經戴好面具，絲毫沒有透露眞實的情緒。他體內的吟遊詩人暗自咒罵。吟遊詩人在公會裡常會藉由讓其他吟遊詩人發笑或是做出不符合角色之舉來打發時間，羅傑自認是這方面的專家。

他側頭看著她。我這輩子是否都要在引誘妳洩露眞實反應中度過？

「阿拉蓋霍拉並非既定之道，丈夫。它們只能用來參考。」

「那它們是怎麼說我的？」羅傑問。

希克娃低聲說：「我們不能問……！」

「我才不管！」羅傑說。「我不會隨著想像的曲調起舞。」

阿曼娃將手伸入大絨布袋，就是達馬丁放惡魔骨的那種。此刻厚重的窗簾拉起，馬車中沒有自然光源，正適合施展霍拉魔法。他渾身僵硬，暗自希望自己有在手腕上綁匕首。

但阿曼娃只是拿出一個包裹，鞠躬交給他。「骨骰說了很多關於你的事，但又透露得很少，丈夫。你的力量無可否認，但你的人生充滿分歧。在某些未來裡，阿拉蓋隨著你的音樂起舞，但其他未來裡，你的天賦白白浪費。你可能是偉人，也可能是失敗者。」

羅傑解開包裹上的白布，裡面的裝是她那天早上手裡拿著的木盒。「但當我問它們是否該嫁給你時，他們說是，而當我問什麼結婚禮物能幫你踏上偉人之道時，它們指引我送你這個。」

羅傑突然感到羞愧。她花那麼多時間獨處就是為了幫他做結婚禮物？造物主呀，她有沒有期待他也要回送禮物？沒人告訴他這個規矩。他暗自提醒自己要在晚上住宿時去找莎瑪娃弄清楚習俗，如果有需要，請她建議禮物。

阿曼娃深深鞠躬，頭頂差點碰到馬車上的地毯。「請接受我的道歉，這麼久才送你禮物。我是兩禮拜前才開始準備的，當時我以為還有幾個月的時間。骨骰沒有預料到你會這麼快要求舉行婚禮。」

羅傑以右手的三個指尖觸摸盒子光滑的表面，感受著上漆之前就已經燒入木材上的魔印。有些是守護魔印，不過大部分他都不認得。羅傑一直都不擅長繪印。

*這裡面是什麼？*他心想。惡魔骰命令她做什麼給他？他的腦中浮現安奇度的模樣。如果是一副金鐐銬，我立刻抓起驚奇袋跳車，不管馬車有沒有在動。

他打開盒子，瞪大雙眼。裡面有個絲質台座，上面放著用光滑檀木所製的小提琴腮托，中央鑲以黃金鑄模，其上固定著一個金色尾夾。腮托上布滿魔印，蝕入黃金，刻在上漆的木面上，並鑲以金邊。美不勝收。

就像所有現代樂器，艾利克和傑卡伯的小提琴都有腮托，但是羅傑從魔印人的藏寶室裡取出的遠古樂器卻沒有，或許因為那把小提琴製於腮托發明之前的年代。腮托能讓樂師僅以脖子固定小提琴，讓他能在必要時騰出雙手。

「這個肶托是伊東公爵的樂器匠專爲皇室傳令使者打造。」羅傑在阿曼娃說話的同時虔敬地伸手去摸肶托。「我花了很多個夜晚刻蝕魔印，鑲入霍拉。」

羅傑嚇了一跳，彷彿碰到滾燙的茶壺般立刻縮手。「霍拉？這裡面有惡魔骨？」

阿曼娃輕笑，發出一陣他鮮少聽到的天籟。她是說眞的，羅傑心想，還是只是在做戲？

「它不會傷害你，丈夫。奈的邪惡意志隨著阿拉蓋身亡而死去，但骸骨卻依然帶著阿拉的魔力。艾弗倫早在奈製造深淵儲存它之前就已經製造出阿拉的魔力了。」

羅傑抿起嘴唇。「儘管如此……」

「那只是一小片骸骨。」阿曼娃說。「混在魔印與黃金中。」

「它有什麼作用？」羅傑問。

阿曼娃的笑容開朗得連半透明面紗都遮不住，而即使在他世故的雙眼看來，這個笑容依然十分眞誠，這令他內心一動。

「試試看。」阿曼娃輕聲說道，拿起小提琴遞給他。

羅傑遲疑片刻，接著聳了聳肩，接下樂器，將尾夾夾拉紘板上共鳴最響亮的位置。他小心轉動旋鈕，在沒有弄壞木質部位的情況下鎖緊肶托，然後夾在下頷下，不用雙手固定樂器。下頷接觸肶托的地方隱隱傳來刺痛，像是手腳麻痺時的感覺。

羅傑等待片刻。「應該會有什麼效果？」

阿曼娃再度輕笑。「拉就是了！」

羅傑以殘廢的手握持琴弓，另一手握著琴格，迅速拉了一段小調。共鳴聲讓他嚇了一跳，琴音比之前響亮兩倍。「實在太神奇了。」

「那還是大部分魔印被你的下頜遮住的時候，」阿曼娃說。「抬起下頜還會更大聲。」

羅傑揚起一邊眉毛看她，接著繼續演奏。一開始，他緊壓腮托，琴音似乎比平時響亮一點。他慢慢揚起下頜，露出一些魔印，音量隨即開始變大。他繼續抬下頜，音量倍增，然後再度倍增，震得他牙齒晃動，妻子們伸手掩耳。最後他終於承受不了，停止演奏，而大部分的魔印還讓下頜遮著。

「這會蓋過妳們美妙的歌聲。」羅傑說。

阿曼娃搖頭，撩起面紗，只見一條中央鑲顆魔印球的頸鏈戴在她的喉嚨上。希克娃脖子上也戴著差不多的首飾。「我們會配合你，丈夫。」

羅傑搖搖頭，一時間說不出話來。或許惡魔骨魔法和骨骰也不是那麼可怕。

「我不知道該怎麼說。」他終於開口道。「從來沒有人送過我這麼棒的禮物，但是我沒有東西可以送妳們。」

阿曼娃和希克娃笑了笑。「你已經忘記我們剛剛唱的歌了嗎？」阿曼娃說。「那是你在我們神聖的父親面前呈上的結婚禮物。」她伸手撫摸他的手臂。「今晚我們會與你一起爲青恩歌唱。」

羅傑點頭，突然感到一股罪惡感。她們一點也不知道這首歌會對雷克頓人傳達什麼訊息。

❦

當他們的車隊抵達時，綠牧鎭看起來了無人煙，田野上沒有任何鎭民和牲口。幾條人影迅速自遠方的山丘隱沒入樹林裡。他們將篷車留在信使大道上，只有馬車駛入鎭中。不過還是沒看見半個人。

「我不喜歡這種情況。」卡維爾說。克里弗跟他說了幾句克拉西亞語，他聽完哼了一聲。

「怎麼了？」黎莎問。

「他說青恩的聲音只比雷鳴小一點點而已。他們藏身四周，躲在每扇窗戶、每個街角後偷看我們。我會派他前去探路……」

「不行。」黎莎說。

「他是克雷瓦克偵察兵，」卡維爾說。「我向妳保證，女主人，綠地人不會發現他的。」

「我不擔心他們。」黎莎說。「我要他待在我看得見的地方。這些人有理由警覺，我們不能做任何讓他們感到威脅的事。」

片刻過後，鎮中廣場映入眼簾，廣場四周都是住家和店面。有五個人站在旅舍台階前等待，兩人拉弓搭箭，兩人手持乾草叉。

黎莎下令停止前進，步下馬車。羅傑、加爾德、汪妲、阿曼娃、安奇度、莎瑪娃及卡維爾立刻跟進。「讓我出面交涉。」黎莎在走向旅舍時說道。

「他們看來並不打算交涉，女主人。」卡維爾說著朝兩側點頭，她發現鎮中廣場旁所有窗戶都有弓箭手。

「除非給他們理由，不然他們不會放箭。」黎莎說，希望自己就像嘴裡的話那般充滿信心。她撩起藥草圍裙，讓所有人看見她是藥草師。羅傑的拼布斗篷表明他是吟遊詩人——這點也對他們有利。

羅傑和安奇度站在弓箭手和阿曼娃之間，加爾德則上前守護羅傑。黎莎身旁站著卡維爾和汪妲。

「嘿，旅舍那邊的人！」羅傑叫道。「我們沒有惡意，只是想要付錢找個安全的地方過夜。我們可以過去嗎？」

「把你們的矛留在原地！」其中一名男子叫道。

「我絕不會——」卡維爾開口道。

「留下矛，或是留在原地，訓練官。」黎莎插嘴道。「這是合理的要求，而且他們可以輕易地射殺你。」卡維爾低吼一聲，但還是彎腰放下長矛，安奇度也照做。

「你們是什麼人？」領頭的男人在他們來到前廊時問道。

「黎莎．佩伯。」黎莎說。

男人眨眼。「窪地女鎮長？」

黎莎微笑。「正是。」

男人瞇起雙眼。「妳跑到南方來做什麼？還和這種人在一起？」他朝克拉西亞人點頭。

「我們在與克拉西亞領袖會面後返鄉。」黎莎說。「希望能在綠牧鎮過夜。」

「藥草師什麼時候開始執行外交任務了？」男人問。「那是信使的工作。」

羅傑迎上前去，甩動七彩斗篷，伸出一手。「我是解放者窪地的傳令使者。羅傑．半掌，艾利克．甜蜜歌的前學徒，曾擔任安吉爾斯林白克公爵的傳令使者。」

「半掌？」男人問。「人稱小提琴巫師的那人？」羅傑心中一喜，笑著點頭。

「你知道我們的姓名，卻還沒告訴我們你是誰。」黎莎說。「我猜你是鎮長哈沃德？」

「是，妳怎麼知道？」男人問。

「你們的藥草師，安娜女士，曾寫信請教我如何醫治你女兒希亞的喘咳。」黎莎說。「她現在好了，是吧？」

「那是十年前的事了。」哈沃德說。「如今她已經生兒育女，我不想讓一群凶狠成性的克拉西亞人睡在他們半哩之內的地方。我們聽去年路過此地的難民說過不少故事。」他翹起蓄鬚的上唇，對卡維爾和安奇度露出犬齒。

黎莎祈禱訓練官不要受挑釁，接著在他保持沉默時暗自鬆了口氣。「我不能評論克拉西亞人的作風，但我保證車隊裡的克拉西亞人不會鬧事。只要沒人招惹他們，他們絕對不會傷害任何人。他們大部分都會待在信使大道上的馬車裡，但我父母年紀老邁，而我非常希望能有幾張床鋪過夜。如同我的傳令使者所說，我們會付帳，提供金錢和娛樂。」

哈沃德的嘴巴抿成直線，不過還是點了點頭。

黎莎跟父母、加爾德、汪妲、卡維爾和安奇度坐在酒吧裡看著羅傑拿小提琴調音。他坐在昏暗角落裡的硬背椅上，阿曼娃和希克娃跪在他兩旁乾淨的布上。黎莎看得出來訓練官和閹人都不希望阿曼娃和希克娃上台——這在克拉西亞是前所未有的事——但在被達馬丁低聲責罵幾句後就不再多說。其他桌旁和吧台座位上坐滿了綠牧鎮民，後方還站了更多人。在任何情況下，吟遊詩人都會引來大批觀眾，不過黎莎發現看向他們這桌克拉西亞人的目光與看向舞台上的一樣多，而這些目光多半不太友善。吵雜的人聲讓她聽不太出來交談的細節，但她聽到不少憤怒的語氣。

至少在音樂聲響起前是如此。

羅傑沒有和昨天一樣熱場，沒有特技和雜耍，沒有魔術、笑話或故事。當妻子在台上時，他唯一表演的就是音樂。

與在阿曼恩的餐廳裡一樣，羅傑以緩慢輕柔的旋律開場，逐漸加入複雜的曲調並且提高音量，直到音樂迴盪在整間酒吧裡，將所有人籠罩在魔力中。觀眾鴉雀無聲，眼睛閃閃發光。內心深處，黎莎知道他的音樂並非眞正的魔法，但是人類和惡魔深受影響的事實偏偏又擺在眼前。他擁有無人能否定的天賦。

音樂漸強到一定程度時，阿曼娃和希克娃開始演唱，一開始沒有歌詞，接著以完美的提沙語唱道：

造物主艾弗倫
看見奈的冰冷黑暗
心中毫不滿足
於是創造神聖的阿拉
祂燃起日月，帶來光明
並以祂自己的形象造人
艾弗倫心滿意足

奈對於玷污自己完美黑暗的萬物大爲震怒
動手摧毀阿拉
當艾弗倫阻止她時
奈將黑暗吐入祂的世界
成爲所有惡魔之母

阿拉蓋丁卡出世

艾弗倫吐出一口大氣
吹轉世間萬物
神聖的日與月
詛咒阿拉蓋丁卡
惡魔女王落荒而逃
遁入阿拉地心的
黑暗深淵

阿拉的世界翻轉，黑夜降臨
阿拉蓋卡丁宣告
奈的黑暗子孫現世
破壞者，阿拉蓋
艾弗倫對抗奈的力量
命令人類守護自己
在冰冷的月光下堅守陣地
總在月虧時

阿拉蓋持續壯人
當月亮黯淡無光
阿拉蓋卡趕走阿拉
月虧時以魔印守護心靈
莫讓惡魔之父
吞噬你的思想與夢境

偉大全能的艾弗倫
送給子民最後的禮物
賜給我們解放者
沙達馬卡帶領世人
踏上榮耀之道與天堂之光
聯合艾弗倫的子孫
消弭惡魔女王的瘟疫

沙達馬卡即將降世
統一全人類
在他與艾弗倫面前下跪
或在矛頭下屈服

沐浴在阿拉蓋的血液中
參與榮耀的戰爭
沙拉克卡，第一戰爭

黎莎感到手痛，這才發現自己握茶杯握到指節泛白。她強迫自己放鬆，看向酒吧中所有忘記呼吸的觀眾。唱到最後一段歌詞時，她以爲克拉西亞人會突然拿出武器——不過他們全都把武器留在房裡——也深怕綠牧鎮民會起身暴動。結果所有人同聲歡呼。卡維爾和安奇度一邊吶喊一邊跺腳，震得木椽上灰塵撒落。提沙人的掌聲聽起來像是一整箱慶典爆竹爆炸。

這不是她第一次低估羅傑。他外表像個男孩，年僅十八，臉上才剛剛開始長鬍鬚；行爲舉止常常讓人感覺他年紀更小——任性、魯莽、有勇無謀。每當他不顧她的建言時，黎莎就會惱羞成怒，她比他懂事，她能解決他所有問題，只要他肯聽她的話，乖乖照她的吩咐去做就行了。

但羅傑只用一首歌就達到了遠遠超乎黎莎想像的成就，把綠牧鎮民必須知道關於克拉西亞人的事情與信仰全都告訴他們、警告他們下一個新月可能面臨的危險、明白指出阿曼恩的大軍即將來襲。最重要的是，他明目張膽地在克拉西亞人面前這麼做，而且說的全都是他們的達馬會在布道壇和尖塔上大聲叫囂的內容。這些東西在克拉西亞人耳中聽來就跟天空是藍的一樣老生常談。阿曼娃和希克娃以爲她們是爲了父親的榮耀而唱，但事實上她們是在告訴鎮民趕快收拾行囊，逃離家園。

黎莎向來習慣掌握大局，但突然間卻變成了找不到方向的人，而羅傑卻能看出魔印網中的條理。

「太美了，羅傑。」她在他們鞠躬回桌時起身說道。卡維爾和安奇度立刻起身，移動到女人身邊守護她們。

「謝謝，」羅傑說。「但這是團隊的效果。沒有阿曇娃和希克娃就沒有這麼精采的演出。」

「我丈夫太謙虛了。」阿曼娃說。「我們只是教他一首大家都會唱的歌，並幫助他了解歌詞的意義，是他將歌詞改編成你們的語言，我們絕不可能找出恰當的韻腳與用字。」

黎莎微笑。「我也感謝妳如此謙虛，阿曼娃。」她望向羅傑。「但羅傑確實爲這首歌增添了……只有天才才能辦到的精髓。」

羅傑飛快瞪她一眼，快到沒人注意。阿曼娃好奇地凝視著她，黎莎發現羅傑並非自己唯一低估之人。達馬丁或許年輕，但絕非蠢人。

哈沃德在表演結束後來到他們桌旁，黎莎教他心靈惡魔魔印，還有製作魔印頭帶，以及在新月時使用的方法。

「妳是說那種東西眞的存在？」哈沃德驚問。

「歌詞裡提到的所有威脅都是眞的，鎭長。」黎莎說。「每一個都是。」

第二天早上，羅傑在阿曼娃和希克娃滑下地板輕輕帶動羽絨被時醒來。她們盡量不吵醒他，但在充滿扒竊高手的吟遊詩人公會裡度過許多夜晚後，他早就學會淺眠的技巧。

他保持規律的呼吸，假裝在睡夢中轉身，換個能夠看清楚女人點燃油燈、展開晨間活動的角度。當時天還沒亮，羅傑還能多睡一個小時再起床跟隨車隊離開，但有些事情比睡覺更有吸引力。

欣賞他的妻子運動就是其中之一。

阿曼娃和希克娃只穿半透明的褲子和上衣，在練習沙魯沙克時穿得更單薄。羅傑當場勃起，於是在毯子下變換姿勢，給自己施加一點壓力，一邊想著自己有多幸運，一邊吞下歡愉的呻吟。

就像往常一樣，這兩個女人似乎有辦法感應到他勃起。她們轉身看他，羅傑來不及閉眼。她們立刻停下運動，朝他走來。

「不，拜託。」羅傑說。「別讓我打斷妳們，我喜歡看。」

希克娃看向阿曼娃，阿曼娃聳了聳肩，兩人繼續之前的姿勢。

「妳們的沙魯沙克與卡維爾教加爾德和汪妲的大不相同。」羅傑說。

阿曼娃嗤之以鼻。「沙羅姆的沙魯沙克就像狼群對著月亮嚎叫，就連達馬的沙魯沙克也不過是蟋蟀在唱歌。這，」她施展一系列招式。「才是真正的音樂。」

羅傑集中精神，想著解放者窪地其貌不揚的藥草師妲西．卡特，想像她脫光衣服的畫面，直到勃起消退，這才跳下床來，走到阿曼娃面前，模仿她的動作。這些動作出奇困難，即使對經常上台表演的人來講也一樣。羅傑可以倒立行走、滾翻、空翻，還學過適合從皇家舞會到鄉村集會所有場合的舞蹈，但是沙魯金會用到一些他聽都沒聽說過的肌肉，需要比在球上演奏小提琴更高超的平衡感。

希克娃笑道：「你做得很好，丈夫。」

「不要騙我，吉娃。」羅傑笑嘻嘻地說道，確保她知道自己是在說笑。「我知道我做得很糟。」

「希克娃沒有騙你。」阿曼娃說著走來調整他的姿勢。「你的姿勢很好，只是欠缺中心自我。」

「中心自我？」

「把你自己想成一棵棕櫚樹，在風中搖擺。」阿曼娃說。「你會彎曲，但不會折斷。」

「我很願意這麼做，」羅傑說。「只是我從沒見過棕櫚樹。這和教我想像自己是妖精瓦罐沒什麼兩樣。」

阿曼娃沒有皺眉，但也沒有微笑。在她眼中，沙魯沙克是不能拿來開玩笑的。他收斂笑容，讓她調整姿勢。

「你的中心自我就是連接你全身的無形線條，是阿拉，是天堂。」阿曼娃說。「它是平衡，但又不能光以平衡解釋。它是無聲平靜之地，當你擁抱音樂時會墜入的境界，當你無視痛苦時的慰藉場所。」她抓起他的褲襠。「它是你在妻子體內播種時堅挺的部位，隨風飄蕩的安全空間。」

羅傑在她的撫摸下呻吟，而這一次，阿曼娃笑了。她後退一步，指示希克娃。兩個女人伸手到腰間的布袋裡，手指戴起枕邊舞蹈用的小銅鈸。

接下來的幾天，同樣的場景在一座又一座雷克頓村落中不斷上演，說服村民放下對沙羅姆的恐懼，然後為他們表演。羅傑對於不讓妻子知道歌詞中隱藏的訊息感到有點罪惡，但既然她們一開始也沒說她們聽得懂提沙語，他也就克制自己不將罪惡感表現出來。這並不算背叛，他只是在散播他們以為是常識的訊息。

每天早上，阿曼娃和希克娃都會教他練習沙魯沙克，安奇度則面無表情地在旁觀看。他們比較像在嬉戲，而非真的學習，不過他學得很開心。黎莎向他提過英內薇拉那攻擊神經系統的致命招數，以及毫不費力就扣住她咽喉的手法。他妻子的課程裡沒有那些招式。他有些微的進展，不過還不足以學習較為困難的動作。

「想學跳舞得先學走路。」阿曼娃說。

離開克拉西亞控制的土地後，他們開始加緊趕路。車隊遭遇一次攻擊——十幾名強盜拿投擲矛和短弓突襲他們，試圖分散注意，好讓另外一批強盜搶奪一輛行李車。沙羅姆沒有中計。他們在對方撤退之前打死四名強盜，打傷好幾個人。那之後就沒人敢打車隊主意了。

距離解放者窪地不到一週路程時，他們終於不再那麼緊張，黎莎也越來越熟識借宿村落的藥草師。有些藥草師與她通信多年，卻始終不曾會面。在北耙村裡，她們甚至相擁而泣，不過羅傑卻只感覺到一股逐漸醞釀的緊張情勢。這裡的村民不太懼怕沙羅姆，這讓他們膽大妄為。

那天晚上在酒吧裡演奏完〈月虧之歌〉後，現場傳來禮貌性的掌聲，接著酒保叫道：「好了，來段〈伐木窪地之役〉吧！」不少人出聲呼應，伴隨許多呼喊聲和跺腳聲。

羅傑壓抑著皺眉的衝動，差點打亂他吟遊詩人的面具。兩個月前，他在所有表演場合都會演出那首歌，並以高價出售給吟遊詩人公會。

他望向阿曼娃。「想演奏的話就請演奏吧，丈夫。希克娃和我會回桌去坐，我們很榮幸有機會聽這首描述我們新部族英勇事蹟的歌謠。」

她們順勢起身。羅傑想在她們走過時親吻她們，但是儘管她們逐漸習慣北地習俗，當眾接吻對所有克拉西亞女人而言還是太過分了，除了達馬佳本人以外。

我們的新部族。羅傑咬牙切齒。她們真的知道這是首什麼歌嗎？他沒有蠢到在艾弗倫恩會裡演唱〈伐木窪地之役〉——那首歌遊走於褻瀆邊緣。

但如今他們已經離開艾弗倫恩惠，身處雷克頓的土地，四周都是提沙人。他們有權得知北方的表親正日益壯大，有權得知他們也可以投靠自己的救主。羅傑並不真的認為亞倫．貝爾斯就是解放者，就像他不認為阿曼恩．賈迪爾是一樣，但如果人們需要別人帶領他們在黑夜中尋求力量，繼續存活下去，他依然認為魔印人是比沙達馬卡更好的選擇。他不打算一輩子都對妻子隱瞞這個事實。

現在就是道出眞相的好時機。

慢慢地，他開始演奏。隨著他沉浸在音樂中，恐懼和焦慮開始如同晨風中的惡魔灰燼般消逝。創作這首歌時，他感到無比自豪，而當他的手指演奏出熟悉的旋律時，他發現自己依然驕傲。〈伐木窪地之役〉或許沒有〈月虧之歌〉那麼強大的魔力，但他可以用這首歌在黑夜中形成一道防護網，阻擋惡魔接近，而且它還能感動所有善良的村民。這首歌已經廣為流傳，很可能在他死後依然傳頌下去，如同古老的英勇故事般永垂不朽。

他進入每次演奏都會進入的痴迷狀態，將妻子、沙羅姆、黎莎和觀眾阻隔在外。準備好後，他開始唱歌。

他刻意保持曲調簡單，一方面讓聽眾朗朗上口，一方面也是為了自己著想。他的歌聲比不上阿曼娃和希克娃，也比不上他聲名遠播的老師，艾利克．甜蜜歌。即使在他成天買醉，遭人譏嘲為「臭酸歌」、還會唱到一半忘詞的晚期，艾利克的歌聲依然讓羅傑無法望其項背。

但他接受過頂尖歌手的訓練，儘管欠缺肺活量和歌唱的天賦，羅傑還是可以用尖銳清澈的聲音唱好一首歌。

當流感肆虐

帶走偉大的藥草師布魯娜

而她的學徒遠在天邊時

伐木窪地失去希望
沒人願意藏頭縮尾
他們全都挺身而出
在夜裡擊殺惡魔
魔印人來到窪地

北方遙遠的安吉爾斯
黎莎收到噩耗
老師去世、父親重病
窪地相隔一週的路程
沒人願意藏頭縮尾
他們全都挺身而出
在夜裡擊殺惡魔
魔印人來到窪地

沒人帶她穿越黑夜
僅有吟遊詩人的旅行魔印圈
但那只能阻擋地心魔物
卻無法抵抗盜賊

沒人願意藏頭縮尾
他們全都挺身而出
在夜裡擊殺惡魔
魔印人來到窪地

孤立無援，只能等死
地心魔物成群結隊
他們遇上渾身刺青之人
徒手屠殺惡魔
沒人願意藏頭縮尾
他們全都挺身而出
在夜裡擊殺惡魔
魔印人來到窪地

他們抵達時，窪地幾成廢墟
沒有完整的魔印
半數鎮民
非死即傷
沒人願意藏頭縮尾

他們全都挺身而出
在夜裡擊殺惡魔
魔印人來到窪地

魔印人鄙視絕望
呼喊眾人起身戰鬥
只要在黑夜裡並肩作戰
我們就會看見明天的黎明
沒人願意藏頭縮尾
他們全都挺身而出
在夜裡擊殺惡魔
魔印人來到窪地

他們使用斧頭及長矛
以屠刀與盾牌奮戰一夜
黎莎帶傷者前往
聖堂治療
沒人願意藏頭縮尾
他們全都挺身而出

在夜裡擊殺惡魔
魔印人來到窪地

窪地人守護心愛之人
儘管黑夜艱辛漫長
戰場如今人稱魔物墳場
絕非沒有理由
沒人願意藏頭縮尾
他們全都挺身而出
在夜裡擊殺惡魔
魔印人來到窪地

如果有人問爲何日落時
惡魔皆在顫抖
窪地人會實話實説
只因人人都是解放者
沒人願意藏頭縮尾
他們全都挺身而出
在夜裡擊殺惡魔

「眞正的解放者！」人群中有人叫道，不少人出聲應和。

羅傑聽見椅子倒地的聲音，睜眼看見卡維爾氣沖沖地朝他逼近。加爾德跳起身來，擋在兩人之間。身形巨大的伐木工比對方高上八吋，重上一百磅。他抓起卡維爾，一時之間似乎取得上風，但是訓練官扭轉他粗壯的胳臂，加爾德痛得大叫，身體隨即騰空而起。卡維爾不再理他，加速衝向羅傑。

汪妲本能地伸手拿弓，但發現自己距離夠近時，她毫不遲疑地徒手攻向訓練官。她站穩腳步，小心防守，同時施展迅速又有效率的拳腳招式，明智地避免貼身扭打。她比加爾德多撐了幾秒，接著卡維爾架開她的拳頭，以手刀擊中她的喉嚨。他趁她窒息時抓住她的手臂，近身扭轉，將她整個人摔上桌子，當場把桌子撞成兩半。汪妲在木屑、麥酒和碎玻璃中落在地上。

酒保拿出棍子，所有人都開始大呼小叫，但是他們都來不及幫助羅傑。他手腕一翻，手中多了把飛刀，但在卡維爾逼近時手忙腳亂，飛刀脫手落地。

接著安奇度突然現身，鉤住卡維爾的腋窩，將他的衝勢轉爲摔擲的力道。訓練官很熟悉這招，迅速側步跨開，雙腳維持在地上。他以克拉西亞語吼了一句話，同時狠狠出腳，緊接著補上一拳。這兩下都沒擊中安奇度，他避開那一腳，抓住卡維爾的手腕化解那一拳，另一手突然出擊，重重擊中訓練官的肩窩。安奇度放開他的手，訓練官的手臂無力癱垂。卡維爾以另一手出拳，結果彷彿擊中煙霧。安奇度飄出攻擊路線，擊中卡維爾的另一邊肩膀，接著移形換位，一腳踢中他的後膝。

他踏著駭人的輕鬆步伐來到訓練官身後，扣住軟癱的雙臂，將他押在地上。卡維爾面容扭曲，肌腱劇痛，但一聲不吭。安奇度一如往常般沉默，臉上不帶絲毫表情。

「夠了。」阿曼娃說，閹人立刻放開訓練官，後退一步。卡維爾轉向達馬丁，咬牙切齒地以克拉西亞語講話。羅傑聽不懂他在說什麼，但他狂熱的眼神已經說明一切。

阿曼娃以提沙語回應，語氣冰冷。「如果你或任何沙羅姆膽敢碰我丈夫一根寒毛，訓練官，你們就會永遠待在天堂門之外。」卡維爾瞪大雙眼。他額頭抵地，但神情依然憤怒。

阿曼娃轉向羅傑。「還有你，丈夫，今後再也不能演奏那首歌。」

羅傑不須借助金牌獲取勇氣，光靠他心中的憤怒就足夠了。別人沒資格告訴他可以演奏什麼，不能演奏什麼。「不能才怪。我不是聖徒，沒資格告訴人們該信什麼，只負責講故事，而這兩首歌都是事實。」

阿曼娃額頭上青筋浮現，顯示一股沒有流露在眼中的怒意。她點頭。

「那我父親將會得知此事。卡維爾，挑選最強、最快的戴爾沙羅姆。我要修書一封，讓他交到沙達馬卡手中，絕不能假手他人。讓他帶兩匹馬，除非造成阻礙，不得浪費時間獵殺阿拉蓋，沙拉克卡的成敗或許就取決於他的速度。」

卡維爾點頭，翻身而起，奉命行事，但黎莎起身站在他面前，雙手交叉胸前。「他趕不回去。」她警告道。

「什麼？」阿曼娃問。

「我已經給你的沙羅姆下毒了。」黎莎說。「毒藥的作用遠比我加在他們湯裡的解藥要持久。這裡離你們距離最近的盟友都要好幾天的路程，少了解藥，你的手下撐不到半途的。」

阿曼娃凝視黎莎很長一段時間，羅傑懷疑她說的究竟是不是真話。當然不是。黎莎做得出很多事，但是下毒害人？不可能。

阿曼娃瞇起雙眼。「卡維爾，照我的話做。」

「我不是在虛張聲勢。」黎莎警告。

「不，」阿曼娃點頭。「我相信妳不是。」

「而妳還是會派人赴死？」黎莎問。

「是妳害死他的。」阿曼娃說。「我是為了保護他在艾弗倫恩惠裡的同胞而做必要之事。我會為他擲骰，幫他準備藥草，但如果妳眞的有下毒，而我猜不出解藥，他就會壯烈成仁。而當妳走完孤獨的旅程，接受造物主審判時，他的靈魂將會站在天秤的另一端與妳對抗。」

「這件事情過後，我們兩個都不可能清清白白地去見祂。」黎莎說。

「妳用半眞半假的謊言恐嚇、迷惑這些人是沒有用的。當我父親準備奪走他們的土地時，他們的土地就會被奪走。這些人會變得更堅強，並且擁有取得榮耀與進入天堂的機會。」阿曼娃輕彈手指，訓練官馬上離開。酒吧裡有幾個人蠢蠢欲動，但卡維爾面露挑釁，他們立刻明智地讓路。

又瞪了羅傑一眼後，阿曼娃和希克娃憤而離去，與安奇度一起回房。羅傑悲傷地看著他們走上樓梯，消失在眼前。他絕不可能不再演奏〈伐木窪地之役〉，但他沒必要在舞台上告訴她們。他知道演出到一半突然遭人冷落是什麼感覺。

心情平復下來後，羅傑發現打從旅程開始，這是他第一次與其他窪地人獨處。汪妲和加爾德似乎自尊所受到的傷害遠比身體嚴重，始終默默守在一旁。

「剛剛眞是太可怕了。」羅傑說。

「你運氣好。」黎莎說。「在他們不知情的情況下利用月虧之歌告訴人們遠離克拉西亞人是一回事，但在他們面前歌頌另一個解放者又是另一回事了。你這樣做與唾棄他們所信仰的一切沒有什麼不同。」

「那我們應該假裝伐木窪地之役從未發生過嗎？」汪妲大聲問道。「我們的努力毫無意義？假裝我爸就這麼死了，而不是拖一堆木惡魔與他同歸於盡？假裝魔印人沒有做歌裡所描述的那些事？」

「我已經受夠假裝上下顛倒，黑白不分了。」加爾德說。

「當然不是這樣。」黎莎說。「但我們在路上孤立無援。很快我們就會回到窪地，在那之前，還是小心爲上。」

「唉，大家都沒事吧？」旅舍老闆送上剛倒好的飲料。他身邊跟著北耙鎮鎮長蓋瑞，以及藥草師妮可兒。

「還過得去。」羅傑說著請他們坐下。「要是我沒差點死掉，黑夜就不夠精采了。」

蓋瑞眨了眨眼，不過還是和妮可兒在座位上坐下。「現在到底是什麼情況？你們說他們是跟你們來的，但看起來你們比較像是跟他們來的。你們是他們的囚犯嗎？」

羅傑知道他們在等他回應，但他覺得麻木、腦袋混亂、答不出來。黎莎搖了搖頭，他很高興讓她主持大局，至少在她開口說話前是如此。

「情況比想像中還要複雜，鎮長。」黎莎說。「也不關你的事。我們很安全，那個白衣女子是克拉西亞領袖的女兒……」

羅傑神色一凜，身體前傾。

*小心說話。*他心想。

「……也是羅傑的妻子。今晚過後，這些戰士絕不敢在沒有沙達馬卡的命令下傷害我們，而那道命令一時之間還不會下來。到時候我們已經回到窪地，比北粑鎮的鎮民更有能力應付接下來的局面。」

「這話是什麼意思？」鎮長大聲問道。「你們告訴我們一個事實，然後唱另一首歌傳遞另一個事實，現在又有第三種版本？」

「意思就是克拉西亞人要來了。」黎莎說。「只要你們沒有蠢到動手抵抗，他們或許不會像在來森那樣殘暴，不過結果都是一樣的。所有男孩都會被抓去接受對抗惡魔的訓練，所有男人都會變成次等公民，所有女人都是三等公民。你們的小鎮會有人監督，所有人都要服從伊弗佳律法。」

「她是說我們不該反抗？」蓋瑞問。「他們入侵時，我們應該像匹母馬般逆來順受？」

「她是在提醒你們趁有機會時趕快逃跑。」厄尼說。「你們就在他們行軍的路上。聰明的話，你們就該收割所有成長中的作物，打包所有財物，遠離信使大道。」

「上哪去？」蓋瑞問。「我家族一直以來都住在北粑鎮，大部分鎮民也一樣。難道就這樣放棄家園嗎？」

「沒錯，如果你們重視性命勝過土地。」黎莎說。「如果想要擁戴你們的公爵，那就朝雷克頓城出發，希望他們會收容你們。幾個月前我就派人去警告他們了。湖中的城市應該會很安全，至少暫時還守得住。」

「我只見過一次雷克頓湖，把我嚇得屁滾尿流。」蓋瑞說。「我想我們不適合住在那麼一大片水上。」

「那就去窪地。」黎莎說。「我們還沒有擴張這麼遠，但是還在持續擴張。我們不會拒絕任何投靠而來的人，且允許人們保有原來的聚落和領袖。我們會分配上好的土地給你們，擁有安全的魔印，還會給你們魔印武器，訓練你們使用它們。要不了多久，窪地就會成為除了密爾恩歐可公爵的堡壘之外最安全的地方。」

「不管哪一種情況，所有適合戰鬥的男人都會被迫去對抗根本不該對抗的東西。」蓋瑞一口啐在酒吧地上。

「喂！」旅舍老闆叫道。

「抱歉，辛姆。」蓋瑞說。「沒有不敬的意思，佩伯女士，但是北耙鎮民都很單純，不想和窪地人一樣成為惡魔殺手。」

「綁架克拉西亞公主或許比較容易。」辛姆說。「拿本鎮當作贖金。那些黑袍渾蛋很剽悍，但我們人多勢眾。」

「你們不會想那麼做的。」羅傑說。

「他說得對。」黎莎說。「膽敢碰她一根寒毛，克拉西亞人就會殺光北耙鎮所有男女老幼，然後燒成灰燼。傷害達馬丁是唯一死刑。」

「他們得先抓到我們。」辛姆說。

羅傑瞬間抽出飛刀，抓起辛姆的衣領，將他押在桌面，刀刃在喉嚨上劃破一條血痕。

「羅傑！」黎莎叫道，但他毫不理會。

「別管克拉西亞人。」羅傑低吼道。「你們不想那麼做，因為她是我老婆。」

辛姆吞嚥大口口水。「我喝多了，半掌大師。我不是認真的。」

羅傑輕哼一聲，放開對方，飛刀轉眼消失。

蓋瑞拉起辛姆。「去清理吧台，閉上你那張笨嘴。」辛姆立刻點頭，慌忙跑開。蓋瑞轉向羅傑。

「很抱歉，半掌大師。每座村落都有幾顆木腦袋。」

「嗯。」羅傑還受腎上腺素影響，情緒激動，不過已經換回吟遊詩人的面具，坐回座位上。

「沒人逼你一定要去哪個地方。」黎莎對鎮長說。「但是待在這裡就得面對一場你們無力對抗的風暴。你看到一個憤怒的沙羅姆有多厲害了，想像一萬個沙羅姆外加五萬個來森奴隸有多可怕。」

蓋瑞臉色發白，不過點了點頭。「我會考慮考慮。今晚請好好休息。從現在到你們明早離開之前，不會有人蠢到挑起任何事端。」話一說完，他推開椅子，扶起妮可兒，然後離開旅舍。

「那傢伙今晚肯定會作惡夢。」伊羅娜說。

「他和我們一樣，都是人。」黎莎說。

這時一名全副武裝的年輕沙羅姆和卡維爾走入旅舍，手持長矛和盾牌。兩人朝阿曼娃的房間走去。幾分鐘後，年輕戰士衝下樓來，如箭離弦般竄出門口。

「妳沒有眞的給沙羅姆下毒，是吧？」羅傑問。

黎莎瞧他片刻，接著深吸口氣，站起身來，沿著吧台旁的走道前往自己房間。汪妲緊跟在後。

羅傑嘆了口氣，拿起面前一杯麥酒，分三口喝個精光，冰涼的液體自嘴角淌下，流到下頷。「我最好回去面對老婆。」

厄尼抬頭看他，以偶爾責備女兒時用的口氣說道：「你是個很棒的小提琴師，羅傑，但身爲丈夫，你還有很多東西要學。」

加爾德陪羅傑回房，以爲會看到安奇度在門口守衛，但是閹人不見蹤影，這表示他在房裡。這種情況令人不安。

「要我跟你進去嗎？」加爾德問。

羅傑搖頭。「不，沒關係。你保持警戒，以防有哪個蠢蛋接受辛姆的建議跑來綁架阿曼娃。裡面的事情交給我。」

加爾德點頭。「我就待在走廊上。如果聽見什麼動靜，我會立刻破門而入。」

羅傑腦中浮現一個畫面，十五年前石惡魔打爛父親旅店大門時木屑紛飛的景象。羅傑毫不懷疑加爾德同樣能夠毫不費力地打爛沉重的木門。

他沒有說出兩人都很清楚的事實。卡維爾彷彿打倒小孩一樣擊倒加爾德，而安奇度也同樣輕鬆地戰勝卡維爾。儘管這個魯莽的伐木工經常惹他生氣，羅傑還是不希望他死在毫無勝算的打鬥中。如果他沒辦法在不動粗的情況下離開那間房，他多半也無法離開了。

羅傑假裝整理上衣，趁機碰觸金牌。他立刻冷靜下來。「我們都需要一些東西來應付人生的痛苦。」艾利克在羅傑問他爲什麼要喝那麼多酒時說道。「而我年紀太大，不能只聽吟遊詩人說故事。」他伸手握住門把。

進門之後，羅傑立刻注意到安奇度站在門邊，雙手交抱胸口。一如往常，閹人似乎根本沒注意到羅傑。

阿曼娃和希克娃換上鮮艷的絲綢，羅傑認爲這是個好兆頭，不過她們在羅傑進門的時候對他怒目而視。

「你和黎莎背叛我們。」阿曼娃說。

「怎麼這麼說？」羅傑問。「妳父親知道我們並未臣服於他。他提出和平協定，我們還在考慮。我沒有宣示要維護他所有利益。」

「不維護他的利益和反抗他是兩回事，丈夫。」阿曼娃說。「我父親不知道你在宣揚假解放者的故事，也不知道黎莎女士會毒害他的戰士。」

「妳父親很清楚魔印人的事蹟，以及他和窪地的關係。當初他來到窪地時，我們就已經告訴他了。」羅傑壓低眉毛。「而妳沒資格數落別人下毒。」

阿曼娃沒有扯下面具，但是羅傑從她沒有立刻回嘴這點得知自己說到她的痛處了。

「但你教你的同胞逃走。」阿曼娃說。「而我們根本沒有進攻的計畫。你教他們打包行李，前往大綠洲城，或是逃往你們窪地，壯大你們部族的勢力來對抗我們。」

羅傑火氣又上來了。「妳怎麼知道？妳偷聽我們談話？」

「阿拉蓋霍拉告訴我的，傑桑之子。」阿曼娃說。

「造物主啊，我受夠了妳那些隱晦的答案和那些可惡的骨骰！」羅傑吼道。「你把骨骰的訓示看得比人命還重要。」

阿曼娃再度停頓，保持冷靜。「或許等你回到窪地之後，我們就無法阻止你瀆神的行為，丈夫，但是我們不會繼續在城鎮過夜了。即使當我們抵達窪地，希克娃和我也不會去唱你那首離經叛道的歌曲，也絕不會忍受你在我們面前演唱。」

羅傑聳肩。「我也沒要妳們唱。但我有參與伐木窪地之役，妻子。我親身經歷，知道事情的真相。我不會假裝那件事沒發生，只因為這樣會降低妳父親的威信。如果他真的是解放者，這根本無關緊要。如果他不是……」

「他是。」阿曼娃斷吼道。

羅傑聳肩微笑。「那妳就沒什麼好擔心的了，不是嗎？」

「我父親是艾弗倫親選之人。」阿曼娃說。「但奈的力量強大。如果他的人民不肯效忠，他還是有可能失敗的。」

羅傑再度聳肩。「這些並非他的人民，至少現在還不是。如果要讓他們成為他的人民，他必須贏得民心。沙拉克卡來臨時，我會與惡魔對抗。但我效忠於誰，此刻還未定論。」

阿曼娃嗤之以鼻。「你有很多優點，傑桑之子，但你不是戰士。」這話彷彿出其不意地甩了羅傑一巴掌，令他差點摘下吟遊詩人的面具。他站起身來，臉上流露怒意，就連阿曼娃也不禁退縮。

「身為妳丈夫，我命令妳跟我來。」他說，拿起琴弓和小提琴，轉身離開房間。

安奇度立刻上前阻擋他的去路。

羅傑直接走到他面前，側頭直視閹人死氣沉沉的雙眼。「妻子，叫妳的閹驢退下。」

羅傑在安奇度眼中看出聽懂的神色，不過那個眼神稍縱即逝。「不會說我們的語言，看不起我的紅髮。你這個沒睪丸的大渾蛋！你每個字都聽得懂。所以要嘛就殺了我，不然就給我滾開。」

第一次，閹人開始顯露情緒──一股跟卡維爾撲向羅傑時差不多的強大怒意。但羅傑毫不在乎，以同等憤怒的目光瞪著他。

「安奇度，退下。」阿曼娃說。閹人面露驚訝，但立刻照做。羅傑打開房門，怒氣沖沖地踏上走廊，把加爾德給嚇了一跳。

阿曼娃和希克娃在他朝樓梯走去時跟了出來。「你以為你要去哪裡？」阿曼娃大聲詢問，但他根本懶得回答。

下樓時，酒吧的人潮已經散得差不多了，只剩下幾個鎮民坐在吧台前。他們驚訝地看向羅傑，接著瞪大雙眼看著身穿鮮艷絲綢的克拉西亞女人。

「丈夫！」希克娃叫道。「我們衣衫不整！」

羅傑不管她，走過酒吧，拉開前門的門栓。

「喂，你到底在做什麼？」辛姆叫道，但羅傑也不理他，大步走了出去。

就和大部分提沙村落一樣，旅舍位於鋪石板地的鎮中廣場邊緣。附近許多建築都有魔印走道通往旅舍，方便鎮民天黑之後聚在旅舍裡，但廣場本身佔地太廣，難以全面加持魔印。石板會防止惡魔在廣場現形，但風惡魔卻知道要注意此處，會突襲所有移動的東西。其他惡魔偶爾也會從道路上晃到這附近來。

旅舍前廊外站著卡維爾和另外兩名沙羅姆，三人都全副武裝。

「別擋路。」羅傑推開他們，彷彿他有權命令他們一樣，而沙羅姆則在他踏入廣場時向旁退開。羅傑看到對面有兩頭小型木惡魔正在測試建築的魔印，尋找魔印網的缺口。它們在聽見騷動時停止動作，看起來就像兩根扭曲的樹木。

當妻子跟著他來到前廊上時，羅傑聽見戰士們出聲驚呼，接著在他們全都偏開頭去時微笑。他的妻子都是解放者的血脈，而且已經結婚，以有色的眼光偷看她們將會遭受挖眼之刑。

由於沒穿魔印斗篷，他一離開魔印守護立刻被惡魔發現，它們隨即開始緩緩朝他接近。羅傑毫不理會，輕鬆地揚起提琴。天空中，風惡魔的叫聲劃破黑夜。

阿曼娃和希克娃在前廊欄杆前停步。「停止這種愚行！」阿曼娃叫道。「快點回來！」

羅傑搖頭。「妳不能命令我，吉娃。過來。」

「伊弗佳禁止女人踏入黑夜。」阿曼娃說。

「也禁止其他男人看見我們身穿彩服、不戴面紗的模樣！達馬佳規定要投石砸死這樣的女人。」希克娃叫道。他回過頭去，看見她彎下腰，試圖遮掩自己。

惡魔已經十分接近，摩拳擦掌，準備衝刺。羅傑毫無懼意，終於轉身面對它們，以殘障的手掌揚起琴弓。

惡魔是受原始情緒所制的生物，控制它們的關鍵就在於控制它們的情緒。此時此刻，它們的注意力都集中在羅傑身上。羅傑利用這種感覺，加以強化，將這種專注投射在他的音樂之上。

*我在這裡！*他告訴它們。*注意我站的位置！*

接著他停止演奏，向旁踏出兩步。惡魔搖頭晃腦，不知道他是怎麼消失的，羅傑再度開始演奏，強化這種困惑的情緒。

*他去哪裡了？我到處都找不到他！*他告訴惡魔。它們開始瘋狂地左顧右盼，但即使當它們的目光掃過他時，找不到他的沮喪感依然停留在它們心中。羅傑小心翼翼地繞到它們背後，戴上表情輕鬆的吟遊詩人面具。

「我也可以說伊弗佳同時要求妳們要聽從丈夫的命令。」他告訴妻子。「但伊弗佳沒有遇過我們這種情況。綠地的女性吟遊詩人會穿七彩服飾，而妳們現在人在綠地。這樣一來，英內薇拉得將所有住在艾弗倫恩惠之外的女人通通投石處死才行。」

這時前廊欄杆後聚集了一群觀眾。手持武器的加爾德、黎沙和拿著魔印弓的汪妲、加上一群鎮民及三名沙羅姆。兩個女人遲疑片刻，接著阿曼娃深吸口氣，抬頭挺胸大步朝他走去，希克娃連忙跟上。

「達馬丁，不要！」卡維爾叫道。

「閉嘴！」阿曼娃大聲道。「就是你的衝動把我們逼到這個地步！」

加爾德和戰士跟著她們踏上廣場，包括手裡拿著長矛和盾牌的安奇度。

「待在欄杆後，加爾。」羅傑叫道。「其他人都一樣，今晚我們不需要長矛。」沙羅姆不理會他，直到阿曼娃對他們揮手。他們後退，但是隨時準備不顧她的命令，在惡魔過於接近時跳入黑夜。

木惡魔注意到兩個女人，但它們已經測試過廣場四周的魔印，知道動不了她們。羅傑察覺這種情緒，立刻加以利用。他側過腦袋，下頷稍微離開魔印，將音樂瞄準惡魔的方向。

她們有魔印加持，他在妻子踏入沒有魔印守護的區域時對惡魔道。你們動不了她們。這麼做的話，你們將會面對強光與痛楚。去找其他獵物。

惡魔奉命行事，當阿曼娃和希克娃來到身邊時，羅傑旋律一轉，拉起〈月虧之歌〉的前奏。響亮的回音增強了音樂的效果，她們隨即在羅傑的帶領下開始唱歌。藉著這股力量，他在三人周遭編織出一道音樂魔法，讓他們在地心魔物面前隱形。惡魔可以聞到他們的氣息、聽見他們的聲音、甚至透過眼角看見殘影，但這一切感官的源頭都消失了，它們的目光一再錯過三人。

不必擔心攻擊後，羅傑又增加了一層曲調，阿曼娃和希克娃立刻跟上，對著黑夜送出嘹亮的召喚。慢慢地，羅傑抬起下頷，露出更多阿曼娃雕刻的魔印。他的妻子伸手碰觸喉嚨，調整頸鏈，配合他提高音量。

音樂遠遠送出，吸引廣場附近的居民來到窗口和前廊。油燈點燃，在石板地上投射微弱的光芒。鎮民們目瞪口呆地看著歌曲發生效用，引來附近所有惡魔。

一開始來得不多，但沒多久廣場上就聚集了十幾隻地心魔物。五頭木惡魔嗅著空氣中的氣味，尋找不見蹤影的獵物。兩頭火惡魔又叫又跳，在廣場上拖曳著橘色火光，說什麼也找不出音樂的來源，但又無法抗拒它的召喚。天上，三頭風惡魔盤旋空中，猛禽的鳴叫聲迴盪夜空。兩頭田野惡魔低伏在地，腹部摩擦石板，試圖掩飾行蹤。甚至還來了一頭礫惡魔——石惡魔體型較小的表親，但依然比將近七呎的加爾德高大。它站著不動，不辜負礫惡魔的名號，但羅傑知道它在利用所有知覺尋找他們，並會在找到獵物之後立刻行動。

黎莎曾描述過心靈惡魔的力量，在她心中共鳴，迫使她依照它的意思行事。或許音樂擁有類似的力量。羅傑心想。或許人類最初創造音樂就是為了模仿那種能力，這就是為什麼某些曲子能讓聽見的人產生同樣情緒。

〈月虧之歌〉就具有這種力量。羅傑在妻子第一次唱給他聽時就感覺到了，一種和他的能力類似的力量，但卻……漸漸消失。因為數千年來沒有使用這種力量的必要而被世人遺忘。

如今羅傑將這股力量帶回世間。在他的引導下，這首歌持續不斷地召喚，令惡魔將注意力集中在永遠找不到的人身上，並且忽略周遭的一切。如果要的話，加爾德或沙羅姆大可以直接上前攻擊它們。只要一擊，就能破除法術，讓惡魔找到可供反應的威脅，而在沙羅姆的長矛或加爾德的巨斧前，一下攻擊就能輕易打殘或打死惡魔。

然而羅傑告訴他們今晚不需要武器並不是隨便說說的。

他開始進入第一段歌詞的部分，阿曼娃和希克娃讚美艾弗倫的榮耀，編織他第一道法術，他和妻子在馬車裡練習許多次的法術。唱到副歌的部分，也就是女人哼著音樂呼喚造物主時，惡魔已經忘記了找尋獵物，開始隨著音樂舞蹈，就像村民於春至慶典時跳著輕快舞蹈一樣。

羅傑演奏另外一段排練已久的旋律，他們進入下一段歌詞。他開始在廣場上輕鬆漫步，妻子緊跟在後。惡魔就像小鴨跟著母鴨下水般在他們身後走成一排。

他讓這種情形延續到副歌唱完，且第三段歌詞開始，不過這裡他增添了一個音符，讓妻子知道曲子即將出現突然其來的變化。這段歌詞唱完後，惡魔已經站在他預定的位置，三人同時轉身，以一系列尖銳的高音攻擊惡魔，讓它們如同遭鞭打的狗般四下逃竄。

當它們即將逃出音樂影響範圍時，羅傑進入下一段歌詞。地心魔物立刻停步，如同試圖掩飾行蹤的獵人般僵在原地，以免嚇跑獵物。他輕而易舉地讓惡魔更緊張，直到它們忍無可忍，在廣場附近奔跑，不斷揮爪吼叫，迫切地想要找出音樂的來源，阻止它的魔力。

羅傑繼續引領它們，提供錯的暗示讓它們撲空。魔印網外有根老舊的拴馬柱，他將音樂覆蓋其上。

我在這裡！攻擊！

惡魔立刻尖叫衝鋒。田野惡魔率先撲上，利爪在木柱上留下深深的爪痕。風惡魔從天而降，攻擊柱子，撞飛一頭田野惡魔。兩頭地心魔物摔倒在地，開始自相殘殺。黑色膿汁灑在地上，風惡魔展翅升空，皮翼上布滿裂痕。火惡魔朝拴馬柱吐出火焰唾液，柱子轉眼起火燃燒。

接著羅傑將音樂覆蓋在礫惡魔身上。田野惡魔照樣撲上去，但礫惡魔一爪抓住其中一隻，將它腦袋撞在石板地上。它抓住另一隻的尾巴，像人甩動貓般把它甩來甩去。另一頭風惡魔俯衝而下，不過在礫惡魔揮動田野惡魔時改變方向。它狠狠拋出田野惡魔，在一道前廊魔印網上撞出耀眼的閃光，隨即墜落地面，渾身冒煙，不再動彈。一頭火惡魔吐出火焰唾液，礫惡魔的雙腳當場著火，不過這並沒有防止火惡魔被踢得飛越廣場，在耀眼的魔光中撞上魔印網。火惡魔死了，礫惡魔的腳卻安然無恙。

羅傑面露微笑。這些技巧全都是可以傳授給人的。這些副歌以及他對惡魔施展的「魔法」都是經過練習並且記載下來的旋律。其他演奏者或許無法達到他們三人組合的效果，但可以利用強記的方式學會召喚惡魔或驅趕惡魔的方式，也可以藏匿行蹤或讓它們發狂。

但這跟羅傑與妻子並肩作戰時所感受到的力量相比不過是皮毛，他永遠不可能記載下眞正微妙的控制方式。那些必須身歷其境才能體會，不但因惡魔的種類而異，還要考慮環境變數，視當下的情況而定。

這就是他一直沒辦法傳授給學生的部分。他回頭看向他的吉娃，在她們圓睜的雙眼中看見敬意，外加一絲恐懼。就連阿曼娃都卸下了面具，臉上不再是達馬丁的寧靜表情。她們可以模仿他，但卻無法創新。

還沒完呢，我的愛。羅傑心想，再度回過頭去面對惡魔。他採取掠食者的姿態，和妻子一同驅趕惡魔，分門別類地將不同的種族聚集在一起。現在歌已經唱完了，但羅傑還是持續演奏，逐漸增強最後一段副歌的音量，以阿曼娃和希克娃所能趕上最快的速度增加轉折變化。惡魔擠在一起，朝空氣張牙舞爪，懼怕逐漸凝聚的力量，偏偏又不敢轉身逃跑，以免背對獵殺它們的敵人。

接著羅傑開始對付它們，以不協調的刺耳音浪攻擊它們，威力有如造成實質的傷害。它們放聲尖叫，有些摔倒在地，撕破自己的腦袋，彷彿想要挖出那個聲音，不再受它影響。就連天上的風惡魔也痛苦慘叫，但是音樂緊緊擄獲它們，不讓它們逃跑，只能不斷在天上盤旋。

羅傑抬起頭，再度改變音調，召喚風惡魔自夜空降落。痛苦的源頭在此！立刻出擊，讓它閉嘴！

風惡魔以極快的速度俯衝，但羅傑和妻子根本不在音樂指引的地點——在旁邊一段距離外，而且位置低了好幾呎。風惡魔以難以想像的力道撞上石板地，空心的骨頭在撞擊中化爲碎片。轉眼之間，廣場上散落著它們的殘骸。

接著他轉向大吼大叫的木惡魔，它彷彿快被強風吹斷的樹木。

羅傑想到呑火人，安吉爾斯裡假裝呑火，接著又用酒精和火星將火吐出來的吟遊詩人。吟遊詩人將之視爲「低級」的表演——用以掩飾欠缺天賦的危險演出。表演呑火的吟遊詩人常常會受傷，而且在森林堡壘裡，除了特殊表演場合外，吐火是犯法的行爲。那通常是幫知名吟遊詩人暖場的開場表演。

現在我有火惡魔幫我開場。羅傑在驅使火惡魔對木惡魔吐火時想道，瞄準的過程就如汪妲瞄準弓箭一樣容易。

木惡魔立刻著火，與礫惡魔不同之處在於它們對惡魔火的效果並不免疫。它們尖叫拍打，抓起火惡魔加以擊斃，但一切已經太遲了。它們在黑煙凝聚成濃密惡臭的烏雲時倒地不起，就此死亡。

現在只剩下礫惡魔，身高將近八呎，渾身肌肉糾結，表皮布滿如同河石般的堅硬外殼。它像雕像般沉默聳立，但羅傑知道它正在拚命找尋他們，幾乎難掩心中狂暴的憤怒。他微笑。

三人組開始繞圈，強化副歌的力量，音節越來越高、同時露出越來越多的擴大魔印。惡魔開始尖叫，以利爪摀住腦袋，瘋狂地四下找尋逃生之道。但他們縮小圈子，令它感覺痛苦彷彿來自四面八方。惡魔身軀搖晃，接著單膝著地，發出如同音樂般美妙的痛苦吼叫。

這時就連廣場四周的鎭民都已摀住耳朵。羅傑自己也腦袋嗚嗚，雙耳疼痛，但他忽略痛苦，下頷完全離開小提琴。

礫惡魔身體抽動，發出一聲如同老橡木在暴風中折斷般的嘎啦聲響。惡魔外殼上出現蛛網般的裂痕，它癱在地上，就此死去。

羅傑立刻停下演奏，妻子跟著停止唱歌。廣場上陷入一片死寂，羅傑享受著歡呼前的寧靜。

第十五章　佩伯家的女人　333 AR　夏

新月前十六個拂曉

「閉上嘴，親愛的，」伊羅娜對黎莎說。「妳看起來像個木腦鄉巴佬。」黎莎轉頭想回嘴，結果發現自己眞的嘴張得大大的。北耙鎭廣場四周所有人爆出熱烈的歡呼，叫喊、鼓掌、跺腳，她趁機閉嘴，牙齒喀地一聲撞在一起。其中有個沙羅姆發出愉悅的嚎叫，就連卡維爾彷彿也忘了心中的怒火。

這種反應是可以理解的。沙羅姆唯一看重的就是屠殺惡魔的能力，而羅傑剛展示了難以想像的力量，沒有肢體接觸就殺死了一大堆惡魔。就連沙達馬卡都辦不到。他們敬畏地看著他，本地居民也是同樣的反應。就連加爾德眼中都綻放狂熱的目光，她以為那是專門保留給亞倫的目光。

但這股力量並非完全屬於羅傑所有。她聽他以小提琴迷惑惡魔的次數多到數不清，但音量從來不曾大到讓她耳鳴，還讓地板震動。她敢打賭其中一定有霍拉魔法加持。

阿曼娃才剛滿十七歲，很容易讓人把她當作小女孩看待——曾經受制於黎莎的小女孩。但她身穿達馬丁白袍，這表示她有學過魔骨魔法的祕密。黎莎曾見過英內薇拉施展的強大魔法。她對羅傑的小提琴做了手腳，還有她和希克娃脖子上戴的頸鏈，他們利用魔法來強化音樂。

現在黎莎了解魔骨魔法的基本原理了——即使周遭沒有惡魔，也能利用惡魔骨提供魔印力量。她已經開始做實驗，但是克拉西亞女聖徒有數世紀的經驗為後盾，而她此刻只是在憑感覺摸索。

她在觀眾的歡呼聲中離開前廊，走到三人組身邊。羅傑像是主角般鞠躬，指示妻子照做。希克娃遵從指示，依照習俗腰彎得比丈夫還低，不過由於身穿睡袍，這個動作看來極不雅觀。阿曼娃顯然很不情願向地位比她低賤的人鞠躬，於是像是老公爵夫人向仕女回禮般微微點了點頭。

羅傑在黎莎走近時對她微笑，她則無視阿曼娃不滿的嘶聲上前擁抱他。「羅傑，眞是太了不起了。難以置信。」

羅傑露出稚氣的笑容，嘴角彷彿要咧到耳朵旁。「沒有阿曼娃和希克娃，我絕對辦不到。」

「的確。」黎莎朝兩個女人點頭。「妳們的聲音有如造物主的天使。」

這句恭維讓兩個女人瞪大雙眼，黎莎在她們恢復之前再度望向羅傑。

「阿曼娃加持了你的小提琴？」

羅傑點頭。「只有腮托。上面的魔印讓我的音量能夠震破穀倉，而使用它讓我覺得……」

「活力無窮？」黎莎問。「那樣的話，演奏一場下來應該會讓你半聾才對。」

羅傑吃了一驚，伸手掏掏耳朵。「呃。沒什麼感覺。」

「可以看看嗎？」黎莎語氣輕鬆地問道。羅傑取下腮托，想也不想就遞給她。阿曼娃試圖阻止他——太遲了。黎莎一把接過，隨即後退一步，解開圍裙上的特殊口袋，拿出亞倫幫她做的金框眼鏡。

鏡片沒有矯正作用，但是鏡框和鏡片上的魔印讓她擁有亞倫般的魔印視覺，可看見魔法流動的痕跡。腮托綻放強大的能量，魔印耀眼得像是用閃電所刻。幾乎所有魔印她都認得，吸收魔印和連結魔印，外加投射魔印，以及……共鳴魔印。

「這裡面不光只是擴大作用，羅傑。」她說。「還有共鳴魔印。」

羅傑神色迷惘。「什麼意思？」

「這表示在這個小提琴附近所說的話都會傳遞到其他地方。」黎莎轉向阿曼娃。她耳朵上有好幾個耳洞都隱隱綻放魔光。「比方說耳環？」

阿曼娃看似冷靜，但她的遲疑透露了一切。羅傑看著妻子，愉悅的神情變得受傷。「妳就是如此得知我們在酒吧裡的談話？」

「你們在密謀——」阿曼娃開口道。

「別跟我來那套惡魔屎！」羅傑大聲道。「妳花了幾週時間製作那個腮托。那和我在路途中所做的任何事都沒有關係，妳打從一開始就計畫要監視我。」

「你是我丈夫，」阿曼娃說。「我有責任支持你，不讓你惹上麻煩，並且在你需要時幫助你。」

「妳一直都在說謊！」羅傑吼道。沙羅姆神情緊繃——對達馬丁吼叫是難以想像的罪行，但此刻他們依然震懾於羅傑的力量，所以沒有像之前那樣介入。就連安奇度都沒有出手，等待女主人指示。

「每當對妳有利的時候，妳馬上就會引用伊弗佳，」羅傑繼續吼道。「但難道伊弗佳沒有教妳要誠實嗎？」

「事實上，」黎莎插嘴。「那本書明確表示對青恩許下的承諾與誓言不具有任何意義，如果他們會以任何方式阻礙艾弗倫。」阿曼娃瞪向她，但黎莎只是微笑，挑釁她反駁。

「我不要了。」羅傑說著自黎莎手中搶回腮托，高高舉起，作勢要在石板地上砸爛。

「不！」阿曼娃和黎莎立刻大叫，同時伸手去抓他的手，阻止他動手。阿曼娃好奇地打量黎莎。

「你看見它所蘊含的力量了，」黎莎說。「不要在盛怒下拋棄你的力量。」

「女士說得沒錯，丈夫。」阿曼娃說。「要做新的得花一個月以上的時間，前提是能夠找到適合加工的腮托。」

羅傑冷冷地看著她。「妳把禮物盒給我的時候，我還怕裡面會是一副金鐐銬。現在看來相差不遠了。我不要當妳的奴隸，阿曼娃。」

「我們會因為火能燒傷我們就算是火焰的奴隸嗎？」黎莎問。「現在你知道它的力量了，羅傑。我可以拿個盒子繪製沉默魔印專門裝它，當你需要隱私時就收起來，不要摧毀它。」

「把它丟去砸石頭並不會摧毀它。」阿曼娃補充道。「魔力強化了金屬和木質部分。你會發現它很難摧毀，也找不到足以跟它媲美的替代品。」

羅傑像是洩了氣的皮球，一臉悲哀地看著肥托，接著把它塞入口袋，轉身走向旅舍。「我要去睡了。」他也不看有沒有人跟來，逕自走了進去。阿曼娃和希克娃像狗一樣跟在後面，安奇度則跟著她們。

少數鎮民晃到廣場上去，以著迷又驚懼的神色打量惡魔屍體，但是夜空中傳來風惡魔的叫聲，所有人連忙跑回室內。黎莎也朝旅舍走去，雖然她圍巾上的魔印足以轉移任何地心魔物的注意。進屋之前，她又回頭看了信使大道一眼，此時此刻正有一名沙羅姆朝艾弗倫恩惠趕去。

黎莎獨自坐在房內哭泣。

她並不完全了解骨骰的運作方式，達馬丁嚴密守護它們預知未來的祕密。伊弗佳有提到預言魔印，但是沒有寫在聖典裡面，而黎莎認為自己沒辦法說服任何艾弗倫之妻拿骨骰給她研究。

但是根據她的觀察，骨骰不會提供精確的預測，只會暗示未來可能發生的事件。阿曼娃很可能沒有猜出黎莎給沙羅姆下的是什麼毒，這種毒的解藥很難調配，也很耗時。從戰士離開時的速度來看，黎莎懷疑阿曼娃並沒有為他提供任何治療。一天後，他會變虛弱。兩天後，他會死去。

她沒得選擇，她不知道阿曼恩對於她打算把窪地建設成對抗他的堡壘時會有什麼反應。她不能永遠瞞著他，但她需要時間。警告雷克頓和阿瑞安老公爵夫人需要時間，回歸窪地並且準備對抗月虧之日與沙拉克桑也需要時間。但這麼想並沒有讓她在爬上床鋪、蓋上被單時覺得比較好過、覺得自己沒有那麼卑鄙。

第一次，黎莎希望自己沒有前往艾弗倫恩惠。黑夜呀，她希望從沒離開伐木窪地、沒去老巫婆布魯娜的小屋，成為藥草師。她本來可以成為頂尖的造紙匠，而那會讓父親非常高興。

儘管她很想要把責任怪罪到其他人身上，但黎莎卻很清楚那樣做太容易了，而且是個謊言。

「我為什麼要學毒藥？」很多年前，她曾這麼問過。

「為了解毒，女孩。」布魯娜對她說。「學會調配毒藥和中毒的症狀不會讓妳變成黑心腸的雜草師。」

「雜草師？」黎莎問。

布魯娜啐道：「失敗的藥草師。他們出售藥效不佳的藥物，還會毒害貴族的敵人。」

黎莎難以置信。「真的有女人做這種事？」

布魯娜嘟噥道：「並非所有人都和妳一樣好心善良，親愛的。我有個學徒後來就變成那樣。我寧死也不會再讓那種事情發生，但妳必須知道日後將會面對什麼。」

*我將會面對自己。*黎莎心想。*為了一己的目的殺人，我這樣跟雜草師相比有什麼差別？*

她再度嗚咽，身體顫抖到疲憊不堪，終於緩緩入眠。即使在睡夢中還是無法安寧，夢裡所見盡是暴行。英內薇拉被自己掐到臉色發青。阿曼恩，袖手旁觀自己的戰士屠殺來森的男人，強暴他們的女人。加爾德的喉嚨被阿邦拐杖中的利刃劃破。羅傑在床上被妻子勒斃。卡維爾把汪妲毆打至死，宣稱那是「訓練」。窪地人和沙羅姆在長矛與巨斧中血腥交鋒，亞倫和阿曼恩則手持武器指向對方。一名孤身上路的沙羅姆，死在道路上。

她突然驚醒，腹部翻騰，匆忙伸手去拿夜壺時摔下床鋪。她從床下拉出夜壺，濺出一些尿液，儘管如此，她手腳還是不夠快，弄得地上都是嘔吐物和昨晚的尿。她跪在地上，顫抖反胃，淚流滿面。她眼眶疼痛，心知頭痛很快就會發作。

喔，布魯娜，我變成什麼了？

門上傳來敲門聲，黎莎僵在原地。窗外只有一絲拂曉的紫色調。車隊不可能這麼早就出發。敲門聲再度傳來。「走開！」

「給我開門，黎莎．佩伯，不然我就叫加爾德把門拆了。」她媽說。「妳等著瞧。」

黎莎緩緩起身，雙腳濕淋淋地，胃腸還在翻攪。她找了條乾淨毛巾擦臉，接著拉件長袍遮住髒兮兮的睡衣，緊緊繫上腰帶。

她走到門口，拉起門閂，開啓一條門縫。伊羅娜的臉看起來好像剛剛吞下一顆檸檬，這可不是她一大早想要看到的景象。

「現在不是時候……」黎莎開口，但是伊羅娜不理會她，推門入房。黎莎嘆了口氣，關上房門，閂回門閂。「妳想幹嘛？媽。」

「我以為妳已經長大了，不會再哭哭啼啼地吵醒我和妳爸。」伊羅娜說。「對害死那個男孩感到良心不安？」

黎莎眨眼。不管母親多常看穿她的心思並且直言不諱，她還是每次都感到驚訝。

「不要不安。」伊羅娜說道。「妳非這麼做不可，打從那個男孩首度拿起長矛的那天開始，他就很清楚自己會面對什麼樣的命運。」

「事情沒有那麼簡單——」黎莎開口。

「呿！」伊羅娜輕蔑地揮手。「妳認爲入侵來森時他殺了多少來森人？不讓他傳遞情報可以拯救多少條人命？」

黎莎感到一陣腳軟，癱坐在床上，盡量裝作本來就打算坐下的模樣。她的胃腸感覺像是沸騰的湯鍋，翻滾得太快，隨時可能撲出鍋緣。「我非這麼做不可，但並不表示該引以爲傲。」

伊羅娜嘟噥一聲。「或許不，但不管怎麼說，我以妳爲傲，孩子。我知道我很少這麼說，但現在說了。我原本以爲妳沒有能力挺身而出，很高興看到妳還是遺傳了一些我的特質。」

黎莎皺眉。「有時候我覺得我遺傳太多妳的特質了，媽。」

伊羅娜輕哼。「那是妳運氣好。」

「爲何改變心意？」黎莎問。「之前是妳逼我嫁給阿曼恩，要我成爲皇后的。」

「我後來看清了他的統治方式。」伊羅娜說。「我絕不要在全身包得密不透風，只能把眼睛露在外面的情況下度過僅存的青春歲月。」她挺起胸線低到幾乎遮掩不住的胸脯。「如果不能公開展示，欣賞看著男人流口水、女人嫉妒的模樣，擁有傲人的雙峰又有什麼意思呢？」

黎莎揚起一邊眉毛。「青春歲月？」

伊羅娜怒目而視，要她打住這個話題。「放過那名戰士將會破壞妳所有努力。這趟旅程或許太過戲劇性了點，但無可否認有爲窪地帶來好處。妳達成有條件的和平協議、刺探敵營、在敵人領袖耳邊提供建言與疑慮、得知心靈惡魔和骨骸魔法等事。除了那些之外，妳還爽到腳趾頭都翹起來。要是老巫婆布魯娜還活著，她會比詹·卡特炫耀他的冠軍牛還要驕傲。」

黎莎勉強擠出笑容。「希望如此，我剛剛還覺得自己讓她失望了。」

伊羅娜轉向窗戶，以批判的目光打量她的倒影。儘管附近沒有男人，她還是反射性地撩直頭髮，撫平衣服。「或許有點失望。身爲布魯娜的學徒，以及我的女兒——黑夜呀，妳應該能享受性愛而不懷孕。」

黎莎滿臉漲紅。「什麼？」

伊羅娜指向地板上那灘噁心的嘔吐物，沒有動手幫忙清理。「我經常看妳鬧情緒，孩子，但妳從沒因此嘔吐過。黑夜呀，我甚至不記得有看妳吐過。妳遺傳了老媽的胸脯和臀部，還有強壯的腸胃。」她微笑，拍拍肚子。「但當年懷妳的時候，我從頭到尾都在害喜。」

黎莎覺得沸騰的腸胃整個結冰了。她回想上次經期，試圖吞嚥口水，但怎麼吞似乎都吞不下去。是眞的嗎？

黎莎以比剛剛更急迫的動作衝向藥草圍裙。就像吟遊詩人耍彩球一樣，她手法純熟地取出藥草與工具，又磨又混地弄出一小瓶乳白色液體。她採取自己的體液樣本放到小瓶子裡，屏息以待。

試劑開始產生反應之前，她肺裡的空氣幾乎已經空了。她刻意轉過身去，開始一千一千地數數計算時間，直到她轉回來看看試劑有沒有從乳白色變成粉紅色。

一千、兩千、三千……

「妳已經知道結果了。」伊羅娜說。「別再懷抱期望，開始想想該怎麼辦吧。」

黎莎揚起眉毛。「怎麼辦？」

「別和我裝傻，孩子。」伊羅娜大聲說。「我也當過布魯娜的學徒。想要的話，妳可以立刻解決這個問題。」

「真的嗎？媽。」黎莎苦澀地問。「我這輩子妳都在逼我生孩子，現在卻要我殺掉孩子？」

「它不是孩子，只是一時興起的念頭。」伊羅娜說。「而且不是什麼好念頭。不必是天才都能看出那個孩子將在我們的魔印中造成裂縫，讓惡魔之母趁隙而入。」

十萬、十萬零一千、十萬零兩千……

黎莎用力搖頭，搖到腦袋都在震動。「不。既然我已經開始害喜，它就已經是條生命，不是什麼念頭。妳總說我已經錯過最適合生育的歲月，媽，而妳說得沒錯。如果造物主打算這樣賜我一個孩子，我就要接受它。」

伊羅娜兩眼一翻。「現在不該提起卡農經，孩子。」她聳肩。「但是如果妳不打算拿掉它，妳最好儘快公開誘惑別的男人上床，給妳自己爭取時間。」

黎莎覺得下頷都掉下來了。「我發誓，媽，如果妳敢提起加爾德……」

她沒想到伊羅娜竟會面露噁心地揮一揮手。「呿！加爾德．卡特根本配不上妳！如今妳技巧純熟了，不如再去誘惑另 個解放者試試。瞎子都看得出來他需要洩慾。把他搞得跟沙漠惡魔一樣爽，冬天之前妳就能讓他們兩個臣服在妳腳下。」

「或是大打出手，還會導致兩軍開戰。」黎莎說。

「這場戰爭無可避免，妳自己也清楚。」伊羅娜說。「妳最多只能選擇開打的地點和方式。」

黎莎臉色一沉。「世界上我最討厭的事就是妳講的話很有道理，媽。」

伊羅娜呵呵笑。

「讓魔印人以爲是他的骨肉或許不太可能。」黎莎說。「他已經不碰我了，他深怕會生下遭受惡魔魔法污染的孩子。」

伊羅娜聳肩。「那就告訴他妳會煮龐姆茶。弄點龐姆葉擺在他看得到的地方，告訴他只是想要放鬆一下。」

三十五萬、三十五萬一千、三十五萬兩千……

黎莎搖頭。「他沒那麼好騙，媽。」

「惡魔屎。」伊羅娜說。「他是男人，黎莎，每個男人的傢伙都要三不五時弄軟一下。用甜言蜜語引誘他跟妳回家一、兩次。讓他卸下心防，然後灌醉他，再上他。他還搞不清楚狀況就已經結束了。」她笑嘻嘻地說。「只要搞得他爽，他或許還會再回來找妳。」

黎莎覺得肚子又開始翻滾了。她真的在考慮這種做法嗎？「將近一年之後，當他發現孩子有著橄欖般的膚色，眼睛微向上提時怎麼辦？」

伊羅娜聳肩。「天知道，孩子或許會像你。妳的外表根本看不見厄尼的影子，這可是件好事。」

「幸好我遺傳了他的心腸。」黎莎同意道。「還有他的頭腦。」

「不錯，但妳有我的骨氣。」伊羅娜說。「這可得要感謝造物主。克拉西亞人現身窪地那天，厄奈爾·佩伯唯一做的事就是屁滾尿流。妳並非軟弱無助，但危急時，身邊最好還是有個強壯的男人。」

黎莎很想對她吼叫，卻沒力氣這麼做。近來她媽的話越聽越有道理。是她在改變，還是自己？

七十萬、七十萬零一千、七十萬零兩千……

「我對魔印人的信任並不比沙漠惡魔來得多。」黎莎說。

伊羅娜聳肩。「那就再找別人。我真是看錯小提琴男孩了。他有力量，而且就算孩子帶著賈迪爾的大鬍子出生，他還是會支持妳。但妳已經錯過機會了——除非妳想用更髒的手段。」

「羅傑的婚姻不用我瞎攪和就已經夠麻煩了。」黎莎說。

伊羅娜點頭。「那麼就真的只剩下一個選擇了。」

黎莎看向母親，在她臉上看見勝利的笑容。「媽……」

伊羅娜揚起一手。「妳叫我別提他的名字，我不會提，但妳自己考慮考慮。他壯得像頭牛，比窪地裡其他男人都還勇敢。魔印人不在時，伐木工以他馬首是瞻。而且他愛妳。儘管表現的方式過於粗暴，但一直以來都深愛著妳，可惜腦袋小了點，妳可以在那樣的男人幫助下統治窪地。」

一百萬。黎莎數道，轉身去看藥瓶。

她心裡一沉。

一碗熱呼呼的藥草茶讓黎莎的胃好受一點，但是她敢服用的藥物都解決不了頭痛的問題。當她和伊羅娜終於離開房間時，她們發現加爾德、汪妲，還有厄尼已經等在酒吧裡，碗裡的粥都吃完了。

莎瑪娃在向旅舍老闆討價還價。一如往常，她針對所有小事挑三揀四，而從辛姆的表情來看，他似乎打算隨便她開什麼價錢，只要能打發她走就算了。

莎瑪娃頭也不回地比了比手指，一名黑袍戴爾丁女人立刻走去提黎莎的行李。通常她會拒絕，但是黎莎已經筋疲力竭，頭痛腳痠。她們幫她準備了一碗粥，但她沒動，只是不耐煩地等待。她一心只想爬上馬車，獨自靜一靜。

事實上，似乎沒人有心情說話，大家都不太自在地看著莎瑪娃為了一點完全可以接受的小事嚴厲指責辛姆。她就這麼一路挑剔，直到黎莎想要尖叫。

「黑夜呀，直接付錢給他！」她終於吼道。「房間沒問題！」所有人都被她嚇了一跳。

莎瑪娃鞠躬。「如未婚妻所願。」語氣聽來頗不情願。她迅速結帳，大家起身出門。站在樓上的安奇度敲敲一扇門，阿曼娃、希克娃和羅傑走了出來。

下樓出門的路上，羅傑的妻子如同保鏢般走在他身旁，對黎莎怒目而視，彷彿在挑釁她上前一樣。

黎莎根本沒打算這麼做。昨天晚上大家吵來吵去，黎莎根本不記得是誰在對誰發脾氣了。她以最快的速度衝向馬車。

當頭痛嚴重到這個程度時，就連陽光都會令她難受。前廊遮棚到馬車階梯間不過幾呎的距離，她卻感覺像穿越阿曼恩口中克拉西亞沙漠上的烈日。進入馬車後，她立刻拉起窗簾。

厄尼坐在斜對面角落，自動拉上窗簾，不過留下一絲陽光照亮膝蓋上的書本。伊羅娜坐在她正對面，神情喜悅、一言不發、目光沒有焦點、思緒飄向遠方。

黎莎得承認她至今依然美麗。不認識她的人或許會因爲那種空洞的眼神而將她誤認爲沒有大腦的美女。如同其他裝腔作勢的姿態，這種表情也是伊羅娜刻意裝出來的。她絕對不是蠢人，許多村民都已學到教訓。大家總說黎莎的智慧遺傳自父親，但她不敢如此篤定。伊羅娜．佩伯有很多缺點，但絕對不是蠢人。

當天早上，羅傑的馬車裡沒有傳來音樂，也沒有叫床聲。不過有吵架聲，很多吵架聲。更糟糕的是，還有很長的時間毫無聲息。

停車午餐時，黎莎下車方便，然後拿了一碗食物到車裡吃。她瞥見羅傑下車伸展手腳，不過與他保持距離，以免觸怒站在他旁邊的希克娃。

各階層的克拉西亞人在羅傑接近時全都默不吭聲，然後在他路過後指指點點。顯然他昨晚的英勇事蹟已經傳開。

傍晚時分，黎莎感覺好多了。克拉西亞人沒有請示，直接跳過下一座小鎮，在數哩之外圍著車隊紮營。黎莎在營地中走動，檢視魔印，克拉西亞的魔印圈效果強大。沙羅姆在營地外圍巡邏，待在魔印之後俐落地以長矛刺殺膽敢接近的惡魔。汪妲也和他們一樣，以弓箭清理附近的地心魔物。加爾德拿著魔印斧和彎刀解決中箭的惡魔。

黎莎看著他，考慮母親的話。沒錯，加爾德很英俊，黎莎也曾愛過他，可惜他太過自私，佔有慾強，黎莎完全無法忍受。

但難道他和其他男人不一樣嗎？沒有男人可以達到她的要求。加爾德難道就比羅傑、馬力克或亞倫，甚至阿曼恩糟糕嗎？

她有自己的帳篷，地毯十分溫暖，用枕頭鋪成的床看起來也很舒適。汪妲手持魔印弓，在帳帘外站崗。

在她的要求下，汪妲從她殺死的惡魔身上給黎莎弄了一碗惡魔膿汁。那玩意兒在魔印視覺下閃閃發光。黎莎拿出一把馬毛刷和最素的披巾，在上面繪製誤導和迷惑的魔印，加上那天晚上英內薇拉將她困在枕頭室裡所使用的魔印。這些魔印能對人類和惡魔造成同樣的影響。

她披上披巾、撩起帳帘時，魔印隱隱發光。汪妲神情緊繃，環顧四周，側耳傾聽，但她的目光就像羅傑之前對付地心魔物一樣，自黎莎身上移開。她走過來檢視帳帘，不過黎莎已用枕頭和毯子製造自己熟睡的假象。她嘟噥一聲，放下帳帘，回到原先的位置站好。

黎莎近乎隱形地穿越營地，前往加爾德的帳篷，沙羅姆哨兵完全沒發現她。她依然不太確定自己打算怎麼做。就算她眞的和他睡了，她還是不認爲自己有勇氣按照母親的指示讓別人發現。但是如果不被發現，這麼做又有什麼意義呢？

她深吸口氣，下定決心，伸手去撩帳帘。帳篷裡的聲音令她停下動作。

「女士，我們不能繼續這樣下去。這樣是不對的。」

「當年你爸睡在十呎外的時候，你可不介意我教你該把什麼東西放到什麼地方。」伊羅娜說。

「而現在就是不對的了？」

一陣窸窸窣窣過後，加爾德呻吟一聲。

「最後一次，」伊羅娜說。「好讓你記得我。」

「會被抓到的。」加爾德說，不過又是一陣窸窸窣窣聲響，這回換成伊羅娜呻吟。

「之前都沒被抓到過。」她喘息道，接著是一陣規律的啪啪聲，黎莎感覺很想吐。她推開帳帘，走了進去，翻起披巾。伊羅娜雙手摟著加爾德的脖子，他則將她平空抱起，她的裙子拉到腰間，他的褲子則落在腳踝旁。

「你們這下被抓到了。」黎莎說。

「黑夜呀！」加爾德大叫，丟下伊羅娜。伊羅娜在光著屁股撞上帆布地毯時哀號一聲。

黎莎雙手扠腰。「媽，每當我以爲妳已經墮落到谷底時，妳就是有辦法更墮落。」

「喔，這可不是五十步笑百步嗎？」伊羅娜喃喃說道，站起身來撫平裙子。加爾德已經拉上褲子，努力想將勃起的傢伙塞回去，不過徒勞無功。

「等我告訴爸……」黎莎開口。

「妳不會告訴他。」伊羅娜說。「就算不是因爲妳那可憐的父親承受不了這種打擊，妳也要顧及藥草師的誓言。」

「這不關藥草師的事。」黎莎說。

「當妳身穿藥草圍裙時，一切都關藥草師的事！」伊羅娜回嘴。「布魯娜有到處宣傳鎮民通姦的事嗎？我保證她什麼都知道。」

她一臉不屑。「再說，又不是只有我有不可告人的祕密。妳這麼晚了跑來這裡做什麼？黎莎。」

黎莎看向加爾德，不過他轉身背對她們，還在手忙腳亂。她老媽握有她的把柄，她很清楚這點。

「跟我來。」她說著撩起披巾，裹住伊羅娜的肩膀。它能在回帳篷的路上保護她們兩個。

加爾德終於穿好褲子，轉身面對她們，一臉內疚。

「你又讓我失望了，加爾德．卡特。」黎莎說。「我還以爲你已經洗心革面了。」

加爾德神情受傷。「不是我的錯！」

「當然不是。」伊羅娜在裹著黎莎的披巾轉身離開時說道。「是佩伯太太逼你的，而你就像來森女孩面對沙羅姆時一樣無助。」

第二天，黎莎做好應付晨間害喜的準備，沒有讓任何人察覺任何不對勁。到午餐時，她已經恢復正常。

加爾德在她伸展雙腳時走過來。「可以談談嗎？」

黎莎嘆氣。「我和你沒什麼好談的，加爾。」

加爾德點頭。「我猜我是罪有應得。」

「你猜？」黎莎問。「加爾德，你跟我媽做愛！」

「那關妳什麼事？」加爾德問道。「妳很久以前就已經宣告我們的婚約作廢了，而我之後就沒再來煩過妳。我並不欠妳什麼。」

「那我父親呢，你們家毀了的時候，是誰接納你們的？」黎莎問。「你有沒有虧欠他？或你自己的父親？」

加爾德攤開雙手。「你不曉得那是什麼感覺，黎莎。布魯娜逼我公開自己說謊的事情後，沒有女孩願意和我獨處片刻。即使在妳跑去安吉爾斯後，我受歡迎的程度還是跟癢草一樣。」

「那不能怪她們。」黎莎說。

加爾德忍氣吞聲，保持耐性。「是，或許如此。但我很孤獨。妳媽是鎮上唯一還肯理會我的女人，唯一還把我當回事的女人。」

他嘆氣。「而且在適當的光線下，她看起來很像妳。我可以閉上眼睛假裝……」

「噁！」黎莎叫道。「我才不要知道你在什麼情況下會想到我……」她覺得噁心的感覺再度浮現，嘴裡湧現膽汁。

「抱歉，」加爾德說。「只是想要向妳坦白，我從沒忘記妳。」

黎莎將嘴裡的苦味吐到他的腳上。「只要不亂講話，十五年前你就可以得到眞正的我。」

「我知道。」加爾德說。「每天晚上我都詛咒自己，這就是我爲何總是怒氣沖沖的原因。但我不禁要想，或許這一切都是造物主的計畫？」

「什麼?」黎莎說。

「如果我們結婚，全世界都跟現在不同。」加爾德說。「妳或許根本不會去當布魯娜的學徒，或是離鄉背井跑去自由城邦學習。或許不會帶著解放者一起回來。」

「魔印人不是解放者，加爾德。」黎莎說。

「妳怎麼知道?」加爾德問。「妳怎麼確定妳那麼清楚世間的一切?或許造物主基於某個理由而不讓他完美無瑕;或許他也是在測試我們;或許解放者本來就只是要幫我們指引道路，而真正踏上那條道路的還是我們。」

黎莎好奇地打量他。「怎麼了，加爾德，這麼深的想法什麼時候跑到你那顆厚腦袋裡的?」

加爾德臉色一沉。「我對妳來說只是個白痴，是吧?根本不值得妳那顆大腦袋費心留意?」

「加爾德，我不是那個——」

「當然是。」加爾德打斷她。「妳總是保持謙遜，但在頭腦簡單的人面前只是裝模作樣。」他轉身離開。

黎莎伸手握著他的手臂。「不要走。」

但加爾德甩開她，甚至不願看她一眼。「不，我懂了。對佩伯家的女人而言，我只是把強韌的斧頭和堅挺的老二而已。」

他憤而離去，留下黎莎一個人，感受前所未有的寂寞和迷惘。

《白晝戰爭》上冊．完

國家圖書館出版品預行編目資料

魔印人. 3：白晝戰爭／彼得．布雷特（Peter V. Brett）著；戚建邦譯
.——初版.——台北市：蓋亞文化，2013.10-
冊；公分.——（Fever；FR032-33）
譯自：The Daylight War
ISBN 978-986-319-064-6（全套；平裝）.——
ISBN 978-986-319-065-3（上冊；平裝）.——
ISBN 978-986-319-066-0（下冊；平裝）.——

874.57　　102016041

Fever 032
白晝戰爭 上 THE DAYLIGHT WAR

作者／彼得．布雷特（Peter V. Brett）
譯者／戚建邦
封面插畫／Larry Rostant　　地圖插畫／爆野家
封面設計／克里斯
出版／蓋亞文化有限公司
地址◎台北市103赤峰街41巷7號1樓
電話◎（02）25585438　　傳眞◎（02）25585439
網址◎www.gaeabooks.com.tw
電子信箱◎gaea@gaeabooks.com.tw
投稿信箱◎editor@gaeabooks.com.tw
郵撥帳號◎19769541　戶名：蓋亞文化有限公司
法律顧問／宇達經貿法律事務所
總經銷／聯合發行股份有限公司
地址◎新北市新店區寶橋路二三五巷六弄六號二樓
電話◎（02）29178022　　傳眞◎（02）29156275
港澳地區／一代匯集
電話◎（852）27838102　　傳眞◎（852）23960050
地址◎九龍旺角塘尾道64號龍駒企業大廈10樓B&D室
初版二刷／2017年9月　　定價／新台幣 640 元（上下冊不分售）
Printed in Taiwan

ISBN／978-986-319-065-3

GAEA

GAEA